TIBURÓN

PETER BENCHLEY

TIBURÓN

Traducción de Javier Calvo

Obra editada en colaboración con Editorial Planeta – España

Título original: *Jaws*

Traducido por: © 2025, Javier Calvo
Diseño de portada: Planeta Arte & Diseño, basado en un diseño original de David G. Stevenson
Adaptación de portada: © Genoveva Saavedra García / aciditadiseño
Ilustración de portada: Adaptación de la portada de 1974 de *Jaws*, © Roger Kastel
Composición: Realización Planeta

Bajo el sello editorial PLANETA M.R.
Avenida Presidente Masarik núm. 111,
Piso 2, Polanco V Sección, Miguel Hidalgo
C.P. 11560, Ciudad de México
www.planetadelibros.us

Primera edición impresa en esta presentación: agosto de 2025
ISBN: 978-607-39-2929-5

Impreso en los talleres de Impregráfica Digital, S.A. de C.V.
Av. Coyoacán 100-D, Valle Norte, Benito Juárez
Ciudad de México, C.P. 03103
Impreso en México — *Printed in Mexico*

PRÓLOGO

A medida que se acerca el quincuagésimo aniversario de *Tiburón*, me pregunto qué pensaría Peter. Con los años, *Tiburón* se ha convertido en algo extraordinario, algo que ha llegado más lejos de lo que jamás imaginamos. Tuvimos una suerte increíble con el impacto de su obra, y nos vimos envueltos en un torbellino que duró varios años cuando el libro y la película salieron, uno detrás del otro, en 1974 y 1975, respectivamente. Peter era muy consciente de que la fama y la relevancia suelen ser efímeras, pero también sabía que una buena historia y unos personajes cautivadores pueden vivir para siempre.

El amor de Peter por contar historias comenzó temprano. Disfrutaba muchísimo escribiendo, y se esforzó en convertirse en un escritor disciplinado y meticuloso. De hecho, con solo quince años, aceptó el desafío de su padre de sentarse cada día en un cuartito a solas todo el verano y, o bien pasar cuatro horas frente a la máquina de escribir, o bien redactar mil palabras. Su padre, Nathaniel, que era novelista y periodista, y sabía lo difícil que era ser escritor a tiempo completo, quiso poner a prueba el deseo y la tenacidad de Peter. Creía que un adolescente atlético e inquieto como su hijo pronto se cansaría del aislamiento y buscaría actividades más estimulantes.

Peter no solo toleró la disciplina y la soledad, sino que le gustaron, y a los diecisiete ya escribía y enviaba sus relatos a varias revistas mientras afilaba su intensa curiosidad y su imaginación. Investigaba mucho para cuidar la verosimilitud de sus historias, y su capacidad de preguntarse siempre «¿Qué pasaría si...?» le ayudaba a crear escenarios emocionantes pero plausibles. Leyó sobre historia náutica, arqueología submarina, biología marina, sobre la monarquía inglesa y la española, leyó a los grandes escritores de los siglos XVIII y XIX y, por supuesto, se informó sobre tiburones y otras formas de vida marina.

Mientras trabajaba como redactor de discursos para el presidente Lyndon B. Johnson, comenzó a idear posibles tramas para una novela. Una trataba sobre piratas modernos que merodeaban por el Caribe; otra, sobre un tiburón que aterrorizaba a una comunidad costera en verano. Cuando el presidente Johnson decidió no postularse para la reelección, Peter se quedó sin trabajo y probó suerte como novelista durante un par de años. Por desgracia, no ganaba lo suficiente para mantener a nuestra familia. Desesperado, presentó el argumento del tiburón y el de los piratas a su agente, Roberta Pryor, con la esperanza de que alguna le pareciera interesante; a mí me parecía que ninguna de las dos podría triunfar como novela. Gracias a Dios, Peter persistió y coincidió con su editor, que pensaba que su «libro sobre una criatura marina» tenía potencial narrativo.

Por supuesto, *Tiburón* aterrorizó a la gente. Apelaba justo al reflejo humano de luchar o salir corriendo, lo que, lamentablemente, provocó una ola de cacerías indiscriminadas de tiburones y de torneos de pesca a finales de 1970, que derivó en multitud de pescadores deportivos exhibiendo a modo de trofeo, orgullosos, los tiburones que mataban. Peter y yo estábamos horrorizados. Nos propusimos aprender y enseñar a nuestro público la realidad de la vida de los tiburones, y trabajamos para cambiar la percepción sobre ellos convirtiéndonos en defensores públicos de estos animales y de la conservación de los océanos.

Durante casi cuatro décadas, colaboramos con organizaciones como WildAid, el Acuario de Nueva Inglaterra y el Environmental Defense Fund para tratar de proteger nuestros océanos y las distintas especies que los habitan. Informamos a la gente sobre amenazas graves, como la sobrepesca y la práctica cruel y brutal del cercenamiento de aletas de tiburón, que mata a más de cien millones de tiburones al año, y cuyo motor principal es la sopa de aleta de tiburón. Gracias a este trabajo de concienciación, se han reducido sustancialmente la demanda y las importaciones de este producto.

Peter y yo teníamos roles distintos: él era el narrador, y yo, la experta en leyes. Llevo décadas activamente involucrada en la comunidad de políticas marinas y he apoyado con entusiasmo los esfuerzos para proteger a los tiburones y aumentar el número de áreas marinas protegidas, conocidas como AMP. La importancia de las AMP y, en particular, de las reservas marinas totalmente protegidas en las que no se permite ningún tipo de pesca, radica en suponer una de las mejores herramientas de conservación marina para salvar hábitats, restaurar pesquerías e impulsar la recuperación de ecosistemas oceánicos como arrecifes de coral y manglares para que puedan prosperar. Solo el 8,2 % de los océanos del mundo están protegidos, pero los científicos y la Organización de las Naciones Unidas han determinado que es necesario aumentar sustancialmente esta cifra durante la década actual para alcanzar el 30 % en 2030, algo que podría hacerse realidad gracias al trabajo continuo y el tremendo auge de apoyo a la conservación marina: en la última década, las donaciones se han más que triplicado, pasando de 500 millones de dólares a más de 1,6 mil millones.

Si Peter aún viviera, estaría encantado de ver el impacto indeleble que ha tenido *Tiburón* en la concienciación y en la fascinación continua de la sociedad por los tiburones. Hemos recibido miles de cartas de personas de todo el mundo embelesadas por *Tiburón*: biólogos marinos, científicos, fotógrafos, profesores, niños y familias, todos ellos motivados a aprender más sobre el océano. Peter le habría restado importancia a la reciente confesión de su amigo Steven Spielberg sobre sus remordimientos por (quizá) haber demonizado a los tiburones en la película, y le habría explicado que *Tiburón* generó un gran interés mundial en los tiburones e inspiró a muchos a dedicarse a carreras relacionadas con el mar y a desarrollar esa conciencia, esa comprensión y ese amor por los tiburones que no existía cuando Peter escribió el libro.

Tanto la leyenda como el impacto cultural duradero de *Tiburón* comienzan con el folclore sobre los tiburones, y es también una historia sobre conceptos atemporales de la vida y la sociedad, tales como el miedo a lo desconocido, la muerte, la ciencia, la avaricia, la corrupción y la capacidad de invocar a nuestro lado más noble para hacer lo que creemos que es correcto. Gracias a la libertad que nos proporcionó el éxito de *Tiburón*, Peter pudo dar rienda suelta a su imaginación en otros relatos, combinando elementos de la realidad con su visión novelística para crear historias conmovedoras que empujaron a la gente a pensar en la sostenibilidad y la protección de nuestros mares décadas antes de que estuviera de moda.

Ese fue uno de los mayores placeres para Peter: estimular la imaginación de los demás y presentarles elementos del océano vivo que tal vez no conocían o en los que no habían pensado antes. Durante tres décadas, dedicó la mayor parte de su energía a la conservación y la educación marina, escribiendo artículos para *National Geographic*, participando en numerosos documentales y programas de televisión sobre el mar y dedicando su tiempo al voluntariado en acuarios y organizaciones medioambientales sin ánimo de lucro. Y, a través de su libro *Shark Trouble* —que fue lo más cercano a una autobiografía que Peter escribió—, relató sus viajes por el mundo y sus numerosos encuentros cercanos con tiburones. Siempre se sintió feliz y agradecido al recibir los mensajes de aquellos que le contaban cómo sus libros, películas y artículos los habían cautivado y les habían abierto las puertas a interesarse por el estudio y la exploración de los océanos.

El trabajo de Peter y nuestras contribuciones son el fruto afortunado de ese accidente feliz que fue el inmenso éxito de *Tiburón*. Espero sinceramente que disfrutéis de esta nueva y mejorada edición de nuestra preciada historia.

Wendy Benchley

WENDY BENCHLEY

Peter Benchley y Wendy Benchley en una de sus múltiples expediciones submarinas.

INTRODUCCIÓN

Tiburón tiene su origen en una pasión de infancia.

Igual que muchos otros millones de niños, desarrollé desde pequeño una fascinación por los tiburones. Como veraneaba en Nantucket, una isla a treinta millas de la costa del Atlántico, podía entregarme a mi pasión de forma regular y continua. En las décadas de 1940 y 1950, las aguas que rodeaban Nantucket estaban llenas de fauna salvaje, incluyendo muchas especies de tiburones: tiburones de la arena, tiburones azules, marrajos y, aunque por entonces no lo sabía, también tiburones blancos. Cuando mi padre, mi hermano y yo salíamos a pescar en los días sin viento, veíamos las aletas dorsales y caudales de los tiburones surcar aquella superficie como de balsa de aceite. A mí me sugerían lo desconocido y lo misterioso, el peligro invisible y la brutalidad irracional.

A lo largo de mi adolescencia y hasta los veinticinco años, leí la mayor parte de la literatura accesible sobre tiburones —que no era mucha—, y en 1964 me encontré con un artículo de prensa sobre un pescador que había arponeado a un tiburón blanco de dos toneladas en la costa de Long Island. Recuerdo haber pensado: ¡Dios! ¿Qué pasaría si uno de esos monstruos llegara a una comunidad de veraneo y no pudiera marcharse? Me guardé el artículo en la billetera y me olvidé provisionalmente de él.

Luego, en 1971, se estrenó un largometraje documental titulado *Agua azul, muerte blanca*. Contaba la historia de una expedición liderada por Peter Gimbel, heredero de unos grandes almacenes y aventurero profesional, para encontrar y filmar a un tiburón blanco. *Agua azul* era entonces, y en mi opinión sigue siendo, la mejor película nunca hecha sobre tiburones. En el mismo año se publicó *Blue Meridian*, el maravilloso libro de Peter Matthiessen sobre la expedición, y los dos acontecimientos no solo consolidaron (en bronce) mi fascinación por los tiburones, sino que también pusieron en marcha en mi cerebro los engranajes narrativos.

No me interesaba escribir un relato de terror simplista sobre un tiburón que devora a la gente. Me concentré en la pregunta de qué pasaría si un depredador enorme asediaba una comunidad de veraneo. La primera reacción de las autoridades, pensé, sería intentar silenciar el problema con la esperanza de que se marchara; hay comunidades de veraneo que obtienen el 80 % o el 90 % de sus ingresos anuales durante los tres meses del verano, y el ataque de un tiburón podía destruir los negocios estivales. Por supuesto, cuando llegaran el segundo o el tercer ataque mortal, el episodio ya resultaría imposible de encubrir.

¿Quiénes serían las autoridades? Un sheriff, seguramente, y ¿acaso no sería interesante que fuera un hombre que temía y odiaba el agua? ¿Quién sería su mujer? ¿Tendrían hijos? Y ¿buscarían la ayuda de alguna autoridad en tiburones? De un biólogo marino, por ejemplo, cuya ambición fuera estudiar al tiburón, no matarlo. Y ¿cómo reaccionaría el pueblo ante la presencia de aquel forastero?

Todas estas preguntas, y diez mil más, me asaltaron en cuanto empecé a contarme la historia a mí mismo. Pronto la historia empezó a contarse sola, y de vez en cuando los personajes se me escapaban y echaban a correr en direcciones distintas. Yo los refrenaba y hablaba con ellos y decidía si sus trayectorias eran apropiadas o no.

En la época en que escribí *Tiburón*, no existía el movimiento ecologista que conocemos hoy. Sí, se estaba formando una corriente de opinión a favor de salvar a las ballenas; sí, la gente era consciente de que la polución del aire y del agua era un problema; sí, se estaba reconociendo que los pesticidas y otras toxinas eran peligrosos para las aves y los peces. Sin embargo, para la población general, los océanos seguían siendo lo que habían sido siempre: eternos, invulnerables, capaces de consumir y de neutralizar todo lo que la humanidad les arrojara o les vertiera. En cuanto a los tiburones..., en fin, solo había un puñado de personas en el planeta que supieran algo de ellos. Para la mayoría de la gente, y sobre todo para los pescadores y los buceadores, el viejo cuento sobre los tiburones iba a misa: el único tiburón bueno es un tiburón muerto.

Yo me enorgullecía de conocer mejor a los tiburones que la población general, pero aun así sucumbía a la evidencia anecdótica —o a las evidencias, porque eran legión—, y las aceptaba como la verdad. ¿Acaso los tiburones atacaban barcas? Pues claro. ¿Y a los seres humanos? Ya lo creo. Había leído docenas de noticias de ataques de tiburones. Y ¿acaso se quedaban en una misma zona, matando una y otra vez, hasta que los cazaban y los mataban a ellos o bien agotaban las reservas de comida? Carajo, sí. ¿Recordáis a aquel tiburón que remontó *un río* en New Jersey y mató a cuatro personas? Una y otra vez les aseguré sin dudarlo a los entrevistadores que hasta el último incidente relacionado con tiburones que se describía en *Tiburón* (el libro, recordad, no la película) había pasado en realidad; no todos a la vez, y no todos protagonizados por el mismo tiburón, pero sí a lo largo de los años y en algún mar del mundo. Y tenía razón: todos los episodios contados en el libro habían sucedido..., pero no por las razones que yo planteaba, ni tampoco con los resultados que yo imaginaba.

Tardaría años en descubrir las verdades biológicas y conductuales de los tiburones en general y de los blancos en concreto. Las fui descubriendo despacio, de primera mano, a menudo en compañía de científicos, pescadores o buceadores, y todos fueron descubrimientos fascinantes, aunque también supusieron curas de humildad. Una de las primeras lecciones que aprendí fue que los tiburones no solo no buscan y atacan a los humanos, sino que nos evitan siempre que pueden —a fin de cuentas, somos unos alienígenas grandes, ruidosos y feos, que, desde la perspectiva de un tiburón, podemos suponer un peligro mortal— y casi nunca nos muerden. Ni siquiera les gusta cómo sabemos, y a menudo los tiburones blancos escupen a los humanos porque tenemos demasiados huesos y apenas grasa (comparados con las focas, claro).

Junto con el conocimiento acumulado de docenas de expediciones, de cientos de inmersiones y de incontables encuentros con tiburones de todas clases, me llegó la conciencia de que ahora no podría escribir *Tiburón*. Nunca podría demonizar a un animal, y sobre todo a un animal mucho más veterano y eficaz en su hábitat de lo que ha sido, es o será nunca el hombre, un animal que resulta vitalmente necesario para el equilibrio natural del mar, y un animal al que podemos —si no cambiamos nuestras conductas destructivas— extinguir de la faz de la tierra.

Mientras *Tiburón* se estaba preparando para publicarse, mis ambiciones con el libro eran, en el mejor de los casos, modestas. Sabía que no podía ser un éxito comercial. Para empezar, era mi primera novela, y, con contadas excepciones, como *Lo que el viento se llevó*, las primeras novelas tendían a languidecer olvidadas en los estantes de las librerías. Además, era una primera novela sobre una criatura marina, y no se me ocurría ninguna novela sobre criaturas marinas que hubiera obtenido éxito, ni crítico ni comercial. Además, sabía perfectamente que nadie haría una película basada en el libro, porque era imposible atrapar y adiestrar a un tiburón blanco, y la tecnología cinematográfica todavía no había alcanzado el nivel suficiente para crear una maqueta o una versión mecánica creíble.

El libro se publicó la primavera de 1974 y recibió críticas, por lo general, favorables; unos pocos lectores y reseñistas se mostraron entusiastas. Fidel Castro le dijo a un entrevistador de la National Public Radio que *Tiburón* era una metáfora maravillosa sobre la corrupción del capitalismo. Otros críticos lo describían como una alegoría del Watergate, o bien como un relato clásico de amistad masculina.

Poco después de publicarse, *Tiburón* llegó a la lista de los libros más vendidos en tapa dura del *New York Times* y se asentó allí durante cuarenta y cuatro semanas. Nunca, sin embargo, llegó al número uno. (Un inoportuno libro sobre un conejo, *La colina de Watership*, se negó a moverse del primer puesto.) En tapa blanda, la historia fue muy distinta: mantuvo el número uno durante meses en listas de todo el mundo. Solo en Estados Unidos vendió más de nueve millones de ejemplares. Pero aquel éxito tuvo que ver, en parte, con los preparativos del rodaje, con el estreno de la película, con una brillante estrategia de promoción cruzada entre la editorial de la edición de bolsillo y la productora de la película, y con una buena suerte fenomenal.

A lo largo de los años me ha producido una gratificación enorme que hubiera lectores que me dijeran que *Tiburón* era el primer libro para adultos que habían leído y que les había enseñado que leer podía ser divertido; que *Tiburón* había despertado un interés que los había llevado a estudiar biología marina (he sabido por un par de profesores universitarios que se atribuye el incremento de alumnos de posgrado de ciencias del mar en general y del estudio de los tiburones en concreto directamente al libro y a la película); o bien que *Tiburón* les había enseñado que los tiburones molaban tanto que querían hacerse activistas para la conservación del medio ambiente. Todos los años, un millar de jóvenes que no habían nacido al publicarse el libro o al estrenarse la película me escribían para contarme su preocupación por el descenso de las poblaciones de tiburones del mundo y para preguntarme cómo podían ayudar a salvar a aquellos animales fabulosos que habían descubierto en la novela.

Tiburón también me ha dado una segunda carrera. Me he pasado la última década trabajando básicamente a tiempo completo en temas de conservación marina, aunque todavía me resulta irresistible sumergirme con criaturas de gran tamaño en lugares remotos, y soy capaz de abandonarlo casi todo a cambio de la oportunidad de visitar a los tiburones blancos bajo el agua. No sé cuánto puedo conseguir —no sé cuánto puede conseguir nadie—, pero sí que sé que, después de todo lo que me han dado los tiburones, me sentiría un desagradecido si no les devolviera nada.

En 1973, antes de que se publicara el libro, me reuní con Richard D. Zanuck y David Brown, los productores para quienes Universal Pictures había comprado los derechos cinematográficos de *Tiburón*. Por entonces no tenía forma de saberlo, claro, pero era enormemente afortunado de estar en sus manos. (Más adelante nos descubriríamos todos afortunados de estar en las manos de un genio de veintiséis años llamado Steven Spielberg, pero por entonces nadie tenía forma de imaginarlo.) Richard y David no solo eran encantadores, graciosos y brillantes, y llevaban a la espalda décadas de sabiduría y experiencia en el negocio del cine, sino que también tenían el hábito de quebrantar dos de los estereotipos más tradicionales de Hollywood: no mentían y sí que te devolvían las llamadas.

Yo nunca había escrito un guion, pero me habían pedido que escribiera los dos primeros borradores del de *Tiburón* y me habían autorizado para ello. En nuestra primera reunión, y tras un intercambio de cortesías, Richard Zanuck me dijo (y estoy parafraseando): «La película va a ser una historia de aventuras de principio a fin, de forma que queremos que quites toda la parte romántica, toda la parte de la mafia y todo lo que solo nos distraería».

A los que nunca habéis leído *Tiburón*, y solo habéis visto la película, os imagino frunciendo el ceño. Os imagino preguntándoos: «¿Romántica? ¿Mafia? ¿De qué está hablando? ¿Dónde está todo eso?».

Seguid leyendo, por favor, y descubridlo vosotros mismos.

Peter Benchley

Para Wendy

PRIMERA PARTE

1

El gran tiburón se movía en silencio por el agua nocturna, impulsándose con latigazos breves de su cola en forma de media luna. Tenía la boca abierta lo justo para que le entrara agua en las branquias. No había mucho más movimiento: alguna que otra corrección del rumbo en apariencia aleatorio a base de elevar o bajar ligeramente una aleta pectoral, igual que los pájaros cambian de dirección bajando un ala y subiendo la otra. Sus ojos eran ciegos en la negrura y los demás sentidos tampoco le transmitían nada fuera de lo ordinario a su cerebro pequeño y primitivo. Aunque pudiera parecer que el tiburón estaba dormido, lo delataba el movimiento que le dictaban incontables millones de años de continuidad instintiva: a falta de la vejiga natatoria común en otros peces y de alerones que palpitaran para introducir agua cargada de oxígeno en las branquias, solo podía sobrevivir a base de moverse. Si se detuviera, se hundiría hasta el fondo y moriría de anoxia.

En ausencia de luna, la tierra se veía igual de oscura que el agua. Lo único que separaba el mar de la costa era una franja alargada y recta de playa, tan blanca que brillaba en la oscuridad. Las luces de una casa situada al otro lado de las dunas salpicadas de hierba proyectaban su resplandor amarillo sobre la arena.

Se abrió la puerta de la casa y salieron al porche de madera un hombre y una mujer. Se quedaron mirando un momento el mar, se dieron un abrazo rápido y bajaron correteando los pocos escalones que los separaban de la arena. El hombre estaba borracho y se tropezó en el escalón inferior. La mujer se rio y le cogió la mano, y los dos corrieron juntos a la playa.

—Ve a nadar primero —dijo la mujer—. Así te despejas la cabeza.

—Olvídate de mi cabeza —repuso el hombre. Entre risillas, se dejó caer de espaldas en la arena, arrastrándola con él. Se desnudaron torpemente el uno al otro, hechos un enredo de brazos y piernas, y se revolcaron con ardor urgente sobre la playa.

Al acabar, el hombre se quedó tumbado boca arriba con los ojos cerrados. La mujer lo miró con una sonrisa.

—¿Qué me dices de nadar ahora? —preguntó.

—Ve tú. Yo te espero aquí.

La mujer se levantó y caminó hasta donde la espuma le lamía suavemente los tobillos. Solo estaban a mediados de junio, de manera que el agua todavía estaba más fría que el aire nocturno. La mujer levantó la voz:

—¿Seguro que no quieres venir? —Pero el hombre se había dormido y no contestó.

La mujer retrocedió unos pasos y se metió corriendo en el agua. Sus zancadas fueron largas y elegantes hasta que le rompió una ola pequeña contra las rodillas. Vaciló, recuperó el equilibrio y saltó por encima de la siguiente, que le rebasó la cintura. El agua solo le cubría hasta las caderas, de forma que volvió a ponerse de pie, se apartó el cabello de los ojos y siguió caminando hasta que el agua le cubrió los hombros. Y entonces empezó a nadar, con brazadas entrecortadas y la cabeza por encima de la superficie, como nadan quienes no tienen formación.

A un centenar de metros de la orilla, el tiburón notó un cambio en el ritmo del mar. No vio a la mujer y tampoco la olió. Le recorrían el cuerpo una serie de finos canales, llenos de mucosa y cubiertos de terminaciones nerviosas, y fueron aquellos nervios los que detectaron vibraciones y mandaron señales a su cerebro. El tiburón giró hacia la orilla.

La mujer siguió alejándose a nado de la costa, deteniéndose de vez en cuando para comprobar su posición en relación con las luces encendidas de la casa. No había marea, con lo cual no se había desplazado ni a un lado ni al otro de la playa. Pero se estaba cansando, de forma que se detuvo un momento, flotando sin tocar fondo, e inició el camino de regreso a la playa.

Ahora las vibraciones eran más fuertes y el tiburón reconoció a una presa. Los latigazos de su cola se aceleraron, impulsando el cuerpo gigante hacia delante con una rapidez que agitó a los animalillos fosforescentes del agua y los hizo brillar, proyectándole sobre el cuerpo un manto de chispas.

El tiburón se acercó a la mujer y le pasó a toda velocidad por un costado, a cuatro metros de ella y a dos por debajo de la superficie. La mujer solo sintió un embate de presión que pareció elevarla en el agua y hacerla bajar otra vez. Dejó de nadar y contuvo la respiración, pero no sintió nada más, de forma que reanudó sus brazadas entrecortadas.

En ese momento el tiburón la olió, y las vibraciones —bruscas y erráticas— le indicaron miedo. El tiburón empezó a nadar en círculos más cerca de la superficie. Su aleta dorsal emergió y su cola, sacudiéndose de un lado a otro, traspasó con un susurro la superficie cristalina. Le surcaron el cuerpo una serie de temblores.

Por primera vez, la mujer sintió miedo, aunque sin saber por qué. La adrenalina le fluyó por el tronco y las extremidades, generando un calor y un hormigueo que la apremiaron a nadar más deprisa. Calculó que debía de estar a unos cincuenta metros de la orilla. Ya podía ver la línea de espuma blanca que dejaban las olas al romper en la playa. Vio las luces de la casa y, por un instante, la reconfortó la impresión de que pasaba alguien tras una de las ventanas.

El tiburón estaba a una docena de metros de la mujer, a un costado, cuando viró bruscamente a la izquierda, se sumergió por completo y con un par de latigazos rápidos de la cola se abalanzó sobre ella.

Al principio la mujer creyó que se había enganchado la pierna en una roca o en un pedazo flotante de madera. En un primer momento no sintió dolor; solo un tirón violento en la pierna derecha. Estiró el brazo para tocarse el pie, pataleando con la pierna izquierda para mantener la cabeza por encima del agua y palpando a oscuras con la mano izquierda. No se lo pudo encontrar. Buscó a tientas en una parte más alta de la pierna y la invadió una ráfaga de náuseas y vértigo. Sus dedos acababan de encontrar una protuberancia de hueso y carne desgarrada. Supo que el líquido cálido que le fluía rítmicamente entre los dedos en medio del agua helada era su sangre.

El dolor y el pánico la golpearon a la vez. La mujer echó la cabeza hacia atrás y soltó un grito gutural de terror.

El tiburón se había alejado. Se tragó la pierna de la mujer sin masticarla. Los huesos y la carne le bajaron con un solo espasmo por el enorme esófago. A continuación, se volvió a girar, guiándose por el chorro de sangre que le manaba a la mujer de la arteria femoral, una baliza tan clara y fiable como un faro en una noche despejada. Esta vez atacó a la mujer desde abajo. Se lanzó hacia arriba con las mandíbulas abiertas. La enorme cabeza cónica la golpeó como si fuera una locomotora, sacándola del agua. Las fauces se le cerraron en torno al torso, aplastando huesos, carne y órganos hasta hacerlos pulpa. Con el cuerpo de la mujer en la boca, el tiburón impactó contra el agua con un estruendo tremendo, provocando una cascada resplandeciente de espuma, sangre y fosforescencia.

Ya bajo la superficie, el tiburón sacudió la cabeza de lado a lado y sus dientes serrados y triangulares partieron los pocos tendones que todavía se resistían. El cadáver se deshizo. El tiburón tragó y se dio la vuelta para seguir alimentándose. Su cerebro todavía registraba las señales de la proximidad de la presa. El agua estaba llena de sangre y jirones de carne, y el tiburón no podía distinguir lo que era simple señal de la sustancia. Se dedicó a surcar en todas direcciones la nube de sangre a medio disipar, abriendo y cerrando la boca, en busca de algún pedazo que se le hubiera escapado. A aquellas alturas, sin embargo, ya se habían dispersado la mayoría de los trozos. Unos pocos se hundieron despacio hasta posarse en la arena del fondo, donde la corriente se dedicó a moverlos perezosamente. Unos cuantos se alejaron a la deriva justo por debajo de la superficie, arrastrados por las olas que llevaban a la orilla.

El hombre se despertó, temblando por culpa del frío matinal. Tenía la boca seca y pegajosa, y el eructo que soltó al despertarse le supo a bourbon y a maíz. Todavía no había salido el sol, pero una línea de color rosa en el horizonte oriental le decía que ya se aproximaba el alba. Las estrellas todavía flotaban tenues en la penumbra del cielo. El hombre se levantó y empezó a vestirse. Le molestaba que la mujer no lo hubiera despertado al volver a casa, y le resultó curioso que se hubiera dejado la ropa en la playa. La recogió y caminó de regreso a la casa.

Cruzó el porche de puntillas y abrió con cuidado la puerta mosquitera, acordándose de que chirriaba cuando la abrías de golpe. El salón estaba vacío y a oscuras, lleno de vasos medio vacíos, ceniceros y platos sucios. Lo cruzó, giró a la derecha por un pasillo y pasó frente a dos puertas cerradas. La puerta de la habitación que compartía con la mujer estaba abierta y la lámpara de una de las mesillas de noche encendida. Las dos camas estaban hechas. Tiró la ropa de la mujer sobre una de las camas, volvió a la sala de estar y encendió una luz. Los dos sofás estaban vacíos.

Había dos dormitorios más en la casa. En uno dormían los dueños. El otro lo ocupaban los otros invitados. Evitando hacer ruido, el hombre abrió la puerta del primer dormitorio. Había dos camas, cada una de las cuales albergaba visiblemente a una sola persona. Cerró la puerta y fue a la habitación siguiente. La pareja de anfitriones dormía cada uno en su lado de una cama *king-size*. El hombre cerró la puerta y volvió a su habitación para mirar el reloj. Eran casi las cinco.

Se sentó en una de las camas y miró el montón de ropa que había sobre la otra. Ya no cabía duda de que la mujer no estaba en la casa. Y a la cena no habían asistido más invitados, de forma que, a menos que hubiera conocido a alguien en la playa mientras él dormía, no podía haberse marchado con nadie. Y aunque lo hubiera hecho, pensó, seguramente se habría llevado algo de ropa.

Solo entonces permitió a su mente plantearse la posibilidad de un accidente. La posibilidad se convirtió enseguida en certeza. Volvió al dormitorio del anfitrión, se detuvo un momento junto a la cama y por fin le puso una mano suavemente en el hombro.

—Jack —dijo, dándole un golpecito en el hombro—. Eh, Jack.

El hombre suspiró y abrió los ojos.

—¿Qué?

—Soy yo. Tom. Siento muchísimo despertarte, pero creo que quizá tengamos un problema.

—¿Qué problema?

—¿Has visto a Chrissie?

—¿Cómo que si he visto a Chrissie? Está contigo, ¿no?

—Pues no. O sea, no la encuentro.

Jack se incorporó hasta sentarse y encendió una luz. Su mujer se movió y se tapó la cabeza con la sábana. Jack se miró el reloj.

—Dios bendito. Son las cinco de la mañana. ¿Y no puedes encontrar a tu chica?

—Ya lo sé —respondió Tom—. Lo siento. ¿Te acuerdas de cuándo la viste por última vez?

—Claro que me acuerdo. Dijo que os ibais a nadar y salisteis los dos al porche. ¿Cuándo la viste por última vez tú?

—En la playa. Luego me quedé dormido. ¿Quieres decir que no volvió?

—Que yo sepa, no. Por lo menos no antes de que nos acostáramos, que fue alrededor de la una.

—He encontrado su ropa.

—¿Dónde? ¿En la playa?

—Sí.

—¿Has mirado en la sala de estar?

Tom asintió con la cabeza.

—Y también en la habitación de los Henkel.

—¡En la habitación de los Henkel!

Tom se sonrojó.

—No hace mucho que la conozco. Podría ser un poco rara, supongo. Y los Henkel también. No estoy sugiriendo nada. Solo quería mirar en toda la casa antes de despertarte.

—¿Y qué piensas?

—Lo que estoy empezando a pensar —dijo Tom— es que quizá haya tenido un accidente. Quizá se haya ahogado.

Jack se lo quedó mirando un momento y echó otro vistazo al reloj.

—No sé a qué hora entra a trabajar la policía en este pueblo, pero supongo que es tan buen momento como cualquier otro para comprobarlo.

2

El agente Len Hendricks estaba sentado a su mesa de la comisaría de Amity, leyendo una novela de detectives titulada *Mortalmente tuya.* En el momento en que sonó el teléfono, la heroína, una chica llamada Whistling Dixie, estaba a punto de ser violada por un club de moteros. Hendricks lo dejó sonar hasta que la señorita Dixie castró al primero de sus atacantes con un cúter que se había escondido en el pelo.

Cogió el teléfono.

—Policía de Amity, agente Hendricks —contestó—. ¿En qué puedo ayudarle?

—Le habla Jack Foote, vecino de Old Mill Road. Quiero denunciar una desaparición. O por lo menos creo que es una desaparición.

—¿Puede repetirlo, señor? —Hendricks había servido en Vietnam como operador de radio y le gustaba la terminología militar.

—Una de mis invitadas salió a nadar alrededor de la una de la madrugada —dijo Foote—. Y todavía no ha vuelto. Su pareja ha encontrado su ropa en la playa.

Hendricks se puso a tomar notas en un cuaderno.

—¿Y cómo se llama la persona en cuestión?

—Christine Watkins.

—¿Edad?

—No lo sé. Espere. Unos veinticinco. Su pareja dice que algo así.

—¿Altura y peso?

—Un momento. —Hubo una pausa—. Creemos que metro setenta, y entre cincuenta y cinco y sesenta kilos.

—¿Color de cabello y de ojos?

—Escuche, agente, ¿para qué necesita todo esto? Si la mujer se ha ahogado, seguramente será la única, por lo menos esta noche, ¿no? No tienen ustedes un promedio de más de una persona ahogada por noche, ¿verdad?

—¿Quién dice que se haya ahogado, señor Foote? Quizá haya salido a pasear.

—¿Completamente desnuda y a la una de la madrugada? ¿Le ha llegado algún aviso de que haya una mujer paseando desnuda?

Hendricks disfrutó de la oportunidad para mostrarse insufriblemente impertérrito:

—No, señor Foote, todavía no. Pero, en cuanto empieza la temporada de verano, nunca se sabe qué va a pasar. El agosto pasado, una panda de maricones montaron un baile junto al club. Desnudos. ¿Color de cabello y de ojos?

—El pelo es... rubio oscuro, supongo. Trigueño. No sé de qué color tiene los ojos. Tengo que preguntárselo a su pareja. Dice que tampoco lo sabe. Digamos que castaños.

—Muy bien, señor Foote. Nos ponemos con ello. Le avisaremos en cuanto averigüemos algo.

El agente colgó y se miró el reloj. Eran las 5:10. El jefe todavía tardaría una hora en levantarse, y Hendricks no se moría precisamente de ganas de despertarlo por algo tan incierto como una denuncia por desaparición. Era posible que la chavala estuviera follando entre los matorrales con algún tipo al que había conocido en la playa. Por otro lado, si la corriente había arrastrado un cuerpo a alguna parte, el jefe Brody iba a querer hacerse cargo de él antes de que lo encontrara alguna niñera con un par de críos y la cosa acabara en alteración del orden público.

Buen juicio, eso era lo que el jefe siempre le estaba diciendo que necesitaba; era lo que caracterizaba a un buen policía. Y el desafío intelectual del trabajo policial había contribuido a su decisión de unirse al cuerpo de Amity tras volver de Vietnam. La paga era decente: 9.000 dólares para empezar y 15.000 pasados quince años, más beneficios. El trabajo policial ofrecía seguridad, un horario regular y la oportunidad de pasarlo bien, no solo dando pescozones a niñatos revoltosos o pescando a borrachos, sino también resolviendo robos a domicilio, intentando atrapar a algún que otro violador (el verano anterior, un jardinero negro había violado a siete blancas ricas, ninguna de las cuales había querido comparecer ante el tribunal para atestiguar contra él), y —en un plano un poco más elevado— la oportunidad de convertirse en un miembro respetado y útil de la comunidad. Y ser policía en Amity no era muy peligroso, por lo menos comparado con trabajar para una fuerza metropolitana. La última muerte en acto de servicio de un policía de Amity había tenido lugar en 1957, cuando un agente había intentado detener a un borracho que conducía a toda pastilla por la autopista de Montauk, se había salido de la carretera y se había estampado contra un muro de piedra.

Hendricks estaba convencido de que, en cuanto lo sacaran de aquel turno de mala muerte de entre la medianoche y las ocho, empezaría a disfrutar de su trabajo. De momento, sin embargo, era un peñazo. Sabía perfectamente por qué tenía el turno de noche. Al jefe Brody le gustaba amoldar despacio a los agentes jóvenes, dejar que desarrollaran los fundamentos del trabajo policial —buen juicio, fiabilidad, tolerancia y cortesía— a unas horas del día en que no hubiera demasiado ajetreo.

El turno de más trabajo era el de entre las ocho de la mañana y las cuatro de la tarde, y requería experiencia y diplomacia. En aquel turno trabajaban seis hombres. Uno se encargaba del tráfico estival en la intersección de las calles Main y Water. Otros dos patrullaban en coches. Otro contestaba el teléfono de la comisaría. Otro hacía el trabajo administrativo. Y el jefe trataba con el público, es decir, con las señoras que se quejaban de que no podían dormir por culpa del ruido que hacían el Randy Bear o el Saxon's, las dos tabernas del pueblo; con los propietarios que se quejaban de que los vagabundos estaban ensuciando las playas o armando jaleo; y con los banqueros, agentes de bolsa y abogados de vacaciones que pasaban por comisaría con la intención de explicar sus diversos planes para asegurarse de que Amity fuera una colonia de veraneo impoluta y exclusiva.

El turno de entre las cuatro y la medianoche era el de los problemas, cuando los jóvenes gallitos de los Hamptons se agolpaban en el Randy Bear y se metían en peleas o simplemente se emborrachaban hasta el punto de convertirse en un peligro en las carreteras; en muy contadas ocasiones, un par de depredadores venidos de Queens acechaban en los callejones oscuros y atracaban a los transeúntes; y, aproximadamente un par de veces al mes en verano, y tras acumular la evidencia suficiente, la policía se veía obligada a escenificar una redada de marihuana en alguno de los edificios de primera línea de mar. En el turno de las cuatro a la medianoche había seis hombres, los seis más corpulentos de la policía local, todos de entre treinta y cincuenta años.

El turno de entre la medianoche y las ocho solía ser tranquilo. Durante nueve meses al año, la paz estaba prácticamente garantizada. El mayor acontecimiento del pasado invierno había sido una tormenta eléctrica que había disparado todas las alarmas que conectaban la comisaría con cuarenta y ocho de las viviendas más grandes y caras de Amity. Normalmente, durante el verano había tres agentes asignados al turno de entre la medianoche y las ocho. Uno de ellos, sin embargo, un joven llamado Dick Angelo, se estaba tomando dos semanas de permiso antes de que llegara lo peor de la temporada. El otro era un veterano de treinta años llamado Henry Kimble, que había elegido el turno de noche porque le permitía echar una cabezada: de día trabajaba de camarero en el Saxon's. Hendricks intentó localizar a Kimble por radio para pedirle que se diera una vuelta por la playa de Old Mill Road, pero sabía que era inútil. Como de costumbre, Kimble estaría profundamente dormido en un coche patrulla aparcado detrás de la farmacia del pueblo. De forma que Hendricks cogió el teléfono y marcó el número de la casa del jefe Brody.

Brody dormía de esa forma intermitente, previa a despertarse, en que los sueños cambian rápidamente y uno tiene momentos de semiconsciencia adormilada. El primer timbrazo del teléfono fue asimilado por el sueño, una visión de sí mismo magreando a una chica en una escalera de su instituto. El segundo timbrazo deshizo la visión. Se dio la vuelta en la cama y cogió el teléfono.

—¿Sí?

—Jefe, soy Hendricks. Perdón por molestarle tan temprano, pero...

—¿Qué hora es?

—Las cinco y veinte.

—Leonard, más te vale que sea importante.

—Creo que nos ha salido un cuerpo a flote.

—¿Nos ha salido un qué?

A Hendricks se le estaban contagiando expresiones de sus lecturas nocturnas.

—Es posible que se haya ahogado una persona —dijo, avergonzado. Le contó a Brody la llamada telefónica de Foote—. No sabía si querría usted echar un vistazo antes de que salga a nadar la gente. O sea, parece que va a hacer buen día.

Brody soltó un suspiro exagerado.

—¿Dónde está Kimble? —preguntó, y añadió rápidamente—: En fin, da igual. Qué tontería de pregunta. Un día de estos le voy a amañar la radio para que no pueda apagarla.

Hendricks esperó un momento antes de volver a hablar:

—Como le digo, jefe, siento molestarlo...

—Sí, ya lo sé, Leonard. Has hecho bien en llamar. Ya estoy despierto, o sea que más me vale levantarme. Me afeito, me ducho, cojo un café y voy para allá. De camino echaré un vistazo por la playa de Old Mill y Scotch, solo para asegurarme de que el «cuerpo a flote» no esté afeándole la playa a nadie. Y cuando lleguen los chavales del turno de día, me acercaré a hablar con Foote y con el novio de la chica. Nos vemos.

Brody colgó y se desperezó. Miró a su mujer, que estaba acostada a su lado en la cama doble. Se había movido al sonar el teléfono, pero, tras comprobar que no había ninguna emergencia, se había vuelto a dormir.

Ellen Brody tenía treinta y seis años, cinco menos que su marido, y el hecho de que apenas aparentara treinta era al mismo tiempo motivo de orgullo y de fastidio para Brody: de orgullo porque, como se la veía guapa y joven y estaba casada con él, le hacía parecer un hombre dotado de un gusto excelente y de un atractivo sustancial; y de fastidio por que su mujer hubiera conseguido mantener el buen tipo después de tener tres criaturas, mientras que Brody —aunque no se podía decir que fuera gordo, con su metro ochenta y cinco y sus noventa kilos— ya se estaba empezando a preocupar por su presión sanguínea y su panza. A veces, durante el verano, se sorprendía a sí mismo mirando con lujuria ociosa a alguna de las chicas jóvenes de piernas largas que retozaban por el pueblo, con los pechos rebotando libres bajo sus finas camisetas de algodón. Pero era una sensación que no le gustaba, porque siempre le hacía preguntarse si Ellen debía de sentir el mismo cosquilleo cuando miraba a aquellos jóvenes bronceados y delgados que tan bien complementaban a las chicas de piernas largas. Y en cuanto le venía aquel pensamiento, se sentía todavía peor, porque lo reconocía como señal de que ya pasaba de los cuarenta y ya había vivido más de la mitad de su vida.

Los veranos eran la peor época para Ellen Brody, porque en verano la torturaban pensamientos que no quería tener: pensamientos de oportunidades perdidas y de las vidas que podría haber tenido. Veía a gente con la que había crecido: compañeras de instituto que se habían casado con banqueros y corredores de bolsa, que veraneaban en Amity y pasaban el invierno en Nueva York, mujeres gráciles que daban raquetazos en la pista de tenis y animaban las conversaciones con igual naturalidad, mujeres que (Ellen estaba convencida) se burlaban de ella, Ellen Shepherd, por haberse casado con aquel policía que la dejó preñada en el asiento de atrás de su Ford de 1948, cosa que no era verdad.

Ellen tenía veintiún años cuando conoció a Brody. Acababa de terminar su primer año en el Wellesley y estaba veraneando en Amity con sus padres, igual que había hecho los once años anteriores, desde que la agencia de publicidad de su padre lo había trasladado de Los Ángeles a Nueva York. Aunque, a diferencia de algunas de sus amigas, Ellen Shepherd no estaba particularmente obsesionada con el matrimonio, sí que daba por sentado que, en el primer año o dos tras licenciarse de la universidad, se casaría con alguien de posición social y financiera parecida a la suya. La idea no la preocupaba ni tampoco la alegraba. Disfrutaba de la modesta fortuna que había amasado su padre, y sabía que su madre también. Pero no se moría precisamente de ganas de vivir una vida que fuera una repetición de la de sus padres. Estaba familiarizada con la banalidad de los problemas de aquella clase social y la aburrían. Se consideraba una chica sencilla, orgullosa del hecho de que en el anuario de la promoción de 1953 de la Escuela de la Señorita Porter la hubieran elegido Persona Más Sincera.

Su primer contacto con Brody fue profesional. Fue una detención; concretamente, la detención del chico con el que salía. Era de madrugada y la estaba llevando en coche a su casa un joven extremadamente borracho y decidido a conducir a todo gas por unas callecitas estrechas. El coche fue interceptado y detenido por un policía que impresionó a Ellen por su juventud, su apostura y su cortesía. Tras entregarle una citación al conductor, le confiscó las llaves y los llevó a ambos a sus respectivas casas. A la mañana siguiente, Ellen estaba de compras cuando se encontró cerca de la comisaría. Por pura diversión, entró y preguntó por el nombre del joven agente que había estado de servicio alrededor de la medianoche anterior. Luego se fue a casa, le escribió a Brody una nota de agradecimiento por su amabilidad y le escribió otra al jefe de policía elogiando al joven Martin Brody, que la telefoneó para darle las gracias por su nota de agradecimiento.

Cuando la invitó a cenar y al cine en su noche libre, ella aceptó por curiosidad. Apenas había hablado nunca con un policía, ya no digamos salir con uno. Brody estaba nervioso, pero Ellen parecía tan genuinamente interesada por él y por su trabajo que al final se tranquilizó lo bastante como para pasarlo bien. Ellen lo encontró encantador: fuerte, sencillo, amable... y sincero. Llevaba seis años trabajando de policía. Decía que su ambición era llegar a jefe de la policía de Amity, tener hijos a los que llevar a cazar patos en otoño y ahorrar lo bastante como para hacer unas vacaciones como Dios manda cada dos o tres años.

Se casaron aquel mes de noviembre. Los padres de Ellen querían que terminara la universidad, y Brody se había mostrado dispuesto a esperar al verano siguiente, pero

Ellen no creía que un año más de universidad fuera a mejorar para nada la vida que había elegido tener.

Durante los primeros años hubo momentos incómodos. Las amigas de Ellen los invitaban a cenar o a comer o a nadar, y ellos aceptaban, pero Brody se sentía fuera de lugar y tratado con condescendencia. Cuando salían juntos con los amigos de Brody, el pasado de Ellen parecía reprimir la diversión; todos se comportaban como si tuvieran miedo de dar algún paso en falso. Poco a poco, y a medida que hacían nuevas amistades, desapareció la incomodidad. Pero dejaron de ver a las viejas amigas de Ellen. Aunque quitarse el estigma de «veraneante» le granjeó el afecto de quienes residían todo el año en Amity, a cambio Ellen perdió una gran parte de lo que le había resultado agradable y familiar durante los primeros veintiún años de su vida. Era como si se hubiera mudado a otro país.

Hasta hacía unos cuatro años, no le había importado aquel distanciamiento. Estaba demasiado ajetreada y demasiado feliz criando hijos como para dedicarse a pensar en alternativas que pertenecían al pasado, pero, cuando su última criatura empezó la escuela, se encontró a la deriva, y comenzó a obsesionarse con los recuerdos de cómo había vivido su madre después de que sus hijos se separaran de ella: excursiones para ir de compras (divertidas, porque había el dinero suficiente para comprar prácticamente todas las cosas más caras), largos almuerzos con amigas, tenis, cócteles, salidas de fin de semana. Lo mismo que antaño le había parecido banal y tedioso, ahora, en sus recuerdos, se erigía como el paraíso.

Al principio intentó restablecer los lazos con aquellas amigas a las que llevaba diez años sin ver, pero hacía tiempo que habían desaparecido todos sus intereses y experiencias comunes. Ellen les hablaba en tono risueño de la comunidad, de la política local y de su trabajo como voluntaria en el Hospital de Southampton, unos temas de los cuales sus viejas amigas, muchas de las cuales llevaban más de treinta años yendo de vacaciones a Amity todos los veranos, sabían poco, y todavía les interesaban menos. Ellas le hablaban de la política de Nueva York, de galerías de arte y pintores y escritores a los que conocían. La mayoría de las conversaciones terminaban con vagas reminiscencias y especulaciones acerca de dónde debían de estar las viejas amistades. Siempre había promesas de volverse a llamar y de volverse a juntar.

De vez en cuando, intentaba hacer amigas nuevas entre las veraneantes a las que no conocía, pero eran relaciones forzadas y breves. Podrían haber durado más si a Ellen le hubieran dado menos vergüenza su casa, el trabajo de su marido y lo poco que ganaba. Siempre se aseguraba de que todo el mundo a quien conocía supiera que había empezado su vida en Amity en un plano completamente distinto. Era consciente de lo que estaba haciendo, y se odiaba a sí misma por ello, porque de hecho quería mucho a su marido, adoraba a sus hijos y —durante la mayor parte del año— estaba contenta con la vida que tenía.

A aquellas alturas ya había renunciado prácticamente a sus incursiones en la comunidad de veraneantes, pero el resentimiento y la añoranza persistían. Era infeliz y le hacía pagar la mayor parte de aquella infelicidad a su marido, algo que los dos entendían, pero que solo él podía tolerar. A Ellen le habría gustado ponerse en animación suspendida durante aquella cuarta parte del año.

Brody se dio la vuelta en la cama hacia Ellen, incorporándose sobre el codo y apoyando la cabeza en la mano. Con la otra mano le apartó a su mujer un mechón de cabello que le estaba haciendo cosquillas en la nariz y provocando que la arrugara. Todavía le duraba la erección de los vestigios de su último sueño, y se planteó despertarla para echar un polvo rápido. Sabía que a ella le costaba un buen rato despejarse, y que su humor de primera hora de la mañana era más cascarrabias que romántico. Aun así, sería divertido. No había habido mucho sexo últimamente en casa de los Brody. Casi nunca lo había cuando Ellen sufría sus depresiones veraniegas.

En aquel momento, Ellen abrió la boca y se puso a roncar. Brody sintió que se le pasaba el calentón igual que si alguien le hubiera echado hielo en la entrepierna. Se levantó y fue al baño.

Eran casi las 6:30 cuando Brody llegó a Old Mill Road. El sol ya estaba alto. Había perdido el tono rojizo del alba y estaba pasando del naranja al amarillo brillante. No había ni una nube en el cielo.

En teoría había derecho de paso entre todas las casas, a fin de garantizar el acceso público a la playa, que solo podía ser de propiedad privada hasta la línea de demarcación de la marea alta. Sin embargo, casi todas las vías de paso entre las casas estaban ocupadas por garajes o setos de ligustro. Desde la carretera ya no se veía la playa. Lo único que Brody alcanzaba a ver era la cima de las dunas. De forma que cada cien metros aproximadamente se vio obligado a parar el coche patrulla y caminar por la entrada de una de las casas hasta llegar a algún punto desde el que pudiera otear la playa.

No se veía ningún cuerpo. Lo único que divisó sobre la ancha extensión blanca fueron pedazos de madera arrastrada por la marea, un par de latas y una franja de un metro de ancho de algas empujadas a la orilla por la brisa del sur. Prácticamente no había espuma, de forma que, de haber algo flotando en la superficie, resultaría visible. Si hay un cuerpo, pensó Brody, estará flotando por debajo de la superficie y no lo veré hasta que las olas lo lleven a tierra.

A las siete en punto Brody ya había inspeccionado la playa entera entre Old Mill y Scotch Road. Lo único que había visto que le había parecido remotamente llamativo era un plato de plástico en el que había tres pieles confitadas de naranja, señal de que los pícnics estivales en la playa iban a ser más elegantes que nunca.

Condujo de vuelta por Scotch Road, giró hacia el norte en dirección al centro del pueblo por Bayberry Lane y llegó a la comisaría a las 7:10.

Hendricks estaba terminando el papeleo al entrar Brody y pareció decepcionado por el hecho de que su jefe no trajera un cadáver a rastras.

—¿No ha habido suerte, jefe? —preguntó.

—Depende de a qué te refieras con suerte, Leonard. Si me estás preguntando si he encontrado un cadáver y si no es una lástima que no lo haya encontrado, la respuesta a ambas preguntas es que no. ¿Ha llegado ya Kimble?

—No.

—Pues espero que no esté durmiendo. Vamos a quedar retratados si el tío todavía está roncando en un coche patrulla cuando la gente empiece a hacer la compra.

—Llegará a las ocho —dijo Hendricks—. Como cada día.

Brody se sirvió un café, entró en su despacho y se puso a hojear la prensa matinal: la primera edición del *Daily News* de Nueva York y el periódico local, el *Amity Leader*, que salía una vez a la semana en invierno y a diario en verano.

Kimble llegó poco antes de las ocho, con pinta, cómo no, de haber dormido con el uniforme puesto, y se tomó un café con Hendricks mientras esperaban a que apareciera la gente del turno de día. El sustituto de Hendricks llegó a las ocho en punto, y Hendricks ya se estaba poniendo su chaqueta de cuero de aviador y preparándose para marcharse cuando Brody salió de su despacho.

—Me voy a ver a Foote, Leonard. ¿Quieres venir? No hace falta, pero he pensado que quizá querrías seguir el caso del cuerpo a flote —sugirió Brody con una sonrisa.

—Por qué no —aceptó Hendricks—. Hoy no tengo nada, o sea que puedo dormir toda la tarde.

Fueron en el coche de Brody. Cuando pararon frente a la casa de Foote, Hendricks dijo:

—¿Qué se apuesta a que están durmiendo? Me acuerdo de que el verano pasado llamó una mujer a la una de la madrugada y me pidió que fuera a primera hora de la mañana porque creía que le habían desaparecido unas joyas. Me ofrecí para ir en el acto y me contestó que no, que se iba a la cama. En cualquier caso, me presenté a las diez de la mañana siguiente y la tía me echó. «No quería decir tan temprano», me dijo.

—Ya veremos —repuso Brody—. Si están preocupados de verdad por esa señorita, estarán despiertos.

La puerta se abrió casi antes de que Brody terminara de llamar.

—Estábamos esperando que nos llamaran —se quejó un joven—. Soy Tom Cassidy. ¿La han encontrado?

—Soy el sheriff Brody. Este es el agente Hendricks. No, señor Cassidy, no la hemos encontrado. ¿Podemos entrar?

—Ah, claro, claro. Perdonen. Pasen al salón. Voy a buscar a los Foote.

Brody tardó menos de cinco minutos en averiguar todo lo que creía necesitar saber. Luego, con la esperanza de descubrir algo útil, pero también a fin de parecer concienzudo, pidió que le enseñaran la ropa de la mujer desaparecida. Lo acompañaron al dormitorio y examinó las prendas sobre la cama.

—¿No llevaba bañador?

—No —respondió Cassidy—. Está en el cajón de arriba. Ya he mirado.

Brody hizo una pausa, eligiendo con cuidado sus palabras, y por fin dijo:

—Señor Cassidy, no quiero parecer frívolo ni nada parecido, pero ¿acaso la señorita Watkins tiene costumbre de comportarse de forma extraña? Por ejemplo, irse en mitad de la noche, o caminar por ahí desnuda...

—Que yo sepa, no —respondió Cassidy—. Pero la verdad es que no la conozco mucho.

—Ya veo. Pues supongo que nos toca volver a la playa. No hace falta que venga usted. Podemos encargarnos Hendricks y yo.

—Me gustaría ir, si no le importa.

—No me importa. Simplemente pensaba que no querría.

Los tres hombres caminaron hasta la playa. Cassidy les enseñó a los policías el sitio donde se había quedado dormido —seguía estando allí la marca que había dejado su cuerpo en la arena—, y el lugar donde había encontrado la ropa de la mujer.

Brody examinó la playa en una dirección y en otra. Hasta donde le alcanzaba la vista, que era unos dos kilómetros en ambas direcciones, la playa estaba vacía. Las únicas manchas oscuras en la arena blanca eran los montones de algas.

—Demos un paseo —dijo—. Leonard, tú ve al este, hasta la punta. Señor Cassidy, usted y yo iremos al oeste. ¿Llevas tu silbato, Leonard? Por si acaso.

—Lo llevo —asintió Hendricks—. ¿Le importa si me quito los zapatos? Es más fácil caminar por la arena dura, y no quiero mojarlos.

—No me importa —contestó Brody—. Técnicamente, estás fuera de servicio. Si quieres, puedes quitarte los pantalones. Aunque en ese caso te detendré por exhibición impúdica, claro.

Hendricks echó a andar hacia el este. Notaba la arena mojada, dura y fría bajo los pies. Caminó con la cabeza gacha y las manos en los bolsillos, mirando las conchas diminutas y las marañas de algas. Frente a él salían corriendo algunos bichos —le pareció que eran escarabajos negros— y cada vez que se retiraba la espuma de las olas veía aparecer burbujitas sobre los agujeros que dejaban las lombrices de arena. El paseo le resultó agradable. Es curioso, pensó; cuando vives toda la vida en un sitio, casi nunca haces las cosas que hacen los turistas, como pasear por la playa o nadar en el océano. No se acordaba de la última vez que había salido a nadar. Ni siquiera estaba seguro de tener todavía un bañador. Era como algo que había oído de Nueva York: que la mitad de la gente que vivía en la ciudad nunca había subido a lo alto del Empire State Building ni había visitado la Estatua de la Libertad.

De vez en cuando, Hendricks levantaba la vista para ver cómo de cerca estaba ya la punta. En una ocasión se giró para ver si Brody y Cassidy habían encontrado algo. Supuso que ya debían de estar a casi un kilómetro de distancia.

Cuando se giró otra vez para seguir andando, Hendricks vio algo más adelante, una maraña de hierbas y algas que le pareció inusualmente grande. Debía de tenerlas a unos treinta metros cuando empezó a pensar que quizá las algas estuvieran enganchadas a algo.

Cuando llegó adonde estaba la maraña, Hendricks se agachó para arrancar unas cuantas algas. De pronto se detuvo. Se quedó unos segundos mirando, petrificado. Buscó el silbato en el bolsillo de sus pantalones, se lo llevó a los labios y trató de soplar. En vez de soplar, sin embargo, vomitó, retrocedió tambaleándose y se dejó caer de rodillas.

Enredada con la maraña de algas había la cabeza de una mujer, todavía unida a los hombros, parte de un brazo y un tercio del tronco. La carne destrozada era de un gris azulado, y mientras Hendricks echaba la papa sobre la arena, pensó —y la idea le provocó una nueva arcada— que el pecho que le quedaba a la mujer se veía igual de plano que una flor prensada dentro de un libro de recuerdos.

—Un momento —dijo Brody, deteniéndose y tocándole el brazo a Cassidy—. Creo que eso ha sido un silbato.

—Escuchó, mirando con los ojos entrecerrados en dirección al sol matinal. Vio una mancha negra en la arena que supuso que sería Hendricks y después oyó con mayor claridad el silbato—. Vamos —apremió, y los dos hombres echaron a trotar por la arena.

Hendricks todavía estaba de rodillas cuando lo alcanzaron. Había dejado de vomitar, pero aún tenía la cabeza gacha y la boca abierta y se le oía un ronquido de flema en la respiración.

Brody iba unos pasos por delante de Cassidy y dijo:

—Señor Cassidy, quédese ahí un segundo, por favor. —Apartó un poco las algas y cuando vio lo que había dentro sintió que le subía la bilis por el esófago. Tragó saliva y cerró los ojos. Al cabo de un momento, dijo—: Será mejor que mire usted, señor Cassidy, y me diga si es ella o no.

Cassidy estaba aterrado. Su mirada fue del pobre Hendricks a la maraña de algas.

—¿Eso? —preguntó señalando las algas. Dio un paso atrás con gesto reflejo—. ¿Esa cosa? ¿Qué quiere decir con que si es ella?

Brody todavía estaba luchando por controlar su estómago.

—Creo que podría ser parte de ella.

A su pesar, Cassidy avanzó lentamente. Brody sostuvo en alto un puñado de algas para que Cassidy pudiera ver con claridad la cara gris de boca abierta.

—¡Oh, Dios mío! —aulló Cassidy, y se tapó la boca con las manos.

—¿Es ella?

Cassidy asintió con la cabeza, sin dejar de mirar la cara. Por fin apartó la vista y preguntó:

—¿Qué le ha pasado?

—No puedo estar seguro —respondió Brody—. A primera vista, diría que la ha atacado un tiburón.

A Cassidy le fallaron las rodillas y, mientras se desplomaba en la arena, dijo:

—Creo que voy a vomitar. —Bajó la cabeza y tuvo una arcada.

A Brody le llegó casi al instante el hedor del vómito, y supo que había perdido la batalla.

—Bienvenido al club —dijo, y vomitó también.

3

Pasaron varios minutos antes de que Brody se sintiera capaz de ponerse de pie, volver a su coche y llamar al Hospital de Southampton para pedir una ambulancia; y casi una hora antes de que llegara la ambulancia y el cadáver incompleto fuera metido en una bolsa de plástico y llevado al hospital.

Hacia las once, Brody ya estaba de vuelta en su despacho, rellenando impresos sobre el accidente. Ya había rellenado todo menos la causa de la muerte cuando le sonó el teléfono.

—Carl Santos, Martin —dijo la voz del forense.

—Sí, Carl. ¿Qué puedes decirme?

—A menos que tengas razones para sospechar asesinato, diría que ha sido un tiburón.

—¿Asesinato?

—No estoy sugiriendo nada. Solo digo que es concebible, más o menos, que algún chiflado le pueda haber hecho eso a la chica con un hacha y una sierra.

—No creo que haya sido un asesinato, Carl. No tengo ni móvil ni arma del crimen y, a menos que me ponga a buscar explicaciones raras, tampoco tengo sospechoso.

—Pues entonces ha sido un tiburón. Y bien grande, el cabrón. Esto no lo habría hecho ni la hélice de un transatlántico. La podría haber cortado por la mitad, pero...

—Vale, Carl —lo interrumpió—. Ahórrame los detalles escabrosos. Ya tengo el estómago medio revuelto.

—Lo siento, Martin. En fin, voy a poner ataque de tiburón. Creo que es lo que más sentido tiene para ti también, a menos que haya..., ya sabes..., otras consideraciones.

—No —dijo Brody—. Esta vez no. Gracias por llamar, Carl. —Colgó, tecleó «ataque de tiburón» en la casilla de causa de la muerte de los impresos y se reclinó en el respaldo de su asiento.

A Brody ni siquiera le había pasado por la cabeza que pudiera haber «otras consideraciones» involucradas en aquel caso. Aquellas consideraciones eran la parte más delicada del trabajo de Brody, y lo obligaban constantemente a plantearse cuál era la mejor manera de proteger el bienestar de la comunidad sin perjuicio ni para sí mismo ni para la ley.

Estaba empezando la temporada de verano, y Brody sabía que la suerte de Amity durante el año entero dependía del éxito o el fracaso de aquellas doce semanas. Una temporada estival boyante comportaba la prosperidad suficiente para mantener al pueblo durante las penurias del invierno. La población de Amity en invierno era de unas mil personas, mientras que en un buen verano llegaba casi a las diez mil. Y eran aquellos nueve mil veraneantes quienes mantenían con vida a los mil residentes permanentes durante el resto del año.

Los comerciantes —desde los dueños de la ferretería hasta los de la tienda de artículos deportivos, las dos gasolineras y la farmacia local— necesitaban un buen verano para pasar el invierno, durante el cual nunca les salían las cuentas. Las mujeres de los carpinteros, los electricistas y los fontaneros trabajaban en verano de camareras o de agentes inmobiliarias para contribuir a llegar a fin de mes en invierno. En Amity solo había dos licencias de venta de alcohol durante todo el año, así que las doce semanas del verano eran cruciales para la mayoría de los restaurantes y bares. Los pescadores que sacaban a pescar a los turistas necesitaban todas las ventajas posibles: buen tiempo, buena pesca y, por encima de todo, muchos visitantes.

Incluso después de los mejores veranos, los inviernos en Amity eran duros. Tres de cada diez familias dependían de la ayuda estatal. Docenas de hombres se veían obligados a mudarse durante el invierno a la costa norte de Long Island, donde malvivían descascarando vieiras por unos pocos dólares al día.

Brody sabía que un verano malo multiplicaría casi por dos las solicitudes de ayuda estatal. Si no se alquilaban todas las casas, no habría trabajo suficiente para los negros de Amity, la mayoría de los cuales eran jardineros, mayordomos, camareros y doncellas. Y dos o tres veranos malos seguidos —una circunstancia que, por suerte, no había sucedido desde hacía más de dos décadas— podían crear un ciclo que hundiera al pueblo. Si a la gente no le llegaba el dinero para comprar ropa, gasolina o comida suficiente, si no podían permitirse reparar sus casas o sus electrodomésticos, entonces los comerciantes y las empresas de servicios tampoco ganarían lo bastante como para mantenerse hasta el verano siguiente. Cerrarían y los ciudadanos de Amity se irían a comprar a otra parte. El pueblo perdería los ingresos por impuestos. Los servicios municipales se deteriorarían y la gente empezaría a marcharse.

De forma que en Amity reinaba un acuerdo, generalizado aunque tácito, nacido de la necesidad de sobrevivir. Se esperaba que todo el mundo contribuyera a garantizar que Amity seguía siendo una comunidad de veraneo atractiva. Hacía unos años, Brody se acordaba, un joven y su hermano se habían mudado al pueblo y se habían establecido como carpinteros. Habían venido en primavera, cuando había el suficiente trabajo preparando casas de veraneo como para mantener a todo el mundo ocupado, de forma que fueron bien recibidos. Parecían competentes y varios carpinteros establecidos empezaron a remitirles clientes.

A mediados de verano, sin embargo, empezaron a circular rumores preocupantes sobre los hermanos Felix. Albert Morris, el dueño de la ferretería del pueblo, hizo saber que estaban comprando clavos baratos de acero en vez de clavos galvanizados y cobrando a sus clientes por los galvanizados. En el clima costero, los clavos de acero se oxidaban en cuestión de meses. Dick Spitzer, que llevaba el aserradero, le dijo a alguien que los Felix habían encargado una remesa de madera verde de mala calidad para usarla en unos armarios de Scotch Road. Las puertas de los armarios empezaron a deformarse poco después de instalarlas. Una noche, en un bar, el mayor de los Felix, Armando, se jactó ante un compañero de juerga de que, en el encargo que estaba haciendo, cobraba por poner remaches sustentantes cada cuarenta centímetros, pero en realidad los estaba poniendo cada sesenta. Y al más joven de los Felix, un chaval de veintiún años con acné recalcitrante llamado Danny, le gustaba enseñarles a sus amistades libros eróticos que se jactaba de haber robado en las casas donde trabajaba.

Los demás camareros dejaron de mandar trabajo a los Felix, pero para entonces ya tenían el negocio lo bastante montado como para poder vivir en invierno. Con mucha discreción, empezó a operar el acuerdo tácito de Amity. Al principio, los Felix únicamente recibieron unas cuantas sugerencias de que ya no eran bienvenidos. Armando reaccionó con arrogancia. Pronto empezaron a pasarle toda clase de pequeños percances. Se le desinflaban misteriosamente todos los neumáticos de la camioneta, y, cuando llamaba para pedir ayuda a la estación de servicio Gulf, le decían que la bomba de aire estaba rota. Cuando se le terminó el propano de la cocina, la compañía de gas local tardó ocho días en traerle una bombona nueva. Sus compras de leña y otros suministros sufrían retrasos o pérdidas inexplicables. En las tiendas donde antaño les habían vendido a crédito, ahora los obligaban a pagar al contado. A finales de octubre, los hermanos Felix ya no pudieron seguir operando como empresa y se marcharon.

Por lo general, la aportación de Brody al acuerdo tácito de Amity —además de garantizar el cumplimiento de la ley y el sentido común en el pueblo— consistía en acallar rumores y, trabajando en coordinación con Harry Meadows, el director del *Amity Leader*, mantener cierta perspectiva de aquellos episodios desafortunados que alcanzaban la condición de noticias.

Las violaciones del verano anterior habían aparecido en el *Leader*, pero apenas (como abusos deshonestos), porque Brody y Meadows habían estado de acuerdo en que el espectro de un violador negro que acechaba a las mujeres en Amity no ayudaría precisamente al negocio turístico. En aquel caso, había el problema añadido de que ninguna de las mujeres que habían presentado denuncias por violación ante la policía querían repetir sus historias delante de nadie más.

Si se detenía a alguno de los veraneantes más adinerados de Amity por conducir borracho, Brody estaba dispuesto, en caso de ser la primera infracción, a presentar cargos por conducir sin los papeles, y ese era el cargo que aparecía en el *Leader*. Eso sí, Brody siempre se aseguraba de avisar al conductor de que la segunda vez que lo pillaran lo ficharían, lo detendrían y presentarían cargos por conducir borracho.

La relación de Brody con Meadows se basaba en un equilibrio delicado. Cuando venían grupos de jóvenes de los Hamptons y causaban alboroto, a Meadows le llegaban todos los datos: sus nombres, edades y los cargos presentados. Cuando eran jóvenes de Amity quienes hacían demasiado ruido en una fiesta, el *Leader* por lo general publicaba un artículo de un solo párrafo sin nombres ni direcciones, informando al público de que se había avisado a la policía para encargarse de un altercado menor en, digamos, Old Mill Road.

Como había veraneantes a los que les hacía gracia estar suscritos todo el año al *Leader*, era particularmente delicada la cuestión de los episodios de vandalismo que ocurrían en las casas de veraneo durante el invierno. Durante años, Meadows no había publicado nada al respecto y había dejado que Brody se asegurara de que se notificaba el episodio al propietario, se castigaba a los infractores y se enviaba a la casa en cuestión a los reparadores apropiados. Pero en el invierno de 1968, dieciséis casas habían sido vandalizadas en cuestión de semanas. Brody y Meadows estuvieron de acuerdo en que había llegado el momento de emprender una campaña en el *Leader* contra aquellos vándalos que operaban en invierno. El resultado fue la conexión mediante alarma de cuarenta y ocho viviendas con la comisaría, que —como el público no sabía qué casas estaban conectadas y cuáles no— básicamente acabó con los actos vandálicos, facilitó mucho el trabajo de Brody y le dio a Meadows una imagen de director comprometido.

De vez en cuando, Brody y Meadows chocaban. Meadows estaba furiosamente en contra del uso de narcóticos. También era un hombre con unas antenas informativas especialmente sensibles, y cada vez que olía una historia —que no fuera susceptible a «otras consideraciones»— la perseguía igual que un cerdo persigue las trufas. En el verano de 1971 había muerto frente a la playa de Scotch Road la hija de una de las familias más ricas de Amity. Para Brody, no había circunstancias sospechosas, y como la familia se opuso a hacer autopsia, la causa de la muerte constó oficialmente como ahogamiento.

Pero Meadows tenía razones para creer que la chica tomaba drogas y que se las estaba suministrando el hijo de un granjero de patatas polaco. Tardó casi dos meses en sacarlo todo a la luz, pero por fin forzó una autopsia que demostró que, en el momento de ahogarse, la chica había estado inconsciente como resultado de una sobredosis de heroína. También localizó al camello y expuso a una banda de traficantes que operaba en la zona de Amity. El artículo daba una mala imagen de Amity y todavía peor de Brody, que, como el caso contenía varias violaciones de leyes federales, ni siquiera podía redimirse de su pasividad anterior haciendo un par de detenciones. Y Meadows ganó con aquella historia dos premios regionales de periodismo.

Ahora le tocaba a Brody reclamar transparencia total. Tenía intención de cerrar durante un par de días las playas y darle tiempo al tiburón para que se alejara de la costa de Amity. No sabía si los tiburones le podían coger el gusto a la carne humana (como había oído que pasaba con los tigres), pero estaba decidido a privar a aquel de más personas. Esta vez quería publicidad; quería que la gente tuviera miedo de meterse en el agua y que no se acercara a ella.

Brody sabía que iba a encontrar resistencia cuando intentara dar publicidad al ataque. Igual que el resto del país, Amity todavía estaba notando los efectos de la recesión. De momento, el verano tenía pinta de que iba a ser mediocre. Había aumentado el número de alquileres respecto al año anterior, pero no eran alquileres «de los buenos». La mayoría eran «grupos», es decir, pandas de diez o quince chavales que venían de la ciudad y se repartían entre todos el alquiler de una casa grande. Quedaban sin alquilar por lo menos una docena de las casas de primera línea de mar de entre siete y diez mil dólares la temporada, y muchas más de la gama de los cinco mil. Las noticias sensacionalistas del ataque de un tiburón podían convertir la mediocridad en desastre.

Aun así, pensó Brody, una muerte a mediados de junio, antes de que llegaran las multitudes, seguramente se olvidaría deprisa. Y estaba claro que tendría un efecto menor que si había dos o tres muertes más. Quizá el tiburón ya hubiera desaparecido, pero Brody no estaba dispuesto a jugarse vidas humanas para averiguarlo: puede que fuera muy probable, pero el riesgo era prohibitivo.

Marcó el número de Meadows.

—Eh, Harry —le dijo—. ¿Estás libre para almorzar?

—Me estaba preguntando cuándo llamarías. Claro. ¿Voy yo o vienes tú?

De pronto Brody se arrepintió de haber llamado a la hora de comer. Todavía le gruñía el estómago y el mero hecho de pensar en comida le daba náuseas. Levantó la vista para mirar el calendario de la pared. Era jueves. Igual que todas sus amistades con ingresos fijos y modestos, los Brody compraban lo que estuviera de oferta en el supermercado. La oferta de los lunes, por ejemplo, era el pollo. Los martes era el cordero, y así cada día de la semana. A medida que consumían cada producto, Ellen lo apuntaba en su lista y lo reponía la semana siguiente. Las únicas variables eran la anjova y la lubina, que se insertaban en el menú cuando algún amigo pescador les dejaba en casa sus excedentes. La oferta de los jueves era hamburguesa, y Brody ya había visto la suficiente carne picada por un día.

—Voy yo —dijo—. ¿Por qué no pedimos la comida en el Cy's? Podemos comer en tu oficina.

—Por mí bien —convino Meadows—. ¿Qué quieres? La voy pidiendo ya.

—Sándwich de huevo duro con mayonesa, creo, y un vaso de leche. Voy enseguida. —Y llamó a Ellen para avisarla de que no comería en casa.

Harry Meadows era un hombre inmenso, para quien el simple hecho de coger aire ya era un esfuerzo que le perlaba la frente de sudor. Tenía cuarenta y muchos años, comía demasiado, fumaba puros baratos sin parar, bebía bourbon añejo y, en palabras de su médico, tenía todos los números para sufrir un infarto de campeonato.

Al llegar Brody, se encontró a Meadows de pie junto a su mesa, sacudiendo una toalla junto a la ventana abierta.

—Como deduzco por el almuerzo que has pedido que tienes mal el estómago —dijo—, estoy intentando despejar el aire de esencia de White Owl.

—Te lo agradezco —contestó Brody. Contempló la sala pequeña y abarrotada en busca de un lugar donde sentarse.

—Saca esa porquería de esa silla de allá —le indicó Meadows—. Son informes gubernamentales. Informes del condado, del estado, de la comisión de carreteras y de la comisión de aguas. Seguramente habrán costado un millón de dólares, y desde el punto de vista informativo no valen ni un chavo.

Brody cogió el fajo de papeles y lo amontonó encima de un radiador. Acercó la silla al escritorio de Meadows y se sentó.

Meadows hurgó en una bolsa grande de papel marrón, sacó un vaso de plástico y un sándwich envuelto en celofán y se los pasó a Brody. Luego empezó a desempaquetar su comida, cuatro recipientes distintos que abrió y desplegó frente a sí con esa meticulosidad amorosa con que un joyero exhibe gemas raras: un bocadillo de albóndigas que rezumaba salsa de tomate; una caja de plástico llena de patatas fritas grasientas; un pepino encurtido al eneldo del tamaño de un calabacín pequeño; y un cuarto de tarta de merengue de limón. Estiró el brazo por detrás de su silla y sacó de una neverita una lata extragrande de cerveza.

—Precioso —dijo con una sonrisa, examinando el banquete que tenía delante.

—Increíble —respondió Brody, refrenando un eructo de ácidos estomacales—. Increíble, joder. Debo de haber comido mil veces contigo, Harry, pero no me acostumbro.

—Todo el mundo tiene sus caprichos, colega —dijo Meadows mientras cogía su bocadillo—. Hay quien persigue a las mujeres de los demás. Otros se pierden en el whisky. Yo busco mi alegría en los alimentos que nos da la naturaleza.

—Ya verás qué alegría se llevará Dorothy cuando el corazón te diga: se acabó, chaval, adiós muy buenas.

—Dorothy y yo ya lo hemos hablado —Meadows articuló las palabras con la boca llena de pan con carne—, y estamos de acuerdo en que una de las pocas ventajas que tiene el hombre sobre los demás animales es que puede elegir la forma de provocarse la muerte. Es posible que la comida me mate, pero también es lo que ha hecho que la vida sea tan placentera. Además, prefiero irme a mi manera que terminar en la tripa de un tiburón. Después de esta mañana, estoy seguro de que estarás de acuerdo.

Brody estaba en mitad de tragar un bocado de sándwich de huevo duro y tuvo que vencer una arcada que le subía.

—No me hagas eso —dijo.

Comieron unos momentos en silencio. Brody se terminó el sándwich y la leche, hizo una bola con el envoltorio y la metió dentro del vaso de plástico. Se reclinó hacia atrás y encendió un cigarrillo. Meadows todavía estaba comiendo, pero Brody sabía que no había conversación que le pudiera quitar el apetito. Se acordó de una vez en que Meadows había visitado la escena de un sangriento accidente de coche y se había dedicado a entrevistar a la policía y a los supervivientes mientras lamía un polo con sabor a coco.

—Respecto al caso Watkins —dijo Brody—, tengo un par de ideas, si quieres oírlas. —Meadows asintió con la cabeza—. En primer lugar, creo que la causa de la muerte ya está resuelta. He hablado con Santos y...

—Yo también.

—Entonces ya sabes lo que piensa. Es un ataque de tiburón, no hay duda. Y si hubieras visto el cuerpo, estarías de acuerdo. No hay forma de...

—Lo he visto.

Brody se quedó asombrado, sobre todo porque no entendía cómo podía alguien que hubiera visto aquel horror estar sentado como si nada, lamiéndose el relleno de la tarta de limón de los dedos.

—Entonces, ¿estás de acuerdo?

—Sí, estoy de acuerdo en la causa de la muerte. Pero hay otras cosas que no veo tan claras.

—¿Por ejemplo?

—Por ejemplo, que la chica estuviera nadando a aquella hora. ¿Sabes a qué temperatura estábamos a medianoche? A quince grados. ¿Y la temperatura del agua? Unos diez grados. Hay que estar mal de la cabeza para salir a nadar con esas condiciones.

—O borracho —dijo Brody—, que es como seguramente estaba ella.

—Quizá. No, tienes razón; es probable. He indagado

un poco y los Foote no andan metidos en hierba ni en mescalina ni en nada de eso. Hay otra cosa que me mosquea, sin embargo.

Brody se impacientó.

—Por el amor de Dios, Harry, deja de buscarle tres pies al gato. De vez en cuando la gente se muere de forma accidental.

—No es eso. Es que es raro de cojones que tengamos un tiburón por aquí cuando el agua está todavía tan fría.

—Ah, ¿sí? Quizá haya tiburones a los que les gusta el agua fría. ¿Quién entiende a los tiburones?

—Hay algunos, sí. Está el tiburón de Groenlandia, pero nunca llega tan lejos, y, aunque llegara, no suele molestar a la gente. ¿Quién entiende a los tiburones? Pues mira, ahora mismo sé mucho más de tiburones que esta mañana. Después de ver lo que quedaba de la señorita Watkins he llamado a un conocido que tengo en el Instituto Oceanográfico Woods Hole. Le he descrito el cuerpo y me ha dicho que probablemente solo exista un tipo de tiburón capaz de hacer algo así.

—¿Qué tipo?

—El tiburón blanco. Hay otros que atacan a la gente, como el tiburón tigre y el cabeza de martillo y quizá incluso el marrajo y el tiburón azul, pero este tipo, Hooper, Matt Hooper, me ha dicho que para partir a una mujer por la mitad de esa manera hace falta tener una boca así —separó las manos a una distancia de un metro entre ellas—, y el único tiburón que alcanza ese tamaño y ataca a la gente es el blanco. Que también tiene otro nombre.

—Ah, ¿sí? —Brody estaba empezando a perder el interés—. ¿Qué nombre?

—Devorador de hombres. Otros tiburones matan a gente de vez en cuando, por toda clase de razones; por hambre, quizá, o por confusión, o porque huelen sangre en el agua. Por cierto, ¿sabes si la señorita Watkins tenía la regla anoche?

—¿Cómo demonios lo voy a saber?

—Simple curiosidad. Me ha dicho Hooper que, si hay un tiburón cerca, es una de las formas de garantizar que te ataque.

—¿Y qué te ha dicho del agua fría?

—Que es bastante común que un tiburón blanco venga a aguas así de frías. Hace unos años, uno de ellos mató a un niño cerca de San Francisco. El agua estaba a catorce grados.

Brody dio una calada larga a su cigarrillo y dijo:

—Has investigado mucho sobre esto, Harry.

—Me ha parecido una cuestión de, digamos, sentido común e interés público determinar exactamente qué ha sucedido y qué probabilidades hay de que se repita.

—¿Y has determinado esas probabilidades?

—Pues sí. Son casi inexistentes. Por lo que he entendido, se trata de un accidente completamente aislado. Eso dice Hopper. Lo único bueno que tienen los tiburones blancos es que hay muy pocos. Tenemos todas las razones del mundo para creer que el tiburón que atacó a la señorita Watkins ya está muy lejos. Por aquí no hay arrecifes. No hay plantas procesadoras de pescado ni mataderos que viertan sangre o entrañas en el agua. Así que no hay nada de nada que pueda mantener interesado al tiburón. —Meadows hizo una pausa y miró a Brody, que le devolvió la mirada en silencio—. Así pues, Martin, no veo razón para preocupar al público con algo que es casi seguro que no va a volver a pasar.

—Es una forma de verlo, Harry. Otra es que, como no es probable que vuelva a pasar, no pasa nada por decirle a la gente que ha pasado una vez.

Meadows suspiró.

—Desde el punto de vista periodístico, puede que tengas razón. Pero creo, Martin, que esta es una de esas veces en que necesitamos olvidar el reglamento y preguntarnos qué es lo mejor para la gente. No creo que difundir esto sirva al interés público. No te hablo de la gente del pueblo. Los de aquí se enterarán enseguida, si es que no lo saben ya. ¿Pero qué pasa con la gente que lee el *Leader* en Nueva York o en Filadelfia o en Cleveland?

—Para de echarte flores.

—Y un carajo. Ya me entiendes. Y ya sabes cómo tenemos la situación inmobiliaria este verano. Estamos en la cuerda floja, y otros sitios también, como Nantucket, Martha's Vineyard e East Hampton. Hay gente que todavía no ha hecho planes para el verano. No faltan casas por alquilar... en ninguna parte. Si publico un artículo diciendo que a una chica la ha partido en dos un tiburón gigante en Amity, en este pueblo ya no se alquilará ni una casa más. Los tiburones son como asesinos con hacha, Martin. La gente reacciona a ellos visceralmente. Tienen algo de demencial y maligno e incontrolable. Si le decimos a la gente que hay por aquí un tiburón asesino, ya nos podemos despedir del verano.

Brody asintió con la cabeza.

—Eso no te lo puedo discutir, Harry, y no quiero decirle a la gente que hay por aquí un tiburón asesino. Pero míralo desde mi punto de vista, aunque solo sea un segundo. No voy a discutirte tus estadísticas ni nada de eso. Seguramente tengas razón y ese tiburón ya está a cien millas y no volverá a aparecer por aquí nunca. Lo más peligroso que hay en el agua seguramente sea la corriente. Pero, Harry, hay una posibilidad de que te equivoques, y creo que no podemos correr ese riesgo. Imagínate, solo imagínate, que ese tiburón ataca a alguien más. ¿Qué pasa entonces? Yo me voy a la mierda. Se supone que tengo que proteger a la gente de aquí, y si no puedo protegerla, por lo menos avisarla de que hay un peligro. Y tú también te vas a la mierda. Se supone que tienes que informar de lo que pasa, y está más claro que el agua que una víctima mortal de tiburón es noticia. Quiero que publiques la historia, Harry. Quiero cerrar las playas, solo un par de días, y solo para ir sobre seguro. No será una molestia muy grande para nadie. Todavía no ha llegado mucha gente y el agua está fría. Si lo decimos como es, si le decimos a la gente lo que ha pasado y por qué estamos haciendo lo que estamos haciendo, creo que todo irá bien.

Meadows se reclinó en su silla y lo pensó un momento.

—Tu trabajo es cosa tuya, Martin, pero, por lo que respecta al mío, la decisión ya está tomada.

—¿Y eso qué significa?

—Que en el *Leader* no saldrá ningún artículo sobre el ataque.

—¿Así, sin más?

—Bueno, no exactamente. No ha sido del todo decisión mía, aunque en líneas generales creo que estoy de acuerdo. Dirijo este periódico, Martin, y soy el dueño de una parte, pero no de una parte lo bastante grande como para imponerme a ciertas presiones.

—¿Qué presiones?

—Esta mañana ya he recibido seis llamadas. Cinco eran de anunciantes: un restaurante, un hotel, dos inmobiliarias y una heladería. Estaban muy ansiosos por saber si estaba planeando publicar o no un artículo sobre el caso Watkins, y muy ansiosos por hacerme saber que creen que lo mejor para los intereses de Amity es no hacer ruido y dejar que el caso se olvide. La sexta llamada ha sido del señor Coleman de Nueva York. El señor Coleman es dueño del cincuenta y cinco por ciento del *Leader*. Y parece que el señor Coleman también ha recibido unas cuantas llamadas. Y me ha comunicado que el *Leader* no publicará nada sobre esto.

—Supongo que no te habrá mencionado si tiene algo que ver con su decisión el hecho de que su mujer sea agente inmobiliaria.

—No —dijo Meadows—. No ha salido el tema.

—Claro. En fin, Harry, ¿y dónde nos deja eso? No vas a publicar nada, o sea que, por lo que respecta a los buenos de los lectores del *Leader*, aquí no ha pasado nada. Pero yo voy a cerrar las playas y a poner unos cuantos letreros que expliquen por qué.

—Muy bien, Martin, es decisión tuya. Pero déjame que te recuerde una cosa. A ti te han votado para el cargo, ¿verdad?

—Igual que al presidente. Para cuatro años llenos de emociones.

—A los cargos electos se les puede hacer mociones de censura.

—¿Eso es una amenaza, Harry?

Meadows sonrió.

—Ya sabes que no. Además, ¿quién soy yo para hacer amenazas? Solo quiero que seas consciente de lo que haces antes de que te pongas a jugar con los ingresos de esas personas tan sabias y juiciosas que te eligieron.

Brody se levantó para marcharse.

—Gracias, Harry. Siempre he oído decir que el poder trae mucha soledad. ¿Qué te debo por la comida?

—Nada. No puedo aceptar dinero de un hombre cuya familia pronto va a estar suplicando cupones de comida.

Brody se rio.

—Eso nunca. ¿Es que no lo sabes? Lo mejor del trabajo de policía es la seguridad.

Diez minutos después de que Brody volviera a su despacho, sonó el timbre del interfono y una voz anunció:

—Ha venido a verlo el alcalde, jefe.

Brody sonrió. El alcalde. No era Larry Vaughan pasando a saludar. No era Lawrence Vaughan de la inmobiliaria Vaughan & Penrose pasando para quejarse de algún inquilino ruidoso. Era el alcalde, elegido por el pueblo, con setenta y un votos a favor en las últimas elecciones.

—Haz que pase el muy honorable —ordenó Brody.

Larry Vaughan era un hombre apuesto, de cincuenta y pocos años, con el cabello tupido y salpicado de canas y en buena forma física gracias al ejercicio. Aunque era natural de Amity, con el paso de los años había desarrollado un aire sutilmente chic. Había ganado mucho dinero con la especulación de posguerra en Amity, y era el socio mayoritario (y algunos pensaban que el socio único, porque nadie había conocido ni hablado con nadie llamado Penrose en la oficina de Vaughan) de la inmobiliaria más exitosa del pueblo.

Vestía con sencillez elegante: americanas británicas atemporales, camisas de botones y mocasines. A diferencia de Ellen Brody, que había pasado de veraneante a residente de invierno y no conseguía adaptarse, Vaughan había ascendido con total naturalidad de residente de invierno a veraneante, amoldándose con elegancia a cada paso del camino. No es que fuera uno de ellos, porque técnicamente era un comerciante local y por tanto no lo invitaban nunca a visitarlos en Nueva York o Palm Beach. Pero en Amity se movía con libertad por entre todos los miembros salvo los más altivos de la comunidad de veraneantes, lo cual, por supuesto, suponía un beneficio enorme para su negocio. Lo invitaban a la mayoría de las fiestas importantes del verano y siempre asistía solo. Muy pocas de sus amistades sabían que tenía una esposa en casa, una mujer sencilla que lo adoraba y que se pasaba gran parte del tiempo haciendo ganchillo delante del televisor.

A Brody le caía bien Vaughan. En verano no lo veía mucho, pero a partir de septiembre, cuando todo se tranquilizaba, Vaughan se sentía con libertad para mudar parcialmente de piel social, y de vez en cuando su mujer y él invitaban a Brody y a Ellen a cenar en uno de los mejores restaurantes de los Hamptons. Aquellas veladas eran ocasiones muy especiales para Ellen, y eso ya bastaba para hacer feliz a Brody. Vaughan parecía entender a Ellen. Siempre se comportaba con gran gentileza con ella, tratándola como a una compañera de club y camarada.

Vaughan entró en el despacho de Brody y se sentó.

—Vengo de hablar con Harry Meadows —dijo.

Vaughan estaba obviamente enfadado, lo cual le resultó interesante a Brody. No se había esperado aquella reacción.

—Ya veo. Harry no pierde un minuto.

—¿De dónde vas a sacar la autoridad para cerrar las playas?

—¿Me lo preguntas como alcalde, como agente inmobiliario, como amigo o como qué, Larry?

Vaughan insistió y Brody vio que le estaba costando controlar su irritación.

—Quiero saber de dónde vas a sacar la autoridad. Y lo quiero saber ahora.

—Oficialmente, no estoy seguro de tenerla —respondió Brody—. Hay un punto del reglamento que dice que puedo emprender cualquier acción que me parezca necesaria en caso de emergencia, pero creo que los concejales tienen que declarar el estado de emergencia. Y no me imagino que vayas a querer montar ese tinglado.

—Ni de broma.

—Pues entonces, y de forma no oficial, supongo que mi responsabilidad es velar por la seguridad de la gente que vive aquí, y ahora mismo mi estimación es que eso pasa por cerrar las playas un par de días. Si hablamos de casos individuales, no estoy seguro de que pueda detener a nadie por ponerse a nadar. A menos —Brody sonrió— que pueda acusarlos de estupidez criminal.

Vaughan pasó por alto el comentario.

—No quiero que cierres las playas —dijo.

—Ya lo veo.

—Ya sabes por qué. No falta nada para el 4 de Julio y ese será el fin de semana decisivo. Sería como pegarse un tiro en el pie.

—Conozco el argumento, y estoy seguro de que tú conoces mis razones para cerrar las playas. No gano nada haciéndolo.

—No, yo diría que más bien lo contrario. Mira, Martin, este pueblo no necesita esa clase de publicidad.

—Tampoco necesita que muera más gente.

—No va a morir nadie, por el amor de Dios. Lo único que conseguirás si cierras las playas es que vengan un montón de reporteros a husmear en lo que no es asunto suyo.

—¿Y qué? Vendrán, y, cuando no encuentren nada de lo que informar, se marcharán otra vez. No me imagino que el *New York Times* tenga mucho interés en cubrir un pícnic de los boy scouts o una cena del club de jardinería.

—No nos conviene. Imagínate que encuentran algo. Se armaría un buen alboroto que no beneficiaría a nadie.

—¿Como qué, Larry? ¿Qué podrían encontrar? Yo no tengo nada que ocultar. ¿Tú sí?

—No, claro que no. Solo pensaba en..., bueno, quizá en las violaciones. Algo desagradable.

—Y un carajo —dijo Brody—. Eso ya es historia.

—¡Joder, Martin! —Vaughan se detuvo un momento y se esforzó para tranquilizarse—. Mira, si no quieres atender a razones, por lo menos escúchame como amigo. Me están presionando mucho mis socios. Algo así nos puede perjudicar mucho.

Brody se rio.

—Es la primera vez que te oigo admitir que tienes socios, Larry. Creía que llevabas tu negocio como un emperador.

Vaughan pareció avergonzado, como si creyera haber dicho demasiado.

—Mi negocio es muy complicado —se excusó—. Hay veces en que ni siquiera yo mismo estoy seguro de qué pasa. Hazme este favor, venga. Solo por esta vez.

Brody miró a Vaughan, intentando adivinar su motivación real.

—Lo siento, Larry, no puedo. No estaría haciendo mi trabajo.

—Si no me haces caso, puede que no te dure mucho el trabajo.

—No tienes ningún control sobre mí. No puedes despedir a ningún policía de este pueblo.

—A los agentes no. Pero, te lo creas o no, sí que tengo discrecionalidad sobre el cargo de jefe de policía.

—No me lo creo.

Vaughan se sacó del bolsillo de la chaqueta una copia del estatuto municipal del pueblo de Amity.

—Lo puedes leer tú mismo —dijo, hojeándolo hasta dar con la página que buscaba—. Lo pone aquí. —Le pasó el panfleto—. Lo que pone, de hecho, es que, aunque el pueblo te haya elegido para el cargo de jefe de policía, los concejales tienen la potestad de cesarte.

Brody leyó el párrafo que Vaughan le indicaba.

—Supongo que tienes razón —respondió—. Pero me encantaría ver qué haces constar como «causa justificada».

—Espero de veras no llegar a eso, Martin. Había esperado que esta conversación no llegara a este punto. Confiaba en que atendieras a razones cuando supieras lo que pensamos los concejales y yo.

—¿Todos los concejales?

—La mayoría.

—¿Quiénes?

—No me voy a poner a recitarte los nombres. No me hace falta. Lo único que necesitas saber es que tengo el apoyo del consejo municipal, y, si no haces lo correcto, pondremos a alguien en tu lugar que sí lo haga.

Brody nunca había visto a Vaughan tan agresivo y desagradable. Estaba fascinado, pero también un poco preocupado.

—Estás realmente decidido, ¿verdad, Larry?

—Ya lo creo. —Sintiendo la victoria cerca, Vaughan habló en tono sereno—: Confía en mí, Martin. No te arrepentirás.

Brody suspiró.

—Mierda. No me gusta. Tiene mala pinta. Pero bueno, si es tan importante...

—Es tan importante. —Por primera vez desde su llegada, Vaughan sonrió—. Gracias, Martin —dijo, y se puso de pie—. Ahora me toca la desagradable tarea de visitar a los Foote.

—¿Cómo vas a impedirles que vayan a contarles todo al *Times* o al *News*?

—Espero poder apelar a su espíritu cívico —contestó Vaughan—. Igual que he apelado al tuyo.

—Y una mierda.

—Tenemos una cosa a nuestro favor. La tal Watkins no era nadie. Una vagabunda. No tenía familia ni amigos íntimos. Dijo que había venido haciendo autoestop desde Idaho. Así que nadie le echará de menos.

Brody llegó a casa poco antes de las cinco. Se le había asentado lo bastante el estómago como para permitirle tomar una cerveza o dos antes de la cena. Ellen estaba en la cocina, todavía vestida con su uniforme rosa de voluntaria del hospital. Tenía las manos hundidas en carne picada, que estaba amasando para hacer pastel de carne.

—Hola —dijo, girándose para que Brody pudiera plantarle un beso en la mejilla—. ¿Cuál era la crisis?

—Has estado en el hospital. ¿No te has enterado?

—No. Hoy era el día de bañar a las señoras mayores. No he conseguido salir del Pabellón Ferguson.

—Ha muerto una chica en Old Mill.

—¿Cómo?

—Por un tiburón. —Brody hurgó en la nevera hasta encontrar una cerveza.

Ellen había dejado de amasar la carne para mirarlo.

—¡Un tiburón! Nunca he oído que pasara nada parecido por aquí. De vez en cuando se ve a alguno, pero nunca hacen nada.

—Sí, ya lo sé. Yo tampoco lo había oído nunca.

—¿Y qué vas a hacer?

—Nada.

—¿En serio? ¿Te parece sensato? O sea, ¿no hay nada que puedas hacer?

—Sí, hay cosas que podría hacer. Técnicamente. Pero no hay nada que pueda hacer en la práctica. Lo que pensemos tú y yo no tiene mucho peso por aquí. A los poderes fácticos les preocupa no dar buena imagen si nos ponemos a alborotar solo porque un tiburón ha matado a una forastera. Están dispuestos a correr el riesgo de que solo haya sido un accidente aislado que no volverá a pasar. O, mejor dicho, están dispuestos a que corra el riesgo yo, porque es responsabilidad mía.

—¿A quién te refieres con los poderes fácticos?

—A Larry Vaughan, para empezar.

—Oh, no sabía que hubieras hablado con Larry.

—Ha venido a verme en cuanto se ha enterado de que tenía planeado cerrar las playas. No ha sido exactamente sutil a la hora de decirme que no quería las playas cerradas. Me ha dicho que, si las cerraba, me quitaría mi trabajo.

—No me lo puedo creer, Martin. Larry no es así.

—Yo tampoco me lo creía. Oye, por cierto, ¿qué sabes de sus socios?

—¿De la inmobiliaria? No creía que tuviera. Pensaba que Penrose era su segundo nombre, o algo parecido. En cualquier caso, pensaba que la empresa era toda suya.

—Yo también. Pero parece que no.

—Bueno, me siento mejor sabiendo que has hablado con Larry antes de tomar una decisión. Larry suele adoptar una perspectiva más amplia de las cosas que la mayoría de la gente. Seguramente sabe qué es lo mejor.

Brody sintió que le subía la sangre por el cuello.

—Y un cuerno —se limitó a decir. Luego arrancó la lengüeta metálica de su lata de cerveza, la tiró al cubo de basura y entró en la sala de estar para poner las noticias de la noche.

Ellen lo llamó desde la cocina.

—Me he olvidado de decírtelo: te han llamado hace un rato.

—¿Quién?

—No lo ha dicho. Solo me ha dicho que te dijera que estás haciendo un gran trabajo. Qué detalle por su parte, ¿no te parece?

4

Durante los días siguientes, el cielo estuvo despejado e hizo un tiempo inusualmente apacible. Venía un viento suave y regular del sudoeste, una brisa agradable que rizaba la superficie del mar sin levantar olas de crestas blancas. El aire solo refrescaba por la noche, y, después de varios días de sol continuo, la tierra y la arena se habían calentado.

El domingo era 12 de junio. A las escuelas públicas todavía les quedaba una semana aproximada de clases antes de las vacaciones de verano, pero las escuelas privadas de Nueva York ya habían dejado libres a sus pupilos. Las familias con casas de veraneo en Amity llevaban desde principios de mayo viniendo a pasar los fines de semana. La gente que tenía alquileres de temporada entre el 15 de junio y el 15 de septiembre ya había deshecho las maletas y, tras averiguar dónde estaban los armarios de las sábanas, qué vitrinas tenían la porcelana buena, qué otras tenían la de uso diario y qué camas eran más blandas que otras, se empezaba a sentir en casa.

A mediodía, la playa de delante de Scotch y Old Mill Road estaba salpicada de gente. Había maridos tumbados medio comatosos sobre toallas de playa, intentando sacar fuerzas del sol antes de una tarde de tenis o del trayecto de vuelta a Nueva York en el Cannonball de la Long Island Rail Road. Sus mujeres leían a Helen MacInnes, a John Cheever y a Taylor Caldwell apoyadas en respaldos portátiles de aluminio, interrumpiéndose de vez en cuando para servirse una copa de vermut seco de la neverita del licor.

Los adolescentes yacían apelotonados en filas nutridas y simétricas, los chicos disfrutando de la sensación de frotar la pelvis contra la arena, pensando en partes pudendas y estirando de vez en cuando el cuello para captar un vislumbre fugaz de alguna, expuesta, de forma consciente o no, por chicas tumbadas boca arriba y con las piernas abiertas.

No eran jóvenes de la era de Acuario. No vociferaban ninguno de los eslóganes comunes sobre la paz o la polución, la justicia o la revuelta. Les habían inculcado el privilegio con certidumbre genética. Igual que tenían los ojos azules o castaños, también sus gustos y conciencias venían determinados por las generaciones previas. No tenían deficiencias vitamínicas ni anemia falciforme. Sus dentaduras, fuera por la crianza o por la ortodoncia, eran rectas, blancas y uniformes. Sus cuerpos eran esbeltos y sus músculos estaban tonificados por las lecciones de boxeo a los nueve años, las de equitación a los doce y las de tenis desde entonces. Carecían de olor corporal. Cuando sudaban, las chicas olían un poco a perfume; los chicos simplemente olían a limpio.

Nada de esto quiere decir que fueran tontos o malas personas. De haberse podido evaluar sus coeficientes intelectuales en masa, habrían mostrado unas capacidades naturales situadas dentro del diez por ciento superior del conjunto de la humanidad. Y habían sido educados —y todavía lo eran— en unos centros académicos que ofrecían todas las disciplinas, incluyendo el trato con sensibilidades de grupos minoritarios, las filosofías revolucionarias, las hipótesis ecologistas, las tácticas del poder político, las drogas y el sexo. En términos intelectuales, sabían mucho. En términos prácticos, elegían no saber apenas nada. Habían sido condicionados para creer (o por lo menos para sentir) que el mundo les resultaba bastante irrelevante. Y era cierto. Nada los afectaba, ni los disturbios raciales de sitios como Trenton, Nueva Jersey o Gary, Indiana; ni el hecho de que hubiera partes del río Missouri tan contaminadas que a veces el agua se incendiaba de forma espontánea; ni tampoco la corrupción en Nueva York o el aumento del número de asesinatos en San Francisco o las revelaciones de que los perritos calientes contenían excrementos de insecto y de que el hexaclorofeno causaba daños cerebrales. Estaban insensibilizados incluso a los espasmos económicos que sacudían al resto de América. Los vaivenes de los mercados de valores eran incordios que únicamente percibían, cuando los percibían, como la razón de que sus padres se lamentaran de extravagancias reales o imaginarias.

Esa era la gente que volvía a Amity todos los veranos. Los demás —y había algunos, inconformistas— desfilaban y vociferaban y se apuntaban y firmaban y pasaban los veranos trabajando para algún grupo de acción social identificado por sus siglas. Pero, como habían rechazado Amity, y, como máximo, venían algún año para pasar el fin de semana del Día del Trabajo, también eran irrelevantes.

Los niños pequeños jugaban en la arena de la orilla, cavando hoyos y tirándose barro entre ellos, inconscientes e indiferentes a aquello que eran y a aquello en lo que se convertirían.

Un niño de seis años dejó de hacer rebotar guijarros en la superficie del agua. Caminó playa arriba hasta donde dormitaba su madre y se dejó caer junto a su toalla.

—Eh, mamá —dijo, trazando garabatos ociosos con el dedo en la arena.

Su madre se giró para mirarlo con la mano a modo de visera.

—¿Qué?

—Me aburro.

—¿Cómo puede ser que te aburras? Ni siquiera es julio.

—Me da igual. Me aburro. No tengo nada que hacer.

—Tienes una playa entera para jugar.

—Ya lo sé. Pero no hay nada que hacer. Caray, cómo me aburro.

—¿Por qué no juegas a la pelota?

—¿Con quién? No hay nadie.

—Yo veo a mucha gente. ¿Has buscado a los Harris? ¿Y qué me dices de Tommy Converse?

—No están. No hay nadie. Cómo me aburro.

—Oh, por el amor de Dios, Alex.

—¿Puedo ir a nadar?

—No. El agua está demasiado fría.

—¿Cómo lo sabes?

—Lo sé, simplemente. Además, ya sabes que no puedes ir solo.

—¿Quieres venir conmigo?

—¿Al agua? Ni hablar.

—No, solo para vigilarme.

—Alex, mamá está hecha polvo, completamente agotada. ¿No puedes encontrar otra cosa que hacer?

—¿Puedo ir con mi colchoneta?

—¿Adónde?

—A meterme un poco en el agua. No nadaré. Me quedaré en la colchoneta.

Su madre se incorporó hasta sentarse y se puso las gafas de sol. Escrutó la playa en una dirección y en la otra. A una docena de metros había un hombre metido en el agua hasta la cintura y con un crío a hombros. La mujer lo miró, permitiéndose un pequeño momento de arrepentimiento y autocompasión por el hecho de que ya no le pudiera pasar a su marido la responsabilidad de entretener a su hijo.

Antes de que la mujer pudiera girar la cabeza, el niño adivinó lo que estaba pensando.

—Seguro que papá me dejaría —dijo.

—Alex, a estas alturas ya deberías saber que esa es la peor manera de conseguir que haga algo. —Contempló la playa en la dirección contraria. Estaba vacía salvo por unas cuantas parejas apenas visibles a lo lejos—. Bueno, vale —accedió—. Ve. Pero no te alejes demasiado. Y no te pongas a nadar. —Miró al niño y, para demostrarle que hablaba en serio, se bajó las gafas y le enseñó los ojos.

—Vale —dijo él.

Se puso de pie, agarró su colchoneta de goma y la arrastró hasta el agua. Luego la levantó del suelo, la sostuvo frente a él y se metió en el mar. Cuando el agua le llegó a la cintura, se inclinó hacia delante. Una ola pilló la colchoneta y la levantó con el niño a bordo. Este se recolocó hacia el centro para poner la colchoneta plana. Se puso a remar con ambos brazos, dando brazadas suaves. Los pies y los tobillos le colgaban de la parte trasera de la colchoneta. Se alejó unos metros más de la orilla y a continuación giró y se puso a remar con las manos playa arriba y playa abajo. Aunque no la notaba, una suave corriente lo estaba empujando lentamente mar adentro.

Cincuenta metros más adentro, el suelo oceánico descendía con brusquedad; no con la verticalidad de la pared de un cañón, pero sí trazando una pendiente que iba de unos diez grados a más de cuarenta y cinco. Allí donde la pendiente empezaba a cambiar, el agua tenía cinco metros de profundidad. Pronto bajaba hasta los ocho, los catorce y por fin los dieciséis metros. Durante una media milla se estabilizaba a unos treinta metros y luego se elevaba para formar un arrecife que se acercaba a la superficie a una distancia aproximada de una milla de la orilla. Más allá del arrecife, el suelo caía en picado hasta los sesenta metros y luego, todavía más adentro, empezaban las verdaderas profundidades oceánicas.

A trece metros de profundidad, el enorme tiburón nadaba despacio, ondulando la cola lo justo para mantenerse en movimiento. No veía nada, porque los grumos de vegetación enturbiaban el agua. Había ido en paralelo a la línea de costa. De repente se giró, ladeándose un poco, y siguió el ascenso gradual del suelo. Percibía más luz en el agua, pero seguía sin ver nada.

El niño descansaba con los brazos colgando; cada olita que pasaba le sumergía los pies y los tobillos. Tenía la cabeza girada hacia la orilla, y se fijó en que la corriente lo había llevado más lejos de lo que su madre consideraría seguro. La divisó tumbada en su toalla, y también al hombre que jugaba con su hijo entre la espuma de las olas. No tenía miedo, porque el agua estaba tranquila y realmente la orilla no le quedaba muy lejos; quizá a unos cuarenta metros. Pero quería acerarse más; si no, su madre podría incorporarse, avistarlo y mandarle que saliera del agua. Se acomodó un poco a fin de usar los pies para ayudarle a impulsarse. Empezó a patalear y a remar con los brazos en dirección a la orilla. Sus brazos desplazaban el agua casi en silencio, pero sus pataleos empezaron a provocar un chapoteo errático y a dejar remolinos de burbujas tras de sí.

El tiburón no oyó el ruido, pero sí que registró la pulsación brusca y entrecortada que emitía el pataleo. Eran señales, tenues pero auténticas, y el tiburón las captó y fue hacia ellas. Se elevó, despacio al principio, pero ganando velocidad a medida que las señales cobraban intensidad.

El niño se detuvo un momento a descansar. Las señales cesaron. El tiburón frenó y giró la cabeza a un lado y a otro, intentando recobrarlas. El niño se había quedado completamente quieto y el tiburón le pasó por debajo, rozando la arena del fondo. Y luego volvió a dar media vuelta.

El niño reanudó su movimiento. Solo pataleaba cada tres o cuatro brazadas; patalear era más cansado que usar solo los brazos. Pero aquellos pataleos ocasionales mandaron señales nuevas al tiburón. Esta vez solo necesitó un instante para orientarse hacia ellas, porque estaba directamente debajo del niño. El tiburón ascendió. Casi vertical, vio la conmoción de la superficie. No estaba convencido en absoluto de que aquello que sacudía el agua de encima fuera comida, pero la comida no era un concepto significativo. El tiburón se veía impelido a atacar: si lo que se tragaba era digerible, entonces era comida. Si no, ya lo regurgitaría después. La boca se abrió y con un último latigazo de la cola en forma de hoz, el tiburón atacó.

El último pensamiento del niño —y el único— fue que acababa de recibir un puñetazo en el estómago. De golpe se le vaciaron de aire los pulmones. No tuvo tiempo de gritar, y, de haberlo tenido, no habría sabido qué gritar, porque ni siquiera pudo ver a su atacante. La cabeza del tiburón sacó la colchoneta del agua. Las fauces se cerraron, tragándose cabeza, brazos, hombros, tronco, pelvis y la mayor parte de la colchoneta. Casi la mitad del animal había emergido del agua, lanzándose hacia delante y hacia abajo en un movimiento de plancha, triturando carne, hueso y goma. Las piernas del niño quedaron seccionadas a la altura de las caderas y se hundieron, girando lentamente, hasta el fondo.

En la playa el hombre que estaba con su hijo gritó: «¡Eh!». No estaba seguro de lo que acababa de ver. Había estado mirando hacia el mar, y apenas había empezado a darse la vuelta cuando le llamó la atención una conmoción. Giró la cabeza de golpe hacia el mar, pero para entonces ya no había nada que ver más que las olas que había provocado el chapoteo, extendiéndose en círculo.

—¿Has visto eso? —exclamó—. ¿Has visto eso?

—¿Qué, papá, qué? —El niño se lo quedó mirando, excitado.

—¡Ahí! ¡Un tiburón o una ballena o algo parecido! ¡Algo enorme!

La madre del niño, medio dormida sobre su toalla, abrió los ojos y miró al hombre con el ceño fruncido. Lo vio señalar el agua y oyó que le decía algo a su hijo, que subió corriendo por la playa y se quedó junto a un montón de ropa. Luego el hombre echó a correr hacia la madre del niño y esta se incorporó hasta sentarse. No entendió lo que decía el hombre, pero estaba señalando el agua, de forma que se puso la mano a modo de visera y contempló el mar. Al principio no le resultó extraño el hecho de no ver nada. Luego se acordó y dijo:

—Alex.

Brody estaba almorzando: pollo al horno, puré de patatas y guisantes.

—Puré de patatas —dijo cuando Ellen se lo sirvió—. ¿Qué me estás intentando hacer?

—No quiero que te quedes chupado. Estás más guapo con un poco más de carne.

Sonó el teléfono.

—Yo lo cojo —dijo Ellen.

Pero fue Brody quien se puso de pie. Era lo que pasaba habitualmente. Ella decía: «Yo lo cojo», pero era él quien lo cogía. Lo mismo pasaba cuando se había olvidado algo en la cocina. Ellen decía: «Me he olvidado las servilletas. Voy a por ellas». Pero los dos sabían que quien se levantaría para ir a buscar las servilletas era él.

—No, tranquila —contestó Brody—. Seguramente es para mí. —Sabía que la llamada debía de ser para ella, pero las palabras le salieron sin pensarlo.

—Soy Bixby, jefe —dijo la voz desde la comisaría.

—¿Qué pasa, Bixby?

—Creo que más vale que venga.

—¿Por qué?

—Bueno, a ver, jefe... —Estaba claro que Bixby no

quería entrar en detalles. Brody le oyó decir algo a alguien y volver al teléfono—. Tengo aquí a una mujer histérica, jefe.

—¿Por qué está histérica?

—Por su hijo. Que estaba en la playa.

A Brody le dio un vuelco repentino el estómago.

—¿Qué ha pasado?

—Es... —Bixby vaciló y por fin dijo a toda prisa—: Lo del jueves.

—Escucha, capullo... —Brody se interrumpió, porque lo acababa de entender—. Enseguida voy. —Colgó el teléfono.

Se sintió acalorado, casi febril. El miedo, la culpa y la furia se fundieron en una oleada de dolor desgarrador. Se sentía al mismo tiempo traicionado y traidor, estafador y estafado. Era un criminal al que habían obligado a cometer su crimen, una puta involuntaria. Le tocaba cargar con la culpa, pero no le correspondía a él. La culpa era de Larry Vaughan y sus socios, fueran quienes fueran. Él había querido hacer lo correcto y se lo habían impedido. ¿Pero quiénes eran ellos para impedírselo? Si no era capaz de plantar cara a Vaughan, ¿qué clase de policía era? Debería haber cerrado las playas.

¿Y si las hubiera cerrado? El tiburón se habría alejado por la costa —por ejemplo, hacia East Hampton— y habría matado a alguien allí. Pero no era eso lo que había pasado. Las playas habían seguido abiertas y en consecuencia había muerto un niño. Era así de simple. Causa y efecto. De pronto Brody se odió a sí mismo. Y, de forma igualmente repentina, sintió una lástima enorme por sí mismo.

—¿Qué pasa? —preguntó Ellen.

—Que acaba de morir un niño.

—¿Cómo?

—Lo ha matado un puñetero tiburón de mierda.

—¡Oh, no! Si hubieras cerrado las playas... —Se interrumpió, avergonzada.

—Sí, ya lo sé.

Harry Meadows estaba esperando en el aparcamiento de detrás de la comisaría al llegar Brody. Abrió la portezuela del lado del pasajero del coche de Brody y embutió su corpachón en el asiento.

—Al cuerno las estadísticas —dijo.

—Sí. ¿Quién hay dentro, Harry?

—Un tipo del *Times*, dos del *Newsday* y uno de los míos. Y la mujer. Y el hombre que dice haber visto cómo pasaba.

—¿Cómo se ha enterado el *Times*?

—Ha sido mala suerte. Estaba en la playa, igual que uno de los del *Newsday*. Los dos estaban pasando el fin de semana en casa de unos amigos. Han tardado dos minutos en llegar.

—¿A qué hora ha pasado?

Meadows se miró el reloj.

—Hace unos quince, veinte minutos. No más.

—¿Están al tanto del caso Watkins?

—No lo sé. Mi empleado sí, pero sabe que no ha de decir nada. Y los otros, pues depende de con quién hayan estado hablando. Dudo que lo sepan. No han tenido tiempo de indagar.

—Lo acabarán averiguando, tarde o temprano.

—Lo sé —dijo Meadows—. Y eso me pone en una situación bastante difícil.

—¡A ti! No me hagas reír.

—En serio, Martin. Como alguien del *Times* encuentre esa historia y la mande, aparecerá en la edición de mañana, junto con el ataque de hoy, y la imagen del *Leader* quedará por los suelos. Voy a tener que usarla para cubrirme las espaldas, aunque los demás no la saquen.

—¿Usarla cómo, Harry? ¿Qué vas a decir?

—Todavía no lo sé. Como digo, estoy en una posición bastante difícil.

—¿Quién vas a decir que dio la orden de esconderlo? ¿Larry Vaughan?

—Por supuesto que no.

—¿Yo?

—No, no. No voy a decir que nadie ordenó esconderlo. Nada de conspiraciones. Voy a hablar con Carl Santos. Si consigo que diga las palabras adecuadas, puede que nos evitemos un marrón tremendo.

—¿Y la verdad?

—¿La verdad, qué?

—¿Pues que por qué no contarlo todo tal como pasó? Di que yo quería cerrar las playas y avisar a la gente, pero que los concejales no han querido. Y di que, como yo soy demasiado gallina para pelear y me estaba jugando mi trabajo, les he obedecido. Di que todos los mandamases de Amity han estado de acuerdo en que no tenía sentido alarmar a la gente solo porque haya un tiburón al que le gusta comer niños.

—Venga, Martin. No ha sido culpa tuya. No ha sido culpa de nadie. Tomamos una decisión, hicimos una apuesta y la hemos perdido. No hay más.

—Fabuloso. Ahora solo tengo que decirle a la madre del niño que siento muchísimo que tuviéramos que usar a su hijo como ficha de casino. —Brody salió del coche y echó a andar hacia la puerta de atrás de la comisaría. Meadows, a quien le costaba más salir, lo siguió a unos pasos de distancia.

Brody se detuvo.

—¿Sabes qué me gustaría saber, Harry? Quién tomó realmente la decisión. Tú la acataste. Yo la acaté. Pero ni siquiera creo que fuera Larry Vaughan quien la tomó. Creo que él también cumplió órdenes.

—¿Qué te hace pensar eso?

—No estoy seguro. ¿Sabes algo de sus socios de la empresa?

—No tiene ningún socio en realidad, ¿no?

—Me lo empiezo a preguntar. En fin, olvidémoslo... por ahora. —Brody dio otro paso y, como Meadows continuaba siguiéndolo, le dijo—: Mejor ve por delante, Harry..., por las apariencias.

Brody entró en su despacho por una puerta lateral. La madre del niño estaba sentada frente a su mesa, con un pañuelo en la mano. Llevaba un albornoz corto por encima del bañador. Iba descalza. Brody le dedicó una mirada nerviosa y volvió a sentir la punzada de culpa. No veía si la mujer estaba llorando porque le tapaban los ojos unas gafas de sol grandes y redondas.

Había un hombre de pie contra la pared del fondo. Brody supuso que era el que afirmaba haber presenciado el accidente. Estaba mirando con aire ausente la colección de recuerdos de Brody: menciones de grupos de servicio a la comunidad, fotos de Brody con dignatarios de visita. No había nada demasiado interesante para un adulto, pero era preferible mirar aquellas cosas que arriesgarse a conversar con la mujer.

A Brody nunca se le había dado bien consolar a la gente, de manera que se limitó a presentarse y empezó con las preguntas. La mujer le dijo que no había visto nada: que el niño estaba allí y al cabo de un momento ya no estaba, «y ya solo he visto pedazos de la colchoneta». Tenía la voz débil pero firme. El hombre describió lo que había visto o lo que creía haber visto.

—O sea que nadie ha visto al tiburón —dijo Brody, albergando una tenue esperanza en el fondo de su mente.

—No —contestó el hombre—. Supongo que no. ¿Pero qué otra cosa ha podido ser?

—Pues cualquier cosa. —Brody no solo les estaba mintiendo a ellos, sino también a sí mismo, probando si era capaz de creerse sus propias mentiras, preguntándose si se podía construir alguna alternativa creíble a la realidad—. Se podría haber desinflado la colchoneta y haberse ahogado el niño.

—Alex nada muy bien —protestó la mujer—. Bueno..., nadaba...

—¿Y el chapoteo? —inquirió el hombre.

—El niño podría haber estado pataleando.

—No ha gritado. No ha dicho ni una palabra.

Brody comprendió que su esfuerzo era en vano.

—Muy bien. Seguramente lo averiguaremos pronto, en cualquier caso.

—¿Qué quiere decir? —dijo el hombre.

—De una forma u otra, la gente que muere en el agua suele terminar apareciendo en la orilla. Si ha sido un tiburón, no habrá lugar a dudas.

A la mujer se le vinieron abajo los hombros y Brody se maldijo a sí mismo por ser un torpe y un idiota.

—Lo siento —se apresuró. La mujer negó con la cabeza y lloró.

Brody les dijo a los dos que esperaran en su despacho y salió de la comisaría. Vio a Meadows esperando junto a la puerta de la calle, apoyado en la pared. Había un hombre joven —el reportero del *Times*, supuso Brody— gesticulando en dirección a Meadows y con aspecto de estar haciendo preguntas. Era alto y delgado. Llevaba sandalias, bañador y un polo de manga corta con la insignia de un cocodrilo cosida a la parte izquierda del pecho. Aquello hizo que Brody le cogiera una antipatía instantánea e instintiva. De adolescente, Brody había considerado aquellos polos emblemas de riqueza y posición social. Los llevaban todos los veraneantes. Brody se dedicó a dar la paliza a su madre hasta que le compró uno —«un polo de dos dólares con una lagartija de seis dólares», dijo ella—, y, como no se volvió repentinamente popular entre las hordas de veraneantes, se sintió humillado. Arrancó el cocodrilo del bolsillo y usó el polo como trapo para limpiar el cortacésped con el que obtenía sus ingresos estivales. Más recientemente, Ellen había insistido en comprarse varios vestidos de tubo hechos por el mismo fabricante —pagando un extra que no se podían permitir por la insignia del cocodrilo— para que la ayudaran a reentrar en su antiguo círculo social. Para aflicción de Brody, una noche se sorprendió a sí mismo riñendo a Ellen por comprarse «un vestido de diez dólares con una lagartija de veinte».

Había dos hombres sentados en una banqueta: los periodistas del *Newsday*. Uno iba en bañador y el otro llevaba chaqueta y pantalones de tela. El empleado de Meadows —a Brody le sonaba que se llamaba Nat no sé cuántos— estaba apoyado en la mesa, charlando con Bixby. Dejaron de hablar en cuando vieron entrar a Brody.

—¿Qué puedo hacer por usted? —preguntó Brody.

El joven que estaba con Meadows dio un paso adelante y dijo:

—Soy Bill Whitman, del *New York Times*.

—¿Y? —¿Qué se supone que tengo que hacer?, pensó Brody. ¿Caerme de culo?

—Estaba en la playa.

—¿Y qué ha visto?

Los interrumpió uno de los reporteros del *Newsday*.

—Nada. Yo también estaba. Nadie ha visto nada. Salvo quizá el tipo ese que está en su despacho. Dice que ha visto algo.

—Ya lo sé —dijo Brody—. Pero ni siquiera está seguro de qué ha visto.

—¿Está dispuesto a declarar que ha sido un ataque de tiburón?

—No estoy dispuesto a declarar que ha sido nada, y le sugiero que usted tampoco lo declare como nada, hasta que sepa considerablemente más del caso de lo que sabe ahora.

El tipo del *Times* sonrió.

—Venga ya, sheriff, ¿qué quiere que hagamos? ¿Que lo publiquemos como desaparición misteriosa? ¿Niño perdido en el mar?

A Brody le costó resistirse a la tentación de intercambiar ironías hurañas con el reportero del *Times*.

—Escuche, señor Whitman... Se llama Whitman, ¿no? Whitman. No tenemos testigos que hayan visto nada más que un chapoteo. El hombre que está ahí dentro afirma haber visto algo grande y plateado que cree que puede haber sido un tiburón. Pero dice que nunca ha visto en persona a un tiburón vivo, o sea que no es lo que yo consideraría un testimonio experto. No tenemos cuerpo ni tampoco ninguna prueba de que al niño le haya pasado nada violento..., o sea, salvo el hecho de que ha desaparecido. Es posible que se haya ahogado. Es posible que haya tenido un ataque de epilepsia o algo así y se haya ahogado. Y es posible que lo haya atacado alguna clase de pez o de animal, o incluso de persona, de hecho. Todas esas cosas son posibles, y hasta que recibamos...

Un ruido de neumáticos rechinando sobre la grava del aparcamiento público de enfrente hizo detenerse a Brody. Se oyó el golpe de una portezuela y entró en tromba en comisaría Len Hendricks, sin más ropa que un bañador. Su cuerpo tenía esa blancura moteada de las tazas de poliestireno para el café. Se detuvo en mitad de la sala.

—Jefe... —dijo.

A Brody lo dejó pasmado la imagen inverosímil de Hendricks en bañador, con los muslos salpicados de granos y los genitales abultando bajo la tela ajustada.

—¿Vienes de nadar, Leonard?

—¡Ha habido otro ataque! —exclamó Hendricks.

—¿Cuándo fue el primero? —preguntó al instante el tipo del *Times*.

Antes de que Hendricks pudiera contestar, Brody dijo:

—Estábamos hablando del tema, Leonard. No quiero que ni tú ni nadie saquéis conclusiones precipitadas hasta que sepáis de qué estáis hablando. Por el amor de Dios, el niño se podría haber ahogado.

—¿El niño? —dijo Hendricks—. ¿Qué niño? Le hablo de un hombre, de un hombre mayor. Hace cinco minutos. Estaba a poca distancia de la orilla y de pronto se ha puesto a chillar como un condenado y se le ha hundido la cabeza y le ha vuelto a asomar y ha gritado algo más y se ha vuelto a hundir. El agua estaba revuelta y volaba sangre por todos lados. El tiburón no dejaba de darle más y más y más dentelladas. Y es el puto tiburón más grande que he visto en mi vida, grande como una puta ranchera. Me he metido en el agua hasta la cintura y he intentado sacar al tipo, pero el tiburón no paraba de darle dentelladas. —Hendricks se interrumpió y se quedó mirando el suelo. La respiración le salía del pecho en forma de ráfagas cortas—. Luego lo ha soltado. Quizá se ha ido, no lo sé. He caminado hasta donde estaba flotando el tipo. Tenía la cara bajo el agua. Le he agarrado de un brazo y he tirado de él.

—¿Y? —apremió Brody.

—Me he quedado con su brazo en la mano. El tiburón se lo debe de haber arrancado a mordiscos, solo estaba unido al cuerpo por la piel. —Hendricks levantó la vista, con los ojos rojos y llenos de lágrimas de agotamiento y terror.

—¿Vas a vomitar?

—Creo que no.

—¿Has llamado a la ambulancia?

Hendricks dijo que no con la cabeza.

—¿Ambulancia? —preguntó el reportero del *Times*—. ¿Eso no es como cerrar la puerta del establo cuando ya se ha escapado el caballo?

—Calla la boca, listo de mierda —dijo Brody—. Bixby,

llama al hospital. Leonard, ¿estás en condiciones de trabajar? —Hendricks asintió con la cabeza—. Pues ve a vestirte y encuéntrame unos letreros para cerrar las playas.

—¿Tenemos alguno?

—No lo sé. Deberíamos. Quizá en el almacén, junto con esos otros que dicen «Propiedad protegida por la policía». Si no los tenemos, necesitaremos fabricárnoslos hasta que los podamos encargar. No me importa. De una forma u otra, vamos a cerrar las puñeteras playas.

El lunes por la mañana, Brody llegó a su despacho un poco después de las siete.

—¿Lo has conseguido? —le preguntó a Hendricks.

—Lo tiene en su mesa.

—¿Es bueno o malo? No importa, ya lo encuentro yo.

—No le va a hacer falta buscar mucho.

En el centro de la mesa de Brody estaba la edición de la ciudad del *New York Times*. Vio el titular en la parte baja de la columna derecha de la portada:

TIBURÓN MATA A DOS PERSONAS
EN LONG ISLAND

—Mierda —maldijo Brody, y se puso a leer.

Por William F. Whitman
Enviado especial del *New York Times*

Amity, L.I. 20 de junio. Un niño de seis años y un hombre de 65 han muerto hoy en dos ataques distintos de un tiburón que han tenido lugar con una hora de diferencia en las playas de esta comunidad vacacional.

Aunque todavía no se ha encontrado el cuerpo del niño, Alexander Kintner, los agentes han dicho que no cabe duda de que lo ha matado un tiburón. Un testigo, Thomas Daguerre, de Nueva York, ha afirmado ver algo plateado de gran tamaño emerger del agua, coger con las fauces al niño y su colchoneta de goma y desaparecer bajo el agua con un chapoteo.

El forense de Amity, Carl Santos, ha explicado que los restos de sangre encontrados en los jirones de colchoneta recuperados no dejan lugar a dudas de que el niño ha tenido una muerte violenta.

Por lo menos quince testigos han presenciado el ataque a Morris Cater, de 65 años, que ha tenido lugar aproximadamente a las 14:00 y a un cuarto de milla de distancia en la misma playa donde fue atacado el pequeño Alexander.

Al parecer el señor Cater estaba nadando a poca distancia de la rompiente cuando ha sido golpeado repentinamente desde atrás. Ha pedido ayuda a gritos, pero todos los intentos de rescatarlo han sido en vano.

«Me he metido hasta la cintura en el agua y he intentado llegar a él», ha declarado el agente de policía de Amity Leonard Hendricks, que se encontraba en la playa en el momento de los hechos, «pero el tiburón no paraba de atacarlo».

El señor Cater, joyero mayorista con oficinas en el 1224 de la Avenida de las Américas, ha ingresado cadáver en el Hospital de Southampton.

Estos incidentes son los primeros casos documentados de ataques de tiburones en la Costa Este desde hace más de dos décadas.

De acuerdo con el doctor David Dieter, ictiólogo del Acuario de Nueva York, en Coney Island, es lógico suponer —pese a no estar comprobado— que ambos ataques han sido obra de un mismo tiburón.

«En esta época del año y en estas aguas», ha dicho el doctor Dieter, «hay muy pocos tiburones. Ya es raro en cualquier época del año que se acerquen tanto a las playas. De forma que la probabilidad de que hubiera dos tiburones en la misma playa y prácticamente en el mismo momento, y que ambos atacaran a alguien, es infinitesimal».

Cuando se le ha informado de que un testigo ha descrito al tiburón que atacó al señor Cater diciendo que era «tan grande como una ranchera», el doctor Dieter ha dicho que el animal era seguramente un tiburón blanco *(Carcharodon carcharias)*, especie conocida en todo el mundo por su voracidad y agresividad.

En 1916, ha explicado, un tiburón blanco mató a cuatro bañistas en Nueva Jersey en un mismo día, el único otro caso de víctimas múltiples de un ataque de tiburón registrado en Estados Unidos durante el presente siglo. El doctor Dieter ha atribuido los ataques a «la mala suerte, igual que cuando cae un rayo en una casa. Seguramente el tiburón estaba simplemente de paso y ha resultado que había gente nadando y que él pasaba por allí. Ha sido un puro azar».

Amity es una comunidad de veraneo situada en la costa sur de Long Island, aproximadamente a medio camino entre Bridgehampton e East Hampton, con una población de mil habitantes en invierno. En verano, la población aumenta hasta los diez mil.

Brody terminó de leer el artículo y dejó el periódico sobre la mesa. Azar, decía el doctor, un puro azar. ¿Pero qué diría si estuviera al corriente del primer ataque? ¿También puro azar? ¿O bien en ese caso sería negligencia, burda e imperdonable? Ya había tres personas muertas, y dos de ellas podrían estar vivas si Brody hubiera...

—Ya has visto el *Times* —dijo Meadows. Estaba de pie en la puerta.

—Sí, lo he visto. No se han enterado de la primera víctima.

—Lo sé. Es curioso, sobre todo después del lapsus de Len.

—¿Pero tú sí que lo has usado?

—Sí. Lo he tenido que usar. —Meadows le dio a Brody un ejemplar del *Amity Leader*. El titular llenaba las seis columnas de la cubierta: «TIBURÓN GIGANTE MATA A DOS PERSONAS EN LA PLAYA DE AMITY». Más abajo, en tipografía más pequeña, un subtítulo: «El número de víctimas del tiburón asesino sube a tres».

—Cómo te gusta el bombo y platillo, Harry.

—Sigue leyendo.

Brody leyó:

> Dos veraneantes murieron brutalmente ayer víctimas de un tiburón asesino que los atacó mientras se estaban bañando en las frías aguas de la playa de Scotch Road.
>
> Alexander Kintner, de seis años, que residía con su madre en la casa de Goose Neck Lane propiedad del señor Richard Packer y esposa, fue la primera víctima, atacada desde debajo mientras flotaba sobre una colchoneta de goma. No se ha encontrado su cuerpo.

Al cabo de menos de media hora, Morris Cater, de 65 años, que estaba pasando el fin de semana en el Hotel Abelard Arms, fue atacado por detrás mientras nadaba entre las suaves olas de la playa pública.

El tiburón gigante lo atacó ininterrumpidamente, mutilando al señor Cater mientras este pedía ayuda a gritos. El agente Len Hendricks, que por casualidad había ido a nadar por primera vez en cinco años, hizo un valeroso intento de rescatar a la desgraciada víctima, pero el tiburón no dio cuartel. El señor Cater ya estaba muerto cuando lo consiguieron sacar del agua.

Las muertes son la segunda y la tercera que tienen lugar por ataques de tiburones en Amity en los últimos cinco años.

El miércoles pasado por la noche, la señorita Christine Watkins, invitada del señor John Foote y de su esposa en Old Mill Road, desapareció tras salir a nadar.

El jueves por la mañana, el jefe de policía Martin Brody y el agente Hendricks recuperaron su cadáver. Según el forense Carl Santos, la causa de la muerte fue «sin lugar a dudas el ataque de un tiburón».

Al preguntársele por qué no se había hecho pública la causa de la muerte, el señor Santos no ha querido hacer comentarios.

Brody levantó la vista del periódico y dijo:

—¿Es verdad que Santos no ha querido hacer comentarios?

—No. Ha dicho que nadie más que tú y yo le preguntó por la causa de la muerte, de forma que no se sintió obligado a decírselo a nadie. Como entenderás, no podía publicar esa respuesta. Nos habría señalado como responsables a ti y a mí. Confiaba en poder sacarle algo del tipo: «Su familia pidió que no saliera a la luz la causa de la muerte, y, como estaba claro que no había crimen de por medio, lo acepté», pero no quiso. Y debo decir que me parece normal.

—¿Y qué hiciste?

—Intenté avisar a Larry Vaughan, pero ha estado fuera todo el fin de semana. Pensé que sería el mejor portavoz oficial.

—¿Y qué hiciste cuando no lo pudiste encontrar?

—Léelo.

> Ha salido a la luz, sin embargo, que la policía y los responsables municipales de Amity decidieron no hacer pública la información por una cuestión de interés público. «La gente suele alarmarse demasiado cuando oye que un tiburón ha atacado a alguien», ha dicho un miembro del consejo municipal. «No queríamos que cundiera el pánico. Y teníamos la opinión de un experto que nos había dicho que la probabilidad de otro ataque era infinitesimal.»

—¿Quién es el concejal de tus declaraciones? —preguntó Brody.

—Todos y ninguno —dijo Meadows—. Es básicamente lo que me dijeron todos, pero ninguno quiso que lo citara.

—¿Y lo de que no se cerraran las playas? ¿Has hablado del tema?

—Tú has hablado.

—¿Yo?

Al preguntársele por qué no hizo cerrar las playas hasta que se prendiera al tiburón, el jefe de policía Brody ha dicho: «El océano Atlántico es enorme. La fauna marina nada por él y se desplaza de un lugar a otro. No se quedan siempre en una misma zona, y especialmente en una como esta, donde no tienen con qué alimentarse. ¿Qué íbamos a hacer? Si cerrábamos las playas de Amity, la gente simplemente cogería el coche y se iría a nadar a East Hampton. Y era igual de probable que murieran en East Hampton que en Amity».

Después de los ataques de ayer, sin embargo, el sheriff Brody sí que ha ordenado el cierre de las playas hasta nuevo aviso.

—Joder, Harry —dijo Brody—. Me la has metido doblada. Me sacas haciendo unas afirmaciones con las que no estoy de acuerdo y después me dejas en evidencia y me fuerzas a hacer lo que querías desde el principio. Es una jugarreta bastante sucia.

—No es ninguna jugarreta. Tenía que adjudicarle a alguien la versión oficial, y, en ausencia de Vaughan, tú eras la opción lógica. Admites que aceptaste acatar la decisión y por tanto que, voluntariamente o no, la apoyaste. No vi razón alguna para sacar los trapos sucios de unas disputas privadas.

—Supongo que no. En fin, ya está hecho. ¿Hay algo más que tenga que leer de esto?

—No. Solo cito a Matt Hooper, el tipo de Woods Hole. Dice que sería raro que sufriéramos otro ataque. Pero ya está un poco menos seguro que la última vez.

—¿Cree que todo esto lo está haciendo un solo tiburón?

—No lo sabe, claro, pero extraoficialmente sí. Cree que es un tiburón blanco.

—Yo también. No sé si será blanco, verde o azul, pero creo que es uno solo.

—¿Por qué?

—No lo sé exactamente. Ayer por la tarde llamé a la guardia costera de Montauk. Les pregunté si habían visto muchos tiburones últimamente, y me dijeron que no habían visto ni uno. Ni uno en lo que llevamos de primavera. Todavía es pronto, o sea que no es demasiado extraño. Me dijeron que nos mandarían una lancha cuando pudieran y que me llamarían si veían algo. Los volví a llamar después. Me dijeron que se habían pasado dos horas patrullando esta zona y que no habían visto nada. De manera que está claro que no hay muchos tiburones. También me dijeron que, cuando viene alguno por aquí, casi siempre son tiburones azules de tamaño medio, de entre metro y medio y tres metros, y tiburones toro, que por lo general no molestan a la gente. A juzgar por lo que Leonard cuenta que vio ayer, este no es ningún tiburón azul de tamaño medio.

—Hooper me dijo que hay una cosa que sí podemos hacer —dijo Meadows—. Ahora que tienes las playas cerradas, lo podemos atraer. Ya sabes, echar en el agua tripas de pescado y cosas de esas. Dijo que, si hay un tiburón, eso lo hará venir a toda pastilla.

—Oh, genial. Justo lo que necesitamos, atraer tiburones. Y si viene, ¿qué? ¿Qué hacemos?

—Lo cazamos.

—¿Con qué? ¿Con mi caña preferida?

—No, con un arpón.

—¿Un arpón, Harry? La policía ni siquiera tiene una lancha; ya no digamos una equipada con arpones.

—Pero hay pescadores. Ellos sí que tienen barcas.

—Sí, por ciento cincuenta pavos al día, o los que sean.

—Cierto. Aun así, me parece que... —Un revuelo en el pasillo hizo detenerse a Meadows a media frase.

Tanto Brody como él oyeron que Bixby decía:

—Ya se lo he dicho, señora, está reunido.

Y una voz de mujer que decía:

—¡A la mierda! Me da igual lo que esté haciendo, voy a entrar.

Oyeron ruido de pies corriendo, primero un par y después dos. La puerta del despacho de Brody se abrió de golpe y en el umbral, con un periódico en la mano y lágrimas en la cara, apareció la madre de Alexander Kintner.

Bixby se le acercó por detrás y se disculpó:

—Lo siento, jefe, he intentado que no entrara.

—No pasa nada, Bixby. Entre, señora Kintner.

Meadows se levantó y le ofreció a la mujer su silla, que era la más próxima a la mesa de Brody. Ella pasó de largo y fue hasta Brody, que estaba de pie detrás de su mesa.

—¿Qué puedo...?

La mujer le pegó con el periódico en toda la cara. Más que dolerle, a Brody lo sobresaltó; sobre todo el ruido, un porrazo brusco que hizo que le pitara el oído izquierdo. El periódico cayó al suelo.

—¿Qué me dice de eso, eh? —gritó la señora Kintner—. ¿Qué me dice?

—¿Qué le digo de qué? —dijo Brody.

—De lo que pone ahí. Que usted sabía que era peligroso nadar. Que ese tiburón ya había matado. Y usted lo mantuvo en secreto.

Brody no supo qué decir. Era todo verdad, claro, por lo menos técnicamente. Aun así, tampoco podía admitirlo, porque no era toda la verdad.

—Más o menos —contestó—. O sea, sí, es verdad, pero es que... Escuche, señora Kintner... —Necesitaba que la mujer recobrara el control para que él pudiera explicarse.

—¡A Alex lo ha matado usted! —La mujer lo dijo chillando, y Brody estuvo seguro de que la habían oído en el aparcamiento, en la calle, en el centro del pueblo, en las playas y por todo Amity. Estaba seguro de que la habían oído su mujer y sus hijos.

Pensó para sí mismo: haz que pare, antes de que diga nada más. Pero lo único que consiguió fue chistarla.

—¡Es verdad! ¡Lo ha matado usted! —Tenía los puños cerrados a los costados y la cabeza se le iba hacia delante al chillar, como si estuviera intentando inyectarle las palabras a Brody—. ¡No se va a ir de rositas!

—Por favor, señora Kintner —dijo Brody—. Cálmese. Solo un momento. Deje que se lo explique. —Estiró el brazo para tocarle el hombro y ayudarla a sentarse, pero ella se apartó bruscamente.

—¡No me toque, joder! —chilló—. Usted lo sabía. Lo supo desde el principio, pero no quiso decir nada. Y ahora un niño de seis años, un pobre niño de seis años, mi niño... —Las lágrimas le manaban inconteniblemente, y, como estaba temblando de rabia, le salían volando de la cara—. ¡Usted lo sabía! ¡Por qué no dijo nada! ¿Por qué? —Se abrazó, rodeándose el cuerpo con los brazos como si fueran una camisa de fuerza, y miró a Brody a los ojos—. ¿Por qué?

—Es... —Brody no encontraba las palabras—. Es una larga historia. —Se sentía herido, tan incapacitado como si le hubieran pegado un tiro. No sabía si era capaz de dar explicaciones. Ni siquiera estaba seguro de poder hablar.

—Ah, claro, claro —dijo la mujer—. Oh, qué persona tan despreciable. Qué despreciable. Usted...

—¡Basta! —El grito de Brody fue al mismo tiempo una súplica y una orden. Pero consiguió detenerla—. Escuche, señora Kintner, se está equivocando. Se está equivocando. Pregúnteselo al señor Meadows.

Transfigurado por la escena, Meadows asintió con la cabeza sin hablar.

—Pues claro, ¿qué va a decir? Es su amigo, ¿verdad? Seguramente le dijo que hacía bien. —Su cólera volvió a ir en aumento, rebosando, resucitada por una nueva descarga de voltaje emocional—. Seguramente lo decidieron juntos. Eso lo hizo más fácil, ¿verdad? ¿Han ganado dinero?

—¿Qué?

—¿Han ganado dinero con la sangre de mi hijo? ¿Les ha pagado alguien para que no contaran lo que sabían?

Brody estaba horrorizado.

—¡No! Claro que no, demonios.

—¿Pues por qué? Dígamelo. Dígame por qué. Yo sí que le pagaré. ¡Simplemente dígame por qué!

—Porque no pensamos que pudiera volver a pasar. —A Brody lo sorprendió su concisión. Era la verdad, ¿no?

La mujer se quedó callada un momento, intentando asimilar las palabras a pesar de su confusión. Pareció repetírselas a sí misma. Luego dijo: «Oh», y un segundo más tarde: «Dios». Y de repente, como si le acabaran de accionar un interruptor por dentro, cortándole la corriente, perdió todo el autocontrol. Se dejó caer en la silla contigua a la de Meadows y rompió a llorar con unos sollozos jadeantes y ahogados.

Meadows intentó tranquilizarla, pero ella no lo oía. Tampoco oyó a Brody decirle a Bixby que trajera a un médico. Y tampoco vio, oyó ni sintió nada cuando el médico entró en el despacho, escuchó la explicación de lo sucedido que le dio Brody, intentó hablar con ella, le puso una inyección de Librium, se la llevó a su coche —con la ayuda de uno de los hombres de Brody— y de allí al hospital.

Después de que se marchara, Brody se miró el reloj y dijo:

—Ni siquiera son las nueve. Si alguna vez me ha parecido que necesitaba una copa... Uau.

—Si lo dices en serio —dijo Meadows—, tengo bourbon en mi despacho.

—No. Si esto ha sido indicativo de cómo va a ir el resto del día, más me vale tener la cabeza despejada.

—Es difícil, pero has de intentar no tomarte demasiado en serio lo que te ha dicho. O sea, la mujer estaba en shock, para empezar.

—Ya lo sé, Harry. Cualquier médico diría que no sabía lo que estaba diciendo. El problema es que yo ya he pensado muchas de las cosas que me ha dicho. Quizá no con las mismas palabras, pero las ideas son las mismas.

—Venga, Martin. Ya sabes que no te puedes culpar.

—Ya lo sé. Puedo culpar a Larry Vaughan. O quizá a ti. Pero la cuestión es que las dos muertes de ayer se podrían haber evitado. Las podría haber evitado y no lo hice. Y punto.

Sonó el teléfono. Alguien lo contestó en la sala contigua y una voz dijo por el intercomunicador:

—Es el señor Vaughan.

Brody pulsó el botón iluminado, levantó el auricular y saludó:

—Hola, Larry. ¿Has tenido buen fin de semana?

—Lo tuve hasta las once de anoche —dijo Vaughan—, que fue cuando encendí la radio del coche de camino a casa. Tuve la tentación de llamarte entonces, pero supuse que ya debías de haber tenido un día lo bastante duro sin necesidad de que yo te molestara a esa hora.

—Una decisión con la que estoy de acuerdo.

—No eches sal en la herida, Martin. Ya me siento bastante mal.

Brody tuvo ganas de preguntar: «¿De veras, Larry?». Quería echar toda la sal que pudiera en la herida, descargar una parte de su angustia en otro. Pero sabía que era injusto y que al mismo tiempo tampoco conseguiría nada, de forma que se limitó a decir:

—Muy bien.

—Esta mañana ya he tenido dos cancelaciones. Alquileres importantes. Y buena gente. Ya habían firmado y les he dicho que los podía llevar a los juzgados. Y me han dicho: adelante, hazlo. Nosotros nos vamos a otra parte. Me da miedo contestar el teléfono. Todavía me quedan veinte casas sin alquilar para agosto.

—Me gustaría poder decirte otra cosa, Larry, pero la situación va a empeorar.

—¿Qué quieres decir?

—Con las playas cerradas.

—¿Cuánto tiempo crees que habrás de tenerlas cerradas?

—No lo sé. El tiempo que haga falta. Unos días. Quizá más.

—Sabes que el fin de semana del 4 de Julio es a finales de la semana que viene, ¿no?

—Claro que lo sé.

—Ya es demasiado tarde para esperar un buen verano, pero quizá podamos salvar algo, por lo menos de cara a agosto, si el 4 de Julio va bien.

Brody no pudo interpretar el tono de voz de Vaughan.

—¿Estás discutiendo mi decisión, Larry?

—No, supongo que estaba pensando en voz alta. O rezando en voz alta. En cualquier caso, ¿hasta cuándo planeas tener cerradas las playas? ¿De forma indefinida? ¿Cómo sabrás cuándo se ha marchado ese bicho?

—No he tenido tiempo para planificar nada. Ni siquiera sé por qué está aquí. Déjame que te pregunte una cosa, Larry. Por pura curiosidad.

—¿Qué?

—¿Quiénes son tus socios?

Vaughan tardó un momento largo en contestar:

—¿Por qué lo quieres saber? ¿Qué tiene eso que ver?

—Ya te lo he dicho, pura curiosidad.

—Guárdate la curiosidad para tu trabajo, Martin. Y deja que me preocupe yo de mis negocios.

—Claro, Larry. No te ofendas.

—¿Qué vas a hacer, pues? No podemos quedarnos cruzados de brazos y esperar a que se marche. Nos moriremos de hambre mientras esperamos.

—Ya lo sé. Meadows y yo estábamos hablando de las opciones que tenemos. Un amigo de Harry experto en fauna marina dice que podemos intentar cazarlo. ¿Qué te parece reunir doscientos dólares para alquilar un par de días la barca de Ben Gardner? No sé si alguna vez ha pescado un tiburón, pero quizá valga la pena intentarlo.

—Cualquier cosa valdrá la pena si nos ayuda a deshacernos de ese bicho y volver a ganarnos la vida. Adelante. Dile que ya sacaré el dinero de donde sea.

Brody colgó el teléfono y le dijo a Meadows:

—No sé por qué me importa tanto, pero daría lo que fuera por saber más de los negocios del señor Vaughan.

—¿Por qué?

—Es un hombre muy rico. Da igual cuánto dure todo esto del tiburón, no se verá muy perjudicado. Vale, perderá algo de dinero, pero se está tomando todo esto como si fuera una cuestión de vida o muerte; y no hablo de la muerte del pueblo, sino de la suya.

—Quizá sea un tipo concienciado.

—Lo que he oído por ese teléfono no era su conciencia. Créeme, Harry, conozco la conciencia.

A diez millas al sur de la punta este de Long Island, una barca de pesca de alquiler flotaba plácidamente a la deriva. El capitán de la barca, un hombre alto y flaco, estaba sentado en una banqueta del puente elevado, contemplando el agua. Debajo, en la cabina de mando, los dos hombres que habían alquilado la barca se dedicaban a leer. Uno leía una novela y el otro el *New York Times*.

—Eh, Quint —dijo el hombre del periódico—. ¿Has visto esto del tiburón que ha matado a esa gente?

—Lo he visto —respondió el capitán.

—¿Crees que nos lo encontraremos?

—No.

—¿Cómo lo sabes?

—Lo sé.

—Supón que lo buscamos.

—No.

—¿Por qué no?

—Tenemos mar quieta. Nos quedamos aquí.

El hombre negó con la cabeza y sonrió.

—Eso sí que sería un trofeo.

—Esas bestias no son trofeos —lo reprendió el capitán.

—¿A qué distancia está Amity?

—Un poco más allá.

—Pues si está por aquí, quizá un día de estos te lo encuentres.

—Nos encontraremos, sí. Pero hoy no.

5

El jueves por la mañana amaneció con niebla, una niebla baja y húmeda, tan espesa que hasta tenía sabor: acre y salado. La gente conducía por debajo del límite de velocidad y con los faros encendidos. Alrededor del mediodía, la niebla escampó y aparecieron unos cúmulos algodonosos deambulando por el cielo bajo un manto de cirros altos. A las cinco de la tarde, el dosel de nubes ya se había empezado a desintegrar, como un puzle al que se le han caído piezas. La luz del sol se colaba por los huecos, proyectando manchas de color azul reluciente en la superficie gris verdosa del mar.

Brody estaba sentado en la playa pública, con los codos apoyados en las rodillas para evitar que se le movieran los prismáticos que tenía en las manos. Cuando se los apartó de la cara, apenas pudo ver la embarcación: una mota blanca que desaparecía y volvía a aparecer en medio del oleaje. Las potentes lentes la convertían en una imagen clara, aunque temblorosa. Brody llevaba casi una hora sentado allí. Intentó forzar la vista, extender su visión para delinear con mayor claridad el contorno de lo que veía. Por fin soltó una palabrota y dejó caer los prismáticos, que le quedaron colgando de la correa que llevaba en torno al cuello.

—Eh, jefe —dijo Hendricks, acercándose a Brody.

—Eh, Leonard. ¿Qué haces aquí?

—Pasaba por aquí y he visto su coche. ¿Qué hace?

—Intentando entender qué demonios hace Ben Gardner.

—Pues pescar, ¿no?

—Eso es lo que le pagan para hacer, pero es la pesca más rara que he visto en mi vida. Llevo aquí una hora y no he visto moverse nada en esa barca.

—¿Puedo echar un vistazo? —Brody le dio los prismáticos. Hendricks los levantó y contempló el mar—. No, tiene usted razón. ¿Cuánto hace que está ahí?

—Todo el día, creo. Hablé con él anoche y me dijo que zarparía a las seis de esta mañana.

—¿Y ha salido solo?

—No lo sé. Me dijo que iba a intentar llevarse a su segundo, Danny no sé qué, pero que tenía hora con el dentista o algo parecido. Espero de verdad que no haya salido solo.

—¿Quiere ir a ver qué pasa? Nos quedan por lo menos dos horas de sol.

—¿Y cómo piensas llegar hasta allí?

—Puedo coger prestada la lancha de Chickering. Tiene una AquaSport con un motor Evinrude de ochenta caballos. Con eso llegamos.

Brody sintió que le subía un escalofrío por la espalda. Nadaba muy mal, y la perspectiva de tener debajo un agua que le cubriera la cabeza, ya no digamos de estar dentro de ella, le provocaba eso que su madre solía denominar el canguelo: palmas sudorosas, necesidad persistente de tragar saliva y dolor de estómago; en esencia, la misma sensación que le produce a cierta gente ir en avión. En los sueños de Brody, el agua profunda estaba poblada por cosas viscosas y salvajes que se elevaban de las profundidades y le hacían jirones la carne, por demonios que soltaban risillas y gruñidos.

—Muy bien —dijo—. Supongo que no tenemos muchas opciones. Quizá cuando lleguemos al muelle ya habrá arrancado. Ve a preparar la lancha. Yo voy a pasar por comisaría y poner una llamada a su mujer..., a ver si ha avisado por radio.

El puerto del pueblo de Amity era pequeño: una veintena de atracaderos, un muelle para repostar combustible y una cabaña de madera donde se servían perritos calientes y almejas fritas en recipientes de cartón. Los atracaderos estaban en una pequeña ensenada protegida del mar abierto por una escollera de piedra que cerraba la mitad de la boca de la ensenada. Hendricks estaba de pie en la Aqua-Sport, con el motor encendido, conversando con el dueño de un yate de veinticinco pies amarrado en la grada vecina. Brody se acercó por el embarcadero de madera y bajó la escalerilla de mano que llevaba a la lancha.

—¿Qué ha dicho su mujer? —preguntó Hendricks.

—Nada de nada. Lleva media hora intentando llamarlo, pero supone que debe de haber apagado la radio.

—¿Está solo?

—Por lo que ella sabe, sí. A su segundo le tenían que quitar hoy una muela del juicio infectada.

—Si no les importa que me meta —dijo el hombre del yate—, eso es muy raro.

—¿El qué?

—Apagar la radio cuando estás solo en el mar. No lo hace nadie.

—No sé. Ben siempre se queja de que las barcas no paran de charlar cuando está pescando. Quizá se ha aburrido y la ha apagado.

—Quizá.

—Vamos, Leonard —lo apremió Brody—. ¿Sabes pilotar este trasto?

Hendricks lanzó a tierra la amarra de proa, caminó a la popa, desató la amarra de popa y la tiró sobre la cubierta. Fue al panel de mandos y empujó hacia delante una palanca rematada con un pomo. La lancha arrancó con una sacudida y se puso a ronronear. Hendricks empujó la palanca más adelante todavía y el motor carburó con mayor regularidad. La popa se echó atrás y la proa se elevó. Mientras giraban para eludir la escollera, Hendricks empujó la palanca hacia delante del todo y la proa se niveló.

—A planear —dijo Hendricks.

Brody se agarró de un asa metálica que había a un lado del panel.

—¿Hay chalecos salvavidas?

—Solo los cojines. Te aguantan bien, si eres un niño de ocho años.

—Gracias.

La poca brisa de la tarde se había apagado y el mar apenas se movía. Pero había olas pequeñas, y la lancha las encaró a lo bruto, haciendo chocar la proa de madera con todas y recuperándose con unas sacudidas que le crispaban los nervios a Brody.

—Como no reduzcas la velocidad, este trasto se va a partir por la mitad —dijo.

Hendricks sonrió, visiblemente satisfecho por su momento de mando.

—No se preocupe, jefe. Si freno, nos pararemos. Tardaremos una semana en llegar y acabará usted con el estómago revuelto.

La barca de Gardner estaba a unos tres cuartos de milla de la orilla. A medida que se acercaban, Brody pudo verla mecerse suavemente sobre las olas. Incluso pudo distinguir las letras negras del yugo de popa: FLICKA.

—Está anclada —dijo Hendricks—. Caray, hay mucha profundidad ahí para anclar una barca. Debe de haber más de treinta metros.

—Genial —contestó Brody—. Justo lo que me hacía falta oír.

Cuando estaban a unos quince metros del *Flicka*, Hendricks apagó el motor y la barca se detuvo con un suave bamboleo lateral. Se acercaron deprisa. Brody caminó hasta la proa y colocó la pasarela. No vio señales de vida. No había cañas de pescar en los soportes.

—¡Eh, Ben! —llamó. No hubo respuesta.

—Quizá esté en la bodega —dijo Hendricks.

—¡Eh, Ben! —volvió a llamarlo Brody. La proa de la AquaSport ya solo estaba a unos metros de la aleta de babor de la *Flicka*. Hendricks puso la palanca de las marchas en posición neutral y la arrancó para ir un momento con la marcha atrás. La AquaSport se detuvo y, con la siguiente ola, se pegó a la borda del *Flicka*. Brody agarró la borda.

—¡Eh, Ben!

Hendricks sacó una soga del compartimento de la cabina y fue a amarrarla a una cornamusa que había en la proa de la AquaSport. Echó la soga por encima de la baranda de la barca de al lado y le ató un nudo rápido.

—¿Quieres abordarla?

—Sí. —Brody subió a bordo de la *Flicka*. Hendricks lo siguió y caminaron hasta la cabina de mando. Hendricks metió la cabeza por la escotilla delantera.

—¿Estás ahí, Ben? —Miró a un lado y a otro, sacó la cabeza y dijo—: No está.

—No está a bordo —informó Brody—. No hay ninguna duda.

—¿Qué es eso? —preguntó Hendricks, señalando un cubo que había en una esquina de la popa.

Brody caminó hasta el cubo y se agachó. Le invadió las narices un hedor a pescado y grasa. El cubo estaba lleno de tripas y sangre.

—Debe de ser señuelo —supuso—. Tripas de pescado y tal. Lo echas al agua y supuestamente atrae a los tiburones. No ha usado mucho. El cubo está casi lleno.

Un ruido repentino sobresaltó a Brody.

—Whisky, zulú, eco, dos, cinco, nueve —dijo una voz crepitante por la radio—. Habla el *Pretty Belle*. ¿Estás ahí, Jake?

—Al cuerno nuestra teoría —dijo Brody—. No tiene la radio apagada.

—No lo entiendo, jefe. No hay cañas. No lleva bote salvavidas, o sea que no se puede haber ido a remo. Nada como un pez, o sea que, si se hubiera caído por la borda, simplemente habría vuelto a subir.

—¿Ves un arpón por alguna parte?

—¿Qué aspecto tendría?

—No sé. Aspecto de arpón. O bidones. Supuestamente se usan como flotadores.

—No veo nada de eso.

Brody se puso de pie en la borda de estribor y miró a la media distancia. La barca se movía un poco, obligándolo a mantener el equilibrio con la mano derecha. Notó algo extraño y bajó la vista. Vio los agujeros de cuatro tornillos que habían sujetado una cornamusa. Estaba claro que no los habían quitado con destornillador; la madera de alrededor de los agujeros estaba astillada.

—Mira esto, Leonard.

Hendricks pasó la mano por los agujeros. Miró hacia el lado de babor, donde seguía habiendo una cornamusa de acero de veinticinco centímetros montada en la madera.

—¿Cree usted que la de aquí era igual de grande que la de allá? Joder, ¿qué fuerza hace falta para arrancar una pieza así?

—Mira aquí, Leonard. —Brody pasó el índice por el borde exterior de la borda. Había una muesca de unos veinte centímetros donde la pintura había sido raspada y la madera arañada—. Es como si alguien hubiera limado esta madera.

—O como si se hubiera frotado contra ella una soga gruesa y tensada al máximo.

Brody fue al lado de babor de la cabina de mando y palpó ociosamente el borde exterior de la borda.

—Es la única marca —informó. Cuando llegó a popa, se asomó por encima de la borda y contempló el agua.

Por un momento, se quedó pasmado, mirando el yugo de la popa sin ver nada. Luego empezó a distinguir un patrón: una hilera de agujeros, muescas profundas en el yugo de madera, que formaban un semicírculo irregular de más de un metro de diámetro. A su lado había otra hilera parecida. Y en la parte baja del yugo, justo en la línea de flotación, tres manchas pequeñas de sangre. Por favor, Dios, pensó Brody, otra vez no.

—Ven aquí, Leonard —dijo.

Hendricks caminó hasta la popa y miró.

—¿Qué?

—Si te aguanto las piernas, ¿crees que puedes descolgar el cuerpo para mirar esos agujeros de ahí y tratar de distinguir qué los ha hecho?

—¿Qué cree usted que los ha hecho?

—No lo sé. Pero algo los ha hecho. Quiero averiguar el qué. Venga. Si no lo adivinas en un minuto, lo olvidamos y nos vamos a casa. ¿De acuerdo?

—Supongo. —Hendricks se estiró sobre la parte superior del yugo de la popa—. Sujéteme bien, jefe..., por favor.

Brody se agachó y le agarró los pies a Hendricks.

—No te preocupes —repuso. Cogió las piernas de Hendricks, una con cada brazo, y se las levantó. Hendricks se elevó y después dobló el cuerpo por encima del yugo—. ¿Estás bien?

—Un poco más. ¡Tanto no! Joder, me acaba de hundir la cabeza en el agua.

—Perdón. ¿Qué tal así?

—Vale, así está bien. —Hendricks se puso a examinar los agujeros—. ¿Qué habría pasado si hubiera un tiburón en el agua? —gruñó—. Me podría haber arrancado de sus brazos.

—No pienses en eso. Limítate a mirar.

—Estoy mirando. —Al cabo de un momento dijo—: Hostia. Mire eso. Eh, súbame. Necesito mi navaja.

—¿Qué hay? —preguntó Brody cuando Hendricks volvió a estar a bordo.

Hendricks extrajo la hoja del mango de su navaja plegable.

—No lo sé —contestó—. Una astilla blanca o algo parecido, encajada en uno de los agujeros. —Navaja en mano, dejó que Brody lo volviera a bajar por encima de la baranda. Se aplicó un momento a la tarea, forcejeando con todo el cuerpo. Por fin levantó la voz—. Vale, ya lo tengo. Tire.

Brody dio un paso atrás, estirando de Hendricks por encima del yugo de popa, y por fin dejó sus pies sobre la cubierta.

—Déjame ver —le pidió, alargando la mano. Hendricks le puso en la palma lo que parecía un dentículo triangular de color blanco brillante. Tenía casi cinco centímetros de largo. Los costados eran como sierras diminutas. Brody frotó el diente contra la borda y comprobó que serraba la madera. Contempló el agua y negó con la cabeza.

—Dios mío.

—Es un diente, ¿no? —dijo Hendricks—. Dios bendito. ¿Cree que el tiburón ha matado a Ben?

—No sé qué otra cosa pensar —dijo Brody. Volvió a mirar el diente y se lo guardó en el bolsillo—. Ya podemos irnos. Aquí no nos queda nada por hacer.

—¿Qué quiere que hagamos con la barca de Ben?

—Dejarla aquí hasta mañana. Entonces mandaremos a alguien a por ella.

—Yo la puedo pilotar ahora, si quiere.

—¿Y dejarme a mí que pilote la otra? Olvídalo.

—Podemos remolcar una con la otra.

—No. Está oscureciendo y no quiero hacer el tonto intentando atracar dos barcas a oscuras. A esta no le pasará nada por pasar la noche aquí. Comprueba el ancla de proa y asegúrate de que esté bien afianzada. Y vámonos. Esta barca no la va a necesitar nadie antes de mañana... Y quien menos, Ben Gardner.

Llegaron a puerto cuando ya casi era oscuro. Los estaban esperando Harry Meadows y otro hombre al que Brody no conocía.

—Qué buenas antenas tienes, Harry —dijo Brody mientras subía la escalerilla del muelle.

Meadows sonrió, halagado.

—Es mi oficio, Martin. —Señaló al hombre que tenía al lado—. Este es Matt Hooper, jefe Brody.

Los dos hombres se dieron la mano.

—El experto de Woods Hole —dijo Brody, intentando echarle un buen vistazo en la penumbra.

Era joven —Brody le echó unos veinticinco— y apuesto: bronceado y con el pelo decolorado por el sol. Debía de ser igual de alto que Brody, metro ochenta y cinco, pero más delgado: Brody calculó que menos de ochenta kilos, frente a los noventa de él. De forma inconsciente, examinó a Hooper en busca de una posible amenaza física. Luego, con lo que Brody reconoció como un orgullo inmaduro, decidió que, si llegaban a las manos, podría reducir a Hooper. La diferencia la marcaría la experiencia.

—El mismo —dijo Hooper.

—Harry ha estado contando con él como asesor a distancia —explicó Brody—. ¿Cómo es que ha venido?

—Lo he llamado —dijo Meadows—. He pensado que quizá podría averiguar lo que está pasando.

—Joder, Harry, solo necesitabas preguntármelo a mí —espetó Brody—. Te lo podría haber explicado. Mira, hay un tiburón en nuestra costa, y...

—Ya me entiendes.

Brody se notó resentido por la intrusión, por la complicación que seguramente añadiría el conocimiento especializado de Hooper y por la división implícita de la autoridad que había creado la llegada de Hooper. Y se dio cuenta de que era un resentimiento estúpido.

—Claro, Harry —dijo—. No hay problema. Solo es que estoy cansado.

Brody hizo ademán de meter la mano en el bolsillo para sacar el diente, pero detuvo el gesto. No quería explicarlo todo de pie en un muelle y casi a oscuras.

—¿Qué habéis encontrado? —preguntó Meadows.

—No estoy seguro —respondió—. Venid a comisaría y os lo cuento.

—¿Ben se va a pasar la noche en el mar?

—Eso parece, Harry. —Brody se giró hacia Hendricks, que había terminado de amarrar la lancha—. ¿Te vas a casa, Leonard?

—Sí. Me quiero lavar antes de entrar a trabajar.

Brody llegó a la comisaría antes que Meadows y Hooper. Eran casi las ocho. Tenía que hacer dos llamadas telefónicas: una a Ellen, para ver si le podía recalentar los restos de la cena o si tenía que comprarse algo de camino a casa; y la llamada que temía, a Sally Gardner. Llamó primero a Ellen: había estofado. Se podía recalentar. Quizá supiera un poco a zapato, pero estaría caliente.

Colgó, buscó el número de los Gardner en el listín y lo marcó.

—¿Sally? Soy Martin Brody. —De pronto se arrepintió de haber llamado sin ensayar lo que iba a decir. ¿Cuánto debía decirle? No mucho, decidió, por lo menos hasta que tuviera la oportunidad de consultarle a Hooper si su teoría era plausible o absurda.

—¿Dónde está Ben, Martin? —La voz sonó tranquila pero un punto más aguda que el que Brody recordaba como su tono normal.

—No lo sé, Sally.

—¿Cómo que no lo sabes? Has ido hasta allí, ¿no?

—Sí. Y no estaba en la barca.

—Pero la barca sí estaba.

—La barca sí estaba.

—¿Has subido a bordo? ¿Has mirado en todas partes? ¿Hasta en la bodega?

—Sí. —Luego una minúscula esperanza—. Ben no llevaba bote salvavidas, ¿verdad?

—No. ¿Cómo es posible que no estuviera en la barca? —Ahora la voz sonaba más estridente.

—Pues...

—¿Dónde está?

Brody captó el tono de histeria incipiente. Deseó haber ido en persona a casa de los Gardner.

—¿Estás sola, Sally?

—No. Estoy con los niños.

Parecía más tranquila, pero Brody estaba seguro de que era un simple remanso de calma antes del estallido de dolor que llegaría cuando Sally se diera cuenta de que se habían hecho realidad los miedos con los que llevaba conviviendo a diario durante los dieciséis años que hacía que Ben era pescador profesional; unos miedos escondidos, encajonados en nichos de la mente y nunca articulados porque habrían parecido ridículos.

Brody intentó acordarse de las edades de los hijos de Gardner. Uno tenía unos doce, otro nueve y otro quizá seis. ¿Qué clase de chaval era el de doce? No lo sabía. ¿Quién era el vecino más cercano? Mierda.

—Un segundo, Sally. —Llamó al agente del mostrador de entrada—. Clements, llama a Grace Finley y dile que vaya ahora mismo a casa de Sally Gardner. Cagando leches.

—¿Y si me pregunta por qué?

—Le dices que he dicho yo que vaya. Dile que ya se lo explicaré más tarde. —Volvió al teléfono—. Lo siento, Sally. Lo único que te puedo decir con seguridad es que hemos ido adonde estaba anclada la barca de Ben. Hemos subido a bordo y Ben no estaba. Lo hemos buscado en todas partes, incluida la bodega.

Meadows y Hooper entraron en el despacho de Brody. Este les hizo un gesto para que se sentaran.

—¿Pero dónde puede estar? —dijo Sally Gardner—. Uno no se baja de una barca en medio del océano.

—No.

—Y no se puede haber caído por la borda. O sea, podría, pero simplemente habría vuelto a subir.

—Sí.

—Quizá ha venido alguien y se lo ha llevado en otra barca. Quizá no le arrancaba el motor y ha tenido que irse en la barca de alguien. ¿Has comprobado el motor?

—No —contestó Brody, avergonzado.

—Pues entonces debe de ser eso. —La voz se volvió sutilmente más liviana, casi juvenil, cubierta de un barniz de esperanza que, cuando se rompiera, se haría añicos como el cristal helado—. Y si no le funciona la batería, eso explica que no haya avisado por radio.

—La radio sí funcionaba, Sally.

—Espera un momento. ¿Quién es? Ah, eres tú. —Hubo una pausa. Brody oyó que Sally hablaba con Grace Finley. Luego Sally se volvió a poner—. Grace dice que le has dicho que venga. ¿Por qué?

—He pensado...

—Crees que está muerto, ¿verdad? Crees que se ha ahogado. —La capa de barniz se rompió y Sally rompió a sollozar.

—Me lo temo, Sally. De momento, es lo único que se nos ocurre. Déjame hablar un momento con Grace, por favor.

Al cabo de unos segundos, la voz de Grace Finley dijo:

—¿Sí, Martin?

—Siento hacerte esto, pero no se me ocurría nadie más. ¿Te puedes quedar un rato con ella?

—Me puedo quedar toda la noche.

—Quizá sea buena idea. Intentaré pasarme más tarde. Gracias.

—¿Qué ha pasado, Martin?

—No lo sabemos seguro.

—¿Es ese... bicho otra vez?

—Puede ser. Es lo que estamos intentando averiguar. Pero hazme un favor, Grace. No le digas nada de ningún tiburón a Sally. Ya tiene bastante.

—Muy bien, Martin. Espera. Un momento. —Grace

tapó el auricular del teléfono con la mano y Brody oyó una conversación amortiguada. Luego se puso Sally Gardner.

—¿Por qué lo has hecho, Martin?

—¿El qué?

Pareció que Grace Finley intentaba quitarle el teléfono de la mano a Sally, porque Brody la oyó decir:

—¡Déjame hablar, joder! —Y luego se dirigió a él—. ¿Por qué lo has tenido que mandar a él? ¿Por qué a Ben? —No levantó particularmente la voz, pero sí lo dijo con una intensidad que a Brody le pareció igual de agresiva que si estuviera gritando.

—Sally, estás...

—¡Esto no tenía por qué pasar! —dijo ella—. Lo podrías haber impedido.

A Brody le vinieron ganas de colgar. No quería que se repitiera la escena con la madre de Alex Kintner. Pero tenía que defenderse. Sally necesitaba saber que no era culpa de él. ¿Cómo podía culparlo?

—¡Y un carajo! —dijo—. Ben era pescador, y de los buenos. Conocía los riesgos.

—Si no lo hubieras...

—¡Basta, Sally! —Brody se permitió pisar las palabras de ella—. Intenta descansar.

Y colgó. Estaba furioso, pero era una furia confusa. Estaba enfadado con Sally Gardner por acusarlo y consigo mismo por estar enfadado con ella. «Si no lo hubieras», le había dicho. ¿Si no lo hubiera qué? Si no hubiera mandado a Ben. Claro. Y si los cerdos tuvieran alas, serían águilas. Si hubiera ido él en persona. Pero aquella no era su profesión. Había mandado al experto. Echó un vistazo a Meadows.

—Ya lo habéis oído.

—No todo. Pero lo suficiente como para deducir que Ben Gardner se ha convertido en la víctima número cuatro.

Brody asintió con la cabeza.

—Eso creo. —Les explicó a Meadows y a Hooper su salida al mar con Hendricks. En un par de ocasiones, Meadows lo interrumpió para hacerle alguna pregunta. Hooper escuchó, con una expresión plácida en la cara angulosa y la mirada de ojos azul celeste clavada en Brody. Al concluir su historia, Brody se metió la mano en el bolsillo de los pantalones—. Hemos encontrado esto —dijo—. Leonard lo ha sacado de la madera.

Le dio el diente a Hooper, que le dio la vuelta para examinarlo.

—¿Qué te parece, Matt? —preguntó Meadows.

—Es un tiburón blanco.

—¿Cómo de grande?

—No puedo estar seguro, pero grande. Cinco o seis metros. Un animal fabuloso. —Miró a Meadows—. Gracias por llamarme —dijo—. Me podría haber pasado la vida entera entre tiburones sin ver a uno así.

—¿Cuánto debe de pesar un tiburón así?

—Entre dos y media y tres toneladas.

Brody soltó un silbido.

—Tres toneladas.

—¿Tienes alguna hipótesis de lo que ha pasado? —le preguntó Meadows.

—Por lo que cuenta el sheriff, parece que el tiburón ha matado al señor Gardner.

—¿Cómo? —dijo Brody.

—Puede haber sido de varias maneras. Es posible que Gardner se haya caído por la borda. O más probablemente, algo ha tirado de él. Puede que se le haya enredado la cuerda del arpón en la pierna. Puede que el tiburón lo haya agarrado cuando se estaba asomando por la popa.

—¿Cómo explica usted los dientes en la popa?

—Pues porque el tiburón ha atacado la barca.

—¿Por qué demonios la iba a atacar?

—Los tiburones no son muy listos, sheriff. Se mueven por instintos e impulsos. El impulso de alimentarse es muy poderoso.

—Pero una barca de treinta pies...

—Los tiburones no piensan. Para él no es una barca. Solo es una cosa grande.

—Y no comestible.

—Hasta que la pruebe, no lo sabrá. Para que me entiendan: en todo el mar no hay nada a lo que este tiburón tenga miedo. Hay animales marinos que huyen de las criaturas más grandes. Es su instinto. Pero este tiburón no huye de nada. No conoce el miedo. Puede ir con cautela, por ejemplo, ante un tiburón blanco todavía más grande. ¿Pero miedo? Ni hablar.

—¿Qué más atacan?

—Lo que sea.

—¿Así, sin más? ¿Lo que sea?

—Básicamente, sí.

—¿Tiene alguna idea de por qué el tiburón se está quedando tanto tiempo aquí? —preguntó Brody—. No sé si conoce usted estas aguas, pero...

—Crecí aquí.

—Ah, ¿sí? ¿En Amity?

—No, en Southampton. Pasé allí todos los veranos desde la primaria hasta la escuela de posgrado.

—Todos los veranos. O sea que en realidad no creció allí.

Brody estaba buscando a la desesperada algo con lo que restablecer su igualdad, o incluso su superioridad, respecto a aquel joven, y finalmente había elegido el esnobismo a la inversa, una actitud habitual entre quienes residían todo el año en comunidades vacacionales. Aquello les daba una armadura contra el desprecio que sentían que irradiaba de los veraneantes ricos. Era una actitud de «me importa un bledo», un chauvinismo social que equiparaba riqueza con afectación, simplicidad con bondad y pobreza (hasta cierto punto) con honradez. Y era una actitud que, por lo general, a Brody le parecía a la vez repugnante y ridícula. Pero se había sentido amenazado por aquel joven —no estaba seguro de por qué—, y le resultaba una sensación tan ajena que había buscado el caparazón más conveniente, que era el que le había dado Hooper.

—Está usted hilando demasiado fino —dijo Hooper en tono huraño—. De acuerdo, no nací aquí. Pero he pasado mucho tiempo en estas aguas, y he escrito un artículo académico sobre esta costa. En cualquier caso, entiendo lo que quiere decir usted y tiene razón. Esta costa no es un entorno en el que normalmente haga estancias largas ningún tiburón.

—¿Y por qué se ha quedado este?

—Imposible saberlo. Es una actitud ciertamente poco característica, pero los tiburones hacen tantas cosas poco características que lo errático acaba siendo normal. Cualquiera que apueste dinero, ya no digamos su vida, intentando predecir lo que va a hacer un tiburón de gran tamaño en una situación determinada es un tonto. Este tiburón podría estar enfermo. Los patrones de su vida se encuentran tan fuera de su control que cualquier alteración de algún pequeño mecanismo puede provocar que se desoriente y se comporte de forma extraña.

—¿Así actúa cuando está enfermo? —respondió Brody—. Pues no quiero ver lo que hace cuando se encuentra bien.

—No. Personalmente no creo que esté enfermo. Hay otros factores que podrían causar que merodeara por aquí; muchos de esos factores no los entenderemos nunca: factores naturales, caprichos...

—¿Como por ejemplo?

—Cambios de la temperatura del agua o del fluir de la corriente o de los patrones de alimentación. Si la comida se mueve, el depredador también. Hace unos cuantos veranos, por ejemplo, tuvo lugar un fenómeno completamente inexplicable en algunos puntos de la costa de Connecticut y Rhode Island. La costa entera se vio repentinamente inundada de lachas, lo que los pescadores llaman «saracas». Unos bancos enormes. Millones de peces. Cubrían el agua como una mancha de petróleo. Había tantos que podías tirar un anzuelo sin cebar al agua y recoger el sedal y casi siempre pillabas alguna lacha por enganche. Las anjovas y las lubinas comen lachas, y de repente había masas enteras de anjovas alimentándose en bancos frente a las playas. En Watch Hill, Rhode Island, la gente se metía entre las rompientes y sacaba las anjovas con rastrillos. ¡Con rastrillos de jardín! Sacaban los peces a paladas del agua. Luego llegaron los grandes depredadores: atunes de doscientos y trescientos kilos. Las barcas de pesca de altura pescaban atún rojo a cien metros de la orilla. A veces en los puertos. Y, de pronto, todo se acabó. Las lachas se marcharon y los demás peces también. Me pasé tres semanas allí intentando averiguar qué había pasado. Sigo sin saberlo. Todo es una cuestión de equilibrio ecológico. Cuando algo se descompensa por un lado o por el otro, pasan cosas peculiares.

—Pero esto es todavía más extraño —dijo Brody—. Este tiburón se ha quedado en el mismo sitio, en un pedazo de costa de una o dos millas cuadradas, durante más de una semana. No se ha desplazado por la costa. No ha tocado a nadie en East Hampton ni en Southampton. ¿Qué tiene Amity?

—No lo sé. Dudo que nadie le pueda dar una buena respuesta.

—La respuesta la tiene Minnie Eldridge —dijo Meadows.

—Y un carajo —replicó Brody.

—¿Quién es Minnie Eldridge?

—La jefa de correos —explicó Brody—. Dice que es la voluntad de Dios o algo así. Que nos está castigando por nuestros pecados.

Hooper sonrió.

—De momento, es la mejor explicación que he oído.

—Qué alentador —se burló Brody—. ¿Y tiene planeado hacer algo para encontrar otra explicación?

—Hay varias opciones. Voy a coger muestras de agua aquí y en East Hampton. Voy a intentar averiguar cómo se está comportando el resto de la fauna, si hay por aquí algo fuera de lo ordinario o bien si falta algo que debería estar. Y trataré de encontrar al tiburón. Por cierto, ahora que me acuerdo, ¿hay alguna barca disponible?

—Sí, por desgracia —dijo Brody—. La de Ben Gardner. Lo llevaremos a ella mañana, y podrá usarla al menos hasta que acordemos algo con su mujer. ¿De verdad cree que puede cazar a ese tiburón, después de lo que le ha pasado a Ben Gardner?

—Yo no he dicho que lo fuera a cazar. De hecho, creo que no es lo que quiero intentar. Por lo menos no yo solo.

—Entonces, ¿qué demonios va a hacer?

—No lo sé. Tendré que improvisar.

Brody miró a los ojos de Hooper y dijo:

—Quiero a ese tiburón muerto. Si no puede matarlo usted, encontraremos a quien pueda.

Hooper se rio.

—Habla como un mafioso. Quiero a ese tiburón muerto. ¿Y quién lo va a matar?

—No lo sé. ¿Qué me dices, Harry? Se supone que tú te enteras de todo lo que pasa por aquí. ¿No hay ningún pescador en toda esta mierda de isla que tenga equipamiento para cazar a tiburones grandes?

Meadows lo pensó un momento antes de hablar.

—Puede que haya uno. No sé mucho de él, pero creo que se llama Quint, y creo que opera desde un muelle privado que hay por la zona de Promised Land. Si quieres, puedo intentar averiguar algo más.

—¿Por qué no? —preguntó Brody—. Parece un buen candidato.

—Mire, sheriff —dijo Hooper—, no puede ir usted a lo loco en busca de venganza contra un animal. Ese tiburón no es malvado. No es un asesino. Solo está obedeciendo a sus instintos. Es de locos intentar vengarse de un tiburón.

—Escúcheme... —Brody se estaba poniendo furioso;

una furia que nacía de la frustración y de la humillación. Sabía que Hooper tenía razón, pero le daba la sensación de que lo correcto y lo incorrecto se habían vuelto irrelevantes en aquella situación. El tiburón era un enemigo. Había venido a la comunidad y había matado a dos hombres, una mujer y un niño. La gente de Amity iba a exigir la muerte del animal. Iban a necesitar verlo muerto antes de poder sentirse lo bastante a salvo como para reanudar su vida normal. Y de todos ellos, Brody era quien más necesitaba verlo muerto, porque la muerte del tiburón representaría para él una catarsis. Hooper había tocado aquella fibra sensible, enfureciéndolo todavía más. Sin embargo, Brody se tragó su rabia y dijo—: Olvídelo.

Sonó el teléfono.

—Es para usted, jefe —anunció Clements—. El señor Vaughan.

—Oh, genial. Justo lo que necesito. —Pulsó el botón parpadeante del teléfono y levantó el auricular—. Dime, Larry.

—Hola, Martin. ¿Cómo estás? —La voz de Vaughan sonaba amigable de forma casi efusiva. Se debe de haber tomado ya un par de copas, pensó Brody.

—Bien, considerando las circunstancias, Larry.

—Hoy trabajas hasta tarde, ¿no? Te he buscado primero en casa.

—Sí, bueno. Cuando eres el jefe de policía y algo está matando a tus votantes a razón de uno cada veinte minutos, eso te mantiene ocupado.

—Me he enterado de lo de Ben Gardner.

—¿De qué te has enterado?

—De que está desaparecido.

—Las noticias vuelan.

—¿Estás seguro de que ha sido otra vez el tiburón?

—¿Si estoy seguro? Sí, supongo que sí. Nada más parece tener sentido.

—Martin, ¿qué vas a hacer? —Había una urgencia patética en la voz de Vaughan.

—Buena pregunta, Larry. Ahora mismo estamos haciendo todo lo que podemos. Tenemos las playas cerradas. Hemos...

—Créeme, de eso me he dado cuenta.

—¿Se puede saber qué quieres decir?

—¿Alguna vez has intentado vender propiedades a gente sana en una colonia de leprosos?

—No, Larry —dijo Brody en tono fatigado.

—Recibo cancelaciones todos los días. La gente que tenía casas alquiladas se está echando atrás. Desde el domingo no me ha entrado un solo cliente.

—¿Y qué quieres que haga yo?

—Pues he pensado... A ver, lo que me pregunto es... si no estaremos exagerando con todo este asunto.

—Estás de broma. Dime que estás de broma.

—No, Martin. Tranquilízate. Hablemos de esto racionalmente.

—Yo estoy siendo racional. Tú, no estoy seguro.

Hubo un momento de silencio y Vaughan sugirió:

—¿Qué te parecería abrir las playas solo para el fin de semana del 4 de Julio?

—Ni hablar. Ni hablar, joder.

—Pero escucha...

—No, escucha tú, Larry. La última vez que te hice caso, murieron dos personas. Si cazamos a ese tiburón de los cojones, si lo matamos, entonces abriré las playas. Hasta entonces, olvídate.

—¿Y si ponemos redes?

—¿Qué?

—¿Por qué no ponemos redes de acero para proteger las playas? Me ha dicho alguien que es lo que hacen en Australia.

Tiene que estar borracho, pensó Brody.

—Larry, estamos en una costa recta. ¿Qué vas a hacer, desplegar redes a lo largo de cuatro kilómetros de playa? Muy bien. Consigue el dinero. Calculo un millón de dólares, para empezar.

—¿Y patrullas? Podemos contratar a gente que patrulle por las playas en lancha.

—Con eso no basta, Larry. ¿Se puede saber qué te pasa? ¿Te están volviendo a presionar tus socios?

—Eso no es cosa tuya, joder, Martin. ¡Por el amor de Dios, hombre, se nos está yendo el pueblo a la ruina!

—Ya lo sé, Larry —contestó Brody en voz baja—. Y, que yo sepa, no podemos hacer nada al respecto. Buenas noches. —Colgó el teléfono.

Meadows y Hooper se levantaron para marcharse. Brody los acompañó a la puerta de la comisaría. Mientras salían por la puerta, Brody le dijo a Meadows:

—Eh, Harry, te has dejado el mechero dentro. —Meadows intentó decir algo, pero Brody lo interrumpió—. Entra conmigo y te lo doy. Si lo dejas aquí esta noche, seguro que desaparece. —Se despidió con la mano de Hooper—. Hasta otra.

Cuando volvieron a estar en el despacho de Brody, Meadows se sacó su encendedor del bolsillo y le dijo:

—Espero que tengas algo que decirme.

Brody cerró la puerta de su despacho.

—¿Crees que podrías averiguar algo sobre los socios de Larry?

—Supongo que sí. ¿Por qué?

—Porque, desde que empezó todo esto, Larry no para de presionarme para que abra las playas. Y ahora, después de todo lo que ha pasado, dice que las quiere abrir para el 4 de Julio. El otro día me dijo que eran sus socios quienes lo presionaban a él. Ya te lo comenté.

—¿Y qué?

—Creo que necesitamos saber quién tiene la influencia suficiente como para hacer que Larry pierda la chaveta. No me importaría si no fuera el alcalde de este pueblo. Pero, si hay gente dándole órdenes, creo que deberíamos saber quiénes son.

Meadows suspiró.

—Muy bien, Martin. Haré lo que pueda. Pero escarbar en los asuntos de Larry Vaughan no es lo que más apetece.

—No hay demasiadas cosas apetecibles últimamente, ¿no crees?

Brody acompañó a Meadows hasta la puerta, volvió a su mesa y se sentó. Vaughan había tenido razón en una cosa, pensó: Amity mostraba todos los indicios de una ruina inminente. No era solo el mercado inmobiliario, aunque la enfermedad de este se contagiaba como la viruela. Evelyn Bixby, esposa de uno de los agentes de policía de Brody, había perdido su trabajo en el sector inmobiliario y se había puesto a trabajar de camarera en un restaurante de carretera de la Ruta 27.

Dos boutiques nuevas que tenían que abrir al día siguiente habían pospuesto sus inauguraciones hasta el 3 de julio, y los propietarios de ambas se habían asegurado de llamar a Brody para avisarle de que, si para entonces no habían abierto las playas, ellos tampoco abrirían sus tiendas. Uno de ellos ya estaba buscando local de alquiler en East Hampton. La tienda de artículos deportivos había colgado carteles anunciando liquidación, algo que normalmente sucedía el primer fin de semana de septiembre. Lo único bueno que había traído la crisis económica de Amity era que el Saxon's iba tan mal que había despedido a Henry Kimble. Ahora que no trabajaba de camarero, dormía de día y era capaz de sobrevivir de vez en cuando a algún turno de trabajo policial sin echarse siestas.

Desde el lunes por la noche —el primer día del cierre de las playas—, Brody tenía a dos agentes vigilando que no hubiera bañistas. Entre los dos habían tenido diecisiete enfrentamientos con personas que insistían en meterse en el agua. Uno había sido con un hombre llamado Robert Dexter, que afirmaba que nadar en su propia playa era su derecho constitucional y que había permitido que su perro hostigara al agente de turno hasta que este sacó su pistola y amenazó con pegarle un tiro al perro. Otro altercado tuvo lugar en la playa pública, cuando un abogado de Nueva York se puso a leerle la constitución a un policía frente a una multitud de jóvenes vitoreándolo.

Aun así, Brody estaba convencido de que, al menos de momento, nadie se había metido en el mar.

El miércoles, dos chavales habían alquilado un esquife y se habían alejado unos trescientos metros a remo de la orilla, donde se habían pasado una hora echando sangre, tripas de pollo y cabezas de pato por la borda. Una barca de pesca que pasaba por allí los vio y llamó a Brody por medio de la operadora del puerto. Brody llamó a Hooper y los dos salieron con la *Flicka* y remolcaron a los chavales a tierra. En el esquife, los chavales tenían un garfio desenganchable unido a doscientos metros de cuerda de tender ropa atada a la proa con un nudo de rizo. Decían que tenían planeado enganchar al tiburón con el garfio y darse un garbeo con lo que llamaron «trineo de Nantucket». Brody les advirtió que, como volvieran a intentar aquel juego, los detendría por intento de suicidio.

Habían llegado cuatro avisos de avistamientos del tiburón. Uno de ellos había resultado ser un tronco flotante. Otros dos, según el pescador que había investigado los avisos, habían sido bancos de pececillos saltadores. Y el último, según todos los testigos, no había sido nada de nada.

El martes, nada más anochecer, Brody recibió una llamada anónima avisándolo de que había un hombre tirando señuelo para tiburones en el agua de la playa pública. Resultó que no era un hombre, sino una mujer vestida con gabardina de hombre: Jessie Parker, una de las dependientas de la tienda de artículos de oficina Walden's. Al principio Jessie negó haber tirado nada al agua, pero después admitió que había arrojado una bolsa de papel a las olas. Contenía tres botellas vacías de vermut.

—¿Por qué no las ha tirado a la basura? —le preguntó Brody.

—No quería que el basurero pensara que bebo mucho.

—Entonces, ¿por qué no tirarlas en la basura de otro?

—No estaría bien —dijo—. La basura es algo... privado, ¿no le parece?

Brody le dijo que lo que tenía que hacer era coger sus botellas vacías, meterlas en una bolsa de plástico, meter aquella bolsa de plástico en una bolsa de papel marrón y aporrear las botellas con un martillo hasta que estuvieran hechas trizas. Nadie se enteraría ni siquiera de que habían sido botellas.

Brody se miró el reloj. Eran pasadas las nueve, demasiado tarde para hacerle una visita a Sally Gardner. Confiaba en que estuviera dormida. Quizá Grace Finley le hubiera dado una pastilla o un vaso de whisky para ayudarla a descansar. Antes de salir de la oficina, llamó a la sede de la guardia costera en Montauk y le habló de Ben Gardner al agente que estaba de servicio. El agente dijo que mandaría una lancha patrullera al despuntar el alba para buscar el cuerpo.

—Gracias —contestó Brody—. Espero que lo encuentren antes de que las olas lo lleven a tierra. —Brody se quedó horrorizado de sí mismo. Estaba hablando de Ben Gardner, un amigo suyo. ¿Qué diría Sally si oyera a Brody referirse a su marido en aquel tono? Quince años de amistad borrados, olvidados. Ben Gardner ya no existía. Solo existía un cuerpo que necesitaban encontrar antes de que se convirtiera en un incordio sanguinolento.

—Lo intentaremos —dijo el agente—. Caray, lo siento por ustedes. Deben de estar teniendo un verano infernal.

—Solo espero que no sea nuestro último verano —dijo Brody. Colgó, apagó la luz de la oficina y salió a coger su coche.

Mientras paraba frente a su casa, Brody vio la familiar luz gris azulada en las ventanas de la sala de estar. Los chicos estaban viendo la tele. Entró por la puerta delantera, apagó la luz exterior y asomó la cabeza a la sala de estar a oscuras. Vio a su hijo mayor, Billy, tumbado en el sofá, apoyado en un codo. Martin, el mediano, de doce años, estaba apoltronado en un sillón, con los pies descalzos sobre la mesilla del café. Sean, de ocho años, con la espalda apoyada en el sofá, acariciaba a un gato sobre su regazo.

—¿Cómo va? —preguntó Brody.

—Bien, papá —dijo Bill, que miraba la televisión.

—¿Dónde está vuestra madre?

—Arriba. Ha dicho que te dijéramos que tienes tu cena en la cocina.

—Muy bien. No te quedes hasta muy tarde, Sean, ¿vale? Son casi las nueve y media.

—Vale, papá.

Brody entró en la cocina, abrió la nevera y sacó una cerveza. Los restos del estofado estaban en una olla sobre la mesa, en medio de una masa de salsa coagulada. La carne estaba correosa y de un color gris parduzco. «Vaya cena», se dijo Brody. Buscó algo en la nevera para hacerse un bocadillo. Había hamburguesas, un paquete de patas de pollo, una docena de huevos, un frasco de pepinillos en vinagre y doce latas de refresco. Encontró una loncha de queso reseca y deformada de tanto tiempo que llevaba allí; la dobló y se la metió en la boca. Se planteó calentar el estofado y por fin dijo en voz baja: «Al cuerno». Encontró dos rebanadas de pan, las untó de mostaza, desprendió un cuchillo de trinchar de un tablón magnético que había en la pared y cortó una loncha gruesa de carne estofada. Dejó la carne sobre una de las rebanadas de pan, le puso unos cuantos pepinillos por encima, la cubrió con la otra rebanada y aplanó el bocadillo con la base de la mano. Lo colocó en un plato, cogió su cerveza y subió las escaleras para ir a su dormitorio.

Ellen estaba sentada en la cama, leyendo una *Cosmopolitan*.

—Hola —le dijo—. ¿Has tenido un día duro? No contabas nada por teléfono.

—Un día duro, sí. Es lo único que tenemos últimamente. ¿Te has enterado de lo de Ben Gardner? No estaba del todo seguro cuando he hablado contigo. —Puso el plato y la cerveza sobre la cómoda y se sentó en el borde de la cama para quitarse los zapatos.

—Sí. Me ha llamado Grace Finley para preguntarme si sabía dónde estaba el doctor Craig. En su consulta no lo sabían y Grace quería darle un sedante a Sally.

—¿Lo has encontrado?

—No. Pero he mandado a uno de los niños con un Seconol.

—¿Qué es un Seconol?

—Un somnífero.

—No sabía que tomabas somníferos.

—No los tomo a menudo. Solo alguno de vez en cuando.

—¿De dónde los has sacado?

—Del doctor Craig, cuando lo fui a ver la última vez por los nervios. Te lo dije.

—Oh. —Brody tiró los zapatos a un rincón, se puso de pie y se quitó los pantalones, que dejó pulcramente doblados sobre el respaldo de una silla. Se quitó la camisa, la dejó en una percha y la colgó en el armario. En camiseta y calzoncillos, se sentó en la cama y atacó su bocadillo. La carne estaba seca y se deshacía. El único sabor que notaba era el de la mostaza.

—¿No has encontrado el estofado?

Brody tenía la boca llena, de forma que asintió con la cabeza.

—¿Pues qué estás comiendo?

Él tragó.

—El estofado.

—¿Lo has calentado?

—No. Ya me está bien así.

Ellen hizo una mueca y dijo:

—Puaj.

Brody comió en silencio, mientras Ellen pasaba ociosamente las páginas de su revista. Al cabo de unos momentos, cerró la revista, se la puso en el regazo y dijo:

—Ay, Dios.

—¿Qué pasa?

—Estoy pensando en lo de Ben Gardner. Qué horror. ¿Qué crees que va a hacer Sally?

—No lo sé —contestó Brody—. Me tiene preocupado. ¿Alguna vez has hablado con ella de dinero?

—Nunca. Pero no puede tener mucho. Creo que sus hijos llevan un año sin estrenar ropa, y siempre está diciendo que ojalá pudiera comprar carne más de una vez por semana, en vez de tener que comerse el pescado que coge Ben. ¿Cobrará de la seguridad social?

—Supongo que sí, pero no subirá a mucho. Tiene la beneficencia.

—Oh, nunca la aceptaría —dijo Ellen.

—Espera y verás. No creo que se pueda permitir el orgullo. Ahora ya no tendrá ni pescado.

—¿Hay algo que podamos hacer nosotros?

—¿Personalmente? No veo el qué. Tampoco nadamos en la abundancia. Pero quizá el ayuntamiento pueda hacer algo. Hablaré del tema con Vaughan.

—¿Habéis hecho algún avance?

—¿Te refieres a cazar al cabrón ese? No. Meadows ha hecho venir a ese amigo oceanógrafo que tiene en Woods Hole. Aunque no sé de qué nos va a servir.

—¿Cómo es?

—Es buen tipo, supongo. Un chaval joven, de aspecto decente. Es un poco sabelotodo, pero no me sorprende. Parece que conoce bastante bien la zona.

—Ah, ¿sí? ¿por qué?

—Dice que veraneó de chaval en Southampton. Que venía todos los veranos.

—¿Por trabajo?

—No lo sé, supongo que con sus padres. Tiene pinta.

—¿Qué pinta?

—De rico. De buena familia. El típico veraneante de Southampton. Tú deberías saberlo, por el amor de Dios.

—No te enfades. Solo preguntaba.

—No me enfado. Solo digo que deberías conocer a esa clase de gente, nada más. O sea, tú eres una de ellos.

Ellen sonrió.

—Antes sí. Ahora solo soy una señora mayor.

—Menuda chorrada —replicó Brody—. A nueve de cada diez tipas que veranean en este pueblo no les queda tan bien el bañador como a ti. —Se alegró de ver que ella buscaba sus cumplidos y también de hacérselos. Era uno de sus preludios rituales a las sesiones de sexo, y la visión de Ellen había dado ganas de tener una. El cabello le caía sobre los hombros a ambos lados de la cabeza y después se le rizaba hacia dentro. Su camisón tenía un escote tan bajo que se le veían ambos pechos, a excepción de los pezones, y transparentaba tanto que Brody estaba seguro de poder ver la carne oscura de los pezones.

—Me voy a cepillar los dientes —dijo—. Ahora vuelvo.

Cuando volvió del baño, ya estaba medio erecto. Fue a la cómoda para apagar la luz.

—¿Sabes? —dijo Ellen—. Creo que deberíamos pagarles clases de tenis a los niños.

—¿Para qué? ¿Han dicho que querían jugar al tenis?

—No. No es que lo hayan dicho. Pero es un deporte que es bueno conocer. Les irá bien cuando sean adultos. Es una vía de entrada.

—¿De entrada a qué?

—A la gente que les conviene conocer. Si juegas bien al tenis puedes ir a cualquier club de donde sea y conocer a gente. Ahora es el momento de que aprendan.

—¿Y dónde van a hacer las clases?

—Estaba pensando en el Club de Campo.

—Que yo sepa, no somos miembros del Club de Campo.

—Creo que podríamos entrar. Todavía conozco a unas cuantas personas que sí son miembros. Si se lo pidiera, seguro que nos propondrían.

—Olvídalo.

—¿Por qué?

—Para empezar, no nos lo podemos permitir. Seguro que cuesta mil pavos hacerse miembro y después te deben de cobrar varios cientos más al año. Es un dinero que no tenemos.

—Tenemos ahorros.

—¡Pero no para clases de tenis, por el amor de Dios! Venga ya, dejémoslo. —Estiró el brazo para apagar la luz.

—A los niños les iría bien.

Brody dejó caer la mano sobre la cómoda.

—Escucha, no somos la clase de gente que juega al tenis. No nos sentiríamos cómodos allí. Yo no me sentiría cómodo. No quieren a la gente como nosotros.

—¿Cómo lo sabes? No lo hemos intentado nunca.

—Te digo que lo olvides. —Apagó la luz, caminó hasta la cama, retiró las sábanas y se metió junto a Ellen. —Además —dijo, besándole el cuello—, hay otro deporte que se me da mejor.

—Los niños están despiertos.

—Están viendo la televisión. No se enterarían ni aunque explotara una bomba aquí. —Le besó el cuello y se puso a acariciarle el vientre en círculos, subiendo un poco con cada rotación.

Ellen bostezó.

—Tengo mucho sueño —dijo—. Me he tomado una pastilla antes de que vinieras.

Brody dejó de acariciarla.

—Demonios, ¿por qué?

—Porque anoche no dormí bien, y no quería despertarme si llegabas tarde a casa. Así que me he tomado una pastilla.

—Voy a tirar esas malditas pastillas a la basura. —La besó en la mejilla y trató de besarla en la boca, pero la pilló en pleno bostezo.

—Lo siento —se disculpó ella—. Me temo que no va a funcionar.

—Funcionará. Solo tienes que ayudarme un poco.

—Estoy muy cansada. Pero haz lo que puedas. Intentaré aguantar despierta.

—Mierda —dijo Brody. Volvió a su lado de la cama—. Follarme cadáveres no es lo mío.

—No seas impertinente.

Brody no contestó. Se quedó acostado boca arriba, mirando el techo y sintiendo que le bajaba la erección. Pero la presión que sentía por dentro seguía allí, un dolor apagado en su entrepierna.

—¿Cómo se llama el amigo de Harry Meadows? —preguntó Ellen al cabo de un momento.

—Hooper.

—No será David Hooper.

—No. Creo que se llama Matt.

—Oh. Salí con un chico llamado David Hooper hace muchísimo tiempo. Me acuerdo... —Ni siquiera pudo terminar la frase: se le cerraron los ojos y, al cabo de un momento, le llegó la respiración profunda del sueño.

A pocas manzanas de allí, en una casita de listones de madera, había un hombre negro sentado a los pies de la cama de su hijo.

—¿Qué cuento quieres que te lea?

—No quiero que leamos ningún cuento —dijo el niño, que tenía siete años—. Quiero que nos lo inventemos.

—Muy bien. ¿De qué quieres que trate nuestro cuento?

—De un tiburón. Quiero un cuento sobre un tiburón.

El hombre hizo una mueca.

—No. Inventemos uno sobre... un oso.

—No, un tiburón. Quiero saber más cosas de tiburones.

—¿Quieres un cuento tipo «érase una vez»?

—Vale. Por ejemplo, érase una vez un tiburón que comía personas.

—No parece un cuento muy agradable.

—¿Por qué comen gente los tiburones?

—Supongo que tienen hambre. No lo sé.

—Si se te come un tiburón, ¿sangras?

—Sí —dijo el hombre—. Venga. Inventemos un cuento sobre otra clase de animal. Si contamos uno de un tiburón, tendrás pesadillas.

—No es verdad. Si se me intentara comer un tiburón, le pegaría un puñetazo en todo el morro.

—No se te va a intentar comer ningún tiburón.

—¿Por qué no? Si salgo a nadar, seguro que alguno lo intenta. ¿Qué pasa, que los tiburones no se comen a la gente negra?

—¡Basta de una vez! No quiero oír ni una palabra más sobre tiburones. —El hombre levantó una pila de libros de la mesilla de noche—. Ten, mira. Leamos *Peter Pan*.

SEGUNDA PARTE

6

De camino a casa el viernes a mediodía, después de hacer de voluntaria en el Hospital de Southampton por la mañana, Ellen pasó por la oficina de correos para comprar un rollo de sellos y recoger el correo. En Amity no había reparto a domicilio. En teoría, solo te llevaban a la puerta el correo certificado, siempre y cuando tu puerta no estuviera a más de un kilómetro y medio de la oficina de correos; en la práctica, también el correo certificado (salvo si llevaba una etiqueta que decía claramente que venía del Gobierno federal) se quedaba en la oficina de correos hasta que ibas a buscarlo.

La oficina de correos era un edificio pequeño y cuadrado, situado en la calle Teal, esquina con Main. Tenía quinientos apartados de correos, trescientos cuarenta de los cuales estaban alquilados a los residentes permanentes de Amity. Los otros ciento sesenta se asignaban a veraneantes, siguiendo el criterio arbitrario de la jefa de correos, Minnie Eldridge. A quienes le caían bien les permitía alquilar apartados durante el verano. A quienes no le caían bien les tocaba hacer cola frente al mostrador. Como se negaba a alquilar apartados a veraneantes durante el año entero, estos nunca sabían de un año para otro si tendrían apartado propio cuando llegaran en junio.

En el pueblo se daba por sentado que Minnie Eldridge tenía setenta y pocos años, y que se las había apañado para convencer a las autoridades de Washington de que todavía no le había llegado la edad de la jubilación obligatoria. Era pequeña y de aspecto frágil, aunque tenía una fuerza inesperada, y podía mover paquetes y cajas casi igual de deprisa que los dos hombres jóvenes que trabajaban allí con ella. Nunca hablaba de su pasado ni de su vida privada. Lo único que se sabía de ella era que había nacido en la isla de Nantucket y que se había marchado de ella poco después de la Primera Guerra Mundial. Llevaba en Amity más tiempo del que nadie recordaba, y se consideraba no solo nativa, sino también la experta oficial en historia local. No necesitaba que la animaran en absoluto para embarcarse en un discurso sobre la mujer que había dado su nombre al pueblo, una tal Amity Hopewell, condenada por bruja en el siglo XVII, y le encantaba recitar la lista de los acontecimientos importantes de la historia del lugar: el desembarco de unas tropas británicas durante la Revolución en un intento desgraciado de rodear a un contingente colonial (los británicos se habían perdido y habían deambulado sin rumbo por todo Long Island); el incendio de 1823 que había destruido el pueblo entero salvo su única iglesia; el naufragio de un barco de contrabandistas en 1921 (consiguieron reflotar el barco, pero para entonces ya no quedaba ni rastro del cargamento que habían tirado por la borda para aligerar peso); el huracán de 1938, y el muy publicitado (pero nunca realmente comprobado) desembarco de tres espías alemanes en la playa de Scotch Road en 1942.

Ellen y Minnie se ponían nerviosas la una a la otra. A Ellen le parecía que no le caía bien a Minnie, y tenía razón. Minnie se sentía incómoda con Ellen porque no la podía catalogar. Ellen no era ni veraneante ni persona de invierno. No se había ganado su apartado de correos para todo el año; se había casado con él.

Minnie estaba sola en la oficina, organizando el correo, cuando llegó Ellen.

—Buenos días, Minnie —saludó Ellen.

Minnie miró el reloj que había encima del mostrador y dijo:

—Buenas tardes.

—¿Me das un rollo de sellos de ocho, por favor? —Ellen puso un billete de cinco dólares y tres de uno sobre el mostrador.

Minnie metió unas cuantas cartas más en los apartados, dejó el montón que tenía en la mano y caminó hasta el mostrador. Le dio a Ellen un rollo de sellos y metió los billetes en un cajón.

—¿Qué tiene intención de hacer Martin con ese tiburón?

—No lo sé. Supongo que lo van a intentar cazar.

—«¿Acaso se puede atrapar al Leviatán con un garfio?»

—¿Cómo dices?

—Del Libro de Job —dijo Minnie—. Ningún mortal cazará a esa bestia.

—¿Por qué lo dices?

—Porque no lo hemos de cazar. Dios nos está preparando.

—¿Para qué?

—Lo sabremos cuando llegue el momento.

—Ya veo. —Ellen se guardó los sellos en el bolso—. En fin, quizá tengas razón. Gracias, Minnie. —Se dio la vuelta y echó a andar hacia la puerta.

—Se verá con claridad —le dijo Minnie a la espalda de Ellen.

Ellen caminó hasta la calle Main y giró a la derecha, pasando frente a una boutique y una tienda de antigüedades. Se detuvo en la ferretería y entró. No hubo respuesta inmediata al tintineo de la campanilla que provocó la puerta al abrirse. Esperó unos segundos y por fin llamó:

—¿Albert?

Caminó hasta el fondo de la tienda y hasta la puerta abierta que llevaba al sótano. Oyó a dos hombres que hablaban abajo.

—Enseguida subo —dijo la voz de Albert Morris—. Aquí tiene una caja entera —le dijo Morris al otro hombre—. Busque, a ver si encuentra lo que quiere.

Morris fue al pie de las escaleras y las empezó a subir, despacio y con parsimonia, de escalón en escalón, agarrado a la barandilla. Tenía sesenta y dos años y hacía dos que había sufrido un ataque al corazón.

—Cornamusas —dijo cuando llegó a lo alto de las escaleras.

—¿Qué? —preguntó Ellen.

—El tipo quiere cornamusas para una barca. Y a juzgar por el tamaño que busca, debe de ser capitán de acorazado. En fin, ¿qué puedo hacer por ti?

—Tengo el pitorro de goma del fregadero roto. Ya sabes, ese que tiene una palanquita con difusor. Estoy buscando uno nuevo.

—No hay problema. Están por aquí. —Morris llevó a Ellen a un armario que había en el centro de la tienda—. ¿Qué te parece algo así? —Le enseñó un pitorro de goma.

—Perfecto.

—Ochenta centavos. ¿A cuenta o al contado?

—Al contado. No quiero que tengas que hacerme un recibo solo por ochenta centavos.

—Los he hecho por mucho menos —dijo Morris—. Podría contarte historias que te harían pitar los oídos.

Cruzaron el estrecho local de la tienda hasta la caja registradora, y, mientras marcaba la venta en la caja, Morris dijo.

—Hay mucha gente cabreada por todo esto del tiburón.

—Ya lo sé. Es normal.

—Creen que habría que volver a abrir las playas.

—Bueno, yo...

—Creo que mean fuera de tiesto, si me perdonas la expresión. Creo que Martin hace bien.

—Me alegro de oírlo, Albert.

—Quizá este tipo que ha llegado nos pueda ayudar.

—¿Quién?

—El experto en fauna marina de Massachusetts.

—Ah, sí. He oído que está en el pueblo.

—Está aquí mismo.

Ellen miró a su alrededor y no vio a nadie.

—¿Qué quieres decir?

—En el sótano. Es el que busca cornamusas.

En aquel momento Ellen oyó pasos en las escaleras. Se giró, vio a Hooper entrar por la puerta y de pronto sintió una ráfaga de excitación adolescente, como si estuviera viendo a un antiguo novio al que llevaba años sin ver. El hombre era un desconocido, pero había algo familiar en él.

—Las he encontrado —dijo Hooper, con un par de cornamusas enormes de acero inoxidable en la mano. Caminó hasta el mostrador, le dedicó una sonrisa cortés a Ellen y le dijo a Morris—: Estas me sirven. —Dejó las cornamusas sobre el mostrador y le dio a Morris un billete de veinte dólares.

Ellen miró a Hooper, intentando esclarecer la familiaridad. Confiaba en que Albert Morris los presentara, pero no parecía que tuviera intención de hacerlo.

—Disculpe —le dijo a Hooper—. Pero tengo que preguntarle una cosa.

Hooper la miró y volvió a sonreír, con una sonrisa agradable y cordial que le suavizó la dureza de los rasgos y le hizo brillar los ojos de color celeste.

—Claro. Pregunte.

—No será usted pariente de David Hooper, ¿verdad?

—Es mi hermano mayor. ¿Conoce usted a David?

—Sí —contestó Ellen—. O, mejor dicho, lo conocía. Salí con él hace mucho tiempo. Soy Ellen Brody. Antes era Ellen Shepherd. En aquella época, quiero decir.

—Ah, claro. Me acuerdo de usted.

—No es verdad.

—Que sí. No es broma. Se lo demostraré. A ver... Llevaba usted el pelo más corto, casi estilo paje. Siempre llevaba una pulsera de dijes. Me acuerdo de que tenía un dije grande con forma de Torre Eiffel. Y siempre cantaba la canción aquella, ¿cómo se llamaba? *Shiboom*, o algo parecido, ¿verdad?

Ellen se rio.

—Dios santo, pero qué memoria. Me había olvidado de esa canción.

—Es raro de narices lo que se les queda grabado a los niños. ¿Cuánto tiempo salió con David? ¿Dos años?

—Dos veranos —precisó Ellen—. Fue divertido. Llevo tiempo sin acordarme mucho de aquella época.

—¿Se acuerda de mí?

—Vagamente. No estoy segura. Me acuerdo de que David tenía un hermano menor. Debía de tener usted unos nueve o diez años.

—Más o menos. David es diez años mayor que yo. Otra cosa de la que me acuerdo: todo el mundo me llamaba Matt. A mí me parecía que quedaba muy adulto. Pero usted me llamaba Matthew. Decía que sonaba más serio. Seguramente yo debía de estar enamorado de usted.

—¡Oh! —Ellen se sonrojó y Albert Morris se rio.

—En un momento u otro —explicó Hooper—, me enamoré de todas las chicas con las que salía David.

—Oh.

Morris le dio el cambio a Hooper y Hooper le dijo a Ellen:

—Voy al puerto. ¿La puedo dejar en alguna parte?

—Gracias. Tengo coche. —Dio las gracias a Morris y salió de la tienda seguida de Hooper—. O sea que ahora es usted científico —le dijo cuando estuvieron fuera.

—Un poco por accidente. Empecé estudiando literatura inglesa. Pero entonces hice un curso de biología marina para cumplir con el requisito de una asignatura de ciencias, y, mire por dónde. Me enganché.

—¿A qué? ¿Al océano?

—No. O sea, sí y no. Siempre había estado loco por el océano. Cuando tenía doce o trece años, lo que más me gustaba en el mundo era llevarme un saco de dormir a la playa y pasarme la noche tumbado en la arena, escuchando las olas y preguntándome de dónde vendrían y qué cosas fabulosas habrían visto por el camino. Lo que me enganchó en la universidad fue la fauna, y, más concretamente, los tiburones.

Ellen se rio.

—Qué horror, enamorarse de algo así. Es como ser un apasionado de las ratas.

—Eso piensa la mayoría de la gente —dijo Hooper—. Pero se equivocan. Los tiburones tienen todo lo que nos encanta a los científicos. Son preciosos; Dios, ¡qué preciosos son! Son como una máquina increíblemente perfecta. Son igual de elegantes que los pájaros. Y más misteriosos que ningún animal del planeta. Nadie sabe exactamente cuánto tiempo viven ni a qué impulsos responden, más que al del hambre. Hay más de doscientas cincuenta especies de tiburones, y todas son distintas. Los científicos se pasan la vida intentando encontrar respuestas sobre los tiburones, pero cada vez que dan con alguna generalización simple y conveniente surge algo que se la tira por los suelos. La humanidad lleva dos mil años buscando algo que repela de forma eficaz a los tiburones. Nunca se ha encontrado nada que funcione. —Se detuvo, miró a Ellen y sonrió—. Lo siento. No es mi intención dar sermones. Como puede ver, soy un adicto.

—Como puede ver usted —dijo Ellen—, yo no sé de qué hablo. Imagino que debió de ir a Yale.

—Claro. ¿Adónde si no? En cuatro generaciones, el único hombre de nuestra familia que no fue a Yale es un tío mío al que expulsaron de Andover y acabó en Miami, Ohio. Después de Yale hice el posgrado en la Universidad de Florida. Y, al terminar, me pasé un par de años persiguiendo tiburones por el mundo.

—Debió de ser interesante.

—Para mí, fue el paraíso. Fue como darle a un alcohólico las llaves de una destilería. Puse placas identificativas a tiburones en el mar Rojo y buceé con ellos en la costa de Australia. Cuanto más aprendí de ellos, más consciente fui de no saber.

—¿Buceó con ellos?

Hooper asintió con la cabeza.

—Casi siempre en una jaula, pero a veces no. Sé lo que debe de estar pensando. Mucha gente cree que tengo un impulso suicida, especialmente mi madre. Pero, si sabes lo que haces, puedes reducir el peligro casi por completo.

—Debe de ser usted el mayor experto del mundo en tiburones.

—En absoluto —replicó Hooper, riendo—. Pero lo intento. La única expedición que me perdí, y en la que habría dado lo que fuera por estar, fue la de Peter Gimbel. Hicieron un documental sobre ella. Sueño con esa expedición. Estuvieron en el agua con dos tiburones blancos, de la misma especie que el que está aquí ahora.

—Me alegro de que no fuera usted en esa expedición —dijo ella—. Seguramente habría intentado disfrutar de las vistas desde dentro de alguno de los tiburones. Pero hábleme de David. ¿Cómo está?

—Está bien, dadas las circunstancias. Trabaja de corredor de bolsa en San Francisco.

—¿Qué quiere decir con «dadas las circunstancias»?

—Bueno, ya va por su segundo matrimonio. Su primera mujer era, quizá ya lo sepa, Patty Fremont.

—Sí. Yo jugaba al tenis con ella. Heredó a David de mí, más o menos. Es la forma amable de explicarlo.

—Estuvieron juntos tres años, hasta que David se juntó con otra que tenía empresa familiar y casa en Antibes. En pocas palabras, encontró a una chica cuyo padre es el accionista mayoritario de una petrolera. Es maja, pero tiene la inteligencia de una alcachofa. Si David tuviera algún sentido común, habría sabido lo que es bueno y se habría quedado con usted.

Ellen se sonrojó y dijo en voz baja:

—Muy amable de su parte.

—Lo digo en serio. Es lo que habría hecho yo en su lugar.

—¿Y qué me dice de usted? ¿Quién es la afortunada que se lo quedó?

—Ninguna, de momento. Supongo que hay chicas en el mundo que no saben lo que se están perdiendo. —Hooper se rio—. Hábleme de usted. No, no me lo diga. A ver si lo adivino. Tiene tres hijos, ¿verdad?

—Pues sí. No era consciente de que se me notara tanto.

—No, no. No me refiero a eso. No se nota en absoluto. Pero, a ver, su marido es abogado. Tiene usted un apartamento en la ciudad y una casa en la playa en Amity. No podría ser más feliz. Que es exactamente lo que le deseo.

Ellen negó con la cabeza, sonriendo.

—No exactamente. No me refiero a lo de ser feliz, sino al resto. Mi marido es el jefe de policía de Amity.

Hooper solo dejó que se le viera la sorpresa en la mirada un momento. Luego se dio una palmada en la frente y dijo:

—¡Pero qué tonto soy! Claro. Brody. No he hecho la conexión. Fantástico. Conocí a su marido anoche. Parece todo un personaje.

A Ellen le pareció detectar un matiz de ironía en la voz de Hooper, pero luego se dijo a sí misma: no seas tonta, te lo estás imaginando.

—¿Cuánto tiempo se va a quedar aquí? —preguntó.

—No lo sé. Depende de lo que pase con el tiburón. En cuanto se marche él, me marcharé yo también.

—¿Vive usted en Woods Hole?

—No, pero cerca de allí. En Hyannisport. Tengo una casita en la playa. Me gustar estar cerca del agua. Si me voy más de diez millas tierra adentro, me entra la claustrofobia.

—¿Vive solo?

—Completamente. Sin más compañía que un equipo de alta fidelidad valorado en cien millones y un millón de libros. Eh, ¿todavía baila usted?

—¿Si bailo?

—Sí. Me acabo de acordar. Una de las cosas que decía David era que nunca había salido con nadie que bailara tan bien. Ganó un concurso, ¿no?

Como un pájaro que lleva mucho tiempo encerrado en una jaula y de pronto lo sueltan, el pasado se le echó encima y empezó a darle vueltas alrededor de su cabeza y a cubrirla de añoranza.

—Un concurso de samba —dijo—. En el Beach Club. Me había olvidado. No, ya no bailo. Martin no baila, y, aunque bailara, creo que ya nadie toca ese estilo de música.

—Pues es una lástima. David decía que era usted fantástica.

—Fue una noche maravillosa —explicó Ellen, dejando que su mente flotara de vuelta al pasado y extrayendo los detalles que recordaba—. Tocaba la orquesta de Lester Lanin. El Beach Club estaba lleno de papel crepé y de globos. David llevaba su chaqueta favorita, una de seda roja.

—Ahora la tengo yo —dijo Hooper—. La heredé de él.

—Tocaron temas maravillosos. *Mountain Greenery*, por ejemplo. A David se le daba de maravilla el two-step. Yo apenas podía seguirlo. Lo único que no le gustaba era el vals. Decía que los valses lo mareaban. Todo el mundo estaba muy bronceado. Creo que llevaba todo el verano sin llover. Me acuerdo de que aquella noche elegí un vestido amarillo porque me quedaba bien con el bronceado. Había dos concursos: uno de charlestón que ganaron Susie Kendall y Chip Fogarty y el de samba. En la final tocaron *Brazil* y bailamos como si nos fuera la vida en ello. ¿Sabe qué era el primer premio que ganamos? Un pollo enlatado. Lo tuve en mi habitación hasta que estuvo tan caducado que la lata empezó a hincharse y mi padre tuvo que tirarla. —Ellen sonrió—. Fue una época divertida. Intento no pensar mucho en ella.

—¿Por qué?

—Porque el pasado siempre parece mejor cuando lo rememoras de lo que realmente fue. Y el presente nunca parece tan bueno como te lo parecerá en el futuro. Es deprimente pasarse demasiado tiempo reviviendo antiguas alegrías. Te da la impresión de que nunca volverás a vivir nada tan bueno.

—A mí no me cuesta nada no pensar en el pasado.

—¿De verdad? ¿Por qué?

—Porque no fue ninguna maravilla, simplemente. David era el hijo mayor. Yo fui un poco una apostilla. Creo que mi propósito en la vida fue salvar el matrimonio de mis padres. Y no lo conseguí. Es un desastre cuando ya fracasas en la primera tarea que te toca en la vida. David tenía veinte años cuando se divorciaron nuestros padres. Yo no tenía ni once. Y el divorcio no fue amistoso, que digamos. Los años inmediatamente anteriores tampoco. Fue la historia de siempre, nada especial, pero no fue bonito. Seguramente le doy demasiada importancia. En fin, tengo muchas esperanzas puestas en el futuro. Así que no miro mucho atrás.

—Supongo que es lo más sano.

—No lo sé. Quizá, si tuviera un pasado fabuloso, me pasaría todo el tiempo viviendo en él. En fin..., basta. Tengo que ir al puerto. ¿Seguro que no la puedo dejar en alguna parte?

—Seguro, gracias. Tengo el coche en la otra acera.

—Muy bien. Bueno... —Hooper le ofreció la mano—. Ha sido fantástico volver a verla y espero que nos encontremos otra vez antes de marcharme.

—Me gustaría —dijo Ellen, estrechándole la mano.

—Supongo que no la podría convencer para jugar un partido de tenis alguna tarde de estas.

Ellen se rio.

—Dios mío. No me acuerdo de la última vez que tuve una raqueta en la mano. Pero gracias por el ofrecimiento.

—Muy bien. Hasta la vista, pues. —Hooper se giró y recorrió al trote los metros que lo separaban de su coche, un Ford Pinto verde.

Ellen se quedó mirando cómo Hooper arrancaba el coche, maniobraba para salir de su plaza de aparcamiento y se alejaba por la calle. Cuando le pasó al lado, levantó la mano hasta la altura del hombro y se despidió con indecisión y timidez. Hooper sacó la mano izquierda por la ventanilla para despedirse. Luego dobló la esquina y desapareció.

Una tristeza terrible y dolorosa se adueñó de Ellen. Con mayor intensidad que nunca, tuvo la sensación de que su vida —o por lo menos la mejor parte de ella, la parte fresca y divertida— ya había pasado. Reconocer aquella sensación la hizo sentirse culpable, porque la interpretó como prueba de que era una madre poco satisfactoria y una esposa insatisfecha. Odiaba su vida y se odiaba a sí misma por odiarla. Se acordó de un verso de una canción que Billy escuchaba en el estéreo: *I'd Trade All of My Tomorrows For Just One Yesterday*, «Cambiaría todos mis mañanas por un solo ayer». Se preguntó si ella aceptaría aquel intercambio. Los ayeres se habían marchado, cayendo precipitadamente por un pozo que no tenía fondo. Ya no podía recuperar nada de aquella riqueza, de aquel placer.

Le pasó por la cabeza la imagen de la cara sonriente de Hooper. Olvídalo, se dijo a sí misma. Es una estupidez. Peor todavía. Es contraproducente.

Cruzó la calle y entró en su coche. Mientras se unía al tráfico, vio a Larry Vaughan en la esquina. Dios, pensó. Parece igual de triste que yo.

7

El fin de semana fue tan tranquilo que pareció un fin de semana de finales de otoño. Con las playas cerradas y la policía patrullándolas durante el día, Amity estaba prácticamente desierto. Hooper recorría la costa en una dirección y en otra en la barca de Ben Gardner, pero las únicas señales de vida que vio en el agua fueron unos cuantos bancos de pececillos y uno pequeño de anjovas. Al llegar el domingo por la noche, después de pasar el día en East Hampton —donde las playas estaban abarrotadas, y por tanto le parecía posible que los bañistas atrajeran al tiburón—, le dijo a Brody que estaba dispuesto a concluir que el tiburón se había ido a aguas profundas.

—¿Qué le hace pensar eso? —le preguntó Brody.

—Que no hay ni rastro de él —respondió Hooper—. Y que está todo lleno de peces. Si hubiera un tiburón blanco en la zona, todos los demás se esfumarían. Es una de las cosas que dicen los buceadores de los tiburones blancos. Cuando rondan por la zona, no hay movimiento en el agua.

—No estoy convencido —dijo Brody—. Por lo menos no lo bastante como para abrir las playas. Todavía no. —Sabía que, después de un fin de semana tranquilo, recibiría presiones, tanto de Vaughan como de otros agentes inmobiliarios y comerciantes, para abrir las playas. Casi deseaba que Hooper hubiera visto al tiburón. Al menos así sabrían a qué atenerse. Ahora no había nada más que evidencias negativas, y para su mente de policía estas nunca bastaban.

El lunes por la tarde, Brody estaba en su despacho cuando Bixby le pasó una llamada de Ellen.

—Siento molestarte —dijo—. Pero te quería preguntar una cosa. ¿Qué te parece si montamos una cena con invitados en casa?

—¿Por qué?

—Solo para montarla. Hace años que no organizamos ninguna. Ni me acuerdo de cuándo fue la última.

—No —dijo Brody—. Yo tampoco. —Pero era mentira. Se acordada perfectamente de la última cena que habían organizado en casa, cuando Ellen estaba en plena cruzada para restablecer sus lazos con la comunidad de veraneantes. Para ello, había invitado a tres parejas de veraneantes. Eran gente agradable, por lo que recordaba Brody, pero la conversación había sido fría, forzada e incómoda. Brody y los invitados se habían interrogado mutuamente en busca de intereses o experiencias comunes, sin encontrarlos. Así pues, al cabo de un rato, los invitados se habían limitado a hablar entre ellos, haciendo un esfuerzo cortés para incluir a Ellen cada vez que alguien hacía algún comentario del estilo: «¡Ah, me acuerdo de él!». Ella había estado nerviosa y torpe, y, una vez se hubieron marchado los invitados, tras fregar los platos y decirle dos veces a Brody: «¡Pero qué velada tan agradable!», se había encerrado en el cuarto de baño a llorar.

—Bueno, ¿qué te parece? —dijo Ellen.

—No lo sé, supongo que bien, si quieres. ¿A quién vas a invitar?

—Pues primero deberíamos invitar a Matt Hooper.

—¿Por qué? Come en el Abelard, ¿no? Tiene todo incluido en el precio de la habitación.

—No se trata de eso, Martin. Ya lo sabes. Está solo en el pueblo y, además, es muy simpático.

—¿Cómo lo sabes? Pensaba que no lo conocías.

—¿No te lo dije? Me lo encontré el viernes en la tienda de Albert Morris. Estoy segura de que te lo comenté.

—No, pero da igual. No cambia nada.

—Resulta que es el hermano del Hooper al que yo conocía. Y se acuerda de muchas más cosas de mí que yo de él. Pero es mucho más joven.

—Ajá. ¿Para cuándo estás planeando esa fiesta?

—Pensaba en mañana por la noche. Y no es ninguna fiesta. Simplemente he pensado en juntarnos con unas pocas parejas, algo íntimo y agradable. Unas seis u ocho personas en total.

—¿Crees que podrás conseguir que venga gente con tan poca antelación?

—Oh, sí. Nadie hace nada entre semana. Hay unas cuantas partidas de bridge, pero nada más.

—Oh —dijo Brody—. Hablas de veraneantes.

—Es lo que tenía en mente. Matt se sentiría más cómodo con ellos, seguro. ¿Qué me dices de los Baxter? Sería divertido, ¿no?

—Creo que no los conozco.

—Claro que sí, tonto. Clem y Cici Baxter. De soltera, Cici Davenport. Viven en Scotch Road. Ahora él está de vacaciones. Lo sé porque lo he visto esta mañana por la calle.

—Muy bien. Prueba con ellos si quieres.

—¿Quién más?

—Alguien con quien yo pueda hablar. ¿Por qué no los Meadows?

—Pero a Harry ya lo conoce.

—Pero no conoce a Dorothy. Y es muy charlatana.

—Muy bien —dijo Ellen—. Supongo que un poco de color local no hará daño. Y Harry se entera de todo lo que pasa por aquí.

—No es color local lo que tenía en mente —aseguró Brody en tono brusco—. Son nuestros amigos.

—Ya lo sé. No lo decía con mala intención.

—Si quieres color local, lo tienes al otro lado de tu cama.

—Ya lo sé. Te he dicho que lo siento.

—¿Y por qué no una chica? —sugirió Brody—. Deberías encontrarle alguna chavala jovencita a Hooper.

Ellen hizo una pausa antes de contestar:

—Si tú crees...

—A mí me da igual. Solo pienso que se lo pasará mejor si tiene a alguien de su edad con quien hablar.

—No es tan joven, Martin. Ni nosotros tan viejos. Pero vale. A ver si se me ocurre alguien que lo pueda divertir.

—Te veo luego —dijo Brody, y colgó. Sentía algo ominoso en aquella cena que lo deprimía. No estaba seguro, pero creía —y, cuanto más lo pensaba, más lo creía— que Ellen estaba lanzando otra campaña para volver a entrar en el mundo del que él la había sacado, y esta vez además tenía una palanca con la que forzar su entrada: Hooper.

Al día siguiente, Brody llegó a casa poco después de las cinco. Ellen estaba poniendo la mesa para cenar en el comedor. Brody le dio un beso en la mejilla y le dijo:

—Caray, hacía tiempo que no veía esa cubertería. —Era la cubertería del ajuar de Ellen, regalo de sus padres.

—Lo sé. He tardado horas en sacarle brillo.

—Y mira esto. —Brody cogió una copa de vino estilo tulipán—. ¿De dónde las has sacado?

—Las he comprado en el Lure.

—¿Cuánto te han costado? —Brody dejó la copa en la mesa.

—No mucho —dijo ella, doblando una servilleta y colocándola pulcramente debajo de un tenedor de mesa y un tenedor de ensalada.

—¿Cuánto?

—Veinte dólares. Por la docena entera.

—No te andas con bromas cuando montas una cena.

—Necesitábamos copas de vino que estuvieran bien —dijo a la defensiva—. La última que nos quedaba se rompió hace meses, cuando Sean tiró el aparador.

Brody contó los cubiertos de la mesa.

—¿Solo seis? —preguntó—. ¿Qué ha pasado?

—Los Baxter no pueden venir. Ha llamado Cici. Clem se ha tenido que ir a la ciudad por trabajo y ella ha decidido acompañarlo. Van a pasar la noche allí. —Se le notó una cadencia frágil en la voz, una despreocupación falsa.

—Oh —dijo Brody—. Lástima. —No se atrevió a mostrar que se alegraba—. ¿Le has conseguido alguna jovencita a Hooper?

—Daisy Wicker. Trabaja para Gibby en el Bibelot. Es maja.

—¿A qué hora vienen los invitados?

—Los Meadows y Daisy a las siete y media. A Matthew le he dicho que viniera a las siete.

—Pensaba que se llamaba Matt.

—Oh, es una vieja broma que él me recordó. Al parecer yo lo llamaba Matthew cuando era niño. He querido que viniera temprano para que lo puedan conocer los niños. Creo que se van a quedar fascinados.

Brody se miró el reloj.

—Si los invitados no vienen hasta las siete y media, no cenaremos hasta las ocho y media o las nueve. Para entonces ya me habré muerto de hambre. Voy a hacerme un bocadillo. —Se fue hacia la cocina.

—No te llenes —le riñó Ellen—. Estoy preparando una cena deliciosa.

Brody olió los aromas de la cocina, echó un vistazo al montón de ollas y paquetes y dijo:

—¿Qué estás cocinando?

—Se llama cordero mariposa —dijo—. Espero no hacer ninguna tontería y estropearlo.

—Huele bien. ¿Qué es esta cosa que hay al lado del fregadero? ¿Lo tiro y lavo la olla?

—¿Qué cosa? —preguntó Ellen desde la sala de estar.

—La cosa que hay en la olla.

—¿Qué...? ¡Oh, Dios mío! —dijo, y entró a toda prisa en la cocina—. No te atrevas a tirarlo. —Vio la sonrisa en la cara de Brody—. ¡Oh, serás malo! —Le dio una palmada en el trasero—. Es gazpacho. Sopa.

—¿Estás segura de que no se ha pasado? —le dijo, para pincharla—. Está muy viscosa.

—Es así como tiene que ser, zoquete.

Brody negó con la cabeza.

—El pobre Hooper va a desear estar cenando en el Abelard.

—Eres un bruto —dijo ella—. Espera a probarlo. No hablarás igual.

—Es posible. Si vivo el tiempo suficiente. —Se rio y fue a la nevera. Hurgó dentro y encontró mortadela y queso para hacerse un bocadillo. Abrió una cerveza y se fue a la sala de estar—. Creo que voy a ver las noticias un rato y después me ducharé y me cambiaré —dijo.

—Te he puesto ropa limpia en la cama. También podrías afeitarte. Tienes una sombra de barba feísima.

—Dios bendito, ¿pero quién viene a cenar? ¿El príncipe Felipe y Jackie Onassis?

—Solo quiero que estés arreglado, nada más.

A las 7:05 sonó el timbre y Brody fue a abrir. Llevaba camisa de madrás azul, pantalones de uniforme azules y cordobanes negros. Se sentía limpio y planchado. Elegante, había dicho Ellen. En cuanto abrió la puerta, sin embargo, quizá no se sintió desaseado, pero sí superado en elegancia. Hooper llevaba vaqueros acampanados, mocasines sin calcetines y polo Lacoste rojo con un cocodrilo en el pecho. El uniforme de los jóvenes ricos de Amity.

—Hola —saludó Brody—. Adelante.

—Hola —dijo Hooper. Ofreció la mano y Brody se la estrechó.

Ellen salió de la cocina. Llevaba falda larga de batik, escarpines y blusa de seda azul. También se había puesto el collar de perlas cultivadas que le había regalado Brody para su boda.

—Matthew —le dijo—. Me alegro de verle.

—Y yo me alegro de que me hayan invitado —dijo Hooper, estrechando la mano de Ellen—. Siento no venir con un aspecto más respetable, pero es que no me traje nada más que ropa de trabajo. Lo único que puedo decir es que está limpia.

—No sea tonto —replicó Ellen—. Está fantástico. El rojo le queda de maravilla con el bronceado y el pelo.

Hooper se rio. Se giró y le dijo a Brody:

—¿Le importa si le doy una cosa a Ellen?

—¿Qué quiere decir? —preguntó Brody. ¿Qué le va a dar?, pensó. ¿Un beso? ¿Una caja de bombones? ¿Un puñetazo en la nariz?

—Un regalo. Es una tontería. Algo que encontré hace tiempo.

—No, no me importa —dijo Brody, todavía perplejo porque se lo hubiera preguntado.

Hooper se metió la mano en el bolsillo de los vaqueros y sacó un paquetito envuelto en papel de seda. Se lo dio a Ellen.

—Para la anfitriona —dijo—. Para compensar por el hecho de venir mal vestido.

Ellen soltó una risilla y desenvolvió el paquete con cuidado. Dentro había algo que parecía un dije, o quizá un colgante, de unos dos centímetros de ancho.

—Es muy bonito —aseguró ella—. ¿Qué es?

—Un diente de tiburón. De tiburón tigre, para ser exactos. La funda es de plata.

—¿Dónde lo encontró?

—En Macao. Pasé por allí hace un par de años cuando estaba haciendo un proyecto. Había una tiendecita muy pequeña en un callejón, donde un hombrecillo chino todavía más pequeño se pasaba la vida puliendo dientes de tiburón y moldeando las fundas de plata. No me pude resistir.

—Macao —dijo Ellen—. Creo que, si me dieran un mapa, no sabría dónde ubicar Macao. Debió de ser una experiencia fascinante.

—Está cerca de Hong Kong —intervino Brody.

—Exacto —asintió Hooper—. En cualquier caso, tienen una superstición sobre estos objetos; dicen que, si llevas uno encima, te protegerá de los mordiscos de los tiburones. En las circunstancias presentes, me ha parecido apropiado.

—Ya lo creo —dijo Ellen—. ¿Usted tiene uno?

—Tengo uno. Pero no sé cómo llevarlo. No me gusta ponerme cosas alrededor del cuello, y, si te metes un diente de tiburón en el bolsillo, he descubierto que corres dos riesgos reales. Uno es clavártelo en la pierna, y el otro es acabar con un desgarrón en los pantalones. Es como llevar una navaja abierta en el bolsillo. Así que, en mi caso, las consideraciones prácticas se imponen a la superstición, por lo menos cuando estoy en tierra firme.

Ellen se rio y le dijo a Brody:

—Martin, ¿me puedes hacer un favor enorme? ¿Puedes ir arriba y traerme la cadenilla de plata de mi joyero? Le voy a poner ahora mismo el diente de tiburón de Matthew. —Se giró hacia Hooper y le dijo—: Nunca se sabe si te vas a encontrar con un tiburón en plena cena.

Brody empezó a subir la escalera y Ellen le dijo:

—Ah, Martin, y diles a los niños que bajen.

Mientras doblaba el recodo del rellano de arriba de la escalera, Brody oyó que Ellen decía:

—Es fantástico verle otra vez.

Brody entró en la habitación y se sentó en el borde de la cama. Respiró hondo y abrió y cerró el puño derecho. Estaba luchando contra la rabia y la confusión. Se sentía amenazado, como si le hubiera entrado en casa un intruso, provisto de una serie de armas sutiles e intangibles con las que él no podía lidiar: atractivo físico, juventud, sofisticación y, por encima de todo, una conexión con Ellen nacida en una época que Brody sabía que ella desearía que no hubiera terminado nunca. De entrada, había creído que Ellen estaba intentando usar a Hooper para impresionar a otros veraneantes; ahora, en cambio, sentía que era ella quien estaba intentando impresionar a Hooper. No sabía por qué. Quizá se equivocara. A fin de cuentas, Ellen y Hooper se conocían desde hacía mucho tiempo. Quizá estuviera dándole demasiada importancia al simple hecho de que dos amigos se intentaran conocer de nuevo. ¿Amigos? Joder, Hooper debía de ser diez años más joven que Ellen, o casi. ¿Qué clase de amigos podían haber sido? Conocidos. Y apenas. Entonces, ¿por qué estaba ella intentando hacerse la supersofisticada? Se estaba poniendo en ridículo, pensó Brody; y estaba poniendo en ridículo también a Brody por el hecho de intentar, con aquel postureo, negar la vida que tenía con él.

—A la mierda —dijo en voz alta. Se puso de pie, abrió un cajón de la cómoda y buscó dentro hasta dar con el joyero de Ellen. Sacó la cadenilla de plata, cerró el cajón y salió al pasillo. Asomó la cabeza a la habitación de los chicos y dijo—: Vamos allá, tropa. —Y bajó la escalera.

Ellen y Hooper estaba sentados cada uno en una punta del sofá; al entrar en la sala, Brody oyó que ella decía:

—¿Preferirías que no te llamara Matthew?

Hooper se rio y dijo:

—No me importa. Me trae unos cuantos recuerdos, y, a pesar de lo que dije el otro día, eso no tiene nada de malo.

¿El otro día?, pensó Brody. ¿En la ferretería? Menuda conversación debieron de tener.

—Ten —le dijo a Ellen, dándole la cadenilla.

—Gracias —contestó ella. Se desabrochó el collar de perlas y lo tiró sobre la mesilla de café—. A ver, Matthew, enséñame cómo va esto. —Brody cogió las perlas de la mesa y se las guardó en el bolsillo.

Los chicos bajaron las escaleras en fila india, pulcramente vestidos con camisetas y pantalones de sport. Ellen se cerró la cadenilla de plata en torno al cuello, sonrió a Hooper y dijo:

—Venid, niños. Venid a conocer al señor Hooper. Este es Billy Brody. Billy tiene catorce años. Este es Martin Junior, tiene doce años. Y este es Sean. Tiene nueve..., casi nueve. El señor Hooper es oceanógrafo.

—En realidad soy ictiólogo —precisó Hooper.

—¿Eso qué es?

—Un zoólogo especializado en peces.

—¿Y qué es un zoólogo? —preguntó Sean.

—Yo lo sé —contestó Billy—. Es uno que estudia a los animales.

—Eso mismo —dijo Hooper—. Bien por ti.

—¿Vas a cazar al tiburón?

—Voy a intentar encontrarlo —dijo Hooper—. Pero no sé. Es posible que ya se haya marchado.

—¿Has cazado alguna vez un tiburón?

—Sí, pero no tan grande como este.

—¿Los tiburones ponen huevos? —preguntó Sean.

—Esa, jovencito, es una muy buena pregunta, y también muy complicada. No como los pollos, si te refieres a eso. Pero sí, hay tiburones que producen huevos.

—Dejadle un poco de espacio al señor Hooper, chicos. —Se giró hacia Brody—. Martin, ¿nos puedes preparar una copa?

—Claro —respondió Brody—. ¿Qué va a ser?

—Gin-tonic para mí —dijo Hooper.

—¿Y tú, Ellen?

—A ver. ¿Qué me apetece? Creo que tomaré vermut con hielo.

—Eh, mamá —dijo Billy—. ¿Qué es eso que llevas en el cuello?

—Un diente de tiburón, cielo. Me lo ha regalado el señor Hooper.

—Ala, qué chulo. ¿Puedo verlo?

Brody entró en la cocina. El alcohol se guardaba en el armario de encima del fregadero. Se encontró la puerta encallada. Estiró del asa metálica y se le quedó en la mano. Sin pensarlo, la tiró al cubo de la basura. Sacó un destornillador de un cajón y abrió la puerta del armario haciendo palanca. Vermut. ¿De qué color era la puñetera botella? Nadie tomaba vermut con hielo. La bebida de Ellen —cuando bebía, que era casi nunca— era whisky con ginger-ale. Verde. Allí estaba, al fondo de todo. Brody agarró la botella, desenroscó el tapón y la olisqueó. Olía como aquellos vinos baratos y afrutados que compraban los vagabundos por sesenta y nueve centavos.

Brody preparó las dos copas y luego se sirvió un whisky con ginger-ale. Por pura costumbre, empezó midiendo el whisky con un vaso de chupito, pero cambió de opinión a medio camino y siguió echando hasta llenar un tercio del vaso. Lo rellenó con el ginger-ale, le echó unos cubitos y agarró los otros dos vasos. La única forma conveniente de llevarlos con una sola mano era coger uno con el pulgar y los tres últimos dedos de la mano y luego apoyar el otro contra el primero a base de meterle el índice en la parte de dentro. Dio un trago de su bebida y regresó a la sala de estar.

Billy y Martin se habían apretujado en el sofá con Hellen y Hooper. Sean estaba sentado en el suelo. Brody oyó que Hooper explicaba algo de un cerdo y que Martin decía: «¡Uau!».

—Ten —dijo Brody, dándole a Ellen el vaso de delante; el que tenía su dedo dentro.

—Te quedas sin propina, chaval —le espetó ella—. Menos mal que no decidiste ganarte la vida como camarero.

Brody se la quedó mirando, planteándose una serie de comentarios maleducados. Finalmente se decidió por:

—Perdóneme, duquesa. —Le dio el otro vaso a Hooper y le dijo—: Espero que le guste así.

—Fantástico, gracias.

—Matt nos estaba hablando de un tiburón que cazó —explicó Ellen—. Tenía dentro un cerdo casi entero.

—¿En serio? —dijo Brody, sentándose en la silla de delante del sofá.

—Y eso no es todo, papá —dijo Martin—. También tenía un rollo de tela asfáltica.

—Y un hueso humano —añadió Sean.

—He dicho que parecía un hueso humano —comentó Hooper—. En aquel momento no hubo forma de comprobarlo. Podría haber sido una costilla de vaca.

—Pensaba que los científicos distinguían esas cosas al instante —dijo Brody.

—No siempre. Sobre todo cuando es un hueso como una costilla.

Brody dio un trago largo de su copa y dijo:

—Oh.

—Eh, papá —dijo Billy—. ¿Sabes cómo mata una marsopa a un tiburón?

—¿Con pistola?

—No, hombre. Lo mata a golpes de culo. Lo ha dicho el señor Hooper.

—Fabuloso —dijo Brody, y vació su vaso—. Me voy a tomar otra copa. ¿Alguien más necesita otra?

—¿Una noche entre semana? —dijo Ellen—. Caray.

—¿Por qué no? No todas las noches montamos una cena por todo lo alto. —Brody echó a andar hacia la cocina, pero lo detuvo el timbre de la puerta. Fue a abrir y se encontró a Dorothy Meadows, bajita y menuda, llevando, como de costumbre, vestido azul marino y collar de perlas de una sola ristra. Detrás de ella había una chica que Brody supuso que sería Daisy Wicker, alta, delgada y con el pelo largo y lacio. Llevaba pantalones de tela y sandalias e iba sin maquillaje. Detrás de ella asomaba la mole inconfundible de Harry Meadows.

—Hola a todos —dijo Brody—. Entrad.

—Buenas noches, Martin —saludó Dorothy Meadows—. Nos hemos encontrado a la señorita Wicker delante de tu casa.

—He venido andando —dijo Daisy Wicker—. Hace buena noche.

—Bien, bien. Adelante. Soy Martin Brody.

—Lo sé. Lo he visto yendo en su coche. Debe de tener un trabajo interesante.

Brody se rio.

—Te lo contaría en detalle, pero seguramente te quedarías dormida.

Brody los acompañó a la sala de estar y se los pasó a Ellen para que les presentara a Hooper. Preguntó a todos qué querían beber: bourbon con hielo para Harry, soda con una rodaja de limón para Dorothy y gin-tonic para Daisy Wicker. Antes de servirles sus copas, se puso otra a sí mismo y le dio un sorbo mientras preparaba el resto. Para cuando llegó el momento de volver a la sala de estar, ya se había terminado la mitad de su copa, de forma que se sirvió un chorro generoso de whisky y un poco más de ginger-ale.

Llevó primero las copas de Dorothy y de Daisy y volvió a la cocina a por la de Meadows y la suya. Estaba dando un último trago antes de reunirse con el grupo cuando entró en la cocina Ellen.

—¿No crees que deberías frenar un poco?

—Estoy bien —repuso—. No te preocupes por mí.

—No estás siendo muy amable que digamos.

—Ah, ¿no? Pensaba que estaba siendo encantador.

—En absoluto.

Brody le dedicó una sonrisa y dijo:

—Hay que joderse. —Y, mientras hablaba, se dio cuenta de que ella tenía razón: más le valía frenar. Fue a la sala de estar.

Los niños habían vuelto arriba. Dorothy Meadows estaba sentada en el sofá al lado de Hooper y charlaba con él sobre su trabajo en Woods Hole. Meadows los escuchaba en silencio desde la silla de delante del sofá. Daisy Wicker estaba de pie al otro lado de la habitación, junto a la chimenea, mirándolo todo con una ligera sonrisa. Brody le dio su copa a Meadows y caminó ociosamente hasta Daisy.

—Estás muy sonriente —le dijo.

—Ah, ¿sí? No me he dado cuenta.

—¿Piensas en algo gracioso?

—No. Supongo que solo es curiosidad. Nunca había estado en la casa de un policía.

—¿Qué esperabas? ¿Rejas en las ventanas? ¿Un guardia en la puerta?

—No, nada. Simple curiosidad.

—¿Y qué has decidido? Parece la casa de una persona normal, ¿no?

—Supongo. Más o menos.

—¿Eso qué significa?

—Nada.

—Oh.

La chica dio un sorbo de su copa y dijo:

—¿Le gusta ser policía?

Brody no pudo distinguir si había hostilidad en la pregunta o no.

—Sí. Es un buen trabajo, y es por una buena causa.

—¿Cuál es la buena causa?

—¿A ti qué te parece? —dijo, un poco irritado—. Defender la ley.

—¿No se siente alienado?

—¿Por qué demonios tendría que sentirme alienado? ¿Alienado de qué?

—De la gente. O sea, lo único que justifica su existencia

es decirle a la gente lo que no ha de hacer. ¿No le hace sentir raro?

Brody tuvo la sensación momentánea de que la chica le estaba tomando el pelo, pero ni sonreía ni tenía expresión burlona y tampoco dejaba de mirarle a los ojos.

—No, no me siento raro. No sé por qué debería sentirme más raro que tú trabajando en el cómo-se-llame.

—El Bibelot.

—Eso. ¿Y qué vendéis ahí?

—Le vendemos a la gente su pasado. Y eso la reconforta.

—¿Cómo que le vendéis su pasado?

—Antigüedades. Las compra la gente que odia su presente y necesita obtener seguridad de su pasado. O, si no es el suyo, del de quien sea. En cuanto lo compran, ya se vuelve suyo. Imagino que también debe de ser una cosa importante para usted.

—¿El qué, el pasado?

—No, la seguridad. ¿No se supone que es una de las cosas más importantes de ser policía?

Brody echó un vistazo a la sala y vio que Meadows tenía la copa vacía.

—Disculpa —dijo—. Tengo que atender a los demás invitados.

—Claro. Un placer charlar con usted.

Brody llevó la copa de Meadows y la suya a la cocina. Ellen estaba llenando un cuenco de nachos.

—¿Dónde demonios has encontrado a esa chica? ¿Debajo de una piedra?

—¿A quién, a Daisy? Ya te lo he dicho, trabaja en el Bibelot.

—¿Has hablado alguna vez con ella?

—Un poco. Parece maja y lista.

—Es una tía rara. Es como esos chavales a los que detenemos y se ponen a rajar contra nosotros en comisaría.

—Preparó una copa para Meadows y después se sirvió otra a sí mismo. Levantó la vista y vio que Ellen lo estaba mirando.

—¿Se puede saber qué te pasa? —dijo ella.

—Supongo que no me gusta que vengan desconocidos a casa y me insulten.

—En serio, Martin. Estoy segura de que no ha tenido intención de insultarte. Probablemente solo estaba siendo sincera. Hoy en día se lleva la sinceridad, ya sabes.

—Pues si se sincera un poco más conmigo, la voy a echar. No te quepa duda. —Cogió las dos copas y se fue hacia la puerta.

—Martin... —dijo ella, y Brody se detuvo—. Hazlo por mí..., por favor.

—No te preocupes por nada. Todo irá bien. Como dicen en los anuncios: calma.

Volvió a llenar las copas de Hooper y de Daisy Wicker sin rellenarse la suya. Luego se sentó y estuvo sin beber mientras Meadows le contaba una larga historia a Daisy. Brody se sentía bien —de maravilla, de hecho— y sabía que, si no bebía nada más antes de la cena, aguantaría el tipo.

A las 8:30, Ellen sacó los platos de la sopa y los puso en la mesa.

—Martin —dijo—. ¿Me quieres abrir el vino mientras siento a los invitados?

—¿Vino?

—Hay tres botellas en la cocina. Uno blanco en la nevera y dos tintos en la encimera. ¿Por qué no abres las tres ya? Los tintos necesitan un rato para respirar.

—Pues claro —contestó Brody mientras se levantaba—. ¿Y quién no?

—Ah, y el *tire-bouchin* está en la encimera, al lado del tinto.

—¿El qué?

—Se dice *tire-bouchon* —dijo Daisy Wicker—. El sacacorchos.

Brody experimentó un placer vengativo cuando vio sonrojarse a Ellen, porque desviaba en parte la atención de la vergüenza que sentía él. Encontró el sacacorchos y se aplicó a las dos botellas de tinto. Uno de los corchos lo sacó limpiamente, pero el otro se le rompió cuando lo estaba sacando y cayeron varios trozos dentro de la botella. Sacó la botella del blanco de la nevera, y mientras la descorchaba intentó pronunciar el trabalenguas del nombre del vino: Montrachet. Llegó a una pronunciación que le pareció aceptable, secó la botella con un trapo y la llevó al comedor.

Ellen se había sentado ante el extremo de la mesa más cercano a la cocina. Tenía a Hooper a su izquierda y a Meadows a su derecha. Al lado de Meadows, Daisy Wicker; luego un espacio vacío para Brody en el otro extremo, y Dorothy Meadows delante de Daisy.

Con la mano izquierda detrás de la espalda, Brody se puso junto al hombro derecho de Ellen y le sirvió una copa de vino.

—Una copa de Mount Ratchett —dijo—. Muy buen año, 1970. Lo recuerdo bien.

—Basta —dijo Ellen, levantando con la mano la boca de la botella—. No llenes la copa del todo.

—Perdón —se disculpó Brody, y procedió a llenar la copa de Meadows.

Cuando terminó de servir el vino, Brody se sentó. Miró la sopa que tenía delante. A continuación, echó un vistazo furtivo alrededor de la mesa y vio que los demás se la estaban comiendo de verdad: no era broma. De forma que probó una cucharada. Estaba fría y no sabía a sopa, pero no era mala.

—Me encanta el gazpacho —dijo Daisy—, pero cuesta tanto de hacer que no lo como a menudo.

—Mmmm —dijo Brody, comiéndose otra cucharada. —¿Lo comen ustedes mucho?

—No —contestó—. Mucho no.

—¿Lo ha probado alguna vez a la hierba?

—Me temo que no.

—Debería probarlo. Por supuesto, puede que no le guste, porque es ilegal.

—¿Quieres decir que es ilegal comérselo? ¿Por qué? ¿Qué lleva?

—Pues hierba. No hierbas aromáticas, hierba de la otra. Se le echa un poco encima. Luego fumas un poco, comes otro poco, fumas, comes... Es brutal.

Brody tardó un momento en entender lo que la chica estaba diciendo, y, aun cuando lo entendió, no contestó de inmediato. Inclinó el cuenco hacia sí para apurar la sopa que quedaba en el fondo, vació su copa de vino de un trago y se secó la boca con la servilleta. Miró a Daisy, que le estaba dedicando una sonrisa de lo más dulce, y a Ellen, que estaba escuchando con una sonrisa algo que decía Hooper.

—En serio —dijo Daisy.

Brody decidió mostrarse discretamente afable, al tiempo que molesto, para no enfadar a Ellen.

—¿Sabes? —dijo—. No me parece que...

—Seguro que Matt lo ha probado.

—Quizá sí, pero no veo qué tiene...

Daisy levantó la voz y dijo:

—Matt, perdona. —La conversación del otro lado de la mesa se interrumpió—. Tengo curiosidad. ¿Has probado el gazpacho a la hierba? Por cierto, señora Brody, este gazpacho está delicioso.

—Gracias —respondió Ellen—. ¿Pero cómo es el gazpacho a la hierba?

—Lo probé una vez —dijo Hooper—. Pero nunca me han gustado esas cosas.

—Cuéntame —pidió Ellen—. ¿Cómo es?

—Que se lo cuente Matt —contestó Daisy, y, justo cuando Brody estaba a punto de decirle algo, ella se inclinó hacia Meadows y le dijo—: Cuénteme más de las aguas freáticas.

Brody se puso de pie y empezó a retirar los cuencos de la sopa. Nada más entrar en la cocina, le vino una leve oleada de náuseas y mareo y le brotó el sudor de la frente; por suerte, ya se le había pasado para cuando dejó los cuencos en el fregadero.

Ellen lo siguió a la cocina y se ató el delantal a la cintura.

—Voy a necesitar que me ayudes a trinchar.

—Muy bien —dijo Brody, y buscó el cuchillo y el tenedor de trinchar en un cajón—. ¿Qué te ha parecido todo eso?

—¿El qué?

—Lo del gazpacho a la hierba. ¿Te ha contado Hooper lo que es?

—Sí. Tiene gracia, ¿no? Debo decir que no suena mal.

—¿Y tú qué sabes de eso?

—No te imaginas lo que hacemos las señoras cuando nos juntamos en el hospital. Ten, trincha. —Usando un tenedor de servir de dos púas, trasladó el cordero a la tabla de cortar—. Haz lonchas de un poco más de un centímetro de grueso, si puedes, como si estuvieras cortando un bistec.

La zorra de Daisy Wicker tenía razón en una cosa, pensó Brody mientras cortaba la carne: se sentía puñeteramente alienado. Cayó una loncha de carne sobre la tabla y Brody dijo:

—Eh, pensaba que habías dicho que era cordero.

—Lo es.

—Pues la carne no está hecha. Mira. —Le enseñó el trozo que acababa de cortar. Estaba rosa y, hacia el centro, casi roja.

—Se supone que ha de ser así.

—No, el cordero no. El cordero ha de estar cocido del todo, muy hecho.

—Martin, créeme. El cordero mariposa puede estar poco hecho. Te lo prometo.

Brody levantó la voz:

—¡No pienso comer cordero crudo!

—¡Chist! Por el amor de Dios. ¿No puedes bajar la voz?

Brody dijo con un susurro hosco:

—Pues ponlo otra vez en el horno hasta que esté hecho.

—¡Está hecho! —exclamó Ellen—. Si no te lo quieres comer, no te lo comas, pero lo voy a servir así.

—Pues trínchalo tú. —Brody dejó caer el cuchillo y el tenedor sobre la tabla de trinchar, cogió las dos botellas de tinto y salió de la cocina.

—Va a haber un ligero retraso —anunció al llegar a la mesa— mientras nuestra cocinera mata la cena. Ha intentado servirla sin cocinar, pero le ha mordido en la pierna—. Levantó una de las botellas de vino sobre una de las copas limpias y dijo—: Me pregunto por qué no se puede servir el vino tinto en la misma copa que el blanco.

—Es porque los sabores no se complementan —explicó Meadows.

—¿Me estás diciendo que provocan gases? —Brody llenó las seis copas y se sentó. Dio un sorbo de vino y dijo: «Qué bueno»; luego dio un segundo sorbo y un tercero. Se rellenó la copa.

Llegó Ellen de la cocina trayendo la tabla de trinchar. La dejó sobre el aparador, junto a un montón de platos. Fue una vez más a la cocina y volvió trayendo dos platos de verduras.

—Espero que esté bueno —dijo—. No lo he probado nunca.

—¿Qué es? —preguntó Dorothy Meadows—. Huele de maravilla.

—Cordero mariposa, marinado.

—Ah, ¿sí? ¿Marinado con qué?

—Con jengibre, salsa de soja, con un montón de cosas. —Se dedicó a servir una gruesa loncha de cordero y una guarnición de espárragos y calabacín en cada plato y a pasarle los platos a Meadows, que los fue repartiendo por la mesa.

Cuando todo el mundo estuvo servido y Ellen se hubo sentado, Hooper levantó su copa y dijo:

—Un brindis por la cocinera.

Los demás levantaron sus copas y Brody dijo:

—Buena suerte.

Meadows dio un bocado de carne. La masticó, la saboreó y dijo:

—Fantástico. Es como el más tierno de los solomillos, pero mejor. Qué sabor tan espléndido.

—Viniendo de ti, Harry —dijo Ellen—, es un cumplido muy especial.

—Está delicioso —aseguró Dorothy—. Prométeme que me darás la receta. Harry no me perdonará si no se lo preparo por lo menos una vez por semana.

—Pues más le vale atracar un banco —dijo Brody.

—Pero está delicioso, Martin, ¿no crees?

Brody no contestó. Acababa de empezar a masticar un bocado de carne cuando le vino otra náusea. Le volvió a brotar el sudor de la frente. Se sintió desconectado, como si hubiera otra persona controlando su cuerpo. Notó que perdía el control de sus movimientos y le entró el pánico. Le pesaba mucho el tenedor y por un momento temió que se le fuera a escapar de los dedos y a caer sobre la mesa. Lo agarró con el puño y lo sostuvo así. No estaba seguro de que le fuera a obedecer la lengua si intentaba hablar. Tenía que ser el vino. Con movimientos exageradamente mesurados, estiró el brazo sobre el mantel para apartar su copa. Deslizó los dedos por el mantel para minimizar los efectos si la volcaba. Se reclinó hacia atrás en su silla y respiró hondo. Empezó a ver borroso. Intentó enfocar la mirada en un cuadro que había por encima de la cabeza de Ellen, pero lo distrajo la imagen de Ellen hablando con Hooper. Cada vez que ella hablaba, le tocaba el brazo, muy suavemente, pero a Brody le pareció un gesto íntimo, como si estuvieran compartiendo secretos. No oía lo que decía nadie. Lo último que recordaba haber oído era: «¿No crees?». ¿Cuánto hacía de aquello? ¿Y quién lo había dicho? No lo sabía. Miró a Meadows, pero estaba hablando con Daisy. Luego miró a Dorothy y dijo con voz pastosa:

—Sí.

—¿Qué has dicho, Martin? —Dorothy lo miró—. ¿Has dicho algo?

No podía hablar. Quería ponerse de pie e ir a la cocina, pero no confiaba en sus piernas. No conseguiría llegar sin agarrarse a algo. «Quédate quieto», se dijo a sí mismo. «Se te pasará.»

Y así fue. Se le empezó a despejar la cabeza. Ellen estaba tocando otra vez a Hooper. Hablaba y tocaba. Hablaba y tocaba.

—Qué calor hace —se quejó. Se levantó y caminó hasta una ventana, con cuidado pero con decisión, y la abrió de golpe. Se sentó en la repisa y pegó la cara a la tela mosquitera—. Hace buena noche —dijo. Se puso de pie—. Creo que necesito un vaso de agua. —Fue a la cocina y sacudió la cabeza. Abrió el grifo del agua fría y se echó agua en la frente. Llenó un vaso y se lo bebió; lo volvió a llenar y se lo bebió también. Respiró hondo varias veces, volvió al comedor y se sentó. Miró la comida de su plato. Reprimió un escalofrío y sonrió a Dorothy.

—¿Alguien quiere un poco más? —preguntó Ellen—. Ha quedado mucho.

—Por supuesto —dijo Meadows—. Pero será mejor que sirvas antes a los demás. Si me dejas a mí, me lo comeré todo.

—Y sabes qué dirás mañana, ¿no? —preguntó Brody.

—¿Qué diré?

Brody bajó la voz y dijo en tono grave:

—No me puedo creer que me lo comiera entero.

Meadows y Dorothy se rieron, y Hooper dijo con voz de falsete:

—No, Ralph, me lo comí yo. —Y hasta Ellen se rio. Todo iba a ir bien.

Para cuando se sirvieron los postres —helado de café sobre crema de cacao—, Brody ya se encontraba bien. Había comido ración doble de helado y estaba charlando amigablemente con Dorothy. Hasta sonrió cuando Daisy contó que había puesto marihuana en el relleno del pavo del último Día de Acción de Gracias.

—Lo único que me preocupaba —explicó Daisy— era que mi tía soltera me había llamado el Día de Acción de Gracias por la mañana y me había preguntado si podía venir a cenar. Y el pavo ya estaba hecho y con el relleno.

—¿Y qué pasó? —preguntó Brody.

—Que intenté darle el pavo sin relleno, pero ella insistió en que lo quería, así que dije al carajo, y le di una cucharada enorme.

—¿Y?

—Hacia el final de la comida ya estaba riéndose como una colegiala. Y hasta quiso bailar. La música de *Hair*, nada menos.

—Menos mal que no estaba yo —aseguró Brody—. Te habría detenido por corromper la moral de una señora soltera.

Tomaron el café en la sala de estar y Brody ofreció copas, pero solo Meadows aceptó.

—Un coñac pequeñito, si lo tienes —pidió.

Brody miró a Ellen, como preguntándole: ¿tenemos?

—En el armario, creo —dijo ella.

Brody le sirvió el coñac a Meadows y le pasó por la cabeza ponerse otro para él también. Pero resistió la tentación, diciéndose: no tientes a la suerte.

Poco después de las diez, Meadows bostezó y dijo:

—Dorothy, creo que deberíamos marcharnos. Me cuesta mantener la confianza del público si me acuesto tarde.

—Yo también debería irme —dijo Daisy—. Entro a trabajar a las ocho. Aunque no es que estemos vendiendo gran cosa últimamente.

—No sois los únicos, querida —respondió Meadows.

—Ya lo sé. Pero, cuando trabajas a comisión, lo notas de verdad.

—En fin, esperemos que ya haya pasado lo peor. Por lo que deduzco de las palabras de nuestro experto aquí presente, es bastante posible que el leviatán se haya marchado.

—Es posible, sí —dijo Hooper—. Eso espero. —Se levantó para irse—. Yo también debería irme.

—¡Oh, no te vayas! —le pidió Ellen a Hooper. Le salió en voz mucho más alta de lo que había sido su intención. En vez de una invitación agradable, había parecido una súplica a gritos. Se quedó avergonzada y se apresuró a añadir—: Quiero decir que la noche es joven. Solo son las diez.

—Ya lo sé —dijo Hooper—. Pero si mañana hace buen tiempo quiero levantarme temprano y salir con la barca. Además, tengo coche y puedo dejar a Daisy de camino a mi casa.

—Estaría muy bien —aseguró Daisy. Como de costumbre, su voz carecía de tono y de color y no sugería nada.

—La pueden dejar los Meadows —dijo Ellen.

—Cierto, pero de verdad que tengo que irme para levantarme temprano. Gracias de todas maneras por la invitación.

Se despidieron en la puerta de la casa: cumplidos corteses y agradecimientos redundantes. Hooper fue el último en marcharse y, cuando le ofreció su mano a Ellen, ella se la cogió con las suyas y le dijo:

—Muchas gracias por el diente de tiburón.

—De nada. Me alegro de que te guste.

—Y gracias por ser tan amable con los niños. Se han quedado fascinados.

—Yo también. Aunque ha sido un poco raro. Yo debía de tener la edad de Sean cuando te conocí. No has cambiado mucho.

—Pues tú sí que has cambiado.

—Eso espero. No me gustaría tener nueve años toda la vida.

—¿Te volveremos a ver antes de que te vayas?

—Cuenta con ello.

—Maravilloso. —Hooper le soltó la mano. Se despidió brevemente de Brody y se fue hacia su vehículo.

Ellen esperó en la puerta hasta que el último de los coches se alejó y apagó la luz exterior. Sin decir palabra, se puso a recoger los vasos, tazas de café y ceniceros de la sala de estar.

Brody llevó a la cocina una pila de platos de postre, los dejó en el fregadero y dijo:

—Bueno, ha estado bien. —No quería decir nada en particular con el comentario y tampoco buscaba nada más que un asentimiento mecánico.

—No gracias a ti.

—¿Qué?

—Te has portado fatal.

—¿En serio? —Se quedó genuinamente sorprendido por la ferocidad de su ataque—. Sé que me he mareado un poco por un momento, pero no creía que...

—Toda la cena, de principio a fin, te has portado fatal.

—¡Y una mierda!

—Vas a despertar a los niños.

—Me importa un carajo. No pienso quedarme aquí plantado mientras te desahogas de tus frustraciones llamándome cabrón.

Ellen sonrió con amargura.

—¿Lo ves? Ya estás otra vez.

—¿Ya estoy otra vez qué? ¿De qué hablas?

—No quiero hablar del tema.

—Y ya está. No quieres hablar del tema. Escucha... Vale, me he equivocado con la carne de las narices. No tendría que haber perdido los papeles. Lo siento. Pero...

—¡Te digo que no quiero hablar del tema!

Brody tenía ganas de pelea, pero se contuvo, lo bastante sobrio como para darse cuenta de que sus únicas armas serían la crueldad y las insinuaciones, y de que Ellen estaba a punto de llorar. Y las lágrimas, daba igual que fueran de orgasmo o de rabia, lo desconcertaban. De manera que se limitó a decir:

—Vaya, pues lo siento. —Salió de la cocina y subió las escaleras.

En el dormitorio, mientras se desvestía, se le ocurrió que la causa de que hubiera sido tan desagradable, la razón de aquel desastre, era un tiburón: una bestia irracional a la que no había visto nunca. Era una idea tan ridícula que le arrancó una sonrisa.

Se metió en la cama y, casi en el mismo momento en que su cabeza tocó la almohada, se sumió en un letargo sin sueños.

Había un chaval y su chica bebiendo cerveza al final de la larga barra de caoba del Randy Bear. El chaval tenía dieciocho años y era el hijo del farmacéutico de Amity.

—En algún momento se lo vas a tener que decir —dijo la chica.

—Lo sé. Y cuando se lo diga, se va a poner furioso.

—No ha sido culpa tuya.

—¿Sabes qué dirá? Que ha tenido que ser culpa mía. Que algo debo de haber hecho, o se habrían quedado conmigo y habrían despedido a otro.

—Pero si han despedido a un montón de chavales.

—También se han quedado a muchos.

—¿Cómo han decidido con quiénes se quedaban?

—No lo han dicho. Solo han dicho que no tenían la suficiente clientela como para justificar una plantilla grande, de forma que nos iban a despedir a algunos. Tía, mi viejo me va a matar.

—¿Y no los puede llamar? Seguro que conoce a alguien allí. O sea, si les dice que necesitas el dinero para la universidad...

—Él no haría algo así. Sería mendigar. —El chaval se terminó la cerveza—. Solo me queda una cosa por hacer. Vender hierba.

—Oh, Michael, no lo hagas. Es demasiado peligroso. Puedes ir a la cárcel.

—Menuda elección, ¿no? —dijo el chico en tono ácido—. La universidad o la cárcel.

—¿Y qué le vas a decir a tu padre?

—No sé. Le puedo decir que estoy vendiendo cinturones.

8

Brody se despertó de golpe, sobresaltado por la sensación de que había algo fuera de sitio. Estiró el brazo hacia el otro lado de la cama para tocar a Ellen. No estaba. Se incorporó a medias y la vio sentada en la silla de al lado de la ventana. Los cristales estaban mojados por la lluvia y se oía el viento agitar los árboles.

—Hace mal día, ¿eh? —dijo. En vez de contestar, Ellen se quedó mirando las gotas que resbalaban por el cristal—. ¿Cómo es que estás levantada tan temprano?

—No podía dormir.

Brody bostezó.

—Pues a mí no me ha costado nada.

—No me extraña.

—Ay, Dios. ¿Ya empezamos otra vez?

Ellen negó con la cabeza.

—No. Lo siento. No he querido decir nada. —Se la veía apagada y triste.

—¿Qué te pasa?

—Nada.

—Si tú lo dices. —Brody salió de la cama y entró en el cuarto de baño.

Cuando terminó de afeitarse y de vestirse, bajó a la cocina. Los chicos estaban terminando de desayunar y Ellen le estaba friendo un huevo.

—¿Qué vais a hacer con este día tan feo que hace? —preguntó.

—Limpiar cortacéspedes —dijo Billy, que durante el verano trabajaba para un jardinero local—. Caray, cómo odio los días de lluvia.

—¿Y vosotros dos? —les preguntó Brody a Martin y a Sean.

—Martin va a ir al Boys Club —contestó Ellen—. Y Sean va a pasar el día en casa de los Santos.

—¿Y tú?

—Yo trabajo todo el día en el hospital. Eso me recuerda que no estaré en casa para el almuerzo. ¿Puedes comer algo en el centro?

—Claro. No sabía que los miércoles trabajabas todo el día.

—Normalmente no. Pero otra de las chicas está enferma y le he dicho que la sustituiría.

—Oh.

—Volveré a la hora de la cena.

—Vale.

—¿Crees que puedes llevar a Sean y a Martin de camino al trabajo? Quiero hacer algunas compras de camino al hospital.

—No hay problema.

—Los recogeré yo cuando vuelva.

Brody y los dos chicos pequeños se marcharon primero. Luego Billy se fue en bicicleta al trabajo, enfundado de la cabeza a los pies en ropa para la lluvia.

Ellen miró el reloj de la pared de la cocina. Faltaban unos minutos para las ocho. ¿Era demasiado temprano? Quizá. Pero era mejor pillarlo ahora, antes de que se fuera a algún lado y ella perdiera su oportunidad. Movió la mano derecha al frente y trató de mantener los dedos quietos, pero le temblaban de forma incontrolable. Sonrió ante su propio nerviosismo y se dijo a sí misma: «Menuda mujer infiel serías». Subió al dormitorio, se sentó en la cama y cogió el listín telefónico verde. Encontró el número del Hotel Abelard Arms; acercó la mano al teléfono, titubeó un momento y por fin cogió el auricular y marcó el número.

—Abelard Arms.

—Con la habitación del señor Hooper, por favor. Matt Hooper.

—Un momento, por favor. Hooper. Aquí está. La cuatro cero cinco. Ya lo llamo yo.

Ellen oyó un timbrazo del teléfono seguido de otro. Sintió los latidos de su corazón y vio que le palpitaba una vena en la muñeca derecha. Cuelga, se dijo a sí misma. Cuelga. Aún estás a tiempo.

—¿Diga? —preguntó la voz de Hooper.

Oh, pensó ella. Dios bendito, imagínate que tiene en la habitación a Daisy Wicker.

—¿Diga?

Ellen tragó saliva y dijo:

—Hola, soy yo..., o sea, soy Ellen.

—Ah, hola.

—Espero no haberte despertado.

—No. Me estaba preparando para bajar a desayunar.

—Ah, bien. No hace muy buen día, ¿no?

—No, pero no me importa. Para mí es un lujo poder levantarme tan tarde.

—¿Puedes... vas a poder trabajar hoy?

—No lo sé. Lo estaba intentando decidir. Lo que seguro que no podré hacer será salir con la barca y sacar algo en limpio.

—Oh. —Ellen hizo una pausa, combatiendo el vértigo que le estaba entrando. Adelante, se dijo a sí misma. Pregúntaselo—. Se me ha ocurrido... —No, ten cuidado. Ve despacio—. Quería darte las gracias por el colgante, es precioso.

—De nada. Me alegro de que te guste. Pero debería ser yo quien te diera las gracias. Me lo pasé bien anoche.

—Yo también..., nosotros también. Me alegro de que vinieras.

—Sí.

—Fue como volver a los viejos tiempos.

—Sí.

Ahora, se dijo a sí misma. Hazlo. Las palabras le salieron de golpe de la boca:

—Me estaba preguntando, si hoy no puedes trabajar, o sea, si no puedes salir con la barca ni nada, me estaba preguntando si... si habría alguna posibilidad de que quisieras... si estás libre para almorzar.

—¿Almorzar?

—Sí. Bueno, si no tienes nada más que hacer, he pensado que podríamos almorzar.

—¿Podríamos quiénes? ¿El sheriff, tú y yo?

—No, solo tú y yo. Martin normalmente come en el trabajo. No quiero interferir con tus planes ni nada parecido. O sea, si tienes mucho trabajo...

—No, no. No es problema. Caray, ¿por qué no? Vale. ¿Has pensado un sitio?

—Hay un restaurante encantador en Sag Harbor. El Banner's. ¿Lo conoces? —Confiaba en que no lo conociera. Ella tampoco había estado nunca, lo cual significaba que allí no la conocería nadie. Pero había oído decir que era oscuro y tranquilo.

—No, no he estado nunca —dijo Hooper—. Pero Sag Harbor queda un poco lejos solo para ir a comer, ¿no?

—Tampoco está tan lejos, solo a quince o veinte minutos. Podemos quedar allí a la hora que quieras.

—Me parece bien cualquier hora.

—¿Sobre las doce y media, pues?

—Doce y media. Nos vemos allí.

Ellen colgó el teléfono. Todavía le temblaban las manos, pero estaba excitada, eufórica. Notaba los sentidos despiertos e increíblemente agudizados. Cada vez que respiraba, saboreaba los olores que la rodeaban. En los oídos le sonaba una sinfonía de los sonidos imperceptibles de la casa: crujidos, susurros y golpes. Se sentía más intensamente femenina de lo que se había sentido en años, una sensación cálida y húmeda que resultaba a la vez deliciosa e incómoda.

Entró en el cuarto de baño y se duchó. Se afeitó las piernas y las axilas. Desearía tener uno de aquellos desodorantes para la higiene femenina que había visto anunciados, pero, como no lo tenía, se puso polvos de talco y unas gotas de colonia detrás de las orejas, en el interior de los codos, detrás de las rodillas, en los pezones y en los genitales.

En el dormitorio había un espejo de cuerpo entero y se puso delante para examinarse. ¿Tenía el producto la suficiente calidad? ¿Sería aceptado el ofrecimiento? Había invertido mucho esfuerzo en conservar la línea, en mantener la suavidad y la sinuosidad de la juventud. La idea del rechazo le resultaba insoportable.

El producto era de calidad. Las arrugas del cuello eran escasas y apenas se veían. No tenía marcas ni manchas en la cara. No tenía nada fláccido ni caído. Su cintura era delgada y su vientre plano; era la recompensa por las horas interminables de ejercicio que había hecho después de cada hijo. El único problema, pensó mientras inspeccionaba su cuerpo con espíritu crítico, eran las caderas. No eran de jovencita ni por asomo. Indicaban maternidad. Eran, tal como Brody había dicho una vez, caderas de paridera. El recuerdo le trajo una breve punzada de remordimiento, pero la excitación se apresuró a apartarla a un lado. Tenía las piernas largas y —por debajo de la grasa del trasero— esbeltas. Sus tobillos eran delicados y sus pies —con las uñas pulcramente cortadas— lo bastante perfectos como para complacer a cualquier podófilo.

Se puso la ropa del hospital. Del fondo del armario sacó una bolsa de la compra de plástico, en la que había guardado unas braguitas estilo bikini, un sujetador, un vestido de verano de color lavanda pulcramente doblado, un par de zapatos de tacón bajo, un bote de desodorante en espray, un bote de plástico de sales de baño, cepillo de dientes y un tubo de dentífrico. Se llevó la bolsa al garaje, la tiró al asiento trasero de su Volkswagen Beetle, salió dando marcha atrás y se alejó en dirección al Hospital de Southampton.

El tedio del trayecto intensificó la fatiga que llevaba horas sintiendo. No había pegado ojo en toda la noche. Primero se había quedado en la cama; después se había sentado junto a la ventana, luchando con la maraña de emoción y conciencia, de deseo y pesar, de anhelo y recriminación. No sabía exactamente cuándo se había decidido por aquel plan manifiestamente inconsciente y peligroso. Llevaba tramándolo —y tratando de no hacerlo— desde el día en que se había encontrado con Hooper. Había sopesado los riesgos y, de alguna forma, había estimado que valía la pena correrlos, aunque no estaba del todo segura de qué podía ganar con aquella aventura. Sabía que quería un cambio, casi cualquier cambio. Quería asegurarse de que todavía era deseable; no solo para su marido, porque en aquel sentido se había vuelto complaciente; también para la gente a la que veía como sus verdaderos iguales, la gente entre la cual se contaba a sí misma. Sentía que, si no le ponía remedio, la parte de sí misma que más valoraba se iba a morir. Quizá fuera imposible revivir el pasado. Pero quizá se pudiera recrear no solo mentalmente, sino también físicamente. Quería una inyección, una transfusión de la esencia de su pasado, y veía a Matt Hooper como el único donante posible. La idea del amor no le había pasado por la cabeza. Tampoco quería ni esperaba una relación profunda ni duradera. Solo buscaba verse servida, restaurada.

Dio gracias de que el trabajo que le asignaron al llegar al hospital exigiera concentración y conversación, porque eso le impedía pensar. Otra voluntaria y ella cambiaron las sábanas de los pacientes de edad avanzada, para quienes la comunidad del hospital era un sucedáneo de familia y, a veces, la última familia que tenían. A Ellen le tocaba acordarse de cómo se llamaban los hijos que aquellos pacientes tenían en ciudades lejanas e inventarse excusas nuevas para justificar que no les hubieran escrito. Le tocaba fingir que recordaba las tramas de las series de televisión que veían y especular acerca de por qué tal y cual personaje había abandonado a su esposa por una mujer que era claramente una aventurera.

A las 11:45 Ellen le dijo a la supervisora de voluntarias que no se encontraba bien. Le volvía a dar guerra la tiroides, dijo, y le estaba viniendo la regla. Se iba a acostar un rato en la sala de personal. Y si echarse una siesta no la ayudaba, dijo, seguramente se iría a casa. De hecho, si no había vuelto al trabajo alrededor de la 1:30, la supervisora podía dar por sentado que se había marchado. Confiaba en que fuera una explicación lo bastante vaga como para disuadir a cualquiera de buscarla activamente.

Entró en la sala de personal, contó hasta veinte y abrió un poco la puerta para ver si el pasillo estaba vacío. Lo estaba; la mayoría del personal se encontraba en la cafetería del otro lado del edificio o bien de camino a ella. Salió al pasillo, cerró la puerta suavemente tras de sí, dobló a toda prisa una esquina y salió por la puerta lateral del hospital que daba al aparcamiento.

Hizo la mayor parte del trayecto a Sag Harbor antes de detenerse en una gasolinera. Tras llenar el depósito y pagar la gasolina, pidió que le dejaran usar el lavabo. La empleada le dio la llave y ella llevó el coche hasta el costado de la gasolinera, donde estaba el lavabo de mujeres. Abrió la puerta, pero antes de entrar le devolvió la llave a la empleada. Caminó hasta su coche, cogió la bolsa de plástico del asiento trasero, entró en el lavabo y pulsó el botón que bloqueaba la puerta.

Se quitó la ropa y, allí descalza sobre el suelo frío, se miró en el espejo del lavabo y sintió la emoción del riesgo. Se roció desodorante en las axilas y en los pies. Sacó las bragas limpias de la bolsa de plástico y se las puso. Echó polvos de talco en las copas del sujetador y se lo puso. Sacó el vestido de la bolsa, lo desdobló, le buscó arrugas y se lo puso por la cabeza. Se echó talco en los zapatos, se limpió las suelas de los pies con una servilleta de papel y se calzó. Por fin se cepilló los dientes y se peinó, metió la ropa del hospital en la bolsa de plástico y abrió la puerta. Miró a un lado y a otro y comprobó que no hubiera testigos; salió del lavabo, tiró la bolsa al interior del coche y se metió en él.

Mientras salía de la gasolinera, se encorvó en su asiento para que la empleada, si se fijaba por casualidad en ella, no viera que se había cambiado de ropa.

Eran las 12:20 cuando llegó al Banner's, un pequeño restaurante de carne y marisco situado en el paseo marítimo de Sag Harbor. El aparcamiento estaba en la parte de detrás, cosa que agradeció. No quería tener su coche a la vista, por si acaso alguien que la conociera pasaba por aquella calle de Sag Harbor.

En parte había elegido el Banner's porque era popular como restaurante de noche entre los dueños de yates y veraneantes, lo cual significaba que seguramente debía de ir poca gente a la hora del almuerzo. Y era caro, lo cual casi le aseguraba que no habría almorzando allí residentes de todo el año ni comerciantes locales. Ellen se miró la billetera. Llevaba cincuenta dólares, que era todo el dinero de emergencia que Brody y él tenían en la casa. Tomó nota mental de los billetes que llevaba: uno de veinte, dos de diez, uno de cinco y tres de un dólar. Quería reemplazar con exactitud todo lo que había cogido de la lata de café del armario de la cocina.

Había dos coches más en el aparcamiento, un Chevrolet Vega y otro más grande de color marrón claro. Se acordó de que el coche de Hooper era verde y de que el modelo tenía nombre de animal. Dejó el coche y caminó hasta el restaurante, con las manos encima de la cabeza para protegerse el cabello de la llovizna.

El restaurante estaba oscuro, pero, como el día también lo era, solo hicieron falta unos segundos para que se le acostumbrara la vista. No había más que un salón, con una barra a la derecha según se entraba y una veintena de mesas en el centro. En la pared de la izquierda vio una hilera de ocho reservados. Las paredes eran de madera oscura y estaban decoradas con pósteres de películas y de corridas de toros.

Había una pareja —de veintimuchos años, calculó Ellen— tomando una copa en una mesa junto al ventanal. El barman, un joven con bigote y perilla y camisa de botones, estaba sentado junto a la caja registradora leyendo el *New York Daily News*. No había nadie más en el local. Ellen se miró el reloj. Eran casi las 12:30.

El barman levantó la vista y dijo:

—Hola. ¿Puedo ayudarla?

Ellen se acercó a la barra.

—Sí..., sí. Dentro de un minuto. Primero me gustaría... ¿Me puede decir dónde está el lavabo de señoras?

—Al final de la barra y a la derecha. Es la primera puerta a la izquierda.

—Gracias. —Ellen caminó rápidamente hasta el final

de la barra, giró a la derecha y entró en el lavabo de señoras.

Se puso delante del espejo y levantó la mano derecha. Le temblaba, de manera que cerró el puño. Cálmate, se dijo a sí misma. Tienes que calmarte o no podrás hacer nada. Todo se echará a perder. Sintió que sudaba, pero, cuando se metió la mano por dentro del vestido y se palpó la axila, la encontró seca. Se peinó y se examinó los dientes. Se acordaba de un chico con el que había salido que le había dicho: nada me revuelve las tripas más deprisa que ver a una chica con un trozo de comida entre los dientes. Se miró el reloj: las 12:35.

Volvió al restaurante y miró a su alrededor. La misma pareja, el barman y una camarera en la barra, doblando servilletas.

La camarera vio a Ellen aparecer por la esquina de la barra y le dijo:

—Hola. ¿Puedo ayudarla?

—Sí. Querría una mesa, por favor. Para almorzar.

—¿Para una persona?

—No. Para dos.

—Muy bien —respondió la camarera. Dejó una servilleta. Cogió un cuadernillo y acompañó a Ellen a una mesa del centro de la sala—. ¿Aquí le va bien?

—No. O sea, sí, está bien. Pero me gustaría la mesa del reservado de la esquina, si no te importa.

—Claro —dijo la camarera—. La mesa que usted quiera. No estamos llenos precisamente. —La acompañó a la otra mesa y Ellen se metió en el reservado, de espaldas a la puerta. Hooper la podría encontrar. Si es que venía—. ¿Le puedo traer una copa?

—Sí. Gin-tonic, por favor. —Cuando la camarera se alejó de la mesa, Ellen sonrió. No se había tomado una copa de día desde su boda.

La camarera le trajo la copa y Ellen se bebió la mitad de inmediato, ansiosa por sentir la calidez relajante del alcohol. Cada pocos segundos echaba un vistazo a la puerta y se miraba el reloj. No va a venir, pensó. Eran casi las 12:45. Se empezó a rajar. Le da miedo Martin. Quizá le doy miedo yo. ¿Qué voy a hacer si no viene? Supongo que almorzaré y volveré al trabajo. ¡Pero tiene que venir! No me puede hacer esto.

—Hola.

La palabra sobresaltó a Ellen. Se puso de pie en su asiento y dijo:

—¡Oh!

Hooper ocupó el asiento de delante del de ella y dijo:

—No era mi intención asustarte. Y me disculpo por llegar tarde. He tenido que parar a poner gasolina y la gasolinera estaba abarrotada. Había un tráfico terrible. Y vaya porquería de excusas. Tendría que haber salido antes. Lo siento. —La miró a los ojos y sonrió.

Ellen miró su vaso.

—No hace falta que te disculpes. Yo también he llegado tarde.

Vino la camarera a la mesa.

—¿Te apetece una copa? —le preguntó a Hooper.

Hooper vio el vaso de Ellen y dijo:

—Bueno, ¿por qué no? Ya que tú tienes una... Un gin-tonic.

—Y tráeme otra a mí —pidió Ellen—. Ya casi no me queda.

La camarera se alejó y Hooper dijo:

—No suelo beber con el almuerzo.

—Yo tampoco.

—Me tomo tres copas y digo tonterías. Nunca he aguantado muy bien el alcohol.

Ellen asintió con la cabeza.

—Conozco la sensación. Me pongo un poco...

—¿Impetuosa? Yo también.

—¿En serio? No te imagino poniéndote impetuoso. Pensaba que los científicos no lo erais nunca.

Hooper sonrió y dijo en tono histriónico:

—Podría parecer, señora, que estamos casados con nuestros tubos de ensayo. Pero por debajo de ese exterior de hielo laten los corazones de algunas de las personas más descaradas y atrevidas del mundo.

Ellen se rio. La camarera trajo las copas y dejó un par de menús en el borde de la mesa. Hablaron —charlaron, en realidad— de los viejos tiempos; de gente a la que habían conocido, de a qué se dedicaba ahora aquella gente y de las ambiciones de Hooper en el campo de la ictiología. No mencionaron para nada al tiburón ni a Brody ni a los hijos de Ellen. Fue una conversación natural y dispersa, lo cual ya le estaba bien a Ellen. La segunda copa la había hecho soltarse, y ahora se sentía feliz y dueña de sí misma.

Quería que Hooper se tomara otra copa, pero sabía que no era probable que él la pidiera por iniciativa propia. Cogió uno de los menús, confiando en que la camarera percibiera su movimiento.

—A ver. ¿Qué tenemos por aquí?

Hooper cogió el otro menú y se puso a leerlo, y al cabo

de un par de minutos la camarera se acercó a la mesa paseando.

—¿Lo saben ya?

—Todavía no —dijo Ellen—. Todo tiene buena pinta. ¿Lo sabes ya tú, Matthew?

—Todavía no —dijo Hooper.

—¿Por qué no pedimos otra ronda mientras lo pensamos?

—¿Para los dos? —preguntó la camarera.

Hooper pareció pensarlo un momento. Por fin asintió con la cabeza y dijo:

—Vale. Es una ocasión especial.

Se quedaron sentados en silencio, leyendo los menús. Ellen intentó valorar cómo se sentía. Tres copas ya serían una carga bastante pesada para ella, y quería asegurarse de que no se le embotara la mente ni acabara con lengua de trapo. ¿Cómo era aquel dicho: el alcohol aumenta el deseo, pero perjudica la ejecución? Eso es para los hombres, pensó. Me alegro de no tener que preocuparme de esas cosas. Pero ¿y él? Imagina que no puede... ¿Hay algo que yo pueda hacer al respecto? No, qué tontería. No pasa con dos copas. Deben de hacer falta seis o siete. El hombre tiene que estar incapacitado. Pero no solo porque tenga miedo. ¿Parece que tenga miedo? Se asomó por encima de su menú y miró a Hooper. No se lo veía nervioso. Como mucho, un poco perplejo.

—¿Qué te pasa? —dijo ella.

Él levantó la vista.

—¿A qué te refieres?

—Tienes el ceño fruncido. Pareces confundido.

—Oh, no es nada. Estaba mirando las vieiras, o lo que

te dicen que son vieiras. Lo más seguro es que sean platija cortada con un molde de galletas.

La camarera les trajo sus copas y les dijo:

—¿Ya lo saben?

—Sí —dijo Ellen—. Yo quiero el cóctel de gambas y el pollo.

—¿Qué aderezo quiere en la ensalada? Tenemos salsa cóctel, roquefort y mil islas.

—Roquefort, por favor.

—¿Las vieiras de playa son auténticas? —preguntó Hooper.

—Supongo —dijo la camarera—. Es lo que pone, ¿no?

—Muy bien, pues quiero las vieiras, y la ensalada con salsa cóctel.

—¿Algún entrante?

—No —negó Hooper, levantando su vaso—. Eso es todo.

Al cabo de unos minutos, la camarera le trajo a Ellen su cóctel de gambas. Cuando se marchó, Ellen dijo:

—¿Sabes qué me encantaría? Un poco de vino.

—Es una idea muy interesante —aseguró Hooper, mirándola—. Pero acuérdate de lo que te he dicho de la impetuosidad. Me puedo volver irresponsable.

—No me preocupa. —Al decirlo, Ellen notó que le subía un rubor por las mejillas.

—Enonces, de acuerdo, pero déjame mirar antes cómo voy de tesorería. —Se echó mano a la billetera del bolsillo trasero.

—Oh, no. Invito yo.

—No seas tonta.

—No, en serio. Te he hecho venir a almorzar yo. —A

ella le entró el pánico. No se le había ocurrido que él pudiera insistir en pagar. No quería fastidiarlo dejándolo con una cuenta enorme. Por otro lado, tampoco quería parecer condescendiente ni ofender su virilidad.

—Ya lo sé —contestó él—. Pero me gustaría ser yo quien te invitara.

¿Era una invitación a algo más? Ellen no estaba segura. Si lo era, no quería rechazarla, pero si solo estaba siendo educado...

—Eres muy amable —dijo ella—. Pero...

—Lo digo en serio. Por favor.

Ella bajó la vista y jugueteó con la única gamba que le quedaba en el plato.

—Bueno...

—Sé que estás siendo considerada —dijo Hooper—. Pero no lo seas. ¿No te habló nunca David de nuestro abuelo?

—Que yo recuerde, no. ¿Qué pasa con él?

—Al viejo Matt se lo conocía, y no de manera muy afectuosa, como el Bandido. Si todavía estuviera vivo, seguramente yo lideraría la facción de quienes lo querrían meter en la trena. Pero no lo está, de forma que mi única preocupación ha sido si quedarme el montón de dinero que me dejó en herencia o regalarlo. No ha sido un dilema moral muy difícil. Creo que me lo puedo gastar igual de bien que cualquiera a quien se lo regale.

—¿David también tiene un montón de dinero?

—Sí. Es una de las cosas de él que siempre me han desconcertado. Tiene dinero suficiente para vivir él y todas sus mujeres durante el resto de su vida. ¿Por qué ha acabado entonces casado con una tonta del bote? Pues porque tiene más dinero que él. No sé. Quizá el dinero no se sienta cómodo a menos que se case con más dinero.

—¿Y a qué se dedicaba vuestro abuelo?

—Al ferrocarril y la minería. Bueno, técnicamente. En realidad era un magnate corrupto. En un momento dado fue dueño de la mayor parte de Denver. Era el casero de todo el barrio chino.

—Debió de sacar mucho dinero.

—No tanto como crees —dijo Hooper, riendo—. Por lo que tengo entendido, le gustaba cobrarse el alquiler en especies.

Aquello sí que parecía una invitación a algo más, pensó Ellen. ¿Qué debía responder ella?

—Se supone que esa es la fantasía de todas las colegialas —se aventuró a decir en tono juguetón.

—¿El qué?

—Ser una..., ya sabes, una prostituta. Acostarse con muchos hombres distintos.

—¿Era la tuya?

Ellen se rio, confiando en disimular su sonrojo.

—No me acuerdo de si era exactamente eso —respondió—. Pero supongo que todas tenemos fantasías de alguna clase.

Hooper sonrió y se reclinó en el respaldo de su asiento. Llamó a la camarera y le dijo:

—Tráenos una botella de chablis frío, por favor.

Acaba de pasar algo, pensó Ellen. Se preguntó si Hooper podía notar —u oler, como un animal— la invitación que ella le había brindado. Fuera lo que fuera, había tomado él la ofensiva. Lo único que ella necesitaba era no disuadirlo.

Llegó la comida, seguida al cabo de un momento por el vino. Las vieiras de Hooper eran del tamaño de malvaviscos.

—Platija —dijo después de que se fuera la camarera—. Lo que me temía.

—¿Cómo lo sabes? —preguntó Ellen, y se arrepintió de inmediato. No quería que se desviara la conversación.

—Son demasiado grandes, para empezar. Y los bordes demasiado perfectos. Está claro que los han cortado.

—Supongo que puedes devolver el plato. —Ellen confiaba en que no lo hiciera; una discusión con la camarera estropearía la atmósfera.

—Podría —respondió Hooper, sonriendo a Ellen—. En otras circunstancias. —Le sirvió a Ellen una copa de vino, se llenó la suya y la levantó para brindar—. Por las fantasías —dijo—. Háblame de las tuyas. —Sus ojos eran de un azul líquido y luminoso y sus labios estaban entreabiertos en una media sonrisa.

Ellen se rio.

—Oh, las mías no son muy interesantes. Imagino que deben de ser fantasías del montón.

—Eso no existe —contestó Hooper—. Cuéntamelas. —No lo estaba exigiendo, únicamente pidiéndolo, pero a Ellen le pareció que el juego que ella misma había empezado exigía que ahora respondiera.

—Oh, ya sabes —dijo. Notaba el vientre caliente y la nuca todavía más—. Las cosas habituales. Supongo que una de ellas es la violación.

—¿Y cómo sucede?

Ella intentó pensar y rememoró los momentos en que, estando sola, dejaba volar la fantasía y conjuraba aquellas imágenes carnales. Normalmente era en la cama, y a menudo con su marido dormido a su lado. A veces descubría que, sin darse cuenta, había estado pasándose la mano por encima de la vagina, acariciándose.

—De formas distintas.

—Dime una.

—A veces estoy en la cocina por la mañana, después de que se marche todo el mundo, y llega a mi puerta de atrás un obrero empleado en una de las casas vecinas. Y quiere usar el teléfono o beber un vaso de agua.

—¿Y entonces?

—Le dejo entrar y me amenaza con matarme si no hago lo que quiere.

—¿Te hace daño?

—Oh, no. O sea, no me apuñala ni nada de eso.

—¿Te pega?

—No. Solo... me viola.

—¿Es divertido?

—Al principio no. Da miedo. Pero al cabo de un rato, cuando está...

—Cuando te tiene ya... lista.

Ellen lo miró a los ojos, buscando humor, ironía o crueldad en su comentario. No vio nada de aquello. Hooper se pasó la lengua por los labios y se inclinó hacia delante hasta que su cara estuvo a poco más de un palmo de la de ella.

La puerta ya está abierta, pensó Ellen. Lo único que necesitas es entrar por ella.

—Sí —dijo.

—Entonces es divertido.

—Sí. —Ella cambió de postura en su asiento, porque el recuerdo se estaba volviendo físico.

—¿Y alguna vez tienes un orgasmo?

—A veces —contestó ella—. No siempre.

—¿Es grande?

—¿El hombre, quieres decir?

Habían estado hablando en voz baja, pero ahora Hooper lo dijo en un susurro:

—No, el hombre no. Me refiero a la..., ya sabes.

—Normalmente sí —respondió Ellen, y soltó una risita—. Enorme.

—¿Es negro?

—No. He oído que hay mujeres que fantasean con que las violan hombres negros, pero yo nunca.

—Cuéntame otra.

—Oh, no —repuso ella, riendo—. Ahora te toca a ti.

Oyeron pasos y se giraron para ver que se acercaba a su mesa la camarera.

—¿Está todo bien? —les preguntó.

—Sí —dijo Hooper, en tono seco—. Todo bien. —La camarera se marchó.

—¿Crees que nos ha oído? —susurró Ellen.

Hooper se inclinó hacia delante.

—Qué va —exclamó—. Ahora cuéntame otra.

Va a pasar, pensó Ellen, y se sintió de repente nerviosa. Quería explicarle por qué se estaba comportando así, y aclararle que no hacía aquellas cosas todo el tiempo. Seguramente piensa que soy una puta. Olvídalo. No te pongas tonta o lo estropearás todo.

—No —dijo, sonriendo—. Te toca a ti.

—Las mías suelen ser orgías —dijo él—. O por lo menos tríos.

—¿Qué son tríos?

—Tres personas. Yo con dos chicas.

—Qué codicioso. ¿Y qué hacéis?

—Depende. Todo lo imaginable.

—¿Tú la tienes... grande?

—Cada vez más. ¿Y tú?

—No sé. ¿Comparado con qué?

—Con otras mujeres. Hay mujeres que lo tienen superprieto.

Ellen soltó una risilla.

—Pareces esa gente que compara antes de comprar.

—Soy un consumidor responsable.

—No sé cómo lo tengo —contestó ella—. No sabría con qué compararlo. —Miró su pollo a medio comer y se rio.

—¿De qué te ríes? —preguntó él.

—Me preguntaba... —dijo ella, y su risa arreció—. Me preguntaba si... Oh, Dios, me está entrando un dolor en el costado... Si las gallinas tienen...

—¡Pues claro! ¡Ese sí que ha de ser prieto!

Se rieron juntos y, al apagarse las risas, Ellen dijo impulsivamente:

—Inventemos una fantasía.

—Muy bien. ¿Cómo quieres empezar?

—¿Qué me harías si tú y yo fuéramos a...? Ya sabes.

—Una pregunta muy interesante —dijo él con solemnidad burlona—. Antes de plantearnos el qué, sin embargo, necesitaríamos preguntarnos por el dónde. Supongo que siempre está mi habitación.

—Demasiado peligroso. En el Abelard me conoce todo el mundo. Cualquier sitio en Amity sería demasiado peligroso.

—¿Y tu casa?

—Dios, no. Imagínate que entra alguno de mis hijos. Además...

—Ya lo sé... No hay que profanar las sábanas conyugales. Vale, ¿pues dónde?

—Tiene que haber moteles entre aquí y Montauk. O, mejor todavía, entre aquí y Orient Point.

—Muy bien. Y si no los hay, siempre tenemos el coche.

—¿A plena luz del día? Sí que tienes fantasías locas.

—En las fantasías, todo es posible.

—Muy bien. Decidido, pues. ¿Qué harías tú?

—Creo que debemos proceder en sentido cronológico. En primer lugar, nos marcharíamos de aquí en un solo coche. Seguramente el mío, porque lo conoce menos gente. Y volveríamos más tarde para recoger el tuyo.

—Vale.

—Luego, cuando ya fuéramos en el coche..., no, antes incluso, antes de marcharnos de aquí, te mandaría al lavabo para que te quitaras las bragas.

—¿Por qué?

—Para poder... explorarte mientras vamos por la carretera. Así mantenemos el motor en marcha.

—Ya veo —dijo ella, intentando aparentar naturalidad. Se notaba acalorada y ruborizada y tenía la sensación de que la mente le flotaba separada del cuerpo. Era una tercera persona que escuchaba la conversación. Tenía que hacer un esfuerzo para permanecer quieta en la banqueta de cuero sintético. Tenía ganas de frotarse contra el asiento, de subir y bajar los muslos. Pero le daba miedo dejar una mancha en el asiento.

—Así —dijo Hooper—, mientras vamos en el coche, te

puedes sentar a mi derecha y yo te doy un masaje. Quizá tengo la bragueta abierta. Quizá no, sin embargo, para que no te vengan ideas, porque está claro que me harías perder el control, y eso seguramente causaría un accidente tremendo que acabaría con nuestra vida.

Ellen soltó otra risilla, imaginándose a Hooper tirado en el arcén, con la polla tiesa como un palo de bandera, y ella tirada a su lado, con el vestido subido hasta la cintura y la vagina abierta y reluciente de humedad a la vista de todo el mundo.

—Intentaríamos encontrar un motel —prosiguió Hooper— que tuviera las habitaciones en cabañas separadas, o por lo menos que no las tuviera pared con pared.

—¿Por qué?

—Por el ruido. Esas paredes suelen estar hechas de papel de fumar, y no queremos que nos inhiba la idea de que hay un viajante de zapatos en la habitación de al lado, con el oído pegado a la pared y excitándose con el ruido que hacemos.

—Imagínate que no puedes encontrar un motel así.

—Lo encontraríamos —dijo Hooper—. Ya te lo he dicho: en las fantasías todo es posible.

¿Por qué repite eso todo el tiempo?, pensó Ellen. ¿Acaso es posible que solo esté jugando a un juego verbal, elaborando una fantasía que no tiene intención de hacer realidad? Su mente buscó alguna pregunta que mantuviera la fantasía con vida.

—¿Con qué nombres nos registrarías?

—Ah, sí. Me olvidaba. No creo que hoy en día nadie nos pusiera mala cara por hacer algo así, pero tienes razón: necesitamos un nombre, por si acaso nos encontramos con un hostelero anticuado. ¿Qué te parece señor y señora Kinsey? Podemos decirle que estamos haciendo un viaje de investigación.

—Y que le mandaremos un ejemplar autografiado de nuestro informe.

—¡Dedicado!

Se rieron los dos y Ellen dijo:

—¿Y después de registrarnos?

—Pues iríamos con el coche adonde fuera que estuviera nuestra habitación, echaríamos un vistazo para ver si hay alguien en las habitaciones vecinas, a menos que tuviéramos una cabaña para nosotros solos, y por fin entraríamos.

—¿Y entonces?

—Entonces es cuando se amplían nuestras opciones. Seguramente yo estaría tan excitado que te agarraría y te daría lo que necesitas; quizá en la cama y quizá no. Ese sería mi turno. El tuyo vendría después.

—¿Eso qué significa?

—La primera vez sería algo sin control; en plan aquí te pillo, aquí te mato. Después ya me podría controlar mejor, y la segunda vez te podría preparar.

—¿Y cómo lo harías?

—Con delicadeza y finura.

Se estaba acercando la camarera, de forma que se echaron atrás y dejaron de hablar.

—¿Desearán algo más?

—No —contestó Hooper—. La cuenta.

Ellen supuso que la camarera volvería a la barra para calcular la cuenta, pero se quedó junto a la mesa, garabateando sus sumas. Ellen se deslizó hasta el borde del asiento y se levantó, diciendo:

—Disculpa. Me quiero empolvar la nariz antes de irnos.

—Lo sé —dijo Hooper, sonriendo.

—¿Lo sabe? —repitió la camarera cuando Ellen le pasó al lado—. Caray, es lo que tiene el matrimonio. Espero que nadie llegue nunca a conocerme así de bien.

Ellen llegó a casa poco antes de las 4:30. Subió al piso de arriba, se metió en el cuarto de baño y abrió el grifo de la bañera. Se quitó toda la ropa y la metió en la cesta de la colada, mezclándola con la que ya había dentro. Se miró en el espejo y se examinó la cara y el cuello. No tenía marcas.

Después de su baño, se empolvó, se cepilló los dientes e hizo gárgaras con enjuague bucal. Entró en el dormitorio, se puso bragas limpias y camisón, retiró las sábanas y se metió en la cama. Cerró los ojos, confiando en que le viniera el sueño.

Pero el sueño no podía imponerse a un recuerdo que no paraba de infiltrársele en la mente. Era una visión de Hooper, con los ojos muy abiertos y mirando la pared, aunque sin verla, mientras se acercaba al clímax. Se le empezaron a salir los ojos de las órbitas hasta el punto de que, justo antes de correrse, Ellen temió que se le salieran literalmente. También tenía los dientes apretados y los rechinaba igual que hace la gente mientras duerme. De la garganta le salía una especie de gorgoteo, que se iba volviendo más y más agudo con cada acometida frenética de la pelvis. Ni siquiera después de su clímax obvio y violento cambió el semblante de Hooper. Seguía con los dientes apretados, la mirada clavada en la pared y dando golpes enloquecidos con las caderas. No era consciente del ser que tenía debajo, y como, quizá un minuto entero después de su clímax, Hooper seguía sin relajarse, a Ellen le entró el miedo; no estaba segura de a qué, pero la ferocidad y la intensidad del asalto de Hooper le parecían una misión de la que ella solo era un vehículo. Poco después le dio un golpecito en la espalda y le dijo en voz baja: «Eh, que yo también estoy aquí», y al cabo de un momento Hooper cerró los párpados y le apoyó la cabeza en el hombro. Más tarde, durante su acoplamiento posterior, se mostró más amable, más controlado y menos distante. Pero la furia del primer encuentro todavía perduraba inquietantemente en la mente de Ellen.

Por fin su mente se rindió a la fatiga y se quedó dormida.

Casi al instante, o eso le pareció, la despertó una voz:

—Eh, ¿estás bien?

Abrió los ojos y vio a Brody sentado al pie de la cama. Bostezó.

—¿Qué hora es?

—Casi las seis.

—Oh, oh. Tengo que recoger a Sean. Phyllis Santos debe de estar teniendo un ataque de nervios.

—Lo he recogido yo —dijo Brody—. No te encontraba, o sea que me ha parecido lo mejor.

—¿Me estabas buscando?

—Te he llamado un par de veces. La primera al hospital, sobre las dos. Me han dicho que creían que te habías vuelto a casa.

—Es verdad. Me he vuelto. Me encontraba fatal. No me están funcionando las pastillas de la tiroides. Así que he venido a casa.

—Luego te he llamado aquí.

—Caray, debía de ser importante.

—No, no era importante. Si lo quieres saber, te llamaba para disculparme por lo que fuera que hice que te molestó anoche.

Ellen notó una punzada de vergüenza, pero se le pasó y dijo:

—Te lo agradezco, pero no te preocupes. Ya lo había olvidado.

—Oh —exclamó Brody. Esperó un momento por si ella decía algo más; cuando vio claro que no, dijo—: ¿Dónde estabas, pues?

—¡Te lo he dicho, aquí! —Le salió con más aspereza de lo que era su intención—. He venido a casa y me he metido en cama, que es donde me has encontrado.

—¿Y no has oído el teléfono? Pero si está aquí. —Brody señaló la mesilla de noche del otro lado de la cama.

—No, he... —Empezó a decir que había apagado el teléfono, pero entonces se acordó que aquel teléfono en concreto no se podía apagar del todo—. Me he tomado una pastilla. Cuando me tomo una, no me despierta ni el lamento de las almas en pena.

Brody negó con la cabeza.

—En serio, voy a tirar esas puñeteras pastillas al retrete. Te estás volviendo una yonqui. —Se puso de pie y entró en el baño.

Ellen lo oyó levantar el asiento del retrete y ponerse a orinar: un chorro potente, continuo y ruidoso que no se acababa nunca. Sonrió. Hasta hoy había dado por sentado que Brody era una especie de fenómeno urinario: podía pasarse un día entero sin ir al lavabo. Luego, cuando meaba, parecía que no acababa jamás. Tiempo atrás, Ellen había decidido que debía de tener la vejiga del tamaño de una sandía. Ahora acababa de averiguar que la capacidad enorme de aquella vejiga era un simple rasgo masculino. Me he vuelto una mujer de mundo, se dijo a sí misma.

—¿Sabes algo de Hooper? —le preguntó Brody, levantando la voz por encima del chorro sin fin.

Ellen pensó un momento qué responder y por fin dijo:

—Ha llamado esta mañana, solo para dar las gracias. ¿Por qué?

—Porque también lo he estado buscando. Lo he llamado a mediodía y un par de veces a primera hora de la tarde. En el hotel me han dicho que no sabían dónde estaba. ¿A qué hora ha llamado aquí?

—Justo después de que te fueras al trabajo.

—¿Y ha dicho qué iba a hacer?

—Ha dicho... ha dicho que intentaría trabajar en la barca, creo. La verdad es que no me acuerdo.

—Oh. Pues es raro.

—¿El qué?

—Que he pasado por el puerto de camino a casa. Y me ha dicho el práctico que no ha visto a Hooper en todo el día.

—Debe de haber cambiado de planes.

—Seguramente se ha estado follando a Daisy Wicker en algún hotel.

Ellen oyó que el chorro se ralentizaba hasta convertirse en unas gotas. Por fin oyó tirar de la cadena.

9

El jueves por la mañana Brody recibió una llamada de Vaughan convocándolo para asistir a una reunión de mediodía del consejo municipal. Sabía cuál era el tema del día: la apertura de las playas de cara al fin de semana del 4 de Julio, que era dentro de dos días. Para cuando salió de su despacho rumbo al ayuntamiento, ya había reunido y examinado todos los argumentos que se le ocurrían.

Sabía que eran unos argumentos subjetivos, negativos y basados en la intuición, la cautela y una culpa recalcitrante que lo reconcomía. Pero Brody estaba convencido de tener razón. Abrir las playas no sería ni una solución ni una conclusión. Era una apuesta que Amity —y Brody— no podían ganar. Nunca sabrían a ciencia cierta si el tiburón se había marchado. Vivirían día a día confiando en que continuaran las tablas. Y un día, Brody estaba seguro, perderían.

El ayuntamiento se encontraba al final de la calle Main, allí donde esta terminaba en el cruce con la calle Water. Su sede coronaba la T que formaban Main y Water. Era una imponente mole seudogeorgiana de ladrillo rojo, con acabados blancos y sendas columnas blancas flanqueando la entrada. En el césped de enfrente del ayuntamiento había un cañón de la Segunda Guerra Mundial, instalado allí en memoria de los ciudadanos de Amity que habían servido en aquel conflicto.

El edificio se lo había cedido al ayuntamiento a finales de la década de 1920 un banquero de inversiones que por alguna razón estaba convencido de que algún día Amity sería el centro del comercio del este de Long Island. Creía, por tanto, que sus funcionarios municipales debían trabajar en un edificio que estuviera a la altura de su destino, y no, como hasta entonces, en un piso minúsculo y de salas claustrofóbicas situado encima de una taberna llamada The Mill. (En febrero de 1930, el preocupado banquero, que no había demostrado una mayor habilidad para predecir su destino que el de Amity, intentó sin éxito recuperar el edificio, insistiendo en que únicamente se lo había prestado al ayuntamiento.)

Los salones del ayuntamiento eran tan ridículamente grandilocuentes como su exterior. Eran enormes y de techos altos, y cada uno tenía una elaborada lámpara de cuentas. En vez de pagar para remodelar el interior y construir cubículos pequeños, las sucesivas administraciones de Amity se habían limitado a meter a más y más gente en cada sala. Solo al alcalde se le permitía todavía realizar a tiempo parcial sus funciones en esplendorosa soledad.

La oficina de Vaughan quedaba en la esquina sudeste de la segunda planta, y tenía vistas a casi todo el pueblo y, más allá, al Atlántico.

La secretaria de Vaughan, una mujer guapa y recia llamada Janet Sumner, ocupaba una mesa delante de la oficina del alcalde. Aunque la veía poco, Brody le tenía un afecto paternal a Janet, y le desconcertaba un poco que siguiera soltera a sus veintiséis años. Normalmente se aseguraba de preguntarle por su vida amorosa antes de entrar en la oficina de Vaughan. Hoy, en cambio, se limitó a decir:

—¿Están todos dentro?

—Todos los que vienen. —Brody hizo el gesto de entrar en la oficina y Janet le dijo—: ¿No quiere saber con quién estoy saliendo?

Brody se detuvo, sonrió y dijo:

—Por supuesto, perdona. Hoy tengo la cabeza en otro lado. ¿Quién es?

—Nadie. Estoy temporalmente retirada. Pero le diré una cosa. —Bajó la voz y se inclinó hacia delante—: No me importaría hacer manitas con el tal señor Hooper.

—¿Está dentro?

Janet asintió con la cabeza.

—Me pregunto cuándo lo nombraron concejal.

—No lo sé —contestó ella—. Pero es guapo.

—Lo siento, Jan, ya está comprometido.

—¿Con quién?

—Con Daisy Wicker.

Janet se rio.

—¿De qué te ríes? Si te acabo de romper el corazón.

—¿No sabe lo de Daisy Wicker?

—Supongo que no.

Janet volvió a bajar la voz.

—Es lesbiana. Vive con una amiga y todo. Ni siquiera es de las que comen carne y pescado. Solo pescado.

—Madre de Dios —dijo Brody—. Realmente tienes un trabajo de lo más interesante, Jan. —Mientras entraba en la oficina, Brody se preguntó: vale, ¿pues dónde demonios estaba Hooper ayer?

Nada más entrar, Brody vio que le iba a tocar luchar en solitario. Los únicos concejales presentes eran viejos amigos y aliados de Vaughan: Tony Catsoulis, un constructor con pinta de boca de incendios; Ned Thatcher, un frágil anciano cuya familia había sido dueña del Abelard Arms desde hacía tres generaciones; Paul Conover, propietario de la licorería del pueblo, y Rafe Lopez (pronunciado Lóupes), un portugués de piel oscura que había sido elegido miembro del consejo por la comunidad negra del pueblo y era su defensor más acérrimo.

Los cuatro concejales se sentaban alrededor de una mesilla de café situada en una punta de la inmensa sala. Vaughan estaba sentado a su mesa en la otra punta y Hooper de pie frente a una ventana del lado sur, contemplando el mar.

—¿Dónde está Albert Morris? —le dijo Brody a Vaughan tras saludar escuetamente a los demás.

—No ha podido venir —contestó Vaughan—. Creo que se encuentra mal.

—¿Y Fred Potter?

—Lo mismo. Debe de haber un virus. —Vaughan se puso de pie—. En fin, supongo que ya estamos todos. Coge una silla y acércala a la mesita.

Dios, tiene un aspecto horrible, pensó Brody mientras veía a Vaughan arrastrar una silla de respaldo recto por la sala. Tenía los ojos hundidos y apagados. Su piel parecía mayonesa. O tiene una resaca espantosa, decidió Brody, o bien lleva un mes sin dormir.

Cuando los tuvo a todos sentados, Vaughan dijo:

—Todos sabéis por qué estamos aquí. Y supongo que puedo decir sin miedo a equivocarme que solo hay uno de nosotros que necesite que lo convenzan de lo que debemos hacer.

—Hablas de mí —dijo Brody.

Vaughan asintió con la cabeza.

—Míralo desde nuestro punto de vista, Martin. El pueblo se está muriendo. La gente está sin trabajo. Las tiendas que tenían que abrir ya no van a abrir. La gente ya no alquila casas, no hablemos de comprarlas. Y cada día que pasa con las playas cerradas, estamos hundiendo otro clavo en nuestro ataúd. Estamos diciendo de forma oficial: este pueblo no es seguro, no vengáis por aquí. Y la gente nos obedece.

—Pongamos por caso que abres las playas para el 4 de Julio, Larry —dijo Brody—. Y pongamos por caso que muere alguien.

—Es un riesgo calculado, pero creo, creemos, que vale la pena asumirlo.

—¿Por qué?

—¿Señor Hooper? —dijo Vaughan.

—Por varias razones —respondió Hooper—. En primer lugar, hace una semana que nadie ve al tiburón.

—Tampoco se ha metido nadie en el agua.

—Cierto. Pero yo he salido en barca a buscarlo todos los días. Todos menos uno.

—Le quería preguntar justamente por eso. ¿Dónde estaba usted ayer?

—Llovió. ¿Se acuerda?

—¿Y qué hizo?

—Pues... —Hizo una pausa momentánea y dijo—: Estudié unas muestras de agua. Y leí.

—¿Dónde? ¿En su habitación del hotel?

—Parte del tiempo, sí. ¿Por qué me lo pregunta?

—Porque llamé a su hotel. Me dijeron que estuvo usted fuera toda la tarde.

—¡Pues mire, salí! —exclamó Hooper en tono molesto—. No tengo que rendir cuentas cada cinco minutos de dónde estoy, ¿verdad que no?

—No. Pero ha venido usted a hacer un trabajo, no a retozar por esos clubes de campo de los que solía ser miembro.

—Óigame bien, no me está pagando. ¡Puedo hacer lo que me salga de los cojones!

Vaughan intervino.

—Venga, venga. Esto no lleva a nadie a ninguna parte.

—En cualquier caso —dijo Hooper—, no he visto ni rastro de ese tiburón. Ni rastro. Y, además, miren el agua. Cada día está más caliente. Ya pasa de los veintiún grados. Por regla general, y ya sé que las reglas están para romperlas, los tiburones blancos prefieren aguas más frías.

—Entonces, ¿cree que ha ido más al norte?

—O a aguas más profundas, que son más frías. Hasta es posible que se haya ido al sur. No se puede predecir lo que van a hacer esas criaturas.

—Es lo que yo digo —convino Brody—. Que no se puede predecir nada. Así pues, solo está haciendo conjeturas.

—No puedes pedir garantías, Martin —dijo Vaughan.

—Díselo a Christine Watkins. O a la madre de Alex Kintner.

—Lo sé, lo sé —respondió Vaughan con impaciencia—. Pero necesitamos hacer algo. No podemos quedarnos sentados esperando una revelación divina. Dios no se va a dedicar a escribir en el cielo: «Se ha ido el tiburón». Tenemos que sopesar las evidencias y tomar una decisión.

Brody asintió con la cabeza.

—Supongo que sí. ¿Y qué más se le ha ocurrido al geniecillo?

—Oiga, ¿qué problema tiene conmigo? —dijo Hooper—. Me han pedido mi opinión.

—Claro. Muy bien, pues. ¿Qué más?

—Lo que hemos sabido todo este tiempo. Que el tiburón no tiene razón alguna para quedarse aquí. No lo he visto yo. No lo ha visto la guardia costera. No ha emergido ningún arrecife nuevo del fondo marino. No hay gabarras tirando basuras al agua. No hay especies de peces fuera de lo ordinario. No hay ninguna razón para que esté aquí.

—Pero nunca la ha habido, ¿verdad? Y estaba aquí.

—Es cierto. No lo puedo explicar. No creo que pueda nadie.

—¿Un acto de Dios, entonces?

—Si usted quiere.

—Y contra los actos de Dios no hay seguros que valgan, ¿verdad, Larry?

—No sé qué intentas decir, Martin —dijo Vaughan—. Pero necesitamos tomar una decisión. Por lo que a mí respecta, solo hay una salida.

—La decisión ya se ha tomado —repuso Brody.

—Se puede decir que sí.

—¿Y cuando muera alguien más? ¿Quién se va a llevar las culpas esta vez? ¿Quién va a ir a hablar con el marido o con la madre o con la esposa y decirles: «mira, es que hemos hecho una apuesta y la hemos perdido»?

—No seas tan negativo, Martin. Cuando llegue el momento, si es que llega, que estoy seguro de que no, ya lo solucionaremos.

—¡No, joder, ahora! Estoy harto de cargar con las culpas de tus equivocaciones.

—Un momento, Martin.

—Hablo en serio. Si quieres la autoridad de abrir las playas, también has de asumir la responsabilidad.

—¿Qué estás diciendo?

—Estoy diciendo que, mientras sea el jefe de policía de este pueblo, y mientras el responsable de la seguridad pública sea yo, esas playas no van a abrir.

—Te aseguro una cosa, Martin —dijo Vaughan—. Si esas playas se pasan cerradas el fin de semana del 4 de Julio, no vas a tener trabajo durante mucho tiempo. Y no te estoy amenazando. Te lo estoy diciendo. Todavía podemos salvar el verano. Pero necesitamos decirle a la gente que no es peligroso venir aquí. Si te oyen decir que te niegas a abrir las playas, la gente de este pueblo tardará veinte minutos en recusarte, o bien te echará a palos. ¿Están de acuerdo, caballeros?

—Ya lo creo, joder —dijo Catsoulis—. Yo mismo cogeré un palo.

—Mi gente no tiene trabajo —se quejó Lopez—. Y si no les dejan trabajar, tampoco trabajarán ustedes.

—Podéis quedaros con mi cargo cuando lo queráis —contestó Brody con voz inexpresiva.

A Vaughan le sonó un timbre en la mesa. Se puso de pie, furioso, y cruzó la sala. Cogió el teléfono.

—¡Te he dicho que no queremos que nos molesten! —espetó en tono cortante. Hubo un momento de silencio y por fin le dijo a Brody—: Tienes una llamada. Janet dice que es urgente. La puedes contestar aquí o fuera.

—La contestaré fuera —dijo Brody, preguntándose qué podía ser tan urgente como para hacerlo salir de una reunión con los concejales. ¿Otro ataque? Salió y cerró la puerta tras de sí.

Janet le dio el teléfono en su mesa, pero antes de que ella pudiera pulsar el botón parpadeante para quitar la espera, Brody le dijo:

—Dime: ¿Larry ha llamado esta mañana a Albert Morris y a Fred Potter?

Janet apartó la mirada.

—Me han mandado que no diga nada de nada a nadie.

—Dímelo, Janet. Necesito saberlo.

—¿Le puede hablar favorablemente de mí al guaperas de ahí dentro?

—Trato hecho.

—Pues no. Los únicos a los que he llamado son los cuatro que han venido.

—Pulsa el botón.

Janet lo pulsó y Brody dijo:

—Brody.

En su oficina, Vaughan vio que dejaba de parpadear la luz, levantó con cuidado el dedo de la horquilla del auricular y tapó el micrófono con la mano. Miró a su alrededor, desafiando a los presentes a cuestionar sus actos. Nadie le sostuvo la mirada, ni siquiera Hooper, que había decidido que, cuanto menos se involucrara en los asuntos de Amity, mejor le iría todo.

—Soy Harry, Martin —dijo Meadows—. Sé que estás en una reunión y sé que tienes que volver a ella. Así que escúchame. Seré breve. Larry Vaughan está hasta el cuello de mierda.

—No me digas.

—¡Te digo que me escuches! El hecho de que esté endeudado no significa nada. Lo que importa es con quién está endeudado. Hace mucho tiempo, quizá veinticinco años, antes de que Larry tuviera dinero, su mujer enfermó. No sé qué pilló, pero era grave. Y caro. Mi recuerdo es bastante vago, pero me acuerdo de que más tarde contaba que lo había ayudado un amigo que le había hecho un préstamo para salir del paso. Debieron de ser varios miles de dólares. Larry me dijo el nombre del tipo. No me habría llamado la atención para nada, pero Larry me explicó que era alguien dispuesto a ayudar a gente con problemas. Por entonces yo era joven y tampoco tenía dinero. De forma que me apunté el nombre y me lo guardé en mis archivos. Nunca se me ocurrió volver a consultarlo hasta que me pediste que husmeara. El nombre era Tino Russo.

—Ve al grano, Harry.

—Estoy en ello. Hace un par de meses, antes de que empezara todo esto del tiburón, se formó una empresa llamada Fincas Caskata. Es un holding empresarial. Al principio no tenía patrimonio. Lo primero que compró fue un patatal enorme que hay al norte de Scotch Road. Después de que el verano fuera regular, Caskata se puso a comprar más propiedades. Todo completamente legal. Era obvio que la compañía tenía liquidez, en alguna parte, y que se estaba aprovechando del mercado a la baja para comprar propiedades a precios bajos. Pero entonces, en cuanto se publicaron las primeras informaciones sobre el tiburón, Caskata empezó a comprar en serio. Cuanto más caían los precios de la propiedad, más compraban. Con mucha discreción, eso sí. Ahora los precios son tan bajos que casi han llegado al nivel de la guerra, y Caskata sigue comprando. Adelantando muy poco dinero; todo son pagarés a corto plazo. Firmados por Larry Vaughan, que es quien consta como presidente de Caskata. El vicepresidente ejecutivo de Fincas Caskata es Tino Russo, a quien el *Times* lleva años señalando como maleante de segunda fila de una de las cinco familias de la mafia de Nueva York.

Brody soltó un silbido entre dientes.

—Y el cabrón no para de quejarse de que nadie le compra nada. Lo que no entiendo es por qué está presionando para abrir las playas.

—No estoy seguro. Ni siquiera estoy seguro de que todavía reciba presiones. Puede que esté haciéndolo por una cuestión de desesperación personal. Imagino que está completamente empantanado. No podría comprar nada más por mucho que bajaran los precios. La única forma en que podría salir de esta sin arruinarse sería que el mercado diera un giro y subieran los precios. Entonces podría vender lo que ha comprado y quedarse con los beneficios. O bien se los quedaría Russo, dependiendo del trato que tengan. Si los precios continúan bajando, es decir, si el pueblo sigue siendo oficialmente zona peligrosa, a Vaughan le empezarán a llegar facturas. Y es imposible que pueda pagarlas. Seguramente ya debe medio millón en adelantos al contado. Perderá su capital y las propiedades volverán a manos de los propietarios originales o bien se las quedará Russo si reúne el dinero suficiente. No creo que Russo vaya a querer correr ese riesgo; los precios podrían seguir bajando y entonces él se hundiría con Vaughan. Lo que sospecho es que

Russo todavía tiene esperanzas de obtener beneficios importantes, pero la única forma de conseguirlos es que Vaughan abra las playas a la fuerza. Entonces, si no pasa nada, y si el tiburón no mata a nadie más, los precios no tardarán en subir y Vaughan podrá vender. Russo se llevará su parte, la mitad del beneficio bruto o lo que sea, y Caskata se disolverá. Vaughan se quedará el resto, que seguramente le bastará para escapar de la ruina. Y, si el tiburón vuelve a matar, entonces el único que se hundirá es Vaughan. No he visto ningún indicio de que Russo tenga ni un centavo de dinero real invertido en todo esto. Es todo...

—¡Eres un mentiroso de mierda, Meadows! —chilló por el teléfono la voz de Vaughan—. ¡Como publiques una sola palabra de esos embustes, te acribillo a demandas! —Se oyó un clic cuando Vaughan colgó de golpe.

—Ya ves la integridad de nuestros cargos electos —dijo Meadows.

—¿Qué vas a hacer, Harry? ¿Puedes publicar algo de esto?

—No. Por lo menos todavía no. No lo puedo documentar. Sabes tan bien como yo que la mafia se está metiendo cada vez más en Long Island, en el negocio de la construcción, en los restaurantes, en todo. En el caso de Vaughan, no estoy seguro de que esté pasando nada ilegal, en el sentido estricto de la palabra. Dentro de unos días, cuando escarbe un poco más, podré juntar un artículo que denuncie que Vaughan se ha asociado con un conocido mafioso. Te hablo de un artículo que aguante el tipo si Vaughan me intenta demandar.

—Pues a mí me parece que ya tienes suficiente —dijo Brody.

—Tengo la información, pero no las pruebas. No tengo los documentos que lo demuestren, ni siquiera en copia. Los he visto, nada más.

—¿Crees que hay alguno de los concejales implicado? Larry ha montado esta reunión contra mí.

—No. ¿Te refieres a Catsoulis y Conover? Solo son viejos amigos que le deben un par de favores a Larry. Si hablas de Thatcher, es demasiado viejo y tiene demasiado miedo como para cuestionar a Larry. Y Lopez es honrado. Realmente le preocupan los trabajos de su gente.

—¿Hooper sabe algo de esto? Está haciendo todo lo posible para que reabran las playas.

—No, estoy bastante seguro de que no. Solo hace unos minutos que he atado cabos, y todavía me quedan muchos sueltos.

—¿Qué crees que debería hacer? Me temo que quizá ya he tirado la toalla. Antes de venir a contestar tu llamada, les he ofrecido mi cargo.

—Demonios, no tires la toalla. En primer lugar, te necesitamos. Si te rindes ahora, Russo se juntará con Vaughan y elegirán a dedo a tu sucesor. Quizá pienses que todos tus agentes son honrados, pero estoy seguro de que Russo podrá encontrar a alguno al que no le importe perder un poco de integridad a cambio de unos cuantos dólares, o incluso del cargo de jefe de policía.

—¿Y dónde me deja eso?

—Si yo fuera tú, abriría las playas.

—¡Por el amor de Dios, Harry, pero si es lo que ellos quieren! ¿Qué me estás pidiendo, que me ponga a sueldo de ellos?

—Tú mismo has dicho que hay razones de peso para

abrir las playas. Creo que Hooper tiene razón. En algún momento las vas a tener que abrir, aunque no volvamos a ver a ese tiburón. ¿Por qué no ahora?

—¿Y dejar que la mafia coja su dinero y se largue?

—¿Qué otra cosa puedes hacer? Si las mantienes cerradas, Vaughan encontrará la forma de deshacerse de ti y las abrirá él. Y entonces ya no podrás hacer nada por nadie. De esta forma por lo menos, si abres las playas y no pasa nada, el pueblo tiene algún número de salvarse. Y quizá más adelante podamos encontrar alguna manera de incriminar a Vaughan. No sé cómo, pero quizá encontremos algo.

—Mierda —maldijo Brody—. Muy bien, Harry, me lo pensaré. Pero, si las abro, lo haré a mi manera. Gracias por la llamada. —Colgó y entró en el despacho del alcalde.

Vaughan estaba de pie frente a la ventana del lado sur, de espaldas a la puerta. Cuando oyó entrar a Brody, dijo:

—Se ha acabado la reunión.

—¿Cómo que se ha acabado? —dijo Catsoulis—. No hemos decidido nada, joder.

Vaughan se giró y exclamó:

—¡Se ha acabado, Tony! No me des problemas. Todo saldrá como queremos. Dame un momento para tener una pequeña charla con el sheriff, ¿de acuerdo? Venga, todo el mundo fuera.

Hooper y los cuatro concejales salieron de la oficina. Brody vio como el alcalde los acompañaba a la salida. Sabía que debería tenerle lástima, pero no podía reprimir el desprecio que lo inundaba. Vaughan cerró la puerta, caminó hasta el sofá y se sentó pesadamente. Apoyó los codos en las rodillas y se frotó las sienes con las yemas de los dedos.

—Éramos amigos, Martin —dijo—. Espero que podamos volver a serlo.

—¿Cuánto de lo que ha dicho Meadows es verdad?

—No pienso decírtelo. No puedo. Baste con decir que un hombre me hizo un favor una vez y ahora quiere que se lo devuelva.

—En otras palabras, es todo verdad.

Vaughan levantó la vista y Brody vio que tenía los ojos rojos y húmedos.

—Te lo juro, Martin, que si hubiera tenido alguna idea de hasta dónde llegaría esto, no me habría metido nunca.

—¿Cuánto le debes?

—La cifra original eran diez mil. Intenté devolverlo dos veces, hace mucho tiempo, pero no conseguí que me aceptaran los cheques. No paraban de decir que era un regalo y que no me preocupara. Pero no me cancelaron nunca la deuda. Cuando vinieron a verme hace un par de meses, les ofrecí cien mil dólares, en efectivo. Dijeron que no bastaba. Que no querían el dinero. Querían que hiciera unas cuantas inversiones. Saldría ganando todo el mundo, dijeron.

—¿Y cuánto les debes ahora?

—Dios sabe. Todo lo que tengo y más. Seguramente cerca de un millón de dólares. —Vaughan respiró hondo—. ¿Me puedes ayudar, Martin?

—Lo único que puedo hacer por ti es ponerte en contacto con el fiscal del distrito. Si testificaras, podrías presentar cargos de usura y coacción contra esos tipos.

—Estaría muerto antes de volver a casa de la oficina del fiscal del distrito, y Eleanor se quedaría sin nada. Esa no es la clase de ayuda a la que me refiero.

—Ya lo sé. —Brody miró a Vaughan, un animal herido y encogido de miedo, y se compadeció de él. Empezó a cuestionar su propia oposición a la apertura de playas. ¿Hasta qué punto era el residuo de su culpa previa y hasta qué punto era miedo a otro ataque? ¿Hasta qué punto estaba mostrando una preocupación prudente por el bien del pueblo y hasta qué punto estaba simplemente feliz de salirse con la suya?—. Te diré qué voy a hacer, Larry. Voy a abrir las playas. No para ayudarte, porque estoy seguro de que si no las abro encontrarás la forma de quitarme del medio y abrirlas tú. Las voy a abrir porque ya no estoy seguro de tener razón.

—Gracias, Martin. Te lo agradezco.

—No he terminado. Como te digo, las voy a abrir. Pero voy a poner agentes en las playas. Y voy a poner a Hooper a patrullar con la barca. Y me aseguraré de que todos los turistas que vengan conozcan el peligro.

—¡No puedes hacer eso! —dijo Vaughan—. Sería lo mismo que dejarlas cerradas.

—Puedo hacerlo, Larry, y lo voy a hacer.

—¿Qué harás? ¿Poner carteles avisando de que hay un tiburón asesino? ¿Poner un anuncio en el periódico que diga: «Playas abiertas: no se acerquen»? Nadie va a ir a la playa si está llena de policía.

—No sé qué voy a hacer. Pero algo haré. No voy a fingir que aquí no ha pasado nada.

—Muy bien, Martin. —Vaughan se puso de pie—. No me dejas mucha opción. Si te echo, seguramente acabarás yendo a la playa como ciudadano privado y te pondrás a correr de un lado a otro gritando «¡tiburón!». Así pues, muy bien. Pero sé sutil. Si no es por mí, al menos por el pueblo.

Brody salió de la oficina. Mientras bajaba la escalera, se miró el reloj. Era la una pasada y tenía hambre. Fue por la calle Water hasta el Loeffler's, la única charcutería de Amity. El dueño era Paul Loeffler, que había sido compañero de clase de Brody en el instituto.

Cuando Brody abrió la puerta de cristal, oyó que Loeffler decía:

—... como un puñetero dictador, oye. No sé qué problema tiene. —Cuando vio a Brody, Loeffler se sonrojó. En el instituto había sido un chico flaco, pero nada más heredar el negocio de su padre había sucumbido a las terribles tentaciones que lo rodeaban durante doce horas al día todos los días de la semana, y ahora parecía una pera.

Brody sonrió:

—No estarías hablando de mí, ¿verdad que no, Paulie?

—¿Qué te hace pensar eso? —dijo Loeffler, sonrojándose todavía más.

—Nada. No importa. Si me puedes hacer un bocadillo de jamón y queso suizo en pan de centeno con mostaza, te contaré algo que te pondrá contento.

—Eso lo tengo que oír. —Loeffler se puso a hacerle el bocadillo a Brody.

—Voy a abrir las playas para el 4 de Julio.

—Sí que me pone contento.

—¿Va mal el negocio?

—Mal.

—A ti siempre te va mal.

—Pero no así de mal. Como no mejore pronto, voy a provocar un disturbio racial.

—¿Por qué dices eso?

—Se supone que tengo que contratar a dos repartidores para el verano. Y quiero hacerlo. Pero no puedo pagar a dos. Por no mencionar el hecho de que no tengo trabajo suficiente para dos. Así que solo puedo contratar a uno. Y uno es blanco y otro es negro.

—¿Y a cuál vas a contratar?

—Al negro. Imagino que tiene más necesidad del dinero. Solo doy gracias a Dios porque el blanco no sea judío.

Brody llegó a casa a las 17:10. Mientras estaba aparcando delante de la casa, se abrió la puerta de detrás y salió corriendo Ellen. Se le notaba que había llorado y todavía se la veía bastante agitada.

—¿Qué pasa?

—Gracias a Dios que has venido. Te he intentado encontrar en el trabajo, pero ya habías salido. Ven, deprisa. —Lo cogió de la mano y lo llevó por la parte de detrás de la casa, hasta el cobertizo donde tenían los cubos de la basura—. Ahí dentro —dijo, señalando un cubo—. Mira.

Brody levantó la tapa del cubo. Hecho un guiñapo sobre una bolsa de basura estaba el gato de Sean, un macho grande y fornido llamado Frisky. Le habían retorcido la cabeza del todo y ahora los ojos amarillos le miraban el lomo.

—¿Cómo demonios ha sido? —preguntó Brody—. ¿Lo ha atropellado un coche?

—No, un hombre. —Ellen respiraba con sollozos—. Lo ha hecho un hombre. Y Sean estaba delante. El hombre ha parado su coche en la acera y ha salido. Ha cogido al gato y le ha retorcido la cabeza hasta romperle el cuello. Sean dice que se ha oído un crujido horrible. Luego el tipo ha tirado el gato a la hierba, se ha vuelto a su auto y se ha marchado.

—¿Ha dicho algo?

—No lo sé. Sean está dentro. Está histérico, y no me extraña. Martin, ¿qué está pasando?

Brody volvió a poner la tapa en el cubo.

—¡Hijo de la gran puta! —dijo. Notaba la garganta cerrada y le rechinaban los dientes de una forma que le marcaba los músculos de los lados del mentón—. Vamos adentro.

Al cabo de cinco minutos, Brody salió dando zancadas por la puerta de atrás. Levantó la tapa del cubo de basura y la tiró a un lado. Metió la mano y sacó el cadáver del gato. Se lo llevó al coche, lo echó por la ventanilla abierta y entró. Salió dando marcha atrás por la rampa de entrada y se alejó con un chirrido de neumáticos. Tras alejarse cien metros por la calle, encendió la sirena en un arranque de furia.

Solo tardó un par de minutos en llegar a la casa de Vaughan, una mansión enorme de estilo Tudor situada en Sprain Drive, al lado mismo de Scotch Road. Salió del coche con el gato agarrado por una de las patas traseras, subió los escalones de la entrada y llamó al timbre. Confiaba en que no saliera a abrir Eleanor Vaughan.

Se abrió la puerta y Vaughan dijo:

—Hola, Martin, ¿qué...?

Brody levantó el gato y se lo puso en las narices a Vaughan.

—¿Qué me dices de esto, hijo de puta?

Vaughan puso unos ojos como platos.

—¿De qué me hablas? ¡No sé de qué me estás hablando!

—Lo ha hecho uno de tus amigos. En el jardín de mi casa y delante de mi hijo. ¡Han asesinato a mi gato, hostia! ¿Les has dicho tú que lo hicieran?

—No digas locuras, Martin. —Vaughan parecía genuinamente escandalizado—. Yo nunca haría nada así. Nunca.

Brody bajó el gato y dijo:

—¿Has llamado a tus amigos después de que me marchara?

—Bueno..., sí. Pero solo para decir que las playas abrirán mañana.

—¿Y no has dicho nada más?

—No. ¿Por qué?

—¡Puto embustero! —Brody golpeó a Vaughan en el pecho con el gato y lo dejó caer al suelo—. ¿Sabes qué ha dicho el tipo después de estrangular a mi gato? ¿Sabes qué le ha dicho a mi hijo de ocho años?

—No. Claro que no lo sé. ¿Cómo lo iba a saber?

—Pues ha dicho lo mismo que tú. Ha dicho: «Dile a tu padre que sea sutil».

Brody se dio la vuelta y bajó los escalones, dejando a Vaughan plantado frente al guiñapo de huesos y pellejo.

10

El viernes amaneció nublado, con pequeños chubascos ocasionales, y la única gente que se metió en el agua fue una pareja joven que se dio un chapuzón a primera hora, justo cuando estaba llegando a la playa el agente de Brody. Hooper pasó seis horas patrullando sin ver nada. Por la noche Brody llamó a la guardia costera para pedir un informe meteorológico. No estaba seguro de qué esperaba oír. Sabía que debería desear que hiciera un tiempo estupendo durante el fin de semana largo. Eso traería gente a Amity y, si no pasaba nada, y nadie veía nada, llegado el martes podría empezar a creerse que el tiburón se había marchado. Si no pasaba nada. En privado, habría agradecido una tormenta de tres días que mantuviera las playas vacías todo el fin de semana. En cualquiera de los casos, les suplicó a sus deidades personales que no pasara nada.

Quería que Hooper se volviera a Woods Hole. No solo porque Hooper era omnipresente, la voz experta que siempre contradecía su cautela. Brody también tenía la sensación de que de alguna forma Hooper se le había metido en casa. Sabía que Ellen había hablado con Hooper después de la fiesta: su hijo Martin había mencionado la posibilidad de que Hooper los llevara de pícnic a la playa para buscar conchas. Y luego estaba el tema del miércoles. Ellen había dicho que estaba enferma, y era cierto que al llegar a casa la había visto agotada. ¿Pero dónde había estado Hooper aquel día? ¿Por qué le había dado evasivas cuando Brody se lo había preguntado? Por primera vez en su matrimonio, Brody se estaba haciendo preguntas, y aquellas preguntas lo llenaban de una ambivalencia incómoda: remordimientos por recelar de Ellen y al mismo tiempo miedo a que hubiera razones para recelar.

El informe meteorológico indicaba cielos despejados, sol y vientos del sudoeste de entre cinco y diez nudos. Bueno, pensó Brody, quizá sea para mejor. Si tenemos un buen fin de semana y nadie sale herido, quizá pueda empezar a creérmelo. Y Hooper se marchará seguro.

Brody le había dicho a Hooper que lo llamaría en cuanto hablara con la guardia costera. Fue al teléfono de la cocina. Ellen estaba fregando los platos de la cena. Brody sabía que Hooper se alojaba en el Abelard Arms. Vio el listín telefónico en la encimera, debajo de un montón de facturas, cuadernos y tebeos. Hizo el gesto de cogerlo, pero se detuvo.

—Tengo que llamar a Hooper —dijo—. ¿Sabes dónde está el listín?

—Es el seis cinco cuatro tres —contestó Ellen.

—¿El qué?

—El número del Abelard. Seis cinco cuatro tres.

—¿Cómo lo sabes?

—Tengo buena memoria para los números de teléfono, ya lo sabes. Siempre la he tenido.

Brody lo sabía, y se maldijo a sí mismo por hacer trucos estúpidos. Marcó el número.

—Abelard Arms —contestó una voz masculina y joven. El recepcionista de noche.

—Con la habitación de Matt Hooper, por favor.

—¿No sabrá usted el número de habitación, señor?

—No. —Brody tapó el micrófono con la mano y le dijo a Ellen—: ¿No sabrás por casualidad su número de habitación?

Ella lo miró y no dijo nada durante un segundo. Luego negó con la cabeza.

—Ya lo tengo —informó el recepcionista—. El cuatro cero cinco.

El teléfono dio dos timbrazos antes de que Hooper contestara.

—Aquí Brody.

—Sí. Hola.

Brody miró la pared y trató de imaginar qué aspecto tendría su habitación. Evocó imágenes de una buhardilla pequeña y oscura, de una cama deshecha, con manchas en las sábanas y olor a sexo. Por un momento breve tuvo la sensación de estar perdiendo la cabeza.

—Parece que nos veremos mañana —dijo—. El servicio meteorológico anuncia buen tiempo.

—Sí, lo sé.

—Entonces nos vemos en el puerto.

—¿A qué hora?

—A las nueve y media, por ejemplo. Nadie va a salir a nadar antes.

—Muy bien; a las nueve y media.

—Bien. Ah, por cierto —dijo Brody—. ¿Cómo fue la cosa con Daisy Wicker?

—¿Qué?

Brody deseó no haberlo preguntado.

—Nada. Simple curiosidad. Ya sabe, preguntaba si acabaron ustedes juntos.

—Bueno..., pues sí, ahora que lo menciona. ¿Qué pasa? ¿Forma parte de su trabajo estar al corriente de la vida sexual de la gente?

—Olvídelo. Olvide que lo he mencionado. —Y colgó. Mentiroso, pensó. ¿Qué demonios está pasando aquí? Se giró hacia Ellen—. Te lo quería preguntar. Martin ha dicho que os ibais de pícnic. ¿Cuándo será?

—No hay nada programado —respondió—. Era solo una idea.

—Oh. —La miró, pero ella no le devolvió la mirada—. Creo que es hora de que te vayas a dormir.

—¿Por qué lo dices?

—No te has encontrado bien últimamente. Y es la segunda vez que lavas ese vaso. —Sacó una cerveza de la nevera. Tiró de la lengüeta metálica de la lata y se le rompió en la mano—. ¡Joder! —dijo. Tiró la lata entera al cubo de la basura y salió dando zancadas de la cocina.

El sábado a mediodía, Brody estaba de pie sobre una duna que dominaba toda la playa de Scotch Road, sintiéndose mitad agente secreto y mitad bobo. Llevaba polo y bañador: se había tenido que comprar uno especialmente para aquella tarea. Le disgustaban sus piernas blancas, casi sin vello después de años de roce con los pantalones largos. Desearía que lo hubiera acompañado Ellen para sentir que llamaba menos la atención, pero se había excusado, alegando que, como él no iba a estar en casa durante el fin de semana, era un buen momento para ponerse al día con las tareas de la casa. A su lado tenía una bolsa de playa con unos prismáticos, un walkie-talkie, dos cervezas y un sándwich envuelto en celofán. Entre un cuarto de milla y media milla mar adentro, la *Flicka* se movía despacio en dirección este. Brody contempló la barca y se dijo: por lo menos hoy sé dónde está.

La guardia costera había tenido razón: hacía un día espléndido, despejado, cálido y con una ligera brisa costera. La playa no estaba abarrotada. Había una docena de adolescentes desplegados en sus hileras rituales. Unas cuantas parejas dormitando, inmóviles como cadáveres, como si moverse fuera a trastornar los ritmos cósmicos que generaban el bronceado. Una familia congregada en torno a una hoguera de carbón sobre la arena, desde donde le llegaba a Brody un aroma de hamburguesa a la parrilla.

Todavía no se había bañado nadie. En un par de ocasiones, sendas parejas de progenitores habían acompañado a sus hijos hasta la orilla y les habían dejado chapotear con los pies en la espuma, pero, al cabo de unos minutos —por aburrimiento o por miedo—, les habían ordenado que volvieran a subir por la playa.

Brody oyó unos pasos que hicieron crujir la hierba de la playa detrás de él y se dio la vuelta. Un hombre y una mujer —de unos cuarenta y muchos años y ambos con sobrepeso pronunciado— subían la duna con dificultad, arrastrando tras de sí a dos niños que no paraban de quejarse. El hombre llevaba pantalones caqui, camiseta y zapatillas de baloncesto. La mujer llevaba un vestido estampado que se le subía por los muslos arrugados. En la mano sostenía un par de sandalias. Detrás de ellos, Brody vio una autocaravana Winnebago aparcada en Scotch Road.

—¿Los puedo ayudar? —preguntó Brody cuando la pareja alcanzó la cima de la duna.

—¿Esto es la playa? —preguntó la mujer.

—¿Qué playa están buscando? La playa pública está...

—Es esta, seguro —dijo el hombre, sacándose un mapa del bolsillo. Hablaba con acento inconfundible de neoyorquino de Queens—. Hemos cogido la salida 27 y hemos seguido esta carretera hasta aquí. Tiene que ser esta.

—¿Dónde está el tiburón? —preguntó uno de los niños, un crío gordo de unos trece años—. Pensaba que habías dicho que veríamos un tiburón.

—Cállate —ordenó su padre. Y se dirigió a Brody—. ¿Dónde está este tiburón del que todo el mundo habla?

—¿Qué tiburón?

—El que ha matado a tanta gente. Lo he visto en la tele, en tres canales distintos. Hay un tiburón que mata gente. Aquí mismo.

—Había un tiburón aquí —dijo Brody—. Pero ya no está. Y, con un poco de suerte, no volverá.

El hombre miró a Brody y habló en tono despectivo:

—¿Quiere decir que hemos conducido hasta aquí para ver a ese tiburón y se ha ido? Pues no es lo que dice la tele.

—Eso no es cosa mía —dijo Brody—. No sé quién le ha dicho que iba a verlo. Los tiburones no se dedican a subir por la playa y darle la mano, ¿sabe?

—No te pases de fresco conmigo, chaval.

Brody se puso de pie.

—Escuche, amigo —dijo, sacándose la billetera de la cintura del bañador y abriéndola para que el hombre pudiera ver su insignia—. Soy el jefe de policía de este pueblo. No sé quién es usted ni quién se cree, pero no puede meterse en una playa privada de Amity como si fuera un vagabundo. Así pues, diga qué viene a hacer o lárguese.

El hombre dejó de hacerse el gallito.

—Lo siento. Es que después de todo el tráfico de los cojones y de los niños chillándome en el oído, pensaba que por lo menos podríamos echar un vistazo al tiburón. Hemos venido para eso.

—¿Han conducido dos horas y media para ver un tiburón? ¿Por qué?

—Para hacer algo. El fin de semana pasado fuimos al Jungle Habitat. Este fin de semana se nos había ocurrido ir a la costa de Jersey, pero entonces nos enteramos de lo del tiburón de aquí. Mis niños no han visto nunca un tiburón.

—Pues espero que hoy tampoco lo vean.

—Mierda —exclamó el hombre.

—¡Dijiste que veríamos un tiburón! —lloriqueó uno de los niños.

—¡Que te calles, Benny! —El hombre se volvió hacia Brody—. ¿Pasa algo si almorzamos aquí?

Brody sabía que podía mandar a aquella gente a la playa pública, pero sin el adhesivo de aparcamiento de residente iban a tener que aparcar la autocaravana a más de un kilómetro y medio de la playa, de forma que dijo:

—Supongo que sí. Si se queja alguien, tendrán que marcharse, pero no creo que se queje nadie hoy. Adelante. Pero no dejen nada en la playa, ni un envoltorio de chicle ni una cerilla, o les pondré una multa por ensuciar.

—Vale —le contestó el hombre a su mujer—. ¿Tienes la nevera?

—La he dejado en la caravana. No sabía que nos íbamos a quedar.

—Mierda. —El hombre bajó pesadamente la duna, jadeando. La mujer y los dos críos se alejaron veinte o treinta metros y se sentaron en la arena.

Brody se miró el reloj: las 12:15. Metió la mano en la bolsa de playa y sacó el walkie-talkie. Pulsó un botón y dijo:

—¿Estás ahí, Leonard? —Soltó el botón.

Al cabo de un momento le llegó la respuesta:

—Le recibo, jefe. Cambio. —Hendricks se había prestado voluntario para pasar el fin de semana en la playa pública, en calidad de tercer vértice del triángulo de vigilancia. («Te estás volviendo un adicto a la playa», le había dicho Brody cuando Hendricks se había prestado voluntario. Hendricks se había reído y había contestado: «Pues claro, jefe. Si has de vivir en un sitio así, más te vale integrarte con la gente guapa, ¿no?».)

—¿Qué hay? —dijo Brody—. ¿Está pasando algo?

—Nada que no podamos manejar, pero hay un pequeño problema. No para de acercárseme gente para darme sus entradas. Cambio.

—¿Entradas para qué?

—Para acceder a la playa. Dicen que han comprado unas entradas especiales en el pueblo que permiten entrar en la playa de Amity. Debería usted verlas. Tengo una aquí. Dice: «Playa del tiburón. Válida para una persona. Dos dólares cincuenta». Solo se me ocurre que algún listo se está forrando a base de venderle a la gente unas entradas que no hacen falta. Cambio.

—¿Y cómo reaccionan cuando rechazas sus entradas?

—Primero se ponen furiosos cuando les digo que les han tomado el pelo y que no cuesta dinero venir a la playa. Después se enfadan todavía más cuando les digo que, con o sin entrada, no pueden dejar el coche en el aparcamiento sin permiso de aparcamiento. Cambio.

—¿Y alguno de ellos te ha dicho quién está vendiendo esas entradas?

—Un tipo, dicen. Se lo han encontrado en la calle Main y les ha dicho que no se puede acceder a la playa sin entrada. Cambio.

—Quiero enterarme de quién coño está vendiendo esas entradas, Leonard, y quiero detenerlo. Ve a la cabina del aparcamiento y llama a comisaría y dile a quien sea que te coja el teléfono que vaya a Main a detener a ese cabrón. Si es de fuera del pueblo, que lo echen. Y si vive aquí, que lo encierren.

—¿Con qué cargos? Cambio.

—Me da igual. El que se te ocurra. Fraude. Pero sácalo de la calle.

—Vale, jefe.

—¿Algún otro problema?

—No. Hay unos cuantos periodistas de la tele con unidades móviles de esas, pero no están haciendo nada más que entrevistar a la gente. Cambio.

—¿Sobre qué?

—Lo habitual. Ya sabe: ¿le da miedo bañarse? ¿Qué piensa del tiburón? Esos rollos. Cambio.

—¿Cuánto tiempo llevas ahí?

—La mayor parte de la mañana. No sé cuánto tiempo se van a quedar, sobre todo porque no hay nadie que se meta en el agua. Cambio.

—Mientras no causen ningún problema...

—Pues no. Cambio.

—Muy bien. Oye, Leonard, no hace falta que digas «cambio» todo el tiempo. Ya me doy cuenta de cuándo dejas de hablar.

—Es el procedimiento, jefe. Hay que hablar claro. Cambio y cierro.

Brody esperó un momento y por fin pulsó el botón y dijo:

—Hooper, aquí Brody. ¿Ve algo por ahí? —No hubo respuesta—. Brody llamando a Hooper. ¿Me oye? —Estaba a punto de llamar por tercera vez cuando oyó la voz de Hooper.

—Lo siento. Estaba en popa. Me ha parecido ver algo.

—¿Qué ha visto?

—Nada. Estoy seguro de que no era nada. Me han engañado los ojos.

—¿Y qué le ha parecido ver?

—No lo puedo describir. Una sombra, quizá. Nada más. La luz del sol puede engañar.

—¿No ha visto nada más?

—Nada en toda la mañana.

—Pues que siga así. Le llamo más tarde.

—Bien. Dentro de un par de minutos voy a estar delante de la playa pública.

Brody volvió a guardar el walkie-talkie en la bolsa y sacó su sándwich. El pan se había quedado frío y duro por culpa de estar apoyado contra la bolsa de hielo que contenía las latas de cerveza.

A las 14:30 la playa estaba casi vacía. La gente se había ido a jugar al tenis o a la peluquería o había salido con el velero. En la playa solo quedaba media docena de adolescentes y la familia de Queens.

A Brody se le habían empezado a quemar las piernas —le estaban apareciendo unas ronchas rojas en los muslos y en los empeines—, de forma que se las cubrió con la toalla. Sacó de la bolsa el walkie-talkie y llamó a Hendricks.

—¿Alguna novedad, Leonard?

—Nada, jefe. Cambio.

—¿Se ha bañado alguien?

—Nadie. Meter los pies sí, pero nada más. Cambio.

—Lo mismo aquí. ¿Qué sabes del vendedor de entradas?

—Nada, pero ya nadie me las está dando, o sea que supongo que lo habrán echado. Cambio.

—¿Y la gente de la tele?

—Se ha ido. Hace unos minutos. Querían saber dónde estaba usted. Cambio.

—¿Para qué?

—Ni idea. Cambio.

—¿Se lo has dicho?

—Pues sí. No he visto razón para no decírselo. Cambio.

—Vale. Te llamo más tarde. —Brody decidió dar un paseo. Se presionó con el dedo una de las ronchas de color rosa del muslo. Se le puso muy blanca y después de un rojo intenso cuando retiró el dedo. Se puso de pie, se enrolló la toalla en torno a la cintura para que no le diera el sol en las piernas y, llevándose el walkie-talkie, echó a andar hacia el agua.

El ruido de un motor le hizo dar media vuelta y subir otra vez por la duna. Vio una furgoneta blanca aparcada en Scotch Road. Las letras negras de su costado decían

«WNBC-TV NOTICIAS». Se abrió la portezuela del conductor y un hombre salió y caminó pesadamente por la arena en dirección a Brody.

Cuando tuvo al hombre cerca, a Brody le resultó vagamente familiar. Era joven, tenía el pelo largo y rizado y un bigote de herradura.

—¿Sheriff Brody? —preguntó cuando lo tuvo a pocos pasos de distancia.

—El mismo.

—Me han dicho que estaría usted aquí. Soy Bob Middleton, de informativos del Channel Four.

—¿Reportero?

—Sí. El equipo de rodaje está en la furgoneta.

—Me sonaba usted de algo. ¿Qué puedo hacer por usted?

—Me gustaría entrevistarlo.

—¿Sobre qué?

—Sobre el asunto del tiburón. Y el hecho de que haya decidido abrir las playas.

Brody lo pensó un momento y se dijo a sí mismo: qué más da. Un poco de publicidad no hará daño al pueblo, ahora que las posibilidades de que pase algo, por lo menos hoy, son mínimas.

—Muy bien —dijo—. ¿Dónde quiere hacerlo?

—En la playa. Voy a por los demás. Tardaremos unos minutos en montar todo, así que, si tiene algo que hacer entretanto, adelante. Ya le aviso cuando estemos listos. —Middleton se alejó al trote hacia la furgoneta.

Brody no tenía nada en especial que hacer, pero como ya se había propuesto dar un paseo, decidió seguir con el plan. Caminó hacia el agua.

Al pasar junto al grupo de adolescentes, oyó que un chico decía:

—¿Qué me decís? ¿Nadie se atreve o qué? Diez pavos son diez pavos.

—Venga ya, Limbo —se quejó una chica—. Déjalo.

Brody se detuvo a unos cinco metros de ellos y fingió interés por algo que había en el agua.

—¿Por qué? —dijo el chico—. Es una buena recompensa. Lo que creo es que nadie tiene agallas. Hace cinco minutos, todos me estabais diciendo que era imposible que el tiburón todavía estuviera aquí.

—Si eres tan hombre —dijo otro chico—, ¿por qué no te metes tú?

—Porque soy el que ofrece la recompensa —explicó el primer chico—. A mí nadie me va a pagar diez pavos por meterme en el agua. Bueno, ¿qué decís?

Hubo un momento de silencio y por fin el otro chico dijo:

—¿Diez pavos? ¿En metálico?

—Los tengo aquí —contestó el primer chico, agitando un billete de diez dólares.

—¿Hasta dónde me tengo que meter?

—Pues a ver. Cien metros. Es bastante buena distancia. ¿No?

—¿Y cómo sé cuándo he llegado a los cien metros?

—Lo calculas. Nadas un rato y luego te paras. Si parece que te has metido cien metros, te hago una señal con la mano.

—Trato hecho. —El chico se puso de pie.

—Estás loco, Jimmy —soltó la chica—. ¿Por qué te quieres meter en el agua? No te hacen falta diez dólares.

—¿Crees que tengo miedo?

—Nadie ha dicho nada de tener miedo —contestó la chica—. Simplemente es innecesario.

—Diez dólares nunca son innecesarios —repuso el chico—. Sobre todo si tu viejo te ha quitado la paga por fumar un poco de hierba en la boda de tu tía.

El chico se dio la vuelta y echó a corretear en dirección al agua.

—¡Eh! —dijo Brody, y el chico se detuvo.

—¿Qué?

Brody se acercó al chico.

—¿Qué estás haciendo?

—Voy a nadar. ¿Quién es usted?

Brody se sacó la billetera y le enseñó al chico su insignia.

—¿Quieres ir a nadar? —dijo. Vio que el chico miraba a sus amigos.

—Pues sí. ¿Por qué no? Es legal, ¿verdad?

Brody asintió con la cabeza. No sabía si los demás estaban demasiado lejos para oírlo, así que bajó la voz y dijo:

—¿Quieres que te lo prohíba?

El chico lo miró, vaciló un momento y negó con la cabeza.

—No, señor. Necesito los diez pavos.

—No te quedes mucho rato dentro —dijo Brody.

—No. —El chico se metió corriendo en el agua. Saltó por encima de una ola de gran tamaño y se puso a nadar.

Brody oyó que alguien corría detrás de su espalda. Bob Middleton le pasó al lado a toda pastilla y llamó al chico.

—¡Eh! ¡Vuelve! —Agitó los brazos y lo volvió a llamar. El chico dejó de nadar y tocó fondo con los pies.

—¿Qué pasa?

—Nada. Te quiero filmar un momento cuando te metas en el agua. ¿Vale?

—Supongo —contestó el chico. Echó a andar de vuelta a la orilla.

Middleton se giró hacia Brody y dijo:

—Me alegro de haberlo pillado antes de que se aleje demasiado. Así por lo menos sacaremos a alguien bañándose aquí hoy.

Aparecieron otros dos hombres junto a Brody. Uno cargaba con una cámara de dieciséis milímetros y un trípode. Llevaba botas militares, pantalones de camuflaje, camisa caqui y chaleco de cuero. El otro hombre era mayor y más bajito y grueso. Llevaba un traje gris arrugado y una caja rectangular cubierta de botones y diales. Del cuello le colgaban unos auriculares.

—Ahí va bien, Walter —dijo Middleton—. Avísame cuando estés listo. —Se sacó un cuaderno del bolsillo y se puso a hacerle preguntas al chico.

El hombre mayor se acercó a Middleton y le dio un micrófono. Luego volvió con el cámara, desenrollando el cable de una bobina que llevaba en la mano.

—Cuando quieras —respondió el cámara.

—Necesito tomarle los niveles al chico —informó el hombre de los auriculares.

—Di algo —le pidió Middleton al chico, y le sostuvo el micrófono a un palmo de la boca.

—¿Qué quiere que diga?

—Me sirve —respondió el hombre de los auriculares.

—Vale, pues empezamos en primer plano, Walter, y después cambiamos a plano escorzo, ¿vale? Dame la señal cuando estés listo.

El cámara acercó el ojo a la mira, levantó un dedo y señaló a Middleton.

—Listo.

Middleton miró a cámara y dijo:

—Llevamos en la playa de Amity desde primera hora de la mañana y, que sepamos, todavía nadie se ha atrevido a aventurarse en el agua. No hay ni rastro del tiburón, pero la amenaza sigue ahí. Estoy aquí con Jim Prescott, un joven que acaba de decidir bañarse. Dime, Jim, ¿te preocupa lo que pueda haber ahí nadando contigo?

—No —respondió el chico—. No creo que haya nada.

—O sea que no tienes miedo.

—No.

—¿Eres buen nadador?

—Bastante bueno.

Middleton le ofreció la mano.

—En fin, buena suerte, Jim. Gracias por hablar con nosotros.

El chico le estrechó la mano a Middleton.

—Vale —dijo—. ¿Qué quieren que haga ahora?

—¡Corta! —ordenó Middleton—. Quitaremos esa parte, Walter. Un segundo. —Se giró hacia el chico—. No preguntes eso, Jim, ¿vale? Cuando yo te dé las gracias, tú das media vuelta y te vas al agua.

—Vale —contestó el chico. Estaba temblando y se frotó los brazos.

—Eh, Bob —dijo el cámara—. El chaval se tendría que secar. No puede salir mojado si se supone que todavía no ha estado en el agua.

—Sí, tienes razón. ¿Te importa secarte, Jim?

—Claro. —El chico subió corriendo con sus amigos y se secó con una toalla.

—¿Qué está pasando? —preguntó una voz junto a Brody. Era el hombre de Queens.

—Es la televisión —dijo Brody—. Quieren filmar a alguien bañándose.

—Ah, ¿sí? Debería haberme traído el bañador.

Se repitió la entrevista y, después de que Middleton le diera las gracias, el chico se metió corriendo en el agua y se puso a nadar.

Middleton volvió con el cámara y le dijo:

—Sigue filmando, Walter. Irv, no hace falta que grabes sonido. Seguramente lo usaremos como planos de recurso.

—¿Cuánto rato de esto quieres? —preguntó el cámara, siguiendo al chico mientras nadaba.

—Hasta que se meta unos treinta metros —dijo Middleton—. Pero esperemos aquí a que vuelva. Preparados, por si acaso.

Brody se había acostumbrado tanto al ronroneo lejano y apenas audible de la *Flicka* que su mente ya no lo registraba como sonido. Formaba una parte tan integral de la playa como el ruido de las olas. De pronto el motor pasó de un murmullo bajo a un gruñido urgente. Brody miró más allá del chico que nadaba y vio que la barca daba un giro brusco y rápido, nada que ver con las pasadas lentas que solía hacer Hooper en su patrullar normal. Se llevó el walkie-talkie a la boca y dijo:

—¿Ve algo, Hooper? —Brody vio que la barca frenaba hasta detenerse.

Middleton había oído a Brody.

—Graba sonido, Irv —ordenó—. Filma esto, Walter. —Caminó hasta Brody y preguntó—: ¿Pasa algo, sheriff?

—No lo sé —contestó Brody—. Es lo que estoy intentando averiguar. —Habló por el walkie-talkie—. ¿Hooper?

—Sí —dijo la voz de Hooper—. Pero todavía no sé el qué. Es otra vez la misma sombra. Ya no la veo. Quizá se me estén cansando los ojos.

—¿Has grabado eso, Irv? —preguntó Middleton. El técnico de sonido negó con la cabeza.

—Hay un chico nadando en el agua —informó Brody.

—¿Dónde? —preguntó Hooper.

Middleton le plantó el micrófono en la cara a Brody, encajándoselo entre la boca y el micrófono del walkie-talkie. Brody lo apartó con la mano, pero Middleton lo volvió a poner a tres centímetros de la boca de Brody.

—A unos treinta o cuarenta metros de la orilla. Creo que voy a decirle que vuelva. —Brody se metió el walkie-talkie por dentro de la toalla que llevaba en la cintura, hizo bocina con las manos y lo llamó—: ¡Oye, tú! ¡Vuelve!

—¡Carajo! —dijo el técnico de sonido—. Casi me revienta los tímpanos.

El chaval no lo había oído. Seguía alejándose a nado de la playa.

El chico que había ofrecido los diez dólares sí que había oído a Brody y bajó hasta la orilla.

—¿Qué problema hay? —preguntó.

—Ninguno —dijo Brody—. Pero creo que tu amigo debería volver.

—¿Quién es usted?

Middleton se metió entre Brody y el chico, moviendo el micrófono de uno a otro.

—Soy el jefe de policía —dijo Brody—. ¡Y ahora, largo

de aquí! —Se giró hacia Middleton—. Y usted apárteme ese puto micrófono de la cara, por favor.

—No te preocupes, Irv —dijo Middleton—. Podemos cortar ese comentario.

Brody dijo por el walkie-talkie:

—Hooper, el chico no me oye. ¿Puede acercarse a él y decirle que vuelva a tierra?

—Claro —contestó Hooper—. Llego en un momento.

El tiburón había bajado al fondo y estaba dando vueltas a un metro o dos de la arena, veinticinco metros por debajo de la *Flicka*. Su sistema sensorial llevaba horas rastreando aquel extraño sonido de más arriba. En dos ocasiones había subido a un metro o dos de la superficie, permitiendo que su vista, su olfato y sus canales nerviosos evaluaran a aquella criatura que pasaba ruidosamente por las alturas. En dos ocasiones había regresado al fondo, sin sentirse movido a atacar ni tampoco a marcharse.

Brody vio la barca, que había estado orientada al oeste, desviarse hacia tierra y levantar una cortina de espuma con los brincos de su proa.

—Filma la barca, Walter —dijo Middleton.

Más abajo, el tiburón notó que cambiaba el ruido. Primero subía de intensidad y luego bajaba a medida que la barca se alejaba. Se giró, escorándose con tanta suavidad como un avión, y se puso a seguir la estela del sonido.

El chico dejó de nadar, levantó la cabeza y miró hacia la orilla, ya sin tocar fondo. Brody agitó los brazos y gritó:

—¡Vuelve!

El chico dejó de nadar, levantó la cabeza y dio media vuelta. Nadaba bien, girando la cabeza hacia la izquierda para coger aire y batiendo los pies al ritmo de sus brazadas. Brody calculó que debía de estar a unos sesenta metros de la orilla y que tardaría un minuto o más en alcanzar la playa.

—¿Qué está pasando? —quiso saber una voz junto a Brody. Era el hombre de Queens. Tenía detrás a sus dos hijos, que sonreían ilusionados.

—Nada —contestó Brody—. No quiero que el chico se aleje demasiado.

—¿Es el tiburón? —preguntó el padre de los dos niños.

—Uau, mola —dijo el otro niño.

—¡Piérdanse! —gritó Brody—. Vuélvanse por donde han venido.

—Venga, sheriff —dijo el hombre—. Que hemos hecho muchos kilómetros.

—¡Largo! —insistió Brody.

A quince nudos de velocidad, Hooper solo tardó treinta segundos en cubrir los doscientos metros que lo separaban del chico. Se detuvo a pocos metros de él y dejó el motor en punto muerto. Estaba justo donde las olas empezaban a hacer espuma, y no se atrevía a acercarse más por miedo a verse atrapado en el oleaje.

El chico oyó el motor y levantó la cabeza.

—¿Qué pasa? —dijo.

—Nada —dijo Hooper—. Sigue nadando.

El chico bajó la cabeza y siguió nadando. Una ola lo cogió en volandas y lo impulsó hacia delante, y con un par o tres de brazadas más ya se pudo poner de pie. Con el agua cubriéndole hasta los hombros, echó a andar hacia la orilla.

—¡Vamos! —gritó Brody.

—Ya voy —respondió el chico—. ¿Pero qué problema hay?

Unos metros detrás de Brody, Middleton sostenía el micrófono en la mano.

—¿Qué estás enseñando, Walter? —preguntó.

—Al chico —contestó el cámara—, y al poli. A los dos. Plano escorzo.

—Vale. ¿Estás grabando, Irv?

El sonidista asintió con la cabeza.

Middleton habló por el micrófono:

—Algo está pasando, damas y caballeros, pero no sabemos el qué. Lo único seguro es que Jim Prescott ha salido a nadar y de pronto un hombre que estaba en una barca ha visto algo. Y ahora el sheriff Brody está intentando que el chico vuelva a la orilla lo más deprisa posible. Podría ser el tiburón, pero no lo sabemos.

Hooper dio marcha atrás con la barca para evitar las olas. Mientras se asomaba por la popa, vio una flecha plateada moverse por el agua de color azul grisáceo. Parecía formar parte de la deriva de las olas, pero su movimiento era independiente. Por un segundo, no comprendió qué era lo que estaba viendo. Y aun cuando se dio cuenta, tampoco vio con claridad al tiburón.

—¡Cuidado! —gritó.

—¿Qué pasa? —dijo Brody.

—¡Está ahí! ¡Saque al chico! ¡Deprisa!

El chico oyó a Hooper y trató de correr, pero el agua hasta el pecho le hacía moverse despacio y con dificultad. Una ola lo derribó de costado. Se tambaleó, se incorporó y se inclinó hacia delante.

Brody se metió corriendo en el agua y estiró el brazo. Una ola le golpeó las rodillas y lo empujó hacia atrás.

Middleton habló por el micrófono.

—El hombre de la barca acaba de decir que está ahí. No sabemos si se refiere al tiburón.

—¿Es el tiburón? —dijo el hombre de Queens, de pie junto a Middleton—. No lo veo.

—¿Quién es usted? —preguntó Middleton.

—Me llamo Lester Kraslow. ¿Quiere entrevistarme?

—Váyase.

Ahora el chico avanzaba más deprisa, empujando el agua con el pecho y los brazos. No vio emerger la aleta detrás de él, una espada afilada de color gris parduzco suspendida sobre el agua.

—¡Ahí está! —exclamó Kraslow—. ¿Lo ves, Benny? ¿Davey? Está ahí mismo.

—No veo nada —contestó uno de sus hijos.

—¡Ahí está, Walter! —exclamó Middleton—. ¿Lo ves?

—Estoy haciendo un zoom —dijo el cámara—. Sí, lo tengo.

—¡Corre! —gritó Brody.

Estiró el brazo hacia el chico, que tenía una expresión de pánico en los ojos. Le salían burbujas de mocos y agua de los orificios nasales dilatados. La mano de Brody tocó la del chico y tiró de ella. Lo agarró del pecho y los dos salieron dando tumbos del agua.

La aleta se hundió bajo la superficie, y, siguiendo la pendiente del suelo oceánico, el tiburón puso rumbo a aguas profundas.

Brody se quedó en la arena con el brazo en torno al chico.

—¿Estás bien? —preguntó.

—Quiero irme a casa. —El chico estaba temblando.

—Me lo imagino. —Brody empezó a acompañar al chico adonde sus amigos estaban de pie, pero Middleton lo interceptó.

—¿Lo puede repetir para mí? —inquirió Middleton.

—¿Repetir el qué?

—Lo que le acaba de decir al chico. ¿Lo podemos repetir todo?

—¡Salga del medio! —exclamó Brody en tono cortante. Llevó al chico con sus amigos y le dijo al que había ofrecido la recompensa—: Llévalo a casa. Y dale sus diez dólares. —El chico asintió con la cabeza, pálido y asustado.

Brody vio su walkie-talkie flotando en la espuma de las olas. Lo recogió y lo secó como pudo. Pulsó el botón de «Hablar» y dijo:

—Leonard, ¿me oyes?

—Le recibo, jefe. Cambio.

—El tiburón ha estado aquí. Si tienes a alguien en el agua, sácalo. Ahora mismo. Y quédate ahí hasta que te podamos mandar refuerzos. Que nadie se acerque al agua. La playa está oficialmente cerrada.

—Muy bien, jefe. ¿Algún herido? Cambio.

—No, gracias a Dios. Pero casi.

—De acuerdo, jefe. Cambio y cierro.

Mientras Brody regresaba al sitio donde había dejado su bolsa de playa, Middleton lo llamó.

—Eh, sheriff. ¿Podemos hacer la entrevista ahora?

Brody se detuvo, tentado de mandar a Middleton a la mierda. Pero lo que dijo fue:

—¿Qué quieren saber? Lo han visto todo igual que yo.

—Solo serán dos preguntas.

Brody suspiró y volvió a donde estaba Middleton con su equipo de filmación.

—¿Cuánta película te queda, Walter? —preguntó Middleton.

—Unos quince metros. No te alargues.

—Vale. Dime cuándo.

—Ya.

—En fin, jefe Brody —dijo Middleton—. Al final ha habido suerte, ¿no?

—Mucha suerte. Ese chico podría estar muerto.

—¿Diría usted que es el mismo tiburón que mató a los otros?

—No lo sé. Imagino que sí.

—¿Y qué va a pasar ahora?

—Las playas están cerradas. De momento, no puedo hacer más.

—Supongo que hay que decir que todavía no es seguro bañarse aquí en Amity.

—Hay que decirlo, sí.

—¿Y qué significa eso para Amity?

—Problemas, señor Middleton. Problemas muy graves.

—Visto lo visto, sheriff, ¿cómo le hace sentirse el hecho de haber abierto hoy las playas?

—¿Cómo me hace sentirme? ¿Qué clase de pregunta es esa? Furioso, agobiado, confuso. Agradecido de que no haya nadie herido. ¿Le vale con eso?

—Me vale, sheriff —contestó Middleton con una sonrisa—. Gracias, sheriff Brody. —Hizo una pausa y dijo—: Vale, Walter, con eso ya tenemos. Vámonos al estudio a editar este caos.

—¿Por qué no haces un cierre? —sugirió el cámara—. Me quedan unos ocho metros.

—Vale —accedió Middleton—. Espera a que se me ocurra algo profundo.

Brody recogió su toalla y su bolsa de playa y cruzó la

duna en dirección a su coche. Cuando llegó a Scotch Road, vio a la familia de Queens de pie junto a su autocaravana.

—¿Era el mismo tiburón que mató a los demás? —preguntó el padre.

—¿Quién sabe? —dijo Brody—. ¿Qué más da?

—Pues no me ha parecido gran cosa; una aleta y nada más. Los críos se han quedado un poco decepcionados.

—Escuche, gilipollas —le espetó Brody—. ¡Acaba de estar a punto de morir un chico! ¿Qué pasa, le decepciona que no haya muerto?

—No me venga con esas —dijo el hombre—. El bicho ni siquiera se le ha acercado. Seguro que ha sido todo un montaje para los tipos de la tele.

—Mire, largo de aquí. Usted y toda su camada. Fuera de aquí. ¡Ahora!

Brody esperó a que el tipo cargara a su familia y sus trastos en la caravana. Mientras se alejaba, oyó que el hombre le decía a su mujer:

—Ya me imaginaba que serían todos unos estirados por aquí. Y tenía razón. Hasta la poli.

A las seis en punto, Brody estaba sentado en su despacho con Hooper y Meadows. Ya había hablado con Larry Vaughan, que había llamado —borracho y lloroso— para farfullar caóticamente sobre la ruina de su vida. Ahora le sonó el interfono de la mesa y levantó el auricular.

—Está aquí un tal Bill Whitman, jefe —dijo Bixby—. Dice que es del *New York Times*.

—Oh, por el amor de... Vale, qué importa ya. Hazle pasar.

Se abrió la puerta y apareció Whitman en el umbral.

—¿Interrumpo algo?

—No gran cosa —respondió Brody—. Entre. Supongo que recuerda a Harry Meadows. Este es Matt Hooper, de Woods Hole.

—Ya lo creo que me acuerdo de Harry Meadows —dijo Whitman—. Gracias a él me cayó una bronca de mil demonios de mi jefe.

—¿Y eso por qué? —preguntó Brody.

—Porque el señor Meadows se olvidó convenientemente de hablarme del ataque a Christine Watkins. En cambio, no se olvidó de contárselo a sus lectores.

—Se me debió de ir de la cabeza —dijo Meadows.

—Me preguntaba si están ustedes seguros de que es el mismo tiburón que mató a los otros.

Brody le hizo un gesto a Hooper, que dijo:

—No puedo estar seguro. No vi al que mató a los otros y tampoco he podido ver bien al de hoy. Solo he visto un destello de color gris plateado. Sé lo que era, pero no tengo nada con qué compararlo. Solo puedo hablar en términos de probabilidad, y lo más probable es que sea el mismo tiburón. Es demasiado descabellado, por lo menos en mi opinión, creer que pueda haber dos tiburones devoradores de hombres al mismo tiempo en la costa sur de Long Island.

—¿Qué va a hacer usted, sheriff? —le preguntó Whitman a Brody—. O sea, más allá de cerrar las playas, que imagino que ya lo ha hecho.

—No lo sé. ¿Qué podemos hacer? Joder, preferiría vérmelas con un huracán. O hasta con un terremoto. Por lo menos, cuando esas cosas se acaban, se acaban. Puedes mirar a tu alrededor y ver las consecuencias y el trabajo que hay por hacer. Son eventos, cosas que se pueden gestionar. Esto es una locura. Es como si hubiera un maníaco suelto matando a gente cada vez que le apetece. Sabes quién es, pero no lo puedes atrapar y tampoco lo puedes parar. Y lo que es peor es que no sabes por qué lo está haciendo.

—Acuérdate de Minnie Eldridge —dijo Meadows.

—Sí —respondió Brody—. Estoy empezando a pensar que quizá tenga razón.

—¿Quién es esa? —preguntó Whitman.

—Nadie. Una chiflada.

Hubo un momento de silencio agotado, como si ya se hubiera dicho todo lo que hacía falta decir. Por fin Whitman dijo:

—¿Y entonces?

—¿Y entonces qué? —dijo Brody.

—Tiene que haber alguna estrategia, algo que hacer.

—Estaré encantado de oír sugerencias. Personalmente, creo que estamos jodidos. Tendremos suerte si el pueblo sobrevive a este verano.

—¿Eso no es exagerar un poco?

—Creo que no. ¿Tú que dices, Harry?

—Que no —contestó Meadows—. El pueblo vive de los veraneantes, señor Whitman. Llámenos parásitos, si quiere, pero es así. Todos los veranos viene el animal anfitrión y Amity se alimenta de él con furia, sacándole todo el sustento que puede antes de que se vuelva a marchar en septiembre. Si te llevas al animal anfitrión, somos como garrapatas sin perro. Nos morimos de hambre. En el mejor de los casos, en el mejorcísimo, este invierno será el peor de la historia del pueblo. Tendremos a tanta gente en paro que Amity parecerá Harlem. —Soltó una risilla—. Harlem de Mar.

—Daría lo que fuera por saber —dijo Brody—: ¿por qué nosotros? ¿Por qué Amity? ¿Por qué no East Hampton o Southampton o Quogue?

—Eso —dijo Hooper— es algo que no sabremos nunca.

—¿Por qué? —quiso saber Whitman.

—No quiero que parezca que estoy poniendo excusas por haber juzgado mal a ese tiburón —dijo Hooper—, pero la línea que separa lo natural de lo preternatural es muy borrosa. Las cosas naturales suceden y la mayoría tienen una explicación lógica. Pero hay un montón de cosas que no tienen respuesta satisfactoria ni sensata. Pongamos por caso que hay dos personas nadando, una delante de la otra, y les llega un tiburón por detrás, pasa de largo del que va detrás y ataca al de delante. ¿Por qué? Quizá olían distinto. Quizá el de delante estaba nadando de forma más provocativa. Y pongamos por caso que el de detrás, el que no ha sido atacado, va a ayudar al que sí ha sido atacado. Es posible que el tiburón no lo toque, que lo evite, de hecho, mientras sigue dando dentelladas a su víctima. Los tiburones blancos prefieren el agua fría. Entonces, ¿por qué apareció uno frente a la costa de México, asfixiado por un cadáver humano que no consiguió tragarse del todo? En cierta manera, los tiburones son como tornados. Tocan tierra en unos sitios, pero no en otros. Arrasan esta casa, pero de pronto se desvían y dejan en paz la casa de al lado. El tipo de la casa arrasada dice: «¿Por qué yo?» y el de la casa que se ha salvado dice: «Gracias a Dios».

—Muy bien —dijo Whitman—. Pero lo que sigo sin entender es por qué no se puede cazar a ese tiburón.

—Quizá sí que se pueda —comentó Hooper—. Lo que no creo es que podamos nosotros.

—Sí —dijo Brody—. Ben Gardner ya sabe lo bien que funciona el señuelo.

—¿Les suena un tipo llamado Quint? —preguntó Whitman.

—He oído el nombre —contestó Brody—. ¿Llegaste a buscarlo, Harry?

—Leí lo poco que hay sobre él. Por lo que vi, nunca ha hecho nada ilegal.

—Bueno —respondió Brody—, quizá valga la pena llamarlo.

—Están de broma —dijo Hooper—. ¿De verdad quieren trabajar con ese tipo?

—¿Sabe una cosa, Hooper? Llegado este punto, si entrara aquí alguien diciendo que es Superman y que puede llevarse a ese tiburón volando, le diría que de puta madre. Hasta le ayudaría a ponerse la capa.

—Sí, pero...

Brody lo interrumpió.

—¿Tú qué dices, Harry? ¿Crees que saldrá en el listín?

—Está hablando en serio —dijo Hooper.

—No lo dude ni un momento. ¿Se le ocurre alguna idea mejor?

—No, pero... no sé. ¿Cómo sabemos que el tipo no es un farsante o un borracho o algo así?

—No lo sabremos hasta que lo intentemos. —Brody sacó un listón del cajón de arriba de su mesa y lo abrió por la «Q». Pasó el dedo por la página—. Aquí está. «Quint.» No consta nada más. No hay nombre de pila. Pero es el único que hay en la página. Tiene que ser él. —Marcó el número.

—Habla Quint —dijo una voz.

—Señor Quint, soy Martin Brody, el jefe de policía de Amity. Tenemos un problema.

—Eso he oído.

—El tiburón nos ha vuelto a visitar hoy.

—¿Se ha comido a alguien?

—No, pero un chico se ha salvado por poco.

—Un bicho tan grande necesita comer mucho.

—¿Lo ha visto usted?

—No. Lo he buscado un par de veces, pero no le he podido dedicar mucho tiempo. Mis clientes no se gastan el dinero en buscar. Quieren acción.

—Entonces, ¿cómo sabe lo grande que es?

—Por lo que he oído. He hecho una media de las estimaciones y le he restado un par de metros y medio. Aun así, tienen un bicho enorme entre manos.

—Lo sé. Lo que me pregunto es si nos puede ayudar usted.

—Sí. Ya imaginaba que me llamarían.

—¿Puede usted?

—Depende.

—¿De qué?

—De cuánto se quieran gastar, para empezar.

—Le pagaremos lo que sea que cobra. Le pagaremos por día hasta que lo cacemos.

—Me temo que no. Este sería un trabajo con recargo.

—¿Eso qué quiere decir?

—Mi tarifa habitual son doscientos dólares al día. Pero esto es especial. Me tendrán que pagar el doble.

—Imposible.

—Pues adiós.

—¡Un momento! Venga ya, hombre. ¿Por qué me quiere exprimir así?

—¿A quién más va a acudir?

—Hay otros pescadores.

Brody oyó reírse a Quint con un ladrido breve y burlón.

—Claro, claro. Ya mandaron ustedes a uno. Manden a otro, venga. Manden a media docena más. Después me volverán a llamar a mí y es posible que me paguen el triple. Yo no pierdo nada por esperar.

—No le estoy pidiendo que me haga ningún favor —dijo Brody—. Sé que necesita ganarse usted la vida. Pero este tiburón está matando a gente. Y yo quiero detenerlo. Quiero salvar vidas. Y quiero que me ayude usted. ¿No puede por lo menos tratarme igual que trata a sus clientes normales?

—Me está rompiendo el corazón —se burló Quint—. Usted tiene un tiburón al que quiere matar y yo se lo intentaré matar. No le garantizo nada, pero haré todo lo que pueda. Y todo lo que pueda cuesta cuatrocientos dólares al día.

Brody suspiró.

—No sé si los concejales me darán ese dinero.

—En alguna parte lo encontrará.

—¿Cuánto cree que puede tardar en cazar al tiburón?

—Un día, una semana, un mes. ¿Quién sabe? Quizá no lo encontremos nunca. Quizá se marche antes.

—Ya me gustaría. —Hizo una pausa para reflexionar—. Muy bien —dijo al fin—. Supongo que no tenemos alternativa.

—No la tienen, no.

—¿Puede empezar mañana?

—No. El lunes como pronto. Mañana tengo un grupo.

—¿Un grupo? ¿Un grupo de qué?

Quint se volvió a reír con el mismo ladrido estridente.

—Una reserva de grupo —dijo—. No pesca usted mucho.

Brody se sonrojó.

—No, tiene razón. ¿Y no la puede cancelar? Si le vamos a pagar tanto, me parece que también merecemos un trato especial.

—No. Son clientes habituales. No les puedo hacer eso o los perdería. Ustedes son un trabajo puntual.

—Suponga que mañana se encuentra con el tiburón. ¿Lo intentará cazar?

—Eso le ahorraría a usted un montón de dinero, ¿verdad? No, mañana no veremos a su tiburón. Vamos al este. Hay una pesca tremenda al este. Debería probarlo usted.

—Se las sabe todas, ¿verdad?

—Una cosa más —dijo Quint—. Voy a necesitar a un ayudante. He perdido al que tenía y no me siento cómodo intentando cazar a un bicho tan grande sin otro par de manos.

—¿Ha perdido al que tenía? ¿Cómo? ¿Se ha caído por la borda?

—No, se ha despedido. Tenía problemas de nervios. Le pasa a la mayoría de la gente después de un tiempo trabajando de esto. Les da por pensar demasiado.

—Pero a usted no le pasa.

—No. Yo sé que soy más listo que los peces.

—¿Y con eso le basta, con ser más listo?

—De momento me ha bastado. Sigo vivo. ¿Qué me dice? ¿Tiene a un hombre que prestarme?

—¿No puede encontrar a otro ayudante usted?

—Tan deprisa no, y menos para este tipo de trabajo.

—¿A quién va a usar mañana?

—A un chaval. Pero no me lo voy a llevar a cazar a un tiburón blanco.

—Lo entiendo —dijo Brody, empezando a poner en duda que hubiera sido buena idea acudir a Quint en busca de ayuda. En tono despreocupado, añadió—: Iré yo, entonces. —Nada más decirlo, se quedó estupefacto por haberlo dicho, y horrorizado por lo que se acababa de comprometer a hacer.

—¿Usted? ¡Ja!

A Brody le molestó la burla de Quint.

—Sé cuidar de mí mismo —contestó.

—Quizá. No lo conozco. Pero si no sabe nada de pesca no puede hacer frente a un tiburón de los grandes. ¿Sabe nadar?

—Pues claro. ¿Eso qué tiene que ver?

—La gente se cae por la borda y a veces tardas un rato en dar media vuelta y alcanzarlos otra vez.

—Por mí no se preocupe.

—Lo que usted diga. Aun así, necesito a alguien que sepa algo de pesca. O por lo menos de barcas.

Brody miró a Hooper, sentado al otro lado de su mesa. Lo último que quería era pasar varios días en una barca con Hooper, sobre todo en una situación en la que lo tendría por encima en materia de conocimiento o incluso de autoridad. Podía mandar a Hooper solo y quedarse él en tierra. Pero eso, le pareció, sería capitular, admitir por fin y de forma irrevocable su incapacidad para hacer frente a aquel extraño enemigo en guerra con su pueblo y derrotarlo.

Además, en el curso de un largo día en barca, quizá Hooper tuviera algún lapsus que revelara lo que había estado haciendo el miércoles pasado, el día de la lluvia. Brody se estaba obsesionando con averiguar dónde había estado Hooper aquel día, y es que, siempre que se permitía plantearse las diversas alternativas, la que su mente acababa eligiendo era también la que más temía. Quería saber con seguridad que Hooper había estado en el cine, o jugando al backgammon en el Club de Campo, o fumando maría con alguna hippie, o acostándose con alguna chica scout. No le importaba lo que fuera, siempre y cuando pudiera cerciorarse de que Hooper no había estado con Ellen. O bien que sí había estado con ella. Y en ese caso... La idea todavía le resultaba demasiado horrible para planteársela.

Tapó el micrófono con la mano ahuecada y le dijo a Hooper:

—¿Quiere usted apuntarse? Le hace falta un segundo de a bordo.

—¿Ni siquiera tiene segundo? Sí que lo tiene todo mal montado...

—Déjese de eso. ¿Quiere venir o no?

—Sí. Seguramente me acabaré arrepintiendo, pero sí. Quiero ver a ese tiburón y supongo que es mi única oportunidad.

—Muy bien, tengo a su hombre —le dijo Brody a Quint.

—¿Entiende de barcas?

—Entiende de barcas.

—Pues el lunes a las seis de la mañana. Traigan lo que quieran comer. ¿Sabe llegar aquí?

—Por la Ruta 27 hasta la salida de Promised Land, ¿verdad?

—Sí. El sitio se llama Cranberry Hole Road. Hay que entrar en el pueblo. Pasado un centenar de metros de las últimas casas, gire a la izquierda por una carretera sin asfaltar.

—¿Hay algún letrero?

—No, pero es la única carretera que hay por aquí. Lleva directamente a mi embarcadero.

—¿Su barca es la única que hay allí?

—La única. Se llama la *Orca*.

—Muy bien. Hasta el lunes.

—Una cosa más —dijo Quint—. El dinero al contado. Cada día. Y por adelantado.

—Vale, ¿pero por qué?

—Es mi forma de trabajar. No quiero que se caiga por la borda con mi dinero.

—Muy bien. Lo tendrá. —Colgó y le dijo a Hooper—: El lunes a las seis. ¿De acuerdo?

—De acuerdo.

—¿Deduzco por tu conversación que tú también vas, Martin?

Brody asintió con la cabeza.

—Es mi trabajo.

—Yo diría que excede un poco tus responsabilidades.

—Pues ya está hecho.

—¿Cómo se llama su barca? —preguntó Hooper.

—Creo que se llama la *Orca* —contestó Brody—. No sé qué significa.

—No significa nada, es algo. Es una ballena asesina.

Meadows, Hooper y Whitman se levantaron para marcharse.

—Buena suerte —dijo Whitman—. Os envidio un poco vuestro viaje. Seguro que es emocionante.

—No son emociones lo que busco —contestó Brody—. Solo quiero quitármelo de encima.

Al llegar a la puerta, Hooper se giró y dijo:

—Pensar en la orca me ha hecho acordarme de una cosa. ¿Sabe cómo llaman en Australia a los tiburones blancos?

—No —respondió Brody, sin interés—. ¿Cómo?

—La muerte blanca.

—Me lo tenía que decir, ¿verdad? —dijo Brody mientras el otro cerraba la puerta tras de sí.

Ya estaba saliendo cuando el agente a cargo del teléfono del turno de noche lo interceptó y le dijo:

—Lo han llamado antes, jefe, cuando estaba usted reunido. Me ha parecido que no debía molestarlo.

—¿Quién era?

—La señora Vaughan.

—¡La señora Vaughan! —Brody no recordaba haber hablado en su vida por teléfono con Eleanor Vaughan.

—Me ha dicho que no lo molestara, que podía esperar.

—Más me vale llamarla. Es tan tímida que, si se le estuviera quemando la casa, llamaría al departamento de bomberos y se disculparía por molestarlos y preguntaría si hay alguna posibilidad de que pudieran pasar por su casa la siguiente vez que estuvieran en su vecindario. —Mientras volvía a entrar en su despacho, Brody se acordó de una cosa que le había dicho Vaughan de Eleanor: que siempre que extendía un cheque por una cifra redonda de dólares, se negaba a escribir «y cero centavos». Le daba la sensación de que sería un insulto, como si estuviera sugiriendo que el destinatario del cheque le podía intentar robar unos centavos.

Brody marcó el número de la casa de Vaughan y Eleanor cogió el teléfono antes de que terminara de sonar el primer timbrazo. Estaba sentada al lado del aparato, pensó Brody.

—Aquí Martin Brody, Eleanor. Me has llamado.

—Ah, sí. Siento mucho molestarte, Martin. Si prefieres...

—No, no pasa nada. ¿Qué se te ofrece?

—Es que..., bueno, la razón de que te llame a ti es que sé que Larry ha hablado antes contigo. Se me ha ocurrido que quizá supieras si... si hay algún problema.

Brody pensó: No sabe nada, no tiene ni idea. En fin, no seré yo quien se lo diga.

—¿Por qué? ¿A qué te refieres?

—No sé cómo decir esto exactamente, pero... Bueno, Larry no bebe mucho, ya sabes. Muy poco, al menos en casa.

—¿Y?

—Pues que esta noche, cuando he llegado a casa, no ha dicho nada. Se ha metido en su estudio y se ha bebido una botella de whisky casi entera, o al menos eso creo. Ahora se ha dormido, en un sillón.

—Yo no me preocuparía, Eleanor. Seguramente estará preocupado. Todos agarramos alguna melopea de vez en cuando.

—Lo sé. Pero es que... algo va mal. Lo noto. Ya hace días que no parece él. He pensado que... eres su amigo. ¿Sabes qué puede ser?

Su amigo, pensó Brody. Eso había dicho también Vaughan, pero él sabía que no. «Antes éramos amigos», le había dicho.

—No, Eleanor. No lo sé —mintió—. Pero si quieres hablaré con él del tema.

—¿Podrías hacerlo, Martin? Te lo agradecería. Pero..., por favor..., no le digas que te he llamado. Nunca ha querido que me entrometa en sus asuntos.

—No se lo diré. No te preocupes. Intenta dormir.

—¿Estará bien en el sillón?

—Claro. Quítale los zapatos y échale una manta por encima. Estará bien.

Detrás del mostrador de su charcutería, Paul Loeffler se miró el reloj.

—Son las nueve menos cuarto —le dijo a su esposa, una mujer regordeta y guapa llamada Rose, que estaba colocando cajas de mantequilla en una nevera—. ¿Por qué no hacemos trampa y cerramos quince minutos antes de la hora?

—Después de un día como hoy, me parece bien —respondió Rose—. ¡Ocho kilos de mortadela! ¿Cuándo hemos vendido ocho kilos de mortadela en un solo día?

—Y el queso suizo —apostilló Loeffler—. ¿Cuándo se nos había acabado el queso suizo? Me irían bien unos cuantos días más como hoy. Rosbif, leberwurst, todo. Es como si hubiera venido a comprar bocadillos toda la población de entre Brooklyn Heights e East Hampton.

—Nada de Brooklyn Heights. Pensilvania. Un hombre ha dicho que venía de Pensilvania. Solo para ver al tiburón. ¿No tienen tiburones en Pensilvania?

—¿Quién sabe? —dijo Loeffler—. Esto empieza a parecer Coney Island.

—La playa pública debe de parecer un vertedero.

—Vale la pena. Nos merecemos un par de días buenos.

—He oído que las playas vuelven a estar cerradas.

—Sí. Es lo que yo digo: siempre llueve sobre mojado.

—¿Eso qué quiere decir?

—No lo sé. Cerremos.

TERCERA PARTE

11

El mar estaba plano como la gelatina. No había ni un asomo de viento que rizara la superficie. El sol absorbía olas reverberantes de calor del agua. De vez en cuando, alguna golondrina de mar se zambullía en busca de comida y se volvía a elevar; las ondas de su zambullida se convertían en círculos cada vez más grandes.

La barca estaba quieta sobre el agua, arrastrada de forma imperceptible por la corriente. Dos cañas de pescar, sujetas con sendos soportes en la popa, hundían sus sedales en el agua inmóvil del lado oeste de la barca. Hooper estaba sentado en popa, con un cubo de basura de setenta y cinco kilos al lado. Cada pocos segundos, hundía un cazo en el cubo y vertía su contenido por la borda sobre la estela de señuelo que iban dejando.

En la parte delantera, formando dos hileras que convergían en la proa, había diez toneles de madera del tamaño de barriles de quince litros de cerveza. Cada uno tenía alrededor varias vueltas de soga de cáñamo de dos centímetros, que a continuación formaba un rollo de treinta metros junto al barril. Al final de cada soga había la punta de acero de un arpón.

Brody estaba sentado en la silla de combate giratoria que había atornillada a la cubierta, luchando para mantenerse despierto. Se sentía acalorado y pegajoso. No había llegado ni un asomo de brisa durante las seis horas que llevaban allí sentados y esperando. Ya tenía la nuca completamente quemada, y, cada vez que movía la cabeza, el cuello de la camisa del uniforme le rozaba la piel irritada. El olor de su sudor le venía a la cara, y, mezclado con la peste a tripas de pescado y sangre que estaban echando por la borda, hacía que le vinieran náuseas. Se sentía cocido.

Brody levantó la vista hacia la figura que ocupaba el puente elevado: Quint. Llevaba camiseta blanca, vaqueros descoloridos, calcetines blancos y unos náuticos que se le estaban poniendo grises. Brody calculó que Quint debía de tener unos cincuenta años, y, aunque seguramente en algún momento había tenido veinte y en algún otro tendría sesenta, era imposible imaginar su aspecto con ninguna de esas dos edades. Su edad actual parecía la que tendría siempre y la que siempre había tenido. Medía metro noventa y cinco y era muy flaco, entre ochenta y noventa kilos. Era completamente calvo —y no es que llevara la cabeza afeitada, porque no se le veían motitas negras en el cuero cabelludo: era igual de calvo que si nunca hubiera tenido pelo—, y cuando, como ahora, el sol estaba alto y apretaba, llevaba una gorra militar de marine. Su cara, igual que el resto de él, era dura y afilada. La dominaba una nariz larga y recta. Cuando miraba hacia abajo desde el puente elevado, parecía que estuviera apuntando con los ojos —los ojos más oscuros que Brody había visto nunca—, como si su nariz fuera un cañón de rifle. Tenía la piel de un color castaño permanente y arrugada por el viento, la sal y el sol. Estaba mirando más allá de la popa, sin apenas parpadear, con los ojos clavados en el vertido de señuelo.

A Brody le cayó por el pecho un hilo de sudor que lo hizo moverse, incómodo. Giró la cabeza, haciendo una mueca por el escozor de su nuca, y trató de mirar la superficie del agua. El reflejo del agua le hizo daño en los ojos y lo obligó a apartar la vista.

—No entiendo cómo puede mirar así, Quint —dijo—. ¿Nunca lleva gafas de sol?

Quint bajó la vista y dijo:

—Nunca. —Su tono era completamente neutro, ni amistoso ni hostil. No invitaba a la conversación.

Pero Brody estaba aburrido y quería hablar.

—¿Y por qué?

—No me hacen falta. Veo las cosas como son. Es mejor así.

Brody se miró el reloj. Eran las dos pasadas: les quedaban tres o cuatro horas más antes de rendirse hasta el día siguiente y marcharse a casa.

—¿Tiene usted muchos días así? —No quedaba ni rastro de la emoción y la expectación de primera hora de la mañana, y Brody estaba seguro de que ya no verían al tiburón aquel día.

—¿Así cómo?

—Como este. Días en que se pasa el día sentado y no sucede nada.

—Algunos.

—¿Y la gente le paga aunque nunca pesque nada?

—Esa es la regla.

—¿Aunque nunca pique nada?

Quint asintió con la cabeza.

—No pasa muy a menudo. Por lo general siempre hay algo que pica. O algo que podamos lancear.

—¿Lancear?

—Con uno de esos. —Quint señaló los arpones de la proa.

—¿Qué clase de cosas lancea, Quint?

—Cualquier cosa que pase nadando.

—¿En serio? Pues no...

Quint lo interrumpió.

—Algo ha mordido uno de los cebos.

Protegiéndose los ojos del sol con la mano, Brody miró más allá de la popa, pero no vio nada que trastornara la superficie quieta del agua. Todo estaba plano y en calma.

—¿Dónde?

—Un segundo. Ya lo verá.

Con un suave susurro metálico, el sedal de la caña de estribor empezó a bajar por la borda, hundiéndose en el agua en forma de línea plateada y recta.

—Coja la caña —le dijo Quint a Brody—. Y, cuando yo se lo diga, ponga el freno y tire.

—¿Es el tiburón? —preguntó Brody. La perspectiva de hacerle frente por fin —a la bestia, al monstruo, a la pesadilla— hizo que le latiera con fuerza el corazón. Notó la boca seca y pegajosa. Se secó las manos en los pantalones, sacó la caña de su soporte y la encajó en el pivote que tenía entre las piernas.

Quint soltó un risa corta y mordaz.

—¿Esto? No. Es una pieza pequeña. Pero le servirá de práctica para cuando nos encuentre su tiburón. —Quint observó el sedal durante unos segundos más y gritó—: ¡Ya! ¡Tire!

Brody echó hacia delante el freno de la bobina, se inclinó y estiró hacia atrás. La punta de la caña se dobló trazando un arco. Con la mano derecha, Brody empezó a hacer girar la manivela para recoger sedal, pero la bobina no respondió. El sedal seguía desenrollándose a toda velocidad.

—No malgaste energías —dijo Quint.

Hooper, que había estado sentado en el yugo de la popa, se puso de pie y dijo:

—Deme eso, voy a aumentar el arrastre.

—¡Ni hablar! —exclamó Quint—. Deje esa caña en paz.

Hooper levantó la vista, perplejo y un poco dolido.

Brody vio la expresión de perro apaleado de Hooper y pensó: mira por dónde. Ya era hora.

Al cabo de un momento, Quint aclaró:

—Si aumenta demasiado el arrastre, le arrancará el anzuelo de la boca.

—Oh —dijo Hooper.

—Pensaba que entendía usted algo de pesca.

Hooper no dijo nada. Se dio la vuelta y fue a sentarse en el yugo de la popa.

Brody agarró la caña con las dos manos. La presa había bajado a aguas profundas y ahora se movía despacio de lado a lado, pero ya no pedía más sedal. Brody recogió sedal, dándole deprisa a la manivela mientras lo tensaba, estirando hacia atrás con los músculos de los hombros y la espalda. Le dolía la muñeca izquierda y se le empezaban a agarrotar los dedos de la mano derecha de tanto darle a la manivela.

—¿Qué demonios he pescado? —preguntó.

—Un tiburón azul —dijo Quint.

—Debe de pesar media tonelada.

Quint se rio.

—Ochenta kilos como mucho.

Brody recogió sedal y frenó, recogió y frenó, hasta que oyó decir a Quint:

—Ya casi lo tiene. Aguante. —Y dejó de recoger.

Moviéndose con naturalidad y sin prisa, Quint bajó la escalerilla del puente elevado. Llevaba en la mano un rifle, un viejo M-1 del ejército. Se plantó en la borda y bajó la vista.

—¿Quiere verlo? —preguntó—. Venga a mirar.

Brody se puso de pie y, recogiendo sedal una vez más para tensarlo mientras caminaba, fue hasta el costado de la barca. En las aguas oscuras, el tiburón se veía de un azul acrílico. Debía de medir dos metros y medio, era esbelto y tenía unas aletas pectorales largas. Nadaba despacio de lado a lado, ya sin forcejear.

—Es precioso, ¿no? —dijo Hooper.

Quint le quitó el seguro a su rifle y, cuando el tiburón acercó la cabeza a un par de palmos de la superficie, le pegó tres tiros rápidos. Las balas dejaron unos agujeros redondos y limpios en la cabeza del tiburón, sin hacerlo sangrar. El tiburón se estremeció y dejó de moverse.

—Está muerto —aseguró Brody.

—Ni hablar —dijo Quint—. Aturdido, quizá, pero nada más. —Se sacó un guante de uno de los bolsillos del pantalón, se lo puso en la mano derecha y agarró el sedal. Desenfundó un cuchillo que llevaba en el cinturón. Sacó la cabeza del tiburón del agua y se inclinó por encima de la borda. Las fauces estaban abiertas unos ocho centímetros. El ojo derecho, parcialmente cubierto por una membrana blanca, contemplaba a Quint sin verlo. Quint metió el cuchillo en la boca del tiburón y trató de abrírsela a la fuerza, pero la bestia apretaba las fauces, aferrando el cuchillo con los dientes pequeños y triangulares. Quint estiró y retorció hasta soltar el cuchillo. Lo devolvió a su funda y se sacó del bolsillo unos cortaalambres.

—Supongo que, con lo que me pagan, me puedo permitir perder un anzuelo y un trozo de cable —dijo. Acercó los cortaalambres al cable de acero y ya estaba a punto de cortarlo cuando se detuvo—. Un momento —dijo, guardándose otra vez los cortaalambres y sacando el cuchillo—. Miren. Esto siempre le encanta a la gente.

Sujetando el cable en la mano izquierda, izó del agua la mayor parte del tiburón. Con un movimiento rápido, rajó el vientre del tiburón desde la aleta anal hasta justo debajo de la mandíbula. La carne se abrió y las entrañas sanguinolentas, blancas, rojas y azules, se desplomaron al agua como si fueran ropa sucia de una cesta. A continuación, Quint cortó el cable con los cortaalambres y el tiburón se deslizó borda abajo. En cuanto tuvo la cabeza bajo el agua, el tiburón empezó a sacudirse en medio de la nube de sangre y entrañas, devorando cualquier pedazo que le entrara en las fauces. El cuerpo se retorcía mientras el tiburón tragaba y tragaba, y los pedazos de intestinos se le escapaban por el agujero del vientre para ser comidos otra vez.

—Y ahora miren —dijo Quint—. Si tenemos suerte, dentro de un minuto vendrán otros tiburones azules y lo ayudarán a comerse a sí mismo. Si vienen bastantes, habrá un verdadero pandemonio. Es todo un espectáculo. A la gente le gusta.

Brody contempló fascinado como el tiburón seguía mordisqueando las tripas que flotaban. Al cabo de un momento vio un destello azul elevarse por el agua. Un tiburón pequeño —de un metro y medio de largo como mucho— le dio una dentellada al tiburón destripado. Sus fauces se cerraron en torno a un colgajo de carne. Sacudió la cabeza con violencia de un lado a otro y el cuerpo se le agitó como el de una serpiente. Por fin se desprendió un pedazo de carne y el tiburón pequeño se lo tragó. Pronto apareció otro tiburón, y otro, y el agua empezó a bullir. Las gotas del agua que salpicaban desde la superficie estaban mezcladas con grumos de sangre.

Quint cogió un arpón de debajo de la borda. Se inclinó sobre el agua, sujetando el arpón como si fuera un hacha. De pronto se abalanzó hacia delante y se echó hacia atrás. Empalado en el gancho del arpón, retorciéndose y dando coletazos, había un tiburón pequeño. Quint desenfundó el cuchillo, le rajó el vientre y lo soltó.

—Ahora verán algo tremendo —dijo.

Brody no pudo ver cuántos tiburones había en la explosión de agua. Las aletas surcaban la superficie y las colas azotaban el agua. En medio del chapoteo estruendoso se oía algún gruñido cada vez que los tiburones chocaban entre ellos. Brody se miró la camisa y vio que la tenía salpicada de agua y de sangre.

El frenesí continuó durante varios minutos, hasta que solo quedaron tres tiburones de gran tamaño, nadando de un lado a otro bajo la superficie.

Los hombres se quedaron mirando en silencio hasta que desapareció el último de los tres.

—Dios —dijo Hooper.

—¿No lo aprueba? —preguntó Quint.

—Pues claro que no. No me gusta ver a criaturas morir para diversión de la gente. —Quint soltó una risilla y Hooper le dijo—: ¿A usted sí?

—No es cuestión de si me gusta o no. Es lo que me da de comer.

Quint metió la mano en una nevera portátil y sacó otro anzuelo con el cable de enganche. El anzuelo ya estaba cebado desde antes de que salieran del puerto: un calamar ensartado y atado al eje y a las púas del anzuelo. Usando unas tenazas, Quint sujetó el cable a la punta del sedal. Tiró el cebo por la borda con treinta metros de sedal desplegado y dejó que se alejara por el agua.

Hooper retomó su rutina de echar señuelo al agua.

—¿Alguien quiere una cerveza? —ofreció Brody. Tanto Quint como Hooper asintieron con la cabeza, de forma que bajó a la bodega y sacó tres latas de una nevera. Al salir, Brody vio dos fotografías viejas y deformadas, pegadas con chinchetas al mamparo. Una mostraba a Quint hundido hasta las caderas en un montón de peces grandes y extraños. La otra era la foto de un tiburón muerto y tirado en una playa. No había nada en la fotografía con lo que comparar el tiburón, de forma que Brody no pudo determinar su tamaño.

Brody salió de la bodega, les dio su cerveza a los demás y se sentó en la silla de combate.

—He visto las fotos que tiene abajo —le dijo a Quint—. ¿Qué peces son esos que tiene a sus pies?

—Tarpones —respondió Quint—. La foto es de hace tiempo, de una época que pasé pescando en Florida. Nunca he visto nada parecido. Debimos de sacar treinta o cuarenta tarpones, y grandes, en cuatro noches de pesca.

—¿Y se los quedó? —preguntó Hooper—. Hay que volver a echarlos al agua.

—Los clientes los querían. Para hacerse fotos, supongo. Además, si los trituras lo bastante, van muy bien como señuelo.

—Lo que está diciendo es que son más útiles muertos que vivos.

—Claro. Igual que la mayoría de los peces. E igual que muchos animales. Nunca me he intentado comer un cabestro vivo. —Quint se rio.

—¿Y qué es la otra foto? —dijo Brody—. ¿Un simple tiburón?

—Bueno, no tiene nada de simple. Era un tiburón blanco de los grandes, de unos cuatro metros y medio. Pesaba una tonelada con cuatrocientos kilos.

—¿Y cómo lo cazó?

—Lanceándolo. Pero le aseguro —Quint soltó una risilla— que hubo un rato en que no estuvo claro quién iba a cazar a quién.

—¿Qué quiere decir?

—Que el puto bicho atacó la barca. Sin provocación, sin nada. Estábamos allí sentados, a nuestro rollo, y, de repente, ¡bum! Pareció que nos hubiera embestido un tren de carga. A mi segundo de a bordo lo tiró de culo, y el cliente se puso a chillar como un condenado que nos estábamos hundiendo. Luego el cabrón nos volvió a embestir. Le clavé un arpón y lo estuvimos persiguiendo; joder, lo debimos de perseguir por medio Atlántico.

—¿Cómo lo pudieron perseguir? —preguntó Brody—. ¿Por qué no se fue al fondo?

—Porque no podía, con el tonel detrás. Los toneles flotan. Lo consiguió hundir durante un rato, pero al final el esfuerzo lo agotó y terminó subiendo otra vez, muy calmadito; entonces le enlazamos la cola y lo remolcamos hasta la orilla. Y todo ese tiempo, el cliente estuvo perdiendo la chaveta, convencido de que nos hundíamos y de que el tiburón se nos iba a comer.

»¿Y saben lo más gracioso de todo? Que, cuando ya habíamos atrapado al tiburón y estaba bien amarrado y sujeto y no parecía que se fuera a volver a sumergir, el idiota del cliente vino y me ofreció quinientos pavos a cambio de decir que lo había cazado él con anzuelo y sedal. ¡Estaba lleno de agujeros de arponazos y el tío quería que yo jurara que lo había pescado con anzuelo y sedal! Y luego se puso a comerme la cabeza con que tenía que cobrarle la mitad de mi tarifa porque no le había dado la oportunidad de atrapar al tiburón con anzuelo y sedal. Le dije que, si le hubiera dejado intentarlo, me habría quedado sin un anzuelo, trescientos metros de sedal, seguramente un carrete y una caña y ciertamente un tiburón. Y entonces se puso a rajar de toda la publicidad tan valiosa que yo iba a sacar de un viaje que estaba pagando él. Le dije que me podía dar el dinero, quedarse la publicidad y hacerse un bocadillo con ella para comérselo con su mujer.

—De hecho, me estaba preguntando por el asunto del anzuelo y el sedal —dijo Brody.

—¿A qué se refiere?

—A lo que acaba de decir. Usted no intentaría cazar al tiburón al que buscamos con anzuelo y sedal, ¿verdad que no?

—Joder, no. Por lo que he oído, el tiburón que los ha

estado atacando a ustedes hace que el que cazamos nosotros parezca una cría.

—Entonces, ¿por qué ha echado los sedales al agua?

—Por dos razones. La primera es que un tiburón blanco puede ir a por un cebo pequeño como ese calamar. Yo le cortaría el sedal enseguida, pero por lo menos sabríamos que ha venido. Por tanto, nos sirve de aviso. La otra razón es que nunca se sabe lo que puede atraer una mancha de señuelo en el agua. Aunque no aparezca su tiburón, puede que venga otra cosa a por nuestro cebo.

—¿Por ejemplo?

—¿Quién sabe? Quizá algo útil. He visto peces espada morder un anzuelo cebado con calamar, y, por culpa de todas las putas regulaciones federales sobre el mercurio, ya nadie los pesca con fines comerciales, o sea que te puedes sacar quinientos dólares por kilo de pez espada en Montauk. O quizá atraigamos algo que le haga sudar a usted la gota gorda para pescarlo, como un marrajo. Ya que me está pagando cuatrocientos pavos, ¿por qué no divertirse un rato a cambio de su dinero?

—Supongamos que viniera nuestro tiburón blanco —dijo Brody—. ¿Qué sería lo primero que haría usted?

—Intentaría despertar su interés lo bastante como para hacer que se quedara hasta que lo pudiéramos cazar. No sería muy difícil, son tontos de narices. Todo dependería de cómo nos encontrara. Si hiciera lo mismo que el otro y se pusiera a atacar la barca, nos dedicaríamos a clavarle arpones tan deprisa como pudiéramos; luego nos alejaríamos de él y dejaríamos que se cansara solo. Si mordiera uno de nuestros anzuelos, no habría forma de detenerlo en caso de que se quisiera escapar. Pero yo intentaría hacer que retrocediera hacia nosotros; aumentaría el arrastre y correría el riesgo de que se soltara. Seguramente el tiburón doblaría el anzuelo enseguida, pero quizá lo pudiéramos acercar lo bastante como para clavarle un arpón. Y, en cuanto le claváramos uno, ya sería una simple cuestión de tiempo.

»Si llegara, lo más seguro sería que lo hiciera siguiendo su olfato; aparecería en la mancha de señuelo, o en la superficie o justo debajo. Y entonces el problema lo tendríamos nosotros. Porque con el calamar no nos bastaría para mantenerlo interesado. Un tiburón de ese tamaño se traga un calamar y ni siquiera se da cuenta de que se lo ha comido. Así que tendríamos que darle algo especial que no pudiera rechazar, algo con un anzuelo bien grande que lo sujetara por lo menos hasta que pudiéramos arponearlo un par de veces.

—Si el anzuelo es demasiado evidente —dijo Brody—, ¿no hará que evite el cebo?

—No. Estos bichos no tienen el cerebro de un perro. Se lo comen todo. Si están comiendo, les puedes tirar un anzuelo al descubierto y, si lo ven, lo muerden. Una vez uno de ellos se acercó a un amigo mío y se le intentó comer el motor fuera borda del bote neumático. Solo lo escupió porque no lo pudo engullir de una sola vez.

Desde la popa, donde estaba echando señuelo, Hooper dijo:

—¿Y qué es ese algo especial, Quint?

—¿Quiere decir ese algo especial que no pudiera rechazar? —Quint sonrió y señaló un cubo de basura de plástico verde que había en un rincón de la sección media de la barca—. Échele un vistazo usted mismo. Está en ese cubo.

Lo he estado guardando para un tiburón como el que buscamos. Con cualquier otra presa, sería un desperdicio.

Hooper caminó hasta el cubo, abrió los cierres metálicos de los costados y levantó la tapa. La sorpresa le hizo ahogar una exclamación. Flotando verticalmente en el cubo lleno de agua, con la cabeza muerta meciéndose suavemente al compás del bamboleo de la barca, había un delfín mular diminuto, de sesenta centímetros como mucho. De un agujero que tenía justo debajo de la mandíbula le asomaba el ojo de un anzuelo gigantesco para tiburones, y de otro agujero que tenía en el vientre le sobresalía el gancho erizado de púas y curvado hacia delante. Hooper se agarró a los costados del cubo y dijo:

—Una cría.

—Mejor todavía —repuso Quint con una sonrisa—. Nonato.

Hooper contempló el cubo durante unos segundos más; volvió a ponerle la tapa de un golpe y dijo:

—¿De dónde lo ha sacado?

—Oh, debió de ser a un par de millas de aquí. ¿Por qué?

—Quiero decir que cómo lo cazó.

—¿Pues cómo cree? Lo saqué de la madre.

—La mató.

—No. —Quint se rio—. Se subió a la barca de un salto y se tragó un montón de somníferos. —Se detuvo, esperando risas, y como no llegaban dijo—: No se pueden comprar, ¿sabe?

Hooper se quedó mirando a Quint. Estaba furioso, escandalizado. Pero se limitó a decir:

—Sabe que son una especie protegida, ¿no?

—Cuando yo pesco, hijo, cojo lo que quiero.

—¿Y qué pasa con las leyes? No me...

—¿De qué trabaja usted, Hooper?

—Soy ictiólogo. Estudio a los peces. Por eso estoy aquí. ¿No lo sabía?

—Cuando la gente alquila mi barca, no les hago preguntas. Pero muy bien, se gana la vida estudiando a los peces. Si tuviera usted que trabajar para vivir, y me refiero a la clase de trabajo donde la cantidad de dinero que ganas depende de cuánto sudes, tendría una mejor idea de qué significan en realidad las leyes. Muy bien, las marsopas están protegidas. Pero esa ley no se aprobó para impedir que Quint pesque un par para usarlas de cebo. Se aprobó para impedir que las pesquen al por mayor, y para que no haya chiflados que les disparen para divertirse. Así que le diré una cosa, Hooper. Puede quejarse y lloriquear usted todo lo que quiera. Pero no le diga a Quint que no puede pescar un puñado de peces para intentar ganarse la vida.

—Mire, Quint, la cuestión es que estos delfines corren peligro de acabar borrados del mapa, de extinguirse. Y lo que hace usted acelera ese proceso.

—¡No me venga con monsergas! Dígales a los barcos atuneros que dejen de atrapar marsopas en sus redes. Dígales a los palangreros japoneses que paren de pescarlos. Le dirán que se vaya usted a freír espárragos, joder. Que tienen bocas que alimentar. Pues yo también. La mía.

—Ya lo pillo —dijo Hooper—. Arramblas con lo que puedas y, si llega un momento en que no quede nada, pues empiezas a arramblar con otra cosa. ¡No se puede ser más estúpido!

—No te pases, chaval —amenazó Quint. Lo dijo con voz fría e inexpresiva y mirando directamente a los ojos de Hooper.

—¿Cómo?

—Que no me llames estúpido.

Hooper no había tenido intención de ofender, y le sorprendió haber causado ese efecto.

—No lo decía en ese sentido, por el amor de Dios. Solo decía...

En su puesto situado a medio camino entre los otros dos, Brody decidió que había llegado el momento de interrumpir la discusión.

—Dejémoslo correr, Hooper, ¿de acuerdo? No estamos aquí para tener un debate sobre ecología.

—¿Qué es lo que usted sabe de ecología, Brody? —preguntó Hooper—. Apuesto a que lo único que significa para usted es que le digan que no puede quemar hojas en su jardín trasero.

—Escuche, no me venga a mí con todas esas chorradas de niño pijo.

—¡Ya estamos! ¡Chorradas de niño pijo! Es lo del niño pijo lo que le jode realmente, ¿verdad?

—¡Escúcheme, joder! Estamos aquí para impedir que un tiburón mate a gente, y si usar una marsopa nos sirve para salvar Dios sabe cuántas vidas, me parece bastante buen trato.

Hooper sonrió con suficiencia y le dijo a Brody:

—O sea que ahora es un experto en salvar vidas, ¿no? A ver. ¿Cuántas podría haber salvado si hubiera cerrado las playas después de...?

Brody ya estaba de pie y caminando hacia Hooper antes de darse cuenta conscientemente de haber abandonado su silla.

—¡Le digo que cierre la boca! —dijo. Con gesto reflejo, se llevó la mano derecha a la cadera. Se detuvo de golpe al notar que no llevaba la pistolera, asustado por la conciencia repentina de que, de haber tenido pistola, la habría usado. Se quedó plantado delante de Hooper, que le devolvió una mirada furiosa.

Una risotada breve y brusca de Quint rompió el hilo de tensión.

—Menudo par de capullos. Ya lo he visto claro cuando han subido a bordo esta mañana.

12

El segundo día de cacería fue igual de tranquilo que el primero. Cuando zarparon del embarcadero a las seis de la mañana, soplaba una ligera brisa del sudoeste que prometía refrescar el día. Al doblar por Montauk Point se encontraron el agua picada. Hacia las diez, sin embargo, la brisa había amainado y la barca estaba inmóvil en un mar de cristal, como un vaso de papel en un charco. No había nubes, pero una densa neblina desdibujaba el mar. Mientras conducía hacia el embarcadero, Brody había oído por la radio que la polución en la ciudad de Nueva York había alcanzado un punto crítico; estaba sucediendo algo llamado inversión térmica. La gente estaba enfermando, y algunos de quienes ya habían estado enfermos o eran muy viejos empezaban a morirse.

Ese día Brody llevaba ropa más práctica. Camisa blanca de manga corta y cuello alto, pantalones ligeros de algodón, calcetines blancos y deportivas. También se había traído un libro para matar el rato, una novela de misterio erótica que le había prestado Hendricks, titulada *La virgen letal.*

Brody no quería tener que llenar el día con conversaciones que pudieran hacer que se repitiera la escena del día anterior con Hooper. La situación lo había avergonzado, y le parecía que a Hooper también. Hoy apenas se estaban dirigiendo la palabra, y la mayoría de sus comentarios se los hacían a Quint. Brody no se veía capaz de fingir cortesía con Hooper.

Brody se había fijado en que, por las mañanas, Quint se mostraba callado; cerrado y reservado. Había que sacarle las palabras a la fuerza. A medida que avanzaba el día, sin embargo, se iba soltando y se volvía locuaz. Cuando habían zarpado aquella mañana, por ejemplo, Brody le había preguntado cómo sabía adónde tenían que ir para esperar al tiburón.

—No lo sé.

—¿No lo sabe?

Quint negó con la cabeza una sola vez: de izquierda a derecha y de vuelta a la izquierda.

—¿Entonces cómo lo decide?

—Pues elijo un sitio.

—¿Y qué ha de tener ese sitio?

—Nada.

—¿No se rige por la corriente?

—Bueno, sí.

—¿Importa si el agua es profunda o no?

—Más o menos.

—¿En qué sentido?

Por un momento, Brody pensó que Quint se negaría a responder. Se quedó mirando al frente, con la mirada clavada en el horizonte. Luego, como si estuviera haciendo un esfuerzo supremo, dijo:

—Un tiburón así seguramente buscará algo de profundidad. Aunque nunca se sabe.

Brody supo que tenía que dejarlo correr y dejar a Quint en paz, pero le interesaba la cuestión, de forma que siguió preguntando:

—En caso de que encontremos al tiburón, o de que nos encuentre él, será una cuestión de suerte, ¿no?

—Algo así.

—Como una aguja en un pajar.

—No del todo.

—¿Por qué no?

—Si nos ayuda la corriente, en un día podemos dejar un rastro de señuelo que abarque más de diez millas.

—Entonces, ¿no sería mejor que nos quedáramos a pasar la noche?

—¿Para qué?

—Para seguir dejando señuelo. Si en un día podemos extenderlo diez millas, si nos quedáramos toda la noche en el mar llegaría a las veinte.

—Si el rastro del señuelo crece demasiado, ya no sirve.

—¿Por qué?

—Se vuelve confuso. Si se quedara usted aquí un mes, cubriría el puto océano entero. No tendría mucho sentido. —Quint sonrió, quizá imaginándose una mancha de señuelo para tiburones que cubriera el océano entero.

Brody se rindió y se puso a leer *La virgen letal.*

A mediodía, Quint ya estaba más sociable. Los sedales llevaban más de cuatro horas sumergidos en el vertido. Aunque nadie le había asignado específicamente aquella tarea, Hooper había cogido el cazo del señuelo en cuanto habían apagado el motor y ahora estaba sentado en popa, hundiendo metódicamente el cazo en el cubo y echando señuelo al agua. Sobre las diez en punto, algo mordió el anzuelo de estribor y causó unos segundos de emoción. Pero resultó ser un bonito de dos kilos al que a duras penas le cabía el anzuelo en la boca. A las diez y media, un tiburón azul pequeño picó en el sedal de babor. Brody recogió sedal, Quint lo arponeó, le abrió el vientre en canal y lo soltó. El tiburón mordisqueó débilmente algunos pedazos de sí mismo y se hundió al fondo. No vinieron más tiburones a comérselo.

Poco después de las once, Quint divisó la aleta dorsal en forma de hoz de un pez espada que se les acercaba a través del vertido de señuelo. Esperaron en silencio, suplicándole al pez que mordiera el anzuelo, pero pasó de largo de ambos calamares y se alejó ociosamente unos sesenta metros de la popa. Quint meneó uno de los cebos, dando tirones del sedal para hacer que el calamar se moviera y pareciera vivo, pero el pez espada no pareció impresionado. Por fin, Quint decidió arponearlo. Encendió el motor, les dijo a Brody y Hooper que recogieran sedal y trazó un círculo amplio con la barca. El dardo de uno de los arpones ya estaba encajado en el astil, y ya había esperando en proa un tonel con la soga enrollada alrededor. Quint les explicó la estrategia de ataque: Hooper pilotaría la barca. Quint estaría en la punta del púlpito de proa, con el arpón preparado sobre el hombro derecho. Cuando tuvieran al pez delante, Quint señalaría con el arpón hacia la izquierda o la derecha, dependiendo de hacia dónde quería que girara la barca. Hooper viraría hasta que el arpón volviera a apuntar al frente. Era como seguir la aguja de una brújula. Si todo salía bien, podrían acercarse a la presa por sorpresa y Quint podría arrojar la lanza desde su hombro derecho, un lanzamiento de unos cuatro metros de distancia casi en línea recta. Brody esperaría junto al tonel y se aseguraría de que la soga tuviera el camino despejado cuando el pez se sumergiera hacia el fondo.

Todo fue bien hasta el último momento. Moviéndose despacio, con el motor haciendo apenas un murmullo, la barca se acercó al pez, que descansaba en la superficie. La barca tenía un timón muy sensible, y Hooper pudo seguir las instrucciones de Quint con precisión. Luego, de alguna forma, el pez notó la presencia de la barca, dio un coletazo y se hundió de golpe hacia el fondo. Quint lanzó el arpón, gritó «¡cabrón!» y erró el tiro por tres metros.

Volvían a estar al principio de la estela de señuelo.

Almorzaron —sándwiches y cerveza— y, una vez terminaron, Quint comprobó si tenía la carabina cargada. Luego bajó a la bodega y regresó trayendo una máquina que Brody no había visto nunca.

—¿Todavía tiene la lata de su cerveza? —le preguntó Quint.

—Claro —dijo Brody—. ¿Para qué la quiere?

—Se lo enseñaré. —El artefacto parecía un cruce entre granada de mano y pasapurés, un cilindro metálico con un mango en un extremo. Quint metió la lata de cerveza en el cilindro, lo hizo girar hasta que hizo clic y se sacó un cartucho vacío del .22 del bolsillo de la camisa. Metió el cartucho vacío en un agujerito de la base del cilindro y giró el mango hasta que se oyó otro clic. Le entregó el artefacto a Brody.

—¿Ve esa palanca de ahí? —dijo, señalando la parte superior del mango—. Apunte con ella al cielo y, cuando yo se lo diga, dele a la palanca.

Quint cogió el M-1, le quitó el seguro, se llevó el rifle al hombro y dijo:

—Ya.

Brody accionó la palanca. Hubo un estampido brusco y agudo acompañado de un ligero retroceso y la lata de cerveza salió disparada de su mano a las alturas. Se elevó dando vueltas, centelleando bajo la luz radiante del sol como si fuera una bengala. En el punto álgido de su trayectoria —la fracción de segundo en que permaneció suspendida en el aire— Quint disparó. Apuntó bajo, para alcanzar a la lata en el inicio de su descenso, y le dio en la parte inferior. Se oyó un fuerte «bam» y la lata cayó dando volteretas al agua. No se hundió de inmediato, sino que se quedó flotando en un ángulo torcido, meciéndose en la superficie.

—¿Quiere probar? —ofreció Quint.

—Ya lo creo —dijo Brody.

—Recuerde intentar alcanzarla cuando está arriba del todo y darle un poco por abajo. Si intenta darle en pleno ascenso o en pleno descenso, tendrá que disparar con bastante antelación, y entonces será mucho más difícil. Si falla el tiro, baje rápidamente la mira, vuelva a calcular la antelación y dispare otra vez.

Brody le cambió el lanzador por el M-1 y se estacionó en la borda. Nada más recargar Quint el lanzador, gritó: «¡Ya!», y Quint lanzó la lata. Brody disparó una vez. Nada. Lo volvió a intentar en la cúspide del arco. Nada. Y se adelantó demasiado en la caída.

—Caray, es jodido.

—Cuesta un poco acostumbrarse. Intente darle ahora.

La lata estaba flotando erguida en el agua quieta, a unos quince o veinte metros de la barca. La mitad asomaba por encima de la superficie del agua. Brody apuntó deliberadamente un poco a la baja y apretó el gatillo. Se oyó un «plop» metálico cuando la bala impactó en la lata al nivel del agua. La lata desapareció.

—¿Hooper? —dijo Quint—. Queda una sola lata, y siempre podemos beber más cerveza.

—No, gracias —respondió Hooper.

—¿Qué problema hay?

—Nada. Que no quiero disparar, simplemente.

Quint sonrió.

—¿Le preocupa que las latas se queden en el agua? Vaya montón de hojalata estamos dejando en el océano. Seguramente se oxidará y se hundirá hasta el fondo y lo dejará todo hecho un desastre.

—No es eso —dijo Hooper, con cuidado de no dejarse provocar por Quint—. No es nada, es que no me apetece.

—¿Le dan miedo las armas?

—¿Miedo? No.

—¿Ha disparado alguna vez?

Brody observó con fascinación la insistencia de Quint y le causó placer ver a Hooper intentar escaquearse, aunque no entendía a qué venía aquel acoso. Quizá Quint se ponía de mal humor cuando estaba aburrido y no picaba ningún pez.

Hooper tampoco sabía por qué lo estaba haciendo, pero no le gustaba. Le daba la sensación de que se estaba preparando para machacarlo.

—Sí —dijo—. He disparado, ya lo creo.

—¿Dónde? ¿En el ejército?

—No. Yo...

—¿Ha servido en el ejército?

—No.

—Ya me lo parecía.

—¿Eso qué quiere decir?

—Carajo, apuesto a que todavía es virgen.

Brody miró Hooper para ver su reacción y por una fracción de segundo lo sorprendió mirándolo a él.

Por fin Hooper apartó la vista y se le empezó a ruborizar la cara.

—¿Qué busca, Quint? —preguntó—. ¿Qué está insinuando?

Quint se reclinó hacia atrás en su silla y sonrió.

—Nada de nada. Solo estaba conversando un poco, en plan amigos, para matar el rato. ¿Le importa si me quedo con su lata de cerveza cuando se la termine? Quizá a Brody le gustaría probar otra vez.

—No, no me importa —dijo Hooper—. Pero déjeme tranquilo, por favor.

Se pasaron la hora siguiente en silencio. Brody dormitaba en la silla de combate, con una gorra tapándole la cara para protegérsela del sol. Hooper estaba sentado en popa, echando cazos de señuelo y sacudiendo la cabeza de vez en cuando para mantenerse despierto. Y Quint iba sentado en el puente elevado, mirando el vertido, con su gorra de marine echada hacia atrás sobre la cabeza.

Brody se despertó de golpe. Hooper se puso de pie. El sedal de estribor estaba corriendo, muy deprisa y sin pausas.

—Coja la caña —ordenó Quint. Se quitó la gorra y la tiró sobre la banqueta. Brody sacó la caña del soporte, se la encajó entre las piernas y la agarró—. Cuando le diga, eche el freno y recoja. —El sedal dejó de correr—. Espere. Está girando. Va a empezar otra vez. No conviene tirar de él ahora o escupirá el anzuelo. —Pero el sedal yacía muerto en el agua, laxo y quieto. Al cabo de un momento largo, dijo—: La madre que me parió. Recoja sedal.

Brody le dio a la manivela. El sedal volvía con demasiada facilidad. No venía absolutamente ninguna resistencia del cebo.

—Aguante el sedal con un par de dedos o se le enredará —explicó Quint—. Lo que sea que hay ahí se ha llevado el cebo como ha querido. Lo debe de haber arrancado del sedal.

El sedal salió del agua y se quedó colgando de la punta de la caña. No había ni anzuelo ni cebo ni cable de enganche. El sedal estaba limpiamente cortado. Quint se bajó de un brinco del puente elevado y se lo quedó mirando. Palpó la punta, pasó los dedos por los bordes del sedal roto y contempló el vertido de señuelo.

—Creo que acabamos de encontrar a su amigo.

—¿Qué? —dijo Brody.

Hooper se bajó de un salto del yugo de la popa y dijo en tono emocionado:

—Tiene que estar de broma. Eso es fabuloso.

—Es una simple conjetura. Pero me jugaría dinero. Este cable está cortado de un mordisco. Uno solo. Sin vacilaciones. Y no tiene más marcas. El causante seguramente ni se ha dado cuenta de que lo tenía en la boca. Simplemente ha sorbido el cebo, ha cerrado la boca y con eso le ha bastado.

—¿Qué hacemos ahora, pues? —preguntó Brody.

—Esperamos a ver si muerde el otro anzuelo o si sale a la superficie.

—¿Y lo de usar la marsopa?

—Cuando sepa que es él —dijo Quint—. Cuando le eche un vistazo y sepa que el cabrón es lo bastante grande como para merecer la marsopa, entonces se la daré. Son máquinas de comer basura, esos animales, y no quiero desperdiciar un cebo de primera con algún mequetrefe.

Esperaron. No había movimiento alguno en la superficie del agua. Ni aves sumergiéndose ni peces saltando. El único ruido era el «plof» líquido del señuelo que Hooper iba echando por la borda. Luego el sedal de babor empezó a correr.

—Deje la caña en el soporte —dijo Quint—. No tiene sentido prepararse si también va a partirnos ese sedal.

A Brody le corría la adrenalina por el cuerpo. Estaba excitado y también tenía miedo; lo sobrecogía la idea de lo que había nadando por debajo de ellos, una criatura cuyo poder era incapaz de imaginar. Hooper estaba de pie en la borda de babor, transfigurado por cómo corría el sedal.

Por fin el sedal se detuvo y se destensó.

—Mierda —maldijo Quint—. Lo ha vuelto a hacer. —Sacó la caña del soporte y se puso a recoger sedal. El sedal partido llegó a bordo exactamente igual que el otro—. Le vamos a dar otra oportunidad, y esta vez le voy a poner un cable de enganche más resistente. Eso no lo detendrá, claro, si es quien creo que es. —Metió la mano en la nevera portátil para coger otro cebo y le quitó el cable metálico de enganche. De un cajón de la cabina de mando sacó un metro y medio de cadena de un centímetro de grosor.

—Parece una cadena para atar perros —dijo Brody.

—Es lo que era. —Sujetó con alambre una punta de la cadena al ojo del anzuelo cebado y la otra al sedal.

—¿Puede partir esa cadena?

—Supongo que sí. Tardará un poco más, quizá, pero si quiere la puede partir. Solo estoy intentando provocarlo un poco y traerlo a la superficie.

—¿Y si esto no funciona, después qué?

—Todavía no lo sé. Supongo que puedo coger un anzuelo de diez centímetros para tiburones y una cadena de las grandes y tirarla por la borda con un montón de cebo. Pero, si mordiera ese anzuelo, luego yo no sabría qué hacer con él. Cualquier cornamusa de las que tengo a bordo me la arrancaría, así que hasta que lo vea no pienso arriesgarme a enrollar una cadena alrededor de nada importante. —Quint arrojó por la borda el anzuelo cebado y desenrolló varios metros de sedal.

—Vamos, cabrón —dijo—. Déjate ver.

Los tres hombres observaron el sedal de babor. Hooper se agachó, llenó el cazo de señuelo y lo echó sobre el resto del vertido. Algo le llamó la atención y le hizo girarse a la izquierda. Lo que vio le arrancó un gruñido gutural, ininteligible pero suficiente para atraer la mirada de los otros dos hombres.

—¡Dios bendito! —exclamó Brody.

A menos de tres metros de la popa, y un poco a estribor, estaba el morro plano y cónico de la bestia. Debía de asomar medio metro del agua. La punta de la cabeza era de un gris sucio, con un par de ojos negros. A cada lado de la punta del morro, allí donde el gris dejaba paso al blanco cremoso, estaban los orificios nasales; dos hendiduras profundas en la piel acorazada. La boca estaba entreabierta, una caverna oscura y lúgubre protegida por dientes triangulares enormes.

El tiburón y los hombres se aguantaron las miradas durante unos diez segundos. Luego Quint gritó:

—¡Un arpón, rápido! —Y, obedeciéndose a sí mismo, echó a correr en dirección a proa y trató de agarrar un arpón con las manos temblorosas. Brody echó mano del rifle. En aquel momento, el tiburón se volvió a deslizar hacia atrás hasta sumergirse. La cola larga en forma de hoz dio un latigazo. Brody le disparó, pero erró el tiro y el tiburón desapareció.

—Se ha ido —informó Brody.

—¡Increíble! —gritó Hooper—. Es todo lo que yo pensaba y más. ¡Es fantástico! Esa cabeza debía de medir metro treinta de ancho.

—Puede ser —dijo Quint, yendo a popa. Dejó allí dos puntas de arpón, dos toneles y dos rollos de soga—. Por si acaso vuelve.

—¿Alguna vez había visto un tiburón así, Quint? —preguntó Hooper. Le brillaban los ojos y se sentía pletórico y vibrante.

—La verdad es que no.

—¿Cómo de largo diría que era?

—Es difícil de calcular. Seis metros. Quizá más. No lo sé. Con esos bichos, pasados los dos metros y medio ya da un poco igual. En cuanto llegan a los dos metros y medio, ya son un problema. Y este hijo de puta es un problema.

—Dios, espero que vuelva —dijo Hopper.

Brody sintió frío y se estremeció.

—Ha sido muy extraño —contestó, negando con la cabeza—. Parecía que estuviera sonriendo.

—Es lo que parece cuando tienen la boca abierta —dijo Quint—. No le haga ser más de lo que es. No es más que un cubo de basura idiota.

—¿Cómo puede decir eso? —se ofendió Hooper—. Ese animal es una belleza. Es la típica cosa que te hace creer en Dios. Que te demuestra de qué es capaz la naturaleza cuando se aplica.

—Vaya chorrada —dijo Quint, y trepó por la escalerilla del puente elevado.

—¿Va a usar la marsopa? —preguntó Brody.

—No hace falta. Ya lo hemos hecho salir a la superficie una vez. Volverá.

Mientras Quint hablaba, Hooper oyó un ruido detrás de sí que lo hizo girarse. Fue una especie de siseo, un susurro líquido.

—Mire —dijo Quint.

A unos diez metros, vieron una aleta dorsal triangular de más de dos palmos de altura que venía directa hacia la barca, hendiendo el agua y dejando una estela de ondas. La seguía una cola imponente, dando latigazos a izquierda y derecha con una cadencia sincronizada.

—¡Está atacando la barca! —gritó Brody. De forma involuntaria, se echó atrás contra el respaldo de la silla de combate y trató de apartarse.

Quint bajó del puente elevado entre palabrotas.

—Esta vez no ha avisado, el cabrón. Deme ese arpón.

El tiburón casi había alcanzado la barca. Levantó la cabeza chata, miró impasiblemente a Hooper con uno de sus ojos negros y pasó por debajo de la barca. Quint levantó el arpón y se giró hacia el lado de babor. El astil chocó con la silla de combate y el dardo se salió y cayó a cubierta.

—¡Me cago en la puta! —gritó Quint—. ¿Todavía está ahí? —Se agachó, agarró el dardo y lo volvió a encajar en el extremo del astil.

—¡A vuestro lado, a vuestro lado! —vociferó Hooper—. Por este lado ya ha pasado.

Quint se giró justo a tiempo para ver como la forma de color gris castaño del tiburón se alejaba de la barca y empezaba a hundirse. Lanzó el arpón y, encolerizado, agarró el rifle y vació el cargador en el agua donde había estado la bestia.

—¡Cabrón! —exclamó—. La próxima vez avisa de que vienes. —Luego bajó el rifle y se rio—. Supongo que debería dar gracias. Por lo menos no ha atacado la barca. —Miró a Brody y le dijo—: Vaya susto que le ha dado.

—Ya lo creo —respondió Brody. Negó con la cabeza, como para recomponer sus pensamientos y ordenar sus visiones—. Todavía no estoy seguro de creérmelo. —Tenía la mente llena de imágenes de una silueta de torpedo que emergía como un rayo de la negrura y hacía pedazos a Christine Watkins; del niño de la colchoneta, que ni había sabido ni había sospechado nada hasta que lo había atrapado de golpe una criatura infernal; y también de las pesadillas que sabía que iba a tener, llenas de violencia y de sangre y de una mujer que le gritaba que había matado a su hijo—. No me puedo creer que ese tiburón sea de verdad. Parece más bien una de esas criaturas de las películas. Ya sabe, el monstruo que vino del abismo.

—Es de verdad, ya lo creo —dijo Hooper. Todavía estaba visiblemente emocionado—. ¡Menuda criatura! Parece un megalodón, carajo.

—¿Pero qué dice?

—Estoy exagerando, claro, pero, si hay algo así de grande en el océano, ¿por qué no puede existir también el megalodón? ¿Qué le parece, Quint?

—Me parece que tiene usted insolación.

—No, en serio, ¿cuánto cree que pueden crecer esos animales?

—No se me dan bien las adivinanzas. Este debe de medir unos seis metros, o sea que diría que llegan a los seis. Si mañana veo uno de siete, diré que llegan a los siete. Es una tontería hacer conjeturas.

—¿Pero cuál es el tamaño máximo? —preguntó Brody, y deseó inmediatamente no haberlo hecho. Sentía que la pregunta lo subordinaba a Hooper.

Pero Hooper estaba demasiado hechizado por la situación, demasiado excitado y feliz, como para mostrarse condescendiente.

—Nadie lo sabe. Hubo uno en Australia que se enredó con unas cadenas y se ahogó. Aquel medía doce metros, o eso dijeron las noticias.

—El doble de grande que este —dijo Brody. Su mente, apenas capaz de hacerse a la idea del que habían visto, no podía asimilar la inmensidad del que describía Hooper.

Hooper asintió con la cabeza.

—Por lo general, se suelen aceptar los diez metros como tamaño máximo, pero la cifra es arbitraria. Es lo que dice Quint. Si mañana ven uno de veinte metros, aceptarán veinte metros. Lo tremendo de verdad, lo que le vuela a uno la cabeza, es imaginarse, y podría ser cierto, que hay tiburones blancos en aguas profundas que pueden pasar de los treinta metros.

—Menuda idiotez —replicó Quint.

—No estoy diciendo que sea verdad —dijo Hooper—. Estoy diciendo que podría serlo.

—Sigue siendo una idiotez.

—Quizá. Y quizá no. Mire, el nombre en latín de este tiburón es *Carcharodon carcharias*, ¿de acuerdo? El antepasado más cercano que le podemos encontrar se llama *Carcharodon megalodon*, y existió hace treinta o cuarenta mil años. Del megalodón tenemos dientes fósiles, que miden quince centímetros. Lo cual significa que el animal en sí debía de medir entre veinticinco y treinta metros. Y los dientes son idénticos a los que se ven hoy en día en los tiburones blancos. Lo que quiero decir es... supongan que los dos son una misma especie. ¿Quién puede asegurar que el megalodón se haya extinguido realmente? ¿Y por qué? Comida no le falta. Si hay la suficiente comida bajo el mar para alimentar a las ballenas, también puede haberla para unos tiburones así de grandes. Solo porque no hayamos visto nunca a un tiburón blanco de treinta metros, eso no significa que no pueda existir. No tendría razón alguna para subir a la superficie. Toda su comida estaría en aguas profundas. Al morir no saldría a flote a la costa, porque no tiene vejiga natatoria. ¿Se imagina qué aspecto tendría un tiburón blanco de treinta metros? ¿Se imagina lo que sería capaz de hacer, el poder que tendría?

—No me lo quiero imaginar —dijo Brody.

—Sería como una locomotora con la boca llena de cuchillos de carnicero.

—¿Está diciendo que este solo es una cría? —Brody se estaba empezando a sentir solo y vulnerable. Un tiburón del tamaño que estaba describiendo Hooper podría hacer trizas la barca a dentelladas.

—No. Este es un tiburón adulto —respondió Hooper—. Estoy seguro. Pero es lo mismo que pasa con las personas.

Unas miden metro y medio y otras dos metros. Caray, daría lo que fuera por ver un megalodón.

—Está usted loco —dijo Brody.

—No, hombre. Piénselo. Sería como encontrar al abominable hombre de las nieves.

—Eh, Hooper —dijo Quint—. ¿Cree que puede dejar los cuentos de hadas y empezar a echar señuelo por la borda? Me gustaría cazar algo.

—Claro —respondió Hooper. Volvió a su puesto en la popa y se puso a echar cazos de señuelo al agua.

—¿Cree que volverá? —tanteó Brody.

—No lo sé —dijo Quint—. Nunca se sabe con qué van a salir esos cabrones. —Se sacó del bolsillo un cuaderno y un lápiz. Estiró el brazo izquierdo hacia tierra. Cerró el ojo derecho, usó el índice de la mano izquierda como punto de mira y apuntó algo en el cuaderno. Movió la mano medio palmo más a la izquierda, la volvió a usar como punto de mira y anotó algo más. Adelantándose a la pregunta de Brody, dijo—: Estoy calculando nuestra posición. Quiero ver dónde estamos. Así, si no vuelve a aparecer hoy, sabré adónde he de ir mañana.

Brody miró en dirección a tierra. Incluso usando la mano de visera y entrecerrando los ojos, no pudo ver más que una tenue línea gris de tierra.

—¿Y qué usa para calcularla?

—El faro de la punta y el depósito de agua del pueblo. Se alinean de formas distintas dependiendo de dónde estés.

—¿Y los puede ver? —Brody forzó la vista, pero no vio nada más claro que un bulto en la línea.

—Claro. Y usted también podría, si llevara treinta años en estas aguas.

Hooper sonrió y dijo:

—¿De verdad cree que el tiburón se quedará en el mismo sitio?

—No lo sé. Pero es donde lo hemos encontrado esta vez, y no lo hemos visto en ninguna otra parte.

—Y lo que está claro es que se ha quedado en Amity —aseguró Brody.

—Eso era porque tenía comida —dijo Hooper. No había ironía en su voz ni provocación. Pero el comentario fue como un punzón que se le clavó a Brody en el cerebro.

Esperaron tres horas más, pero el tiburón no volvió. La corriente aflojó, arrastrando todavía más despacio el vertido de señuelo.

Poco después de las cinco, Quint dijo:

—Más nos vale ir a puerto. Esto acabaría con la paciencia de un santo.

—¿Adónde cree que ha ido? —preguntó Brody. Era una pregunta retórica; sabía que no había respuesta.

—Yo qué sé. Cuando los buscas, nunca están. Solo aparecen cuando no los quieres y no los esperas. Son especialistas en tocar los cojones.

—¿Y no cree que deberíamos pasar la noche aquí, para seguir echando señuelo?

—No. Ya se lo dije; si el vertido es demasiado grande, ya no sirve. Además, aquí no tenemos comida. Y, para acabarlo de rematar, no me están pagando para hacer jornadas de veinticuatro horas.

—Si le consiguiera el dinero, ¿lo haría?

Quint lo pensó un momento.

—No. Aunque es tentador, porque no creo que fuera a pasar nada de noche. El vertido se haría grande y confuso, y, aunque el tiburón se nos pusiera al lado y nos mirara, no sabríamos que estaba ahí a menos que nos diera un bocado. Así que me estaría quedando con su dinero a cambio de dejarles dormir a bordo. Pero no lo haré, por dos razones. La primera es que el vertido se haría demasiado grande y nos jodería el día siguiente. Y la segunda es que quiero atracar durante la noche.

—Supongo que le entiendo —dijo Brody—. Su mujer también debe de preferir tenerlo en casa.

—No tengo mujer —contestó Quint con voz inexpresiva.

—Oh. Lo siento.

—No lo sienta. Nunca vi necesidad de tenerla. —Dio media vuelta y subió la escalerilla del puente elevado.

Ellen estaba preparando la cena de los niños cuando sonó el timbre. Los niños estaban viendo la tele en la sala de estar y los llamó:

—¿Alguien puede ir a abrir, por favor?

Oyó que se abría la puerta y un intercambio de palabras. Al cabo de un momento, apareció Larry Vaughan en la puerta de la cocina. Lo había visto por última vez hacía menos de dos semanas, pero el cambio físico era tan espectacular que no pudo evitar quedárselo mirando. Como siempre, iba de punta en blanco: americana azul de dos botones, camisa de vestir y mocasines Gucci. Lo que había cambiado era su cara. Había perdido peso, y, como mucha gente a la que no le sobra grasa en el cuerpo, se le notaba en la cara. Los ojos se le habían hundido en las cuencas y se le habían vuelto de un color que a Ellen le pareció más pálido de lo habitual: de un gris lechoso. La piel también se le veía gris, y era como si le colgara de los pómulos. Tenía los labios húmedos y se los lamía cada pocos segundos.

Avergonzada de sorprenderse mirándolo así, Ellen bajó la vista y dijo:

—Larry. Hola.

—Hola, Ellen. He pasado para... —Vaughan retrocedió unos pasos y examinó la sala de estar—. En primer lugar, ¿te importaría si me tomara una copa?

—Claro que no. Ya sabes dónde está todo. Sírvetela. Te la pondría yo, pero tengo las manos pringadas de pollo.

—No seas tonta, lo puedo encontrar todo. —Vaughan abrió el armario de las bebidas, sacó una botella y se llenó un vaso de ginebra—. Como te decía, he pasado a despedirme.

Ellen dejó de remover los pedazos del pollo en la sartén y dijo:

—¿Te marchas? ¿Por cuánto tiempo?

—No lo sé. Quizá para siempre. Aquí ya no tengo nada.

—¿Y tu empresa?

—Ya no la tengo. O dejaré de tenerla pronto.

—¿Cómo que no la tienes? Las empresas no desaparecen de un día para otro.

—No, pero ya no la tendré yo. Los pocos activos que quedan pasarán a manos de... mis socios. —Escupió la palabra y después, como para enjuagarse la boca de un residuo desagradable, dio un trago largo de ginebra—. ¿Te ha comentado Martin la conversación que tuvimos?

—Sí. —Ellen miró la sartén y removió el pollo.

—Supongo que no debes de tener muy buen concepto de mí.

—No me corresponde a mí juzgarte, Larry.

—Nunca quise hacer daño a nadie. Espero que eso te lo creas.

—Me lo creo. ¿Cuánto sabe Eleanor?

—Nada, la pobre. Quiero ahorrárselo, si puedo. Es una de las razones de que me quiera marchar. Ella me quiere, ya sabes, y no quiero privar de ese amor... a ninguno de los dos. —Vaughan se apoyó en el fregadero—. ¿Sabes una cosa? A veces creo, y lo he pensado varias veces a lo largo de los años..., que tú y yo habríamos sido una pareja maravillosa.

Ellen se ruborizó.

—¿Qué quieres decir?

—Eres de buena familia. Conoces a toda la gente que yo he tenido que luchar para conocer. Habríamos encajado el uno con el otro y también con Amity. Eres encantadora y buena y fuerte. Me habrías sido de mucha ayuda. Y creo que yo te habría dado una vida que te habría encantado.

Ellen sonrió.

—No soy tan fuerte como crees, Larry. No sé qué clase de... ayuda te podría haber dado.

—No te quites méritos. Solo espero que Martin aprecie el tesoro que tiene. —Vaughan se terminó la copa y la dejó en el fregadero—. En fin, no sirve de nada soñar. —Atravesó la cocina, tocó a Ellen en el hombro y le besó la coronilla—. Adiós, querida. Acuérdate de mí alguna vez.

Ellen lo miró.

—Me acordaré. —Le dio un beso en la mejilla—. ¿Dónde irás?

—No lo sé. A Vermont, quizá, o a New Hampshire.

Quizá me dedique a vender tierra a los aficionados al esquí. ¿Quién sabe? O quizá me dé por esquiar a mí también.

—¿Se lo has dicho a Eleanor?

—Le he dicho que quizá nos vayamos de aquí. Ella me ha sonreído y me ha dicho: «Lo que tú quieras».

—¿Y vas a irte pronto?

—En cuanto tenga una charla con mis abogados sobre mis... deudas.

—Mándanos una postal para que sepamos dónde estás.

—Lo haré. Adiós. —Y Ellen lo oyó cerrar tras de sí la puerta mosquitera.

Después de servir la cena a los niños, Ellen subió a su habitación y se sentó en la cama. «Una vida que te habría encantado», había dicho Vaughan. ¿Cómo habría sido una vida con Larry Vaughan? Habría tenido dinero, y aceptación. Nunca habría echado de menos su vida de niña, porque no se habría terminado. No habría sufrido ansias de renovación ni de confianza en sí misma ni de confirmación de su feminidad, ni necesidad de tener una aventura con alguien como Hooper.

Pero no. La habría tenido igualmente por aburrimiento, como tantas de las mujeres que se pasaban la semana en Amity mientras sus maridos estaban en Nueva York. La vida con Larry Vaughan habría carecido de desafíos, habría sido una vida de satisfacciones fáciles.

Mientras pensaba en las palabras de Vaughan, cobró conciencia de la riqueza de su vida: una relación con Brody más gratificante que ninguna que pudiera experimentar Larry Vaughan; una amalgama de pequeñas pruebas y éxitos diminutos que, entre todos, sumaban algo parecido a la felicidad. Y a medida que crecía aquella conciencia, también crecía el arrepentimiento por haber tardado tanto en ver el desperdicio de tiempo y de emoción que habían sido sus intentos de aferrarse al pasado. De pronto sintió miedo; miedo de estar creciendo demasiado tarde, de que algo le pudiera pasar a Brody antes de que ella pudiera saborear aquel despertar de su conciencia. Se miró el reloj: las 18:20. Ya debería haber vuelto. Le ha pasado algo, pensó. Oh, por favor, Dios, que no le haya pasado nada.

Oyó abrirse la puerta de abajo. Se levantó de un salto de la cama, salió al pasillo y bajó corriendo las escaleras. Rodeó el cuello de Brody con los brazos y le dio un beso enorme en la boca.

—Dios mío —dijo él cuando ella lo dejó ir—. Menuda bienvenida.

13

—Ni se le ocurra subir ese trasto a mi barca —dijo Quint.

Estaban en el embarcadero a la luz del alba. El sol ya se había despegado del horizonte, pero lo tapaba un banco de nubes bajas pegadas al mar del este. Venía una brisa suave del sur. La barca estaba lista para zarpar. Una hilera de toneles recorría la proa; las cañas se erguían en sus soportes, con los cables de enganche engarzados a las presillas de las bobinas. El motor ronroneaba por lo bajo, soltando espuma cada vez que las olitas rompían contra el tubo de escape y escupiendo humo de diésel que se elevaba y era arrastrado por la brisa.

Al final del embarcadero, un hombre se metió en una camioneta, arrancó el motor y se empezó a alejar lentamente por la carretera sin asfaltar. Una inscripción en la portezuela de la camioneta decía: Instituto Oceanográfico Woods Hole.

Quint estaba de espaldas a la barca y de cara a Brody y Hooper, que flanqueaban una jaula de aluminio. La jaula medía más de dos metros de altura por dos de anchura y cuatro de profundidad. Dentro había un panel de mandos y encima tenía dos tanques cilíndricos. En el suelo de la jaula había un tanque de submarinismo, un regulador, una mascarilla y un traje de neopreno.

—¿Por qué no? —preguntó Hooper—. No pesa mucho y la puedo amarrar donde no moleste.

—Ocupa demasiado espacio.

—Eso le he dicho yo —dijo Brody—. Pero no me ha hecho caso.

—¿Qué coño es? —quiso saber Quint.

—Es una jaula para tiburones —explicó Hooper—. Las usan los buceadores para protegerse cuando nadan en mar abierto. He hecho que la mandaran desde Woods Hole, en esa camioneta que acaba de marcharse.

—¿Y qué tiene planeado hacer con ella?

—Cuando encontremos al tiburón, o cuando nos encuentre él, quiero bajar en la jaula y hacer unas fotos. Nadie ha podido fotografiar nunca a un tiburón tan grande.

—Ni hablar —dijo Quint—. En mi barca no.

—¿Por qué no?

—Pues porque es una tontería. Un hombre sensato conoce sus límites. Y esto está más allá de los suyos.

—¿Cómo lo sabe?

—Porque está más allá del límite de cualquiera. Un tiburón tan grande se puede comer esa jaula para desayunar.

—¿Pero lo hará? No lo creo. Creo que le dará golpes, o hasta dentelladas, pero no creo que se la intente tragar en serio.

—Lo intentará si ve que dentro hay algo tan jugoso como usted.

—Lo dudo.

—Bueno, pues olvídese.

—Mire, Quint, es la oportunidad de una vida. Y no solo para mí. No se me habría ocurrido traerla si no hubiera visto al tiburón ayer. Es un ejemplar único, por lo menos en este hemisferio. Y aunque la gente ha filmado antes a tiburones blancos, nadie ha filmado nunca a uno de seis metros nadando en mar abierto. Nunca.

—Ha dicho que se olvide —insistió Brody—. Así pues, olvídese. Además, no quiero ser responsable. Estamos aquí para cazar a ese tiburón, no para hacerle una película.

—¿Responsable de qué? Usted no es responsable de mí.

—Ya lo creo que sí. Este viaje lo paga el ayuntamiento de Amity, o sea que se hará lo que yo diga.

—Le pagaré —le replicó Hooper a Quint.

Quint sonrió.

—Ah, ¿sí? ¿Cuánto?

—Olvídese. Me da igual lo que diga Quint. Yo digo que no puede subir esa jaula a bordo.

Hooper no le hizo caso y le dijo a Quint:

—Cien dólares. En efectivo. Y por adelantado, como a usted le gusta. —Se metió la mano en el bolsillo de atrás para sacar la billetera.

—¡He dicho que no! —gruñó Brody.

—¿Qué me dice, Quint? Cien pavos. Al contado. Aquí los tiene. —Contó cinco billetes de veinte y se los ofreció a Quint.

—No sé. —Quint cogió el dinero y espetó—: Joder, supongo que no es trabajo mío impedir que alguien se suicide si es lo que quiere.

—Como meta esa jaula en la barca —le dijo Brody a Quint—, no le pago los cuatrocientos. —Si Hooper se quiere suicidar, pensó Brody, que lo haga en otro momento.

—Si la jaula no va —respondió Hooper—, yo tampoco voy.

—Váyase a la mierda —dijo Brody—. Por mí puede quedarse aquí.

—Creo que a Quint no le gustaría eso. ¿Verdad que no, Quint? ¿Quiere usted salir a cazar ese tiburón sin más ayuda que el sheriff? ¿Le parece buena idea?

—Encontraremos a otro —dijo Brody.

—Adelante —dijo Hooper en tono cortante—. Buena suerte.

—Imposible —negó Quint— con tan poca antelación.

—¡Pues al infierno! —exclamó Brody—. Ya saldremos mañana. Hooper se puede ir a Woods Hole a divertirse con sus peces.

Hooper estaba furioso, más furioso, de hecho, de lo que era consciente, porque, antes de poder refrenarse, ya había dicho:

—Quizá me divierta de otra manera... Oh, olvídelo.

Durante varios segundos, se cernió sobre los tres hombres un silencio de plomo. Brody se quedó mirando a Hooper, negándose a creer lo que acababa de oír, sin saber cuánta sustancia había en el comentario y cuánta amenaza vacía. De pronto lo venció la rabia. Alcanzó a Hooper con un par de pasos, lo agarró de los lados del cuello de la camisa y le hundió los puños en la garganta.

—¿Qué ha dicho? ¿Qué ha dicho?

Hooper apenas podía respirar. Intentó cogerle los dedos a Brody.

—¡Nada! —dijo, asfixiándose—. ¡Nada! —Intentó apartarse, pero Brody lo agarró más fuerte.

—¿Qué ha significado eso?

—¡Nada, se lo juro! Estaba furioso. Lo he dicho por decir.

—¿Dónde estuvo el miércoles por la tarde?

—¡En ninguna parte! —a Hooper le palpitaban las sienes—. ¡Suélteme! ¡Me está estrangulando!

—¿Dónde estaba? —Brody retorció los puños con más fuerza.

—¡En un motel! ¡Suélteme!

Brody relajó su presa.

—¿Con quién? —dijo, rezando para sus adentros: Dios, que no sea Ellen; que tenga una buena coartada.

—Con Daisy Wicker.

—¡Mentiroso! —Brody volvió a apretar con más fuerza y sintió que le empezaban a brotar lágrimas de los ojos.

—¿Por qué dice eso? —dijo Hooper, luchando para soltarse.

—¡Porque Daisy Wicker es lesbiana, joder! ¿A qué os dedicabais, a hacer punto?

A Hooper se le estaba nublando el pensamiento. Los nudillos de Brody le estaban cortando el riego sanguíneo del cerebro. Le temblaron los párpados y empezó a perder el conocimiento. Brody lo soltó y lo tiró de un empujón al embarcadero, donde se quedó sentado, luchando para respirar.

—¿Qué me dice a eso? ¿Es tan hombre que se puede follar a una lesbiana?

A Hooper se le despejó la mente deprisa y dijo:

—No, no me di cuenta hasta que... hasta que fue demasiado tarde.

—¿Eso qué significa, que se fueron juntos a un motel y

luego le rechazó? Ninguna lesbiana se iría a una habitación de motel con usted.

—¡Ella sí! —exclamó Hooper, intentando a la desesperada seguir el ritmo de las preguntas de Brody—. Dijo que quería... que ya era hora de probar con un tío. Pero luego no pudo. Fue horrible.

—¡Mentira, joder!

—¡No! Se lo puede preguntar, si no me cree. —Hooper sabía que era un argumento pésimo. A Brody no le costaría nada comprobarlo. Pero no se le ocurrió nada más. Podía parar aquella noche de camino a casa, llamar a Daisy Wicker desde una cabina y suplicarle que corroborara su historia. O simplemente podía no volver nunca más a Amity, girar hacia el norte, coger el ferri de Orient Point y estar fuera del estado antes de que Brody pudiera ponerse en contacto con Daisy Wicker.

—Se lo preguntaré —dijo Brody—. Cuente con ello.

Detrás de él, Brody oyó que Quint se reía y decía:

—Es lo más gracioso que he oído en mi vida. Intentar llevarse al catre a una lesbiana.

Brody intentó descifrar la expresión de Hooper, buscando cualquier cosa que pudiera revelar una mentira. Pero Hooper tenía la vista clavada en el embarcadero.

—¿Qué me dice, entonces? —preguntó Quint—. ¿Salimos hoy o no? Le voy a cobrar en cualquier caso, Brody.

Brody estaba alterado. Sentía la tentación de cancelar la salida, de regresar a Amity y descubrir lo que había pasado entre Hooper y Ellen. Pero, en caso de que se confirmara lo peor, ¿qué iba a hacer? ¿Echárselo en cara a Ellen? ¿Pegarle? ¿Abandonarla? ¿De qué serviría? Necesitaba tiempo para pensar.

—Salimos —le dijo a Quint.

—¿Con la jaula?

—Con la jaula. Si este gilipollas se quiere suicidar, que lo haga.

—Me parece bien —dijo Quint—. Pongamos este circo en marcha.

Hooper se puso de pie y caminó hasta la jaula.

—Voy a subir a bordo —dijo con voz ronca—. Ustedes dos la pueden empujar hasta el borde del embarcadero e inclinarla hacia mí; luego que uno de ustedes se suba a la barca conmigo y la llevamos a un rincón.

Brody y Quint deslizaron la jaula por los tablones de madera y a Brody le sorprendió lo poco que pesaba. Incluso con el equipo de buceo dentro, no debía de pensar más de cien kilos. La inclinaron hacia Hooper, que agarró dos de los barrotes y esperó a que Quint subiera al puente de mando con él. Los dos hombres cargaron sin apenas esfuerzo con la jaula durante un par de metros y la dejaron en un rincón debajo del techo voladizo que servía de soporte al puente elevado. Hooper la aseguró con un par de cuerdas.

Brody se subió de un salto a bordo y dijo:

—Vamos.

—¿No se está olvidando de algo? —preguntó Quint.

—¿De qué?

—De mis cuatrocientos dólares.

Brody se sacó un sobre del bolsillo y se lo entregó a Quint.

—Va a acabar usted rico, Quint.

—Es mi meta. Suelte el cabo de popa, por favor. —Quint soltó el de proa y el de la sección media y los tiró a la cubierta, y, cuando vio que también estaba suelto el de popa, le dio a la palanca del acelerador y guio la barca para salir del atracadero. Giró a la derecha y la barca surcó con rapidez el mar en calma; dejó atrás la isla de Hick y la Punta de Goff y rodeó las puntas de Shagwong y Montauk. Pronto tuvieron detrás el faro de Montauk Point y estaban navegando a todo gas rumbo sur-sudoeste por mar abierto.

Gradualmente, a medida que la barca se acompasaba con el ritmo de las largas olas oceánicas, la furia de Brody se fue apagando. Quizá Hooper estuviera diciendo la verdad. Era posible. Nadie se inventaría una historia tan fácil de comprobar. Ellen nunca le había sido infiel antes, de eso estaba seguro. Ni siquiera coqueteaba con otros hombres. Sin embargo, se dijo a sí mismo, siempre hay una primera vez. Y la idea le volvió a hacer un nudo en la garganta. Se sintió celoso y herido, incompetente y escandalizado. Se bajó de un brinco de la silla de combate y subió al puente elevado.

Quint le hizo sitio en la banqueta y Brody se sentó a su lado. Quint soltó una risilla.

—A punto han estado de tenérselas a hostia limpia.

—No ha sido nada.

—Pues a mí me ha parecido algo. ¿Qué pasa? ¿Cree usted que se ha estado tirando a su mujer?

El hecho de que le pusieran delante de forma tan brutal sus sospechas dejó a Brody estupefacto.

—Eso no es cosa suya —replicó.

—Lo que usted diga. Pero, si quiere saber lo que pienso, ese chaval no tiene lo que hay que tener.

—Nadie le ha preguntado. —Ansioso por cambiar de tema, Brody dijo—: ¿Vamos de vuelta al sitio de ayer?

—Allí mismo. Ya estamos cerca.

—¿Cómo de probable es que el tiburón siga allí?

—¿Quién sabe? Pero es lo único que podemos hacer.

—El otro día mencionó usted por teléfono que había que ser más listo que el tiburón. ¿Es lo único que hace falta? ¿Es el único secreto del éxito?

—No hay más. Solo hay que adelantarse a ellos. No cuesta nada. Son más tontos que un zapato.

—¿Nunca ha encontrado uno que fuera listo?

—Nunca en la vida.

Brody se acordó de la cara sonriente y lasciva que lo había observado desde el agua.

—No sé. Ese bicho de ayer tenía cara de cabrón. Como si tuviera mala intención. Como si supiera lo que estaba haciendo.

—Le digo que no sabe nada, joder.

—¿No tienen personalidades distintas?

—¿Los peces? —Quint se rio—. Eso es darles más mérito del que tienen. No los puede tratar como si fueran gente, por mucho que supongo que a veces haya gente igual de tonta que un pez. No. A veces hacen cosas distintas, pero con un poco de tiempo ya ves todo lo que son capaces de hacer.

—No es un desafío, pues. No está usted combatiendo a un enemigo.

—No. Se parece más a cuando un fontanero intenta desembozar un desagüe. Quizá le suelte un par de palabrotas y le pegue con una llave inglesa. Pero en el fondo no piensa que esté combatiendo a alguien. A veces me encuentro con uno difícil que me da más problemas que otros, pero simplemente uso herramientas distintas.

—Hay algunos a los que no puede atrapar, ¿verdad?

—Claro, pero eso no significa que sean listos ni astutos ni nada de eso. Solo significa que no tienen hambre cuando los intentas atrapar, o que son demasiado rápidos para ti, o que te has equivocado de cebo.

Quint guardó silencio un momento y volvió a hablar.

—Una vez —dijo— un tiburón estuvo a punto de cazarme a mí. Debe de hacer veinte años. Tenía arponeado a un tiburón azul de tamaño bastante respetable y entonces dio un tirón fuerte y me lanzó por la borda con él.

—¿Y qué hizo usted?

—Pues trepé por el yugo de la popa tan deprisa que creo que no toqué nada con los pies entre el agua y la cubierta. Tuve suerte de haberme caído por el lado de popa, que está bastante bajo y cerca del agua. Si me hubiera caído de la parte media, no sé qué habría hecho. En cualquier caso, ya estaba fuera del agua antes de que el tiburón se diera cuenta de que había estado dentro. Seguía ocupado intentando sacarse el arpón.

—Suponga que se cae por la borda con este tiburón de ahora. ¿Podría hacer algo?

—Sí. Rezar. Sería como caerse de un avión sin paracaídas y confiar en caer encima de un pajar. Lo único que te podría salvar sería Dios, y como es Él quien te ha tirado por la borda, yo no daría un centavo porque te salvaras.

—Hay una mujer en Amity que cree que de ahí vienen nuestros problemas. Que son una especie de castigo divino.

Quint sonrió.

—Es posible. Fue Dios quien creó a ese tiburón. Supongo que también puede darle órdenes.

—¿Habla en serio?

—No, la verdad es que no. No tengo mucha fe en la religión.

—Entonces, ¿por qué cree que ha muerto esa gente?

—Por mala suerte. —Quint echó atrás la palanca del acelerador. La barca frenó hasta detenerse sobre las olas—. Vamos a intentar cambiar eso. —Se sacó un papel del bolsillo, lo desdobló, leyó sus notas y, usando el brazo extendido como punto de mira, comprobó su posición. Giró la llave del contacto y el motor se apagó. El silencio que se hizo de repente era pesado, espeso—. Muy bien, Hooper. Empiece a echar esa porquería por la borda.

Hooper destapó el cubo del señuelo y empezó a echar su contenido al mar. El primer cazo salpicó el agua quieta y poco a poco el vertido grasiento se empezó a extender hacia el oeste.

Hacia las diez se había levantado brisa: no era fuerte, pero sí lo bastante vigorosa como para rizar el agua y refrescar a los hombres, que seguían sentados y mirando en silencio. El único sonido era el chapoteo regular que hacía Hooper al echar señuelo por la popa.

Brody estaba sentado en la silla de combate, luchando para mantenerse despierto. Bostezó y se acordó de que había dejado el ejemplar a medio leer de *La virgen letal* en un revistero de abajo. Se puso de pie, se desperezó y bajó los tres escalones que llevaban a la bodega. Encontró el libro y ya se disponía a subir cuando vio la nevera portátil. Se miró el reloj y se dijo: al carajo, aquí no existe el tiempo.

—Voy a coger una cerveza —dijo, levantando la voz—. ¿Alguien quiere una?

—No —contestó Hooper.

—Venga —dijo Quint—. Podemos disparar a las latas.

Brody sacó dos cervezas de la nevera, les quitó las lengüetas metálicas y empezó a subir los escalones. Ya tenía el pie en el peldaño superior cuando oyó que Quint decía con voz tranquila e inexpresiva:

—Ahí está.

Al principio Brody pensó que se refería a él, pero entonces vio a Hooper bajarse de un salto del yugo de la popa y le oyó silbar y decir:

—¡Uau! ¡Ya lo creo que es él!

Brody sintió que se le aceleraba el pulso. Subió a toda prisa a cubierta y dijo:

—¿Dónde?

—Ahí mismo —señaló Quint—. Pegado a la popa.

A Brody tardó un momento en acostumbrársele la vista, pero por fin vio la aleta: un triángulo irregular de color gris parduzco que hendía el agua, seguida de aquella cola en forma de hoz que se sacudía a derecha e izquierda con latigazos breves y espasmódicos. Debía de estar por lo menos treinta metros detrás de la barca, calculó Brody. Quizá cuarenta.

—¿Está seguro de que es él? —dijo.

—Es él.

—¿Y qué piensa hacer?

—Nada. Por lo menos hasta que veamos qué hace. Hooper, siga echando esa porquería. Hagámoslo venir.

Hooper subió el cubo al yugo de popa y siguió echando señuelo al agua. Quint fue a proa y encajó una punta de arpón en el asta de madera. Cogió un tonel y se lo metió debajo del brazo. Se puso la cuerda enrollada sobre el otro brazo y agarró el arpón. Se lo llevó todo a popa y se sentó en la cubierta.

El tiburón iba y venía por el vertido, buscando en apariencia el origen de la miasma sanguinolenta.

—Recoja los cebos —le ordenó Quint a Brody—. Ya no nos sirven de nada ahora que lo tenemos aquí.

Brody recogió el sedal de ambas cañas y dejó caer sobre cubierta los cebos de calamar. El tiburón se acercó un poco a la barca, todavía nadando despacio.

Quint puso el tonel sobre el yugo, a la izquierda del cubo de Hooper, y dejó la cuerda al lado. Luego se encaramó al yugo y se puso de pie, con el brazo derecho preparado y el arpón en la mano.

—Venga —dijo—. Acércate. —Pero el tiburón no se acercó a más de quince metros de la barca—. No lo entiendo. Debería venir a echarnos un vistazo. Brody, sácame el cortaalambres del bolsillo de detrás, corta esos cebos y tíralos por la borda. Quizá algo de comer lo haga venir. Y haz un buen chapoteo cuando los tires. Hazle saber que estamos aquí.

Brody obedeció, agitando y removiendo el agua con un arpón, aunque sin perder de vista para nada la aleta, porque no paraba de imaginarse al tiburón apareciendo de repente desde el fondo y atrapándolo por el brazo.

—Tire un par más, ya que estamos —dijo Quint—. Están en esa nevera de ahí. Y tire también esas cervezas.

—¿Las cervezas? ¿Para qué?

—Cuantas más cosas podamos echar al agua, mejor. No importa lo que sea, con tal de picarle la curiosidad.

—¿Y la marsopa? —preguntó Hooper.

—Caramba, señor Hooper —respondió Quint—. Pensaba que no lo aprobaba usted.

—Eso ya da igual —contestó Hooper en tono excitado—. ¡Quiero ver a ese tiburón!

—Ya veremos. Si tengo que usarla, la usaré.

Los calamares ya se alejaban en dirección al tiburón y ahora también había una cerveza flotando lentamente desde popa. Pero el tiburón guardaba las distancias.

Esperaron: Hooper echando señuelo, Quint apostado en el yugo de la popa y Brody junto a una de las cañas.

—Mierda —maldijo Quint—. Supongo que no tengo alternativa. —Dejó el arpón y se bajó de un salto del yugo. Destapó el cubo de basura que Brody tenía al lado y Brody vio los ojos sin vida de la minúscula marsopa meciéndose en el agua de dentro. La imagen lo repelió y le hizo apartar la vista—. Bueno, pequeñín. Ha llegado la hora. —Cogió del armario de la cabina una cadena para atar perros y engarzó un extremo al ojo del anzuelo que sobresalía por debajo de la mandíbula de la marsopa. Luego ató al otro extremo una soga de dos centímetros de grosor. Desenrolló varios metros de soga, la cortó y la ató a una cornamusa de la borda de estribor.

—Pensaba que había dicho usted que el tiburón podía arrancar las cornamusas —dijo Brody.

—Y puede. Pero apuesto a que le puedo clavar un arpón y cortar la soga antes de que la estire lo bastante como para arrancarla.

Quint agarró la cadena. Se subió al yugo de la popa y a continuación subió la marsopa. Sacó el cuchillo de la funda de su cinturón. Con la mano izquierda sostuvo la marsopa frente a sí. Luego, con la derecha, le hizo una serie de cortes poco profundos en el vientre. Un líquido oscuro y maloliente rezumó del animal y empezó a gotear sobre el agua. Tiró la marsopa al agua, soltó dos metros de cuerda y por fin se puso la soga bajo el pie y la pisó con fuerza. La marsopa quedó flotando justo por debajo del agua, a menos de dos metros de la barca.

—Está muy cerca —comentó Brody.

—Tiene que estarlo —dijo Quint—. No le puedo tirar el arpón si está a diez metros.

—¿Por qué está usted pisando la soga?

—Para que el pequeñajo no se mueva de donde está. No quiero atarlo a la cornamusa estando tan cerca de la barca. Si el tiburón la coge y no tiene margen para moverse, puede ponerse a dar sacudidas y hacernos pedazos. —Quint levantó el arpón y miró la aleta del tiburón.

El tiburón se acercó más, todavía nadando de un lado a otro, pero reduciendo la distancia con la barca un poco más con cada pase. Por fin se detuvo a siete u ocho metros y por un segundo pareció permanecer inmóvil en el agua, orientado directamente a la barca. La cola se hundió bajo la superficie y la aleta dorsal se deslizó hacia atrás y desapareció. Por fin emergió la cabeza enorme, con la boca abierta en una sonrisa laxa y salvaje y unos ojos negros y abismales.

Brody se lo quedó mirando con expresión de horror mudo, sintiendo que así debía de ser aguantarle la mirada al diablo.

—¡Eh, tiburón! —lo llamó Quint. Estaba de pie sobre el yugo de la popa, con las piernas abiertas y la mano cerrada en torno al asta del arpón que tenía apoyado en el hombro—. ¡Ven a ver lo que tengo para ti!

El tiburón se pasó un momento más suspendido en el agua, mirando. Luego, en silencio, la cabeza se deslizó bajo la superficie y desapareció.

—¿Adónde ha ido? —preguntó Brody.

—Está viniendo —dijo Quint—. Ven, tiburoncito —lo

llamó en tono dulce—. Ven a por tu cena. —Señaló con el arpón la marsopa flotante.

De pronto la barca dio una sacudida violenta hacia un lado. A Quint le patinaron los pies y se cayó de espaldas contra el yugo. El dardo del arpón se separó del astil y se desplomó estrepitosamente sobre la cubierta. Brody cayó de lado, se agarró al respaldo de la silla y giró sobre sí mismo con la silla. Hooper salió despedido hacia atrás y se estampó contra la borda de babor.

La soga de la marsopa se tensó y tembló. El nudo con que estaba atada a la cornamusa se tensionó tanto que la soga se aplanó y las fibras crujieron. La madera de debajo de la cornamusa empezó a resquebrajarse. Por fin la soga salió disparada hacia atrás, se distendió y se quedó curvada en el agua junto a la barca.

—¡La madre que me parió! —exclamó Quint.

—Ha sido como si supiera lo que estaba usted intentando —dijo Brody—. Como si supiera que había una trampa tendida para él.

—¡Mierda! No había visto nunca a un tiburón hacer nada así.

—Ha sabido que, si lo derribaba primero, podría coger la marsopa.

—Ni hablar. Estaba intentando coger la marsopa y ha errado el golpe.

—¿Viniendo desde el otro costado de la barca? —preguntó Hooper.

—Bueno, da lo mismo —dijo Quint—. Sea lo que sea que ha hecho, ha funcionado.

—¿Cómo cree que se ha soltado del anzuelo? —preguntó Brody—. Porque no ha arrancado la cornamusa.

Quint caminó hasta la borda de estribor y empezó a recoger la cuerda.

—O bien ha roto la cadena a dentelladas o bien... Ajá, lo que yo pensaba.

Se inclinó por encima de la borda y agarró la cadena. La subió a bordo. Estaba intacta, con la argolla todavía sujeta al ojo del anzuelo. Pero el anzuelo en sí estaba destruido. El eje de acero ya no era curvado. Estaba casi recto, con dos pequeñas muescas allí donde lo habían templado para darle su forma curvada.

—¡Dios bendito! —exclamó Brody—. ¿Esto lo ha hecho con la boca?

—Lo ha doblado como le ha dado la gana —contestó Quint—. Seguramente no ha tardado más que un segundo o dos en hacerlo.

Brody se sintió mareado. Notó un hormigueo en las puntas de los dedos. Se sentó en la silla y respiró hondo varias veces, intentando ahogar el miedo que se le estaba acumulando dentro.

—¿Adónde cree que ha ido? —dijo Hooper, plantado en popa y mirando el agua.

—No ha ido lejos. Imagino que volverá. Para él esa marsopa es como una anchoa para una anjova. Va a seguir buscando comida. —Volvió a montar el arpón, enrolló otra vez la cuerda y puso ambas cosas sobre el yugo—. Ahora nos toca esperar. Y seguir echando señuelo. Voy a enganchar más calamares y colgarlos de la borda.

Brody vio como Quint ataba los calamares con cuerdas y los echaba por la borda, sujetándolos a la barca por medio de cornamusas, soportes de cañas y cualquier cosa a la que le pudiera atar un nudo. Cuando tuvo una docena de calamares colocados en distintos puntos y a distintas profundidades alrededor de la barca, subió al puente elevado y se sentó.

Confiando en que el otro lo contradijera, Brody dijo:

—Pues a mí ese tiburón me parece listo.

—No sé si es listo o no —repuso Quint—. Pero está haciendo cosas que no le he visto hacer a ningún otro. —Se interrumpió y por fin añadió, dirigiéndose a Brody, pero también para sí mismo—: Pero lo voy a cazar al hijo de puta. Eso es seguro.

—¿Cómo puede estar seguro?

—Lo sé y punto. Ahora déjeme en paz.

Era una orden, no una petición, y aunque Brody quería hablar, de lo que fuera, incluso del tiburón si eso le permitía olvidarse momentáneamente de la imagen de la bestia acechando en el agua por debajo de él, no dijo nada más. Se miró el reloj: las 11:05.

Esperaron, confiando en ver emerger en cualquier momento la aleta junto a la popa y surcar el agua de un lado a otro. Hooper seguía echando señuelo; cada vez que caía en el agua, a Brody le sonaba a diarrea.

A las once y media, a Brody le sobresaltó un chasquido brusco y resonante. Quint bajó la escalerilla de un salto, cruzó la cubierta y trepó al yugo. Cogió el arpón y lo sostuvo a la altura del hombro, examinando el agua que rodeaba la popa.

—¿Qué demonios ha sido eso? —dijo Brody.

—Ha vuelto.

—¿Cómo lo sabe? ¿Y qué ha sido ese ruido?

—Una cuerda al partirse. Se ha llevado uno de los calamares.

—¿Por qué se ha partido? ¿Por qué no la ha cortado a dentelladas?

—Seguramente no ha llegado a morderla. La debe de haber sorbido y la cuerda se le ha tensado por detrás de los dientes al cerrar la boca. Ha hecho así, imagino —Quint giró bruscamente la cabeza a un lado—, la cuerda se ha partido.

—Pero ¿cómo hemos oído el chasquido si se ha partido bajo el agua?

—¡Pues porque no se ha partido bajo el agua, por el amor de Dios! Se ha partido aquí. —Quint señaló un palmo de cuerda que colgaba de una cornamusa de la sección media.

—Oh —dijo Brody. Mientras buscaba el resto, vio como se distendía otra cuerda un poco más adelante—. Ahí va otra. —Se puso de pie, caminó hasta la borda y recogió la cuerda—. Lo debemos de tener justo debajo.

—¿A alguien le apetece bañarse? —preguntó Quint.

—Bajemos la jaula —sugirió Hooper.

—Está de broma —dijo Brody.

—En absoluto. Puede que eso lo haga venir.

—¿Con usted dentro?

—De entrada no. Primero veamos qué hace. ¿Qué me dice, Quint?

—Por qué no. No pasa nada por meterla en el agua, y ha pagado usted por traerla. —Dejó el arpón y Hooper y él caminaron hasta la jaula.

Pusieron la jaula sobre un costado y Hooper abrió la escotilla superior y entró por ella. Sacó el tanque de submarinismo, el regulador, la mascarilla y el traje de neopreno y lo dejó todo en cubierta. Volvieron a poner la jaula erguida y la deslizaron por la cubierta hasta la borda de estribor.

—¿Me prestan un par de cuerdas? —pidió Hooper—. La quiero atar a la barca. —Quint bajó y regresó con dos rollos de cuerda. Ataron una a una cornamusa de popa y la otra a una de la sección media—. Muy bien. Bajémosla.

Levantaron la jaula, la volcaron hacia atrás y la echaron por la borda. Se hundió hasta que las cuerdas la detuvieron a un par de metros por debajo de la superficie. Allí se quedó, subiendo y bajando lentamente por la acción del oleaje. Los tres hombres se quedaron en la borda, mirando el agua.

—¿Qué le hace pensar que esto lo hará salir? —preguntó Brody.

—No he dicho «salir» —apostilló Hooper—. He dicho «venir». Creo que vendrá para echarle un vistazo y ver si se la quiere comer.

—Eso no nos sirve de nada —replicó Quint—. No lo puedo arponear si está a tres metros bajo el agua.

—Una vez venga —dijo Hooper—, quizá salga. No estamos teniendo suerte con nada más.

Pero el tiburón no vino. La jaula permaneció en el agua, intacta.

—Ahí va otro calamar —dijo Quint, señalando a proa—. Está claro que está aquí. —Se asomó por la borda y gritó—: ¡Maldito seas, tiburón! Sal adonde te pueda dar un lanzazo.

Al cabo de quince minutos, Hooper dijo:

—En fin. —Y bajó. Reapareció al cabo de unos momentos, llevando una cámara de cine con estuche impermeable y algo que a Brody le pareció un bastón con una correa en una punta.

—¿Qué está haciendo? —preguntó Brody.

—Voy a bajar. Quizá eso lo hará venir.

—Está como una puta cabra. ¿Y qué hará si viene?

—Primero, le haré unas cuantas fotos. Después lo intentaré matar.

—¿Y con qué, si me permite la pregunta?

—Con esto. —Hooper les enseñó el bastón.

—Buena idea —dijo Quint con una risita despectiva—. Y si eso no funciona, lo puede matar a cosquillas. ¿Qué es eso?

—Es una lupara submarina. También se la llama cabeza de potencia. En cualquier caso, es básicamente un fusil subacuático. —Estiró de ambos extremos del bastón y lo dividió en dos partes—. Aquí dentro —informó, señalando una cámara que había en el punto donde se habían separado las partes— se mete un cartucho de escopeta del calibre doce. —Se sacó del bolsillo un cartucho de escopeta, lo encajó en la cámara y volvió a acoplar las dos partes del bastón—. Luego, cuando tienes al animal a tiro, le clavas una punta y el cartucho se dispara. Si le aciertas en el sitio adecuado, y el único seguro es el cerebro, lo matas.

—¿Incluso a un tiburón de este tamaño?

—Creo que sí. Si le das en el sitio adecuado.

—¿Y si no? Imagine que falla por un pelo.

—Es lo que me da miedo.

—A mí también me lo daría —dijo Quint—. No creo que me gustara tener a un dinosaurio cabreado de cinco toneladas intentando comerme.

—Eso no es lo que me preocupa —replicó Hooper—.

Lo que me preocupa es que, si fallo, quizá lo ahuyente. Seguramente se iría al fondo y no sabríamos si se ha muerto o no.

—Hasta que se coma a alguien —dijo Brody.

—Exacto.

—Está como una cabra —espetó Quint.

—¿De verdad, Quint? Porque usted no está teniendo mucho éxito con este tiburón. Nos podemos pasar todo el mes aquí mientras se dedica a comerse sus cebos delante de nuestras narices.

—Vendrá. Háganme caso.

—Morirá usted de viejo antes de que venga, Quint. Creo que este tiburón le está haciendo un traje. No sigue las reglas.

Quint miró a Hooper y dijo en tono frío:

—¿Me está diciendo cómo tengo que hacer mi trabajo, chaval?

—No, Pero sí le estoy diciendo que este tiburón es demasiado para usted.

—Ah, ¿sí, chaval? ¿Cree que lo puede hacer mejor que Quint?

—Dígalo como quiera. Creo que puedo matar al tiburón.

—Muy bien, pues. Va a tener su oportunidad.

—Venga ya —dijo Brody—. No le podemos dejar que se meta en esa cosa.

—¿Y usted de qué se queja? Por lo que he visto, sería feliz si el tío bajara y ya no volviera a subir. Así por lo menos dejaría de...

—¡Cállese la boca! —Brody tenía emociones encontradas. En parte le traía sin cuidado si Hooper vivía o moría;

hasta podría alegrarse de que muriera. Pero sería una venganza vacía y probablemente carente de mérito. ¿Acaso era capaz de desearle la muerte a un hombre? No. Todavía no.

—Adelante —apremió Quint a Hooper—. Métase en ese trasto.

—Ahora mismo. —Hooper se quitó la camisa, las deportivas y los pantalones y empezó a ponerse el traje de neopreno por las piernas—. Cuando esté dentro —explicó, empujando con los brazos para enfundarlos en las mangas de goma del traje—, quédense aquí arriba y vigilen. Quizá puedan usar el rifle si se acerca lo bastante a la superficie. —Miró a Quint—. Usted puede estar listo con el arpón... si quiere.

—Yo me ocupo de lo mío —dijo Quint—. Preocúpese de usted.

Cuando tuvo el traje puesto, Hooper encajó el regulador en el cuello de la bombona de oxígeno, ajustó la tuerca de mariposa que lo afianzaba y abrió la válvula. Dio dos bocanadas del tanque para asegurarse de que salía el aire.

—Ayúdeme a ponerme esto, ¿quiere? —le dijo a Brody.

Brody levantó la bombona y la sostuvo mientras Hooper pasaba los brazos por dentro de las correas y se ataba una tercera correa a la cintura. Se puso la mascarilla por la cabeza.

—Debería haberme traído pesas —sugirió Hooper.

—Debería haberse traído el cerebro —replicó Quint.

Hooper pasó la muñeca derecha por la correa del final de la cabeza de potencia, cogió la cámara con la mano derecha y dijo:

—Muy bien. —Caminó hasta la borda—. Si cogen cada uno de una cuerda y estiran, eso traerá la jaula a la superficie. Entonces abriré la trampilla, me meteré por encima y podrán soltar las cuerdas. Se quedará colgada de las cuerdas. No usaré los tanques de flotación a menos que se rompa una cuerda.

—O que el tiburón la parta de un mordisco —apostilló Quint.

Hooper miró a Quint y sonrió.

—Gracias por los ánimos.

Quint y Brody estiraron de las cuerdas y la jaula ascendió por el agua. Al emerger la trampilla, Hooper dijo:

—Muy bien: ahí. —Escupió sobre la mascarilla, frotó la saliva contra el cristal y se la puso sobre la cara. Manipuló el tubo del regulador, se metió la boquilla en la boca y respiró. Luego se inclinó sobre la borda, le quitó el pestillo a la trampilla de la jaula y la abrió. Empezó a pasar una pierna por encima de la borda, pero se detuvo. Se sacó la boquilla de la boca y dijo—: Me he olvidado de una cosa. —Tenía la nariz metida en la mascarilla, de forma que la voz le salió pastosa y nasal. Cruzó la cubierta y recogió sus pantalones. Hurgó en los bolsillos hasta encontrar lo que buscaba. Se abrió la cremallera del traje de neopreno.

—¿Qué es eso? —preguntó Brody.

Hooper le enseñó un diente de tiburón con el borde de plata. Era un duplicado del que le había regalado a Ellen. Se lo metió dentro del traje y cerró la cremallera.

—Toda precaución es poca —contestó, sonriendo.

Volvió a cruzar la cubierta, se metió la boquilla en la boca y se puso de rodillas sobre la borda. Dio una última bocanada de aire y pasó por encima de la borda hasta la trampilla abierta. Brody lo vio desaparecer, preguntándose si realmente quería saber la verdad sobre Hooper y Ellen.

Hooper se detuvo antes de llegar al fondo de la jaula. Giró sobre sí mismo y se puso de pie. Estiró el brazo hacia la trampilla superior y la cerró. Por fin levantó la vista hacia Brody, juntó el pulgar y el índice de la mano izquierda para hacer el signo de que todo iba bien y agachó la cabeza.

—Supongo que la podemos dejar ir ya —dijo Brody.

Soltaron las cuerdas y dejaron bajar la jaula hasta que la trampilla quedó a un metro y medio por debajo de la superficie.

—Vaya a por el rifle —le ordenó Quint—. Está en el armero de abajo. Ya está cargado. —Se subió al yugo de la popa y se echó el arpón al hombro.

Brody fue a la bodega, encontró el rifle y volvió a subir a toda prisa a cubierta. Abrió el cerrojo y metió el cartucho en la recámara.

—¿Cuánto aire tiene?

—No lo sé. Pero da igual cuánto tenga, dudo que viva lo suficiente para respirarlo.

—Quizá tenga razón. Pero ya lo dijo usted: nunca se sabe lo que van a hacer esos animales.

—Sí, pero esto es distinto. Esto es como meter la mano en el fuego y confiar en no quemarte. Los hombres sensatos no hacen estas cosas.

Debajo, Hooper esperó a que se disipara la espuma burbujeante de su descenso. Le había entrado agua en la mascarilla, de forma que echó la cabeza atrás, hizo presión en la parte superior del protector facial y sopló por la nariz hasta vaciar la mascarilla. Se sentía tranquilo. Tenía la misma sensación generalizada de libertad y naturalidad que siempre que buceaba. Estaba a solas en un silencio azul salpicado de rayos de luz del sol que danzaban por el agua.

No oía más que su propia respiración, un ruido hueco y profundo cuando inspiraba y un golpeteo suave de burbujas cuando espiraba. Si aguantaba la respiración, el silencio era total. Sin pesas, flotaba demasiado y tenía que agarrarse a los barrotes para que no le chocara la bombona de oxígeno contra la trampilla superior. Se dio la vuelta y contempló el casco de la barca, un cuerpo gris suspendido encima de él, dando unos brincos suaves. Al principio la jaula lo molestó. Era algo que lo confinaba, lo restringía, le impedía disfrutar de la elegancia del movimiento bajo el agua. Pero luego se acordó de por qué estaba allí y la agradeció.

Buscó al tiburón con la mirada. Sabía que no podía estar debajo de la barca, como había creído Quint. No podía estar quieto en ninguna parte, no podía descansar ni pararse. Necesitaba moverse para sobrevivir.

Incluso bajo la potente luz del sol, la visibilidad en aquellas aguas turbias era mala: poco más de una docena de metros. Hooper se dio la vuelta lentamente, intentando penetrar en el límite de la penumbra y captar cualquier destello de color o movimiento. Miró debajo de la barca, donde el agua pasaba del azul al gris y al negro. Nada. Se miró el reloj y calculó que, si controlaba la respiración, podría aguantar allí abajo por lo menos media hora más.

Arrastrado por la corriente, uno de los pequeños calamares blancos se coló entre los barrotes de la jaula y, atado a su cuerda, revoloteó frente a la cara de Hooper. Este lo sacó de un manotazo de la jaula.

Miró hacia abajo, empezó a desviar la vista y la volvió a bajar de golpe. Elevándose hacia él desde aquel azul que fundía a negro —despacio, fluidamente—, estaba el tiburón. Ascendía sin esfuerzo aparente, como un ángel de la muerte deslizándose hacia un encuentro ordenado de antemano.

Hooper lo miró, cautivado, invadido por el deseo de huir pero incapaz de moverse. Mientras el tiburón se acercaba, lo maravillaron sus colores: se habían esfumado los tonos grises parduzcos homogéneos que había visto en la superficie. La parte superior del cuerpo inmenso era de un gris ferroso sólido, que se volvía azulado allí donde lo salpicaban los haces del sol. Por debajo de la línea lateral, todo era de un blanco cremoso y fantasmal.

Hooper quiso levantar la cámara, pero no le obedeció el brazo. Espera un minuto, se dijo a sí mismo, espera un minuto.

El tiburón se acercó, silencioso como una sombra, y Hooper se echó atrás. La cabeza ya no estaba a más de un par de metros de la jaula cuando la bestia viró y empezó a pasar frente a los ojos de Hooper; con indiferencia, como si estuviera exhibiendo con orgullo su masa y su poder incalculables. El hocico pasó primero; luego la mandíbula, laxa y sonriente, armada con una hilera tras otra de triángulos serrados. Y por fin el ojo negro e insondable, con aspecto de que se lo hubieran remachado allí. Las branquias aleteaban: heridas sin sangre en la piel de acero.

Hooper metió una mano vacilante por entre los barrotes y le tocó el costado. Era frío y duro al tacto, no viscoso, sino suave como el vinilo. Dejó que las yemas de sus dedos acariciaran la carne, pasando junto a las aletas pectorales, la aleta pélvica y los gruesos y firmes pterigopodios genitales, hasta que por fin (el tiburón parecía no acabarse nunca) la cola enorme se lo llevó todo con un latigazo.

El tiburón siguió alejándose de la jaula. Hooper oyó unos golpes amortiguados y vio tres espirales de burbujas furiosas que bajaban toda velocidad desde la superficie, se ralentizaban y se detenían muy por encima del tiburón. Balas. Todavía no, se dijo a sí mismo. Dadme un pase más para hacerle fotos. El tiburón empezó a girar, escorándose, con las gomosas aletas pectorales cambiando de orientación.

—¿Qué demonios está haciendo ahí abajo? —dijo Brody—. ¿Por qué no le ha intentado disparar con el arma?

Quint no contestó. Estaba de pie en el yugo, con el arpón en alto y mirando el interior de agua.

—Sube, tiburón. Ven con Quint.

—¿Puede verlo? ¿Qué está haciendo?

—Nada. Todavía nada.

El tiburón se había alejado hasta el límite del campo visual de Hooper y ahora era una mancha espectral de color gris plateado que trazaba lentamente un círculo. Hooper levantó su cámara y pulsó el botón. Sabía que la película no valdría nada a menos que el tiburón se volviera a acercar, pero quería captar a la bestia mientras emergía de la oscuridad.

A través del visor de la cámara vio que el tiburón viraba hacia él. Empezó a acercarse deprisa, dando coletazos vigorosos, abriendo y cerrando la boca como si intentara respirar. Hooper levantó la mano derecha para cambiar el enfoque. Acuérdate de cambiarlo otra vez cuando gire, se dijo.

Pero el tiburón no giró. Un temblor le recorrió el cuerpo entero mientras se acercaba a la jaula. La embistió de frente, metiendo el hocico entre dos barrotes y separándolos entre sí. El hocico golpeó a Hooper en el pecho y le hizo salir disparado hacia atrás. Le salió volando la cámara de las manos y se le escapó la boquilla de la boca. El tiburón se puso de costado y a base de golpes de cola encajó todavía más el cuerpo enorme en la jaula. Hooper buscó a tientas su boquilla, pero no la encontró. La falta de aire le estaba provocando convulsiones en el pecho.

—¡Está atacando! —gritó Brody. Agarró una de las cuerdas y trató desesperadamente de elevar la jaula.

—¡La puta madre que lo parió! —chilló Quint.

—¡Tire el arpón! ¡Tírelo!

—No lo puedo tirar. Necesito que salga a la superficie. ¡Sube, cabrón! ¡Hijo de puta!

El tiburón se deslizó hacia atrás hasta salir de la jaula y viró bruscamente a la derecha, trazando un círculo cerrado. Hooper se llevó una mano detrás de la cabeza, encontró el tubo del regulador y lo siguió con la mano hasta encontrar la boquilla. Se la metió en la boca, y olvidándose primero de soltar el aire, dio una bocanada ansiosa. Lo que le entró fue agua, y lo asaltaron las arcadas hasta que por fin la boquilla se despejó y le permitió coger aire agónicamente. Fue entonces cuando vio el enorme espacio abierto entre los barrotes y la cabeza gigante que venía lanzada hacia él. Levantó las manos por encima de la cabeza y trató de abrir la trampilla para escapar.

El tiburón embistió el espacio abierto entre los barrotes, separándolos todavía más con cada impulso de la cola. Pegado al fondo de la jaula, Hooper vio como las fauces intentaban alcanzarlo. Se acordó de la cabeza de potencia y trató de bajar el brazo derecho para agarrarla. El tiburón volvió a embestir y Hooper vio con ese terror que provoca la ausencia de esperanza que las fauces lo iban a alcanzar.

Las fauces se le cerraron en torno al torso. Hooper sintió una presión terrible, como si le estuvieran compactando las entrañas. Golpeó el ojo negro con el puño. El tiburón cerró las mandíbulas y lo último que vio Hooper antes de morir fue aquel ojo contemplándolo a través de una nube de su propia sangre.

—¡Lo ha agarrado! —gritó Brody—. ¡Haga algo!

—Ya está muerto —dijo Quint.

—¿Cómo lo sabe? Quizá lo podamos salvar.

—Está muerto.

Llevándose a Hooper en la boca, el tiburón sacó la cabeza de la jaula. Se hundió unos metros, masticando, tragando las vísceras que tenía embutidas en el esófago. Por fin se estremeció y se impulsó con la cola hacia delante, lanzándose a sí mismo y a su presa en dirección a la superficie.

—¡Está subiendo! —exclamó Brody.

—¡Agarre el rifle! —Quint orientó la mano para arrojar el arpón.

El tiburón emergió a cinco metros de la barca, elevándose en el aire en medio de un estallido de espuma. El cuerpo de Hooper le sobresalía de los lados de la boca, con la cabeza y los brazos colgando inertes de un lado y las rodillas, pantorrillas y pies del otro.

Durante los pocos segundos en que el tiburón estuvo fuera del agua, a Brody le pareció ver que los ojos vidriosos y muertos de Hooper lo miraban abiertos a través de la mascarilla. Como si estuviera haciendo una exhibición de desprecio y triunfo, el tiburón permaneció un instante suspendido, desafiando la venganza de los mortales.

De forma simultánea, Brody echó mano al rifle y Quint lanzó el arpón. El blanco era enorme, una extensión de vientre pálido, y la distancia no era excesiva para alcanzarlo fuera del agua. Pero, mientras Quint lo lanzaba, el tiburón empezó a deslizarse de vuelta bajo el agua y el arpón le pasó por encima.

El tiburón permaneció un momento más en la superficie, con la cabeza fuera del agua y Hooper colgándole de la boca.

—¡Dispare! ¡Por el amor de Dios, dispare!

Brody disparó sin apuntar. Las dos primeras balas alcanzaron el agua de delante del tiburón. La tercera, para horror de Brody, le dio a Hooper en el cuello.

—¡Deme eso, joder! —dijo Quint, quitándole el rifle a Brody. Con un solo movimiento rápido, se lo llevó al hombro y disparó dos veces. Pero el tiburón, con una última mirada ausente, ya se había empezado a deslizar bajo la superficie. Las balas golpearon inofensivamente el remolino donde había estado la cabeza.

Fue como si el animal nunca hubiera estado allí. No se oía otro ruido que el susurro de la brisa. Desde la superficie, la jaula parecía intacta. La única diferencia era que ya no estaba Hooper.

—¿Ahora qué hacemos? —dijo Brody—. Por el amor de Dios, ¿qué hacemos? No nos queda nada que hacer. Más nos vale volver a tierra.

—Vamos a volver a tierra. De momento.

—¿De momento? ¿Qué quiere decir? No podemos hacer nada. Ese tiburón es demasiado para nosotros. No es real, no es natural.

—¿Se da por vencido ya?

—Me doy por vencido. Solo podemos esperar a que Dios o la naturaleza o lo que demonios sea que nos está haciendo esto decida que ya tiene bastante. La situación está fuera de las manos del hombre.

—De las mías no —dijo Quint—. Voy a matar a esa criatura.

—No sé si voy a poder conseguirle más dinero después de lo que ha pasado hoy.

—Quédese su dinero. Esto ya no es cuestión de dinero.

—¿Qué quiere decir?

Brody miró a Quint, que estaba de pie en la popa, mirando el sitio donde había emergido la cabeza del tiburón, como si esperara verlo reaparecer en cualquier momento con el cadáver destrozado en la boca. Inspeccionó el mar, ansiando un nuevo enfrentamiento.

—Voy a matar a ese tiburón. Venga conmigo si quiere. O quédese en su casa. Pero yo voy a matar a ese tiburón.

Mientras Quint hablaba, Brody lo miró a los ojos. Se veían igual de oscuros e insondables que los del tiburón.

—Iré con usted. Creo que no tengo opción.

—No. No tenemos opción. —Desenfundó el cuchillo y se lo dio a Brody—. Tenga. Corte las cuerdas de la jaula y salgamos de aquí.

Cuando la barca estuvo amarrada en el muelle, Brody echó a andar hacia su coche. Al final del embarcadero había una cabina telefónica y se detuvo junto a ella, movido por su anterior decisión de llamar a Daisy Wicker. Pero refrenó el impulso y se fue hacia su coche. ¿Qué sentido tiene?, pensó. Si hubo algo, ya se ha terminado.

Aun así, mientras conducía hacia Amity, Brody se preguntó cuál debía de haber sido la reacción de Ellen si la guardia costera la había llamado para comunicarle la muerte de Hooper. Quint había llamado por radio a la guardia costera antes de salir, y Brody le había pedido al agente de guardia que llamara a Ellen y le dijera que él por lo menos estaba bien.

Para cuando Brody llegó a casa, Ellen ya había terminado de llorar hacía rato. Había llorado de forma mecánica y furiosa, no tanto por Hooper como de impotencia y amargura porque se hubiera producido otra muerte. La había puesto más triste la desintegración de Larry Vaughan que esto de ahora, porque Vaughan había sido un amigo íntimo y próximo. Hooper solo había sido su «amante» en el sentido más superficial de la palabra. Ellen no lo había amado. Lo había usado, y, aunque estaba agradecida por lo que él le había dado, no creía que le debiera nada. Lamentaba su muerte, claro, igual que habría lamentado la muerte de su hermano, David. En su mente los dos ya eran reliquias de su pasado lejano.

Oyó que el coche de Brody paraba frente a la casa y abrió la puerta trasera. Dios, se lo ve hecho polvo, pensó cuando lo vio caminar hacia la casa. Tenía los ojos rojos y hundidos, y parecía caminar ligeramente encorvado. Lo besó en la puerta y le dijo:

—Tienes cara de necesitar una copa.

—La necesito. —Entró en la sala de estar y se dejó caer en un sillón.

—¿Qué te apetece?

—Lo que sea. Con tal de que sea fuerte.

Ellen entró en la cocina, llenó un vaso con partes iguales de vodka y zumo de naranja y se lo llevó. Se sentó en el brazo de su sillón y le acarició la cabeza. Sonrió y le dijo:

—Mira, es esa parte donde te falta pelo. Hace tanto tiempo que no te la toco que me había olvidado de que estaba ahí.

—Lo que me sorprende es que me quede algo de pelo. Dios, no creo que pueda sentirme nunca tan viejo como hoy.

—Me lo imagino. Bueno, ya se ha acabado.

—Ojalá —contestó Brody—. Ya me gustaría que se hubiera acabado.

—¿Qué quieres decir? Se ha acabado, ¿no? Ya no puedes hacer nada más.

—Vamos a volver mañana. A las seis en punto.

—Estás de broma.

—Ya me gustaría.

—¿Por qué? —Ellen estaba estupefacta—. ¿Qué crees que podéis hacer?

—Cazar al tiburón. Y matarlo.

—¿De verdad lo crees?

—No estoy seguro. Pero Quint sí. Dios, no te imaginas cómo se lo cree.

—Pues deja que vaya él. Que el tiburón lo mate a él.

—No puedo.

—¿Por qué no?

—Porque es mi trabajo.

—¡No es tu trabajo! —Estaba furiosa, y asustada, y se le empezaron a llenar los ojos de lágrimas.

Brody lo pensó un momento y dijo:

—No, tienes razón.

—¿Pues por qué?

—Creo que no te lo puedo decir. Creo que no lo sé.

—¿Estás intentando demostrar algo?

—Quizá. No lo sé. No me sentía así antes. Cuando ha muerto Hooper, estaba dispuesto a rendirme.

—¿Y qué te ha hecho cambiar de opinión?

—Quint, supongo.

—¿Quieres decir que le dejas darte órdenes?

—No. No me ha ordenado nada. Es algo que siento. No lo puedo explicar. Pero rendirme no es la solución. No pone fin a nada.

—¿Por qué es tan importante que haya un fin?

—Por distintas razones, creo. Quint piensa que, si no mata al tiburón, todo aquello en lo que cree no significará nada.

—¿Y tú?

Brody intentó sonreír.

—Supongo que debo de ser un poli amargado.

—¡No bromees conmigo! —exclamó Ellen, y le brotaron las lágrimas—. ¿Qué pasa conmigo y los niños? ¿Quieres morir?

—No, Dios, no. Pero es que...

—Crees que todo es culpa tuya. Crees que eres responsable.

—¿Responsable de qué?

—De lo de aquel niño y el otro señor mayor. Crees que todo se arreglará matando al tiburón. Quieres venganza.

Brody suspiró.

—Quizá sí. No lo sé. Siento... creo que la única forma de que este pueblo pueda volver a la vida es que matemos a esa bestia.

—Y estás dispuesto a dejarte matar para intentar...

—¡No digas estupideces! No quiero dejarme matar. Ni siquiera quiero, si es lo que estás sugiriendo, salir con esa puta barca. ¿Crees que me gusta estar allí? Paso tanto miedo que estoy todo el tiempo a punto de vomitar.

—¿Pues por qué vas? —Ellen le estaba suplicando, implorando—. ¿Es que eres incapaz de pensar en nadie más que en ti?

A Brody lo asombró aquella sugerencia de egoísmo. Ni siquiera le había pasado por la cabeza que estuviera siendo egoísta, satisfaciendo una necesidad personal de expiación.

—Te quiero —dijo él—. Ya lo sabes..., pase lo que pase.

—Sí, claro —replicó con amargura—. Claro que sí.

Cenaron en silencio. Al terminar, Ellen recogió los platos, los lavó y fue al piso de arriba. Brody recorrió la sala de estar apagando las luces. Se disponía a pulsar el interruptor que apagaba la luz del pasillo cuando oyó unos golpes en la puerta de la casa. La abrió y vio a Meadows.

—Eh, Harry. Entra.

—No. Ya es tarde. Solo quería dejarte esto. —Le dio a Brody un sobre de papel manila.

—¿Qué es?

—Ábrelo y verás. Ya hablaremos mañana. —Meadows dio media vuelta y se alejó por el caminillo que llevaba a la acera, donde tenía aparcado el coche con los faros encendidos y el motor en marcha.

Brody cerró la puerta y abrió el sobre. Dentro estaban las galeradas de los editoriales del *Leader* del día siguiente. Los primeros dos editoriales estaban marcados con un círculo de lápiz de cera. Brody los leyó:

UN APUNTE TRÁGICO...

Amity lleva tres semanas sufriendo una tragedia terrible tras otra. Sus ciudadanos y amigos se han visto golpeados por una amenaza salvaje que nadie puede frenar y ni siquiera explicar.

Ayer el tiburón blanco se cobró otra vida humana. Matt Hooper, joven oceanógrafo de Woods Hole, murió mientras intentaba cazar en solitario a la bestia.

Se puede debatir si el osado intento del señor Hooper fue buena idea o no. Pero da igual que lo consideremos valiente o temerario: no puede haber debate sobre los motivos que le hicieron emprender su fatídica misión. Estaba intentando ayudar a Amity, invirtiendo su tiempo y dinero personales en intentar devolver la paz a esta desesperada comunidad. Era un amigo y dio su vida para que nosotros, sus amigos, pudiéramos vivir.

... Y UNA NOTA DE AGRADECIMIENTO

Desde que llegó a Amity el tiburón merodeador, hay un hombre que ha dedicado hasta el último minuto de su tiempo a intentar proteger a sus conciudadanos. Hablo del jefe de policía Martin Brody.

Después del primer ataque, el sheriff Brody ya quería informar al público del peligro y cerrar las playas. Pero un coro de voces menos prudentes, incluida la del editor de este periódico, le dijeron que se equivocaba. Minimicemos el riesgo, dijimos, y así desaparecerá. Éramos nosotros los que nos equivocábamos.

Alguna gente de Amity tardó demasiado en aprender la lección. Cuando, después de varios ataques, el sheriff Brody insistió en mantener cerradas las playas, recibió insultos y amenazas. Algunos de quienes lo criticaban de forma más virulenta no estaban actuando en pos del bien general, sino movidos por la codicia personal. El sheriff Brody persistió y, nuevamente, demostró tener razón.

Ahora el sheriff Brody está arriesgando su vida en la misma expedición que se ha cobrado la vida de Matt Hooper. Todos debemos ofrecer nuestras plegarias para que regrese sano y salvo... y nuestro agradecimiento por su fortaleza y su integridad extraordinarias.

—Gracias, Harry —dijo Brody en voz alta.

Alrededor de la medianoche, se levantó un viento fuerte del nordeste, que traspasó las mosquiteras y no tardó en traer una fuerte lluvia que salpicó el suelo del dormitorio. Brody salió de la cama y cerró la ventana. Intentó volver a dormirse, pero su mente rechazaba el descanso. Se volvió a levantar, se puso el albornoz, bajó a la sala de estar y encendió el televisor. Cambió de canal hasta encontrar una película, *Fin de semana*, con Fred Astaire y Ginger Rogers. Luego se sentó en un sillón y se sumió en una duermevela discontinua.

Se despertó a las cinco, con el zumbido de la carta de ajuste, apagó el televisor y trató de oír el viento. Se había moderado y parecía haber cambiado de dirección, pero seguía trayendo lluvia. Se planteó llamar a Quint, pero pensó: no, para qué. Aunque haya galerna, saldremos igualmente. Subió al piso de arriba y se vistió en silencio. Antes de salir del dormitorio echó un vistazo a Ellen, que dormía con el ceño fruncido.

—Sí que te quiero, ¿sabes? —susurró, y la besó en la frente.

Empezó a bajar las escaleras y luego, de forma impulsiva, entró para mirar a los niños en su dormitorio. Dormían todos.

14

Cuando llegó al embarcadero, Quint ya lo estaba esperando: una figura alta e impasible cuyo impermeable amarillo relucía bajo el cielo oscuro. Estaba afilando una punta de arpón contra una piedra de carborundo.

—He estado a punto de llamarlo —dijo Brody mientras se ponía el impermeable—. ¿Qué comporta este tiempo?

—Nada. No tardará en escampar. Y aunque no escampe, da igual. El tiburón estará allí.

Brody contempló el vuelo rápido de las nubes.

—Bastante lúgubre.

—Como corresponde —dijo Quint, y subió de un brinco a bordo.

—¿Vamos nosotros solos?

—Nosotros solos. ¿Esperaba a alguien más?

—No. Pero creía que quería usted un par de manos extra.

—Conoce usted a este tiburón mejor que nadie, y un par de manos extra ya no cambiarán nada. Además, esto no es asunto de nadie más.

Brody pasó del embarcadero al yugo de la popa y estaba a punto de saltar a cubierta cuando vio que en un rincón había algo cubierto con una lona.

—¿Eso qué es? —dijo, señalando.

—Una oveja. —Quint giró la llave del contacto. El motor carraspeó una vez, arrancó y emitió un ronroneo continuo.

—¿Para qué? —Brody bajó a cubierta—. ¿La va a sacrificar?

Quintó soltó una risa brusca y siniestra.

—No es mala idea. Pero no, es cebo. Vamos a darle el desayuno antes de ir a por él. Suelte el cabo de popa. —Caminó a la proa y soltó los cabos de la proa y el de amarre.

Mientras se disponía a soltar la amarra de popa, Brody oyó un motor de coche. Aparecieron por la carretera unos faros a toda velocidad y se oyó un chirrido de neumáticos cuando el coche se detuvo al final del embarcadero. Un hombre salió de un salto del coche y echó a correr hacia la *Orca*. Era el periodista del *Times*, Bill Whitman.

—Casi no los pillo —dijo, jadeando.

—¿Qué quiere? —preguntó Brody.

—Quiero ir con ustedes. O, mejor dicho, me han mandado que vaya.

—Mala suerte —dijo Quint—. No sé quién es usted, pero con nosotros no viene nadie. Brody, suelte el cabo de popa.

—¿Por qué no? —dijo Whitman—. No estorbaré. Quizá pueda ayudar. Oiga, amigo, esto es noticia. Si va a cazar usted a ese tiburón, quiero estar presente.

—Váyase a la mierda —replicó Quint.

—Pues alquilaré una barca y los seguiré.

Quint se rio.

—Adelante. A ver si encuentra a alguien lo bastante

tonto como para llevarlo. Y luego, a ver si nos encuentra a nosotros. El océano es grande. ¡Tire la cuerda, Brody!

Brody tiró el cabo de popa sobre la cubierta. Quint empujó la palanca del acelerador y la barca salió del atracadero. Brody miró atrás y vio a Whitman alejarse por el embarcadero hacia su coche.

El agua estaba picada frente a Montauk porque el viento, que ahora era del sudeste, soplaba en contra de la corriente. La barca iba dando tumbos por las olas, con la proa brincando y levantando una cortina de espuma.

Cuando llegaron a alta mar, rumbo al sudoeste, el avance se hizo más fácil. La lluvia ya era una simple llovizna y a cada momento había menos olas con crestas de espuma.

Solo hacía quince minutos que habían rodeado la punta cuando Quint echó atrás la palanca y ralentizó el motor.

Brody contempló la costa. Bajo la luz matinal, pudo ver con claridad el depósito de agua: una punta negra elevándose sobre la línea gris de tierra. El faro todavía tenía la luz encendida.

—No nos hemos alejado tanto como de costumbre —dijo.

—No.

—No debemos de estar a más de tres kilómetros de la orilla.

—Más o menos.

—¿Pues por qué se detiene?

—Tengo una corazonada. —Quint señaló a la izquierda, en dirección a unas luces que había en un punto más alejado de la costa—. Eso de ahí es Amity.

—¿Y qué?

—No creo que hoy se aleje tanto de la costa. Creo que va a estar entre aquí y Amity.

—¿Por qué?

—Ya se lo he dicho: es una corazonada. Estas cosas no siempre tienen explicación.

—Pero llevamos dos días seguidos encontrándolo más adentro.

—O encontrándonos él a nosotros.

—No lo entiendo, Quint. Para ser un hombre que dice que los tiburones no tienen inteligencia, a este lo pinta como si fuera un genio.

—Yo no diría tanto.

A Brody lo irritó el tono enigmático y astuto de Quint.

—¿A qué está usted jugando?

—A nada. Si me equivoco, me equivoco.

—Y mañana probamos en otra parte. —Brody casi confiaba en que Quint se equivocara y así tuvieran un día de descanso.

—O bien hoy más tarde. Pero creo que no tendremos que esperar tanto. —Quint apagó el motor, fue a popa y subió un cubo de señuelo al yugo—. Empiece a echar señuelo —dijo, dándole el cazo a Brody. Destapó la oveja, le ató una soga en torno al cuello y la colocó sobre la borda. Le rajó el vientre y tiró al animal por la borda, dejando que se alejara una veintena de metros de la barca antes de atar la cuerda a una cornamusa de la popa. Luego fue a proa, desató un par de toneles y cargó con ellos, con los rollos de cuerda y los dardos de arpón de vuelta a la popa. Dejó un tonel a cada lado del yugo, cada uno junto a su soga, y encajó un dardo en el astil de madera.

—Muy bien. Ahora a ver cuánto tarda.

El cielo ya había clareado hasta ser de un gris plenamente diurno; de una en una y de dos en dos, las luces de la costa se iban apagando.

El hedor del mejunje que estaba echando al agua le revolvió a Brody las tripas, y deseó haber comido algo —lo que fuera— antes de salir de casa.

Quint estaba sentado en el puente elevado, contemplando los ritmos del mar.

A Brody le dolía el culo del rato que llevaba sentado en la superficie dura del yugo y ya se le estaba cansando el brazo de tanto llenar el cazo y vaciarlo. De forma que se puso de pie, se desperezó, y, mirando hacia popa, empezó a mover el cazo para llenarlo otra vez.

De pronto vio la cabeza monstruosa del tiburón, a menos de dos metros, tan cerca que podría estirar el brazo y tocarlo con el cazo; sus ojos negros mirándolo, el morro de color gris plateado y la boca entreabierta sonriéndole.

—¡Oh, Dios! —dijo Brody, preguntándose en plena conmoción cuánto rato había estado allí el tiburón antes de que él se pusiera de pie y se diera la vuelta—. ¡Ahí está!

En un abrir y cerrar de ojos, Quint había bajado la escalerilla y estaba en la popa. En cuanto saltó al yugo, la cabeza del tiburón se volvió a sumergir y, al cabo de un segundo, se estampó contra el yugo. Las fauces se cerraron en torno a la madera y la cabeza se sacudió con violencia a un lado y a otro. Brody se agarró a una cornamusa y se mantuvo aferrado a ella, incapaz de apartar la vista de aquellos ojos. Cada vez que el tiburón movía la cabeza, la barca temblaba violentamente y daba bandazos. Quint se resbaló y cayó de rodillas sobre el yugo. El tiburón soltó la madera, se volvió a sumergir y la barca volvió a quedar inmóvil.

—¡Nos estaba esperando! —gritó Brody.

—Lo sé.

—¿Pero cómo ha...?

—Da igual. Ya lo tenemos.

—¿Lo tenemos? ¿No ve lo que le ha hecho a la barca?

—La ha zarandeado bien, ¿verdad?

La soga que ataba a la oveja se tensó, tembló un momento y se distendió.

Quint se puso de pie y cogió el arpón.

—Ha cogido la oveja. Tardará un minuto en volver.

—¿Cómo es que no ha cogido a la oveja primero?

—Porque es un maleducado. —Quint soltó una risilla—. Ven, cabrón, ven, que recibirás.

Brody le vio la fiebre en la cara a Quint; un calor que le iluminaba los ojos oscuros, una intensidad que le despegaba los labios de los dientes formando una sonrisa chueca, una expectación que le hacía palpitar los tendones del cuello y le ponía los nudillos blancos.

La barca se volvió a estremecer y se oyó un golpe apagado y hueco.

—¿Qué está haciendo? —preguntó Brody.

Quint se inclinó sobre la borda y gritó:

—¡Sal de ahí debajo, maricón! ¿Dónde tienes las agallas? ¡No me vas a hundir antes de que te atrape!

—¿Qué quiere decir con hundirnos? —dijo Brody—. ¿Qué está haciendo?

—¡Está intentando abrir un agujero a dentelladas en el fondo de la puta barca, eso está haciendo! Vaya a inspeccionar la sentina. ¡Sal de ahí, hijo de la gran puta! —Quint levantó su arpón al máximo.

Brody se arrodilló y levantó la escotilla del cuarto de motores. Se asomó a aquel hueco oscuro y grasiento. Había agua en la sentina, pero la había siempre, y no vio ninguna vía de agua nueva.

—Lo veo todo bien. Gracias a Dios.

La aleta dorsal y la cola emergieron diez metros a la derecha de la popa y empezaron a moverse una vez más hacia la barca.

—Ahí vienes —dijo Quint, en tono de arrullo—. Ahí vienes. —Estaba plantado con las piernas abiertas, la mano izquierda apoyada en la cadera y la derecha en alto con el arpón agarrado. Cuando el tiburón estuvo a un par de metros de la barca y a punto de embestirla, Quint arrojó la lanza.

El arpón alcanzó al tiburón justo delante de la aleta dorsal. Al cabo de un momento el animal embistió a la barca, escorando la popa hacia un costado y derribando a Quint hacia atrás. La caída le hizo golpearse con la cabeza contra el reposapiés de la silla de combate y le dejó un hilo de sangre en el cuello. Se puso de pie de un salto y gritó:

—¡Te tengo! ¡Te tengo, desgraciado de los cojones!

La cuerda del dardo metálico se alejó serpenteando por la borda mientras el tiburón se hundía; cuando llegó al final, el tonel salió disparado del yugo de popa, cayó al agua y desapareció.

—¡Se lo ha llevado con él al fondo! —dijo Brody.

—No por mucho tiempo. Volverá, y le clavaremos otro arpón, y otro, y otro, hasta que se rinda. ¡Y entonces será nuestro! —Se apoyó en el yugo, contemplando el agua.

Su certidumbre era contagiosa, y Brody se sintió pletórico, radiante y aliviado. Era una especie de liberación, una liberación de la neblina de la muerte.

—¡Brutal! —gritó. Entonces se fijó en la sangre que le caía a Quint por el cuello y dijo—: Le está sangrando la cabeza.

—Traiga otro tonel. Tráigalo aquí. Y no enrede la cuerda. Quiero que fluya suave como la seda.

Brody corrió a proa, desamarró un tonel, se puso sobre el brazo el rollo de cuerda y se lo llevó todo a Quint.

—Ahí viene —informó Quint, señalando a la izquierda. El tonel emergió a la superficie y se quedó flotando sobre el agua. Quint tiró de la cuerda del astil de madera y lo subió a bordo. Le puso un dardo nuevo al astil y levantó el arpón sobre la cabeza.

—¡Está subiendo!

El tiburón emergió a pocos metros de la barca. Como un cohete en pleno ascenso, el hocico, las fauces y las aletas pectorales salieron del agua. Los siguieron el vientre de color blanco ahumado, la aleta pélvica y los enormes pterigopodios parecidos a salamis.

—¡Te veo la polla, cabrón! —gritó Quint, y le lanzó un segundo arpón, proyectando el hombro hacia delante y después hacia atrás con el lanzamiento. El arpón alcanzó al tiburón en el vientre, justo cuando el cuerpo enorme empezaba a caer hacia delante. El vientre impactó contra el agua con un retumbar enorme, bañando la barca con una cortina cegadora de agua—. ¡Ya está listo! —dijo Quint mientras la segunda cuerda se desenrollaba y caía por la borda.

La barca sufrió una sacudida, seguida de otra, y se oyó un crujido lejano de madera.

—Conque me atacas, ¿eh? ¡No te vas a llevar contigo a ningún hombre, cabrón engreído! —Quint corrió a proa y arrancó el motor. Empujó la palanca del acelerador y la barca se apartó de los toneles flotantes.

—¿Nos ha causado algún daño? —preguntó Brody.

—Alguno. Llevamos la popa un poco baja. Seguramente nos ha abierto una vía de agua. No es preocupante. Achicaremos el agua.

—Pues ya está —dijo Brody, contento.

—¿Qué es lo que está?

—El tiburón está acabado.

—No del todo. Mire.

Siguiendo a la barca, aguantándole el ritmo, iban los dos toneles de madera roja. No se mecían. Arrastrados por la fuerza tremenda del tiburón, los dos hendían el agua, impulsando una ola delante de ellos y dejando una estela detrás.

—¿Nos está persiguiendo? —dijo Brody.

Quint asintió con la cabeza.

—¿Por qué? No puede ser que todavía nos considere comida.

—No, nos quiere dar pelea.

Por primera vez, Brody vio una sombra de intranquilidad en la cara de Quint. No era miedo, ni alarma verdadera, sino más bien cara de preocupación; como si, en mitad de un juego, le hubieran cambiado las reglas sin previo aviso o hubieran subido las apuestas. Cuando vio el cambio de humor de Quint, a Brody le entró el miedo.

—¿Alguna vez ha visto a un tiburón hacer algo así? —preguntó.

—No, nada parecido. Me han atacado la barca, como le

dije. Pero casi siempre, en cuanto les clavas un arpón, dejan de pelear contigo y pelean contra la cosa que tienen clavada.

Brody miró a popa. La barca se movía a velocidad moderada, virando a un lado y al otro en respuesta a los golpes aleatorios de timón de Quint. Y los toneles seguían pisándoles los talones.

—A la mierda —dijo Quint—. Si lo que quiere es pelea, la tendrá. —Frenó hasta poner el motor al ralentí, se bajó de un salto del puente elevado y fue al yugo de popa. Recogió el arpón. Le había vuelto la excitación a la cara—. ¡Muy bien, gilipollas! ¡Aquí tienes pelea!

Los toneles siguieron acercándose, hendiendo el agua, a treinta metros, después a veinticinco y por fin a veinte. Brody vio pasar la silueta lisa y gris por el lado de estribor de la barca, a dos metros por debajo de la superficie.

—¡Está aquí! —gritó Brody—. Yendo hacia proa.

—¡Mierda! —dijo Quint, maldiciéndose por haber calculado mal la longitud de las cuerdas.

Extrajo el dardo del astil del arpón, cortó la cuerda que ataba el astil a una cornamusa, se bajó de un salto del yugo y corrió a proa. Cuando llegó, se inclinó y ató la cuerda a una cornamusa de proa, desamarró un tonel y encajó el dardo en el astil. Se subió a la punta del púlpito, con el arpón en alto.

Pero el tiburón ya se había alejado demasiado. La cola emergió seis metros por delante de la barca. Los dos toneles chocaron con la popa de forma casi simultánea. Rebotaron una vez, se desengancharon de la popa, uno por cada lado, y se deslizaron a ambos costados de la barca.

Treinta metros por delante de la barca, el tiburón dio

media vuelta. La cabeza surgió del agua y se volvió a hundir. La cola, enhiesta como una vela, empezó a dar latigazos a un lado y a otro.

—¡Aquí viene! —informó Quint.

Brody trepó a toda velocidad por la escalerilla del puente elevado. Nada más llegar, vio a Quint coger impulso con el brazo derecho y ponerse de puntillas.

El tiburón embistió la proa de frente, haciendo un ruido parecido a una explosión amortiguada. Quint arrojó el arpón. Alcanzó al tiburón en la parte superior de la cabeza, por encima del ojo derecho, y se quedó allí hundido. La cuerda empezó a bajar por la borda mientras el tiburón retrocedía.

—¡Perfecto! —dijo Quint—. Esta vez le he dado en la cabeza.

Ahora había tres toneles en el agua, patinando por la superficie. A continuación, desaparecieron.

—¡Joder! —maldijo Quint—. ¿Qué clase de bicho se puede ir al fondo con tres arpones clavados y tres barriles estirando hacia arriba?

La barca tembló, pareció elevarse y cayó de nuevo. Los toneles aparecieron en la superficie, dos a un costado de la barca y el tercero al otro. Luego se volvieron a sumergir. Al cabo de unos segundos, reaparecieron a veinte metros de la barca.

—Vaya abajo —ordenó Quint, mientras preparaba otro arpón—. A ver si ese capullo nos ha hecho daño en la proa.

Brody bajó a la bodega. Estaba seca. Retiró la alfombra raída, vio una trampilla y la abrió. Debajo del suelo de la bodega había una vía de agua entrando hacia la popa. Nos estamos hundiendo, se dijo a sí mismo, y le vino a la mente el recuerdo de sus pesadillas infantiles. Subió a cubierta y le dijo a Quint:

—No tiene buena pinta. Hay mucha agua debajo del suelo de la bodega.

—Más vale que baje a mirar. Tenga. —Le dio el arpón a Brody—. Si vuelve mientras estoy abajo, clávele esto, por si acaso. —Se fue hacia popa y bajó.

Brody se quedó en el púlpito, con el arpón en la mano, y contempló los toneles flotantes. Estaban prácticamente quietos en el agua, temblando ocasionalmente cada vez que el tiburón se movía bajo el agua. ¿Cómo se te puede matar?, le dijo Brody en silencio al tiburón. Oyó que arrancaba un motor eléctrico.

—No pasa nada —respondió Quint, caminando hacia proa. Le cogió el arpón de la mano a Brody—. Nos ha abierto un boquete, sí, pero debería bastar con las bombas de achique. Lo podremos remolcar.

Brody se secó las palmas en el trasero de los pantalones.

—¿De verdad lo va a remolcar?

—Sí. Cuando se muera.

—¿Y eso cuándo será?

—Cuando esté listo.

—¿Y hasta entonces qué?

—Esperamos.

Brody se miró el reloj. Eran las ocho y media.

Estuvieron tres horas esperando, siguiendo con la mirada el movimiento de los toneles, cada vez más lento y siguiendo trayectorias aleatorias por la superficie del mar. Al principio desaparecían cada diez o quince minutos y emergían otra vez a unas docenas de metros. Luego se empezaron a hundir cada vez menos, hasta que, a las once, ya llevaban casi una hora sin descender. A las once y media, los toneles ya flotaban sin más en el agua.

Había dejado de llover y el viento había amainado hasta convertirse en una brisa cómoda. El cielo era una extensión gris sin interrupciones.

—¿Qué le parece? —preguntó Brody—. ¿Está muerto?

—Lo dudo. Pero puede estar lo bastante cerca de morirse como para que le podamos enlazar la cola con una soga y arrastrarlo hasta que se ahogue.

Quint cogió un rollo de cuerda de uno de los toneles de la proa. Ató una punta a una cornamusa de la popa. Con la otra punta hizo un lazo.

Al pie del puntal de carga había un cabrestante eléctrico. Quint lo encendió para asegurarse de que funcionara y lo volvió a apagar. Arrancó el motor y acercó la barca a los toneles. Condujo despacio, con cautela, listo para virar y alejarse si los atacaba el tiburón. Pero los toneles no se movieron.

Tras llegar junto a los toneles, Quint dejó el motor al ralentí. Fue hasta la borda y usó un arpón para cazar una soga y subir uno de los toneles a bordo. Intentó desatar la soga del tonel, pero el nudo estaba empapado y deformado. De forma que se sacó el cuchillo de la funda del cinturón y cortó la soga. Clavó el cuchillo en la borda, liberándose la mano izquierda para sostener la cuerda y la derecha para subir el tonel a cubierta.

Se subió a la borda, pasó la soga por una polea que había en lo alto del puntal de carga y la bajó hasta el cabrestante. Le dio unas cuantas vueltas en torno al cabrestante y pulsó el interruptor de encendido. Nada más tensarse la cuerda, la barca se escoró marcadamente a estribor, arrastrada por el peso del tiburón.

—¿Aguantará tanto peso ese cabrestante? —preguntó Brody.

—Eso parece. No lo sacará del agua, pero sí que nos lo acercará. —El cabrestante giraba despacio, zumbando, tardando tres o cuatro segundos en dar cada vuelta completa. La soga tembló bajo tanta tensión, salpicando de agua la camisa de Quint.

De pronto la soga inició el camino de vuelta demasiado deprisa. Llegaba doblada y se empezó a enredar. La barca se enderezó de golpe.

—¿Se ha roto la cuerda?

—¡Joder, no! —dijo Quint. Y ahora Brody le vio el miedo en la cara—. ¡El hijo de puta está subiendo! —Se lanzó hacia los controles y puso el motor en marcha. Pero era demasiado tarde.

El tiburón salió a la superficie justo al lado de la barca, con un estruendo descomunal. Se elevó verticalmente y en un instante de horror Brody contempló boquiabierto la envergadura de su cuerpo. Suspendido en el aire, bloqueó la luz. Sus aletas pectorales planeaban como alas, rectas y rígidas, y, mientras el tiburón caía hacia delante, pareció estirarlas hacia Brody.

El tiburón aterrizó en la popa de la barca con un crujido tremendo, hundiéndola bajo las olas. El agua entró en tromba por encima del yugo. En cuestión de segundos, a Quint y Brody ya les llegaba a las caderas.

El tiburón se quedó allí tumbado, con las fauces a un metro del pecho de Brody. Su cuerpo palpitó, y en el ojo negro, grande como una pelota de béisbol, a Brody le pareció ver reflejada su propia imagen.

—¡Me cago en tu alma negra! —gritó Quint—. ¡Me has

hundido la barca! —Un tonel entró flotando en la cabina de mando, con la soga retorciéndose como si fuera una reunión de gusanos. Quint agarró el dardo del arpón que había al final de la cuerda y lo hundió con la mano en el vientre blanco y suave del animal. El chorro de sangre de la herida le bañó las manos.

La barca se estaba hundiendo. La popa ya estaba completamente sumergida y la proa no paraba de elevarse.

El tiburón bajó deslizándose de la popa y se hundió bajo las olas. La soga, unida al dardo que Quint le había clavado, fue detrás.

De pronto Quint perdió el equilibrio y cayó de espaldas al agua.

—¡El cuchillo! —gritó, levantando la pierna izquierda por encima de la superficie y enseñándole a Brody la soga que tenía enredada en torno al pie.

Brody miró la borda de estribor. El cuchillo estaba allí, clavado en la madera. Se abalanzó sobre él, lo arrancó y se dio la vuelta, luchando para correr en el agua cada vez más profunda. No consiguió moverse lo bastante deprisa. Solo pudo ver con terror impotente como Quint, estirando hacia él una mano de dedos desesperados, con los ojos muy abiertos y suplicantes, era arrastrado lentamente al interior del agua oscura.

Por un momento, el único sonido que se oyó fue el del agua tragándose gradualmente la barca. El agua ya llegaba a los hombros de Brody, aferrado con desesperación al puntal de carga. Un cojín de asiento emergió a la superficie a su lado y Brody lo agarró. («Te aguantan bien —recordó Brody que había dicho Hendricks—, si eres un niño de ocho años.»)

Brody vio emerger la cola y la aleta dorsal del tiburón a unos veinte metros. La cola ondeó una vez a la izquierda y otra a la derecha y la aleta dorsal se acercó.

—¡Vete de aquí, joder!

Pero el tiburón siguió acercándose sin apenas moverse. Detrás de él iban los toneles y las cuerdas hechas jirones.

El puntal de carga se hundió y Brody lo soltó. Intentó llegar pataleando hasta la proa de la barca, que ya estaba casi vertical. Antes de que pudiera alcanzarla, la proa se elevó todavía más y por fin se deslizó deprisa y en silencio bajo el agua.

Brody cazó el cojín y descubrió que, si lo agarraba frente a sí, apoyando sobre él los antebrazos, y se dedicaba a patalear constantemente, podía mantenerse a flote sin cansarse demasiado.

El tiburón se acercó más. Ya solo estaba a un par de metros, y Brody le pudo ver el hocico en forma de cono. Soltó un grito, una exclamación de impotencia, y cerró los ojos, esperando una agonía que no se podía imaginar.

No pasó nada. Abrió los ojos. El tiburón estaba casi tocándolo, a un par de palmos de distancia, pero se había detenido. Y luego, bajo la mirada de Brody, el cuerpo de color gris azulado empezó a descender hacia las tinieblas. Pareció disiparse, como una aparición que se funde con la oscuridad.

Brody metió la cabeza en el agua y abrió los ojos. A través del agua salada, turbia y urticante, vio al tiburón hundirse en una espiral lenta y grácil, arrastrando tras de sí el cuerpo de Quint, con los brazos desplegados hacia los costados, la cabeza echada hacia atrás y la boca abierta en una protesta muda.

El tiburón desapareció de su vista. Pero los toneles flotantes no le permitían hundirse hasta el abismo, de forma que se detuvo en algún punto al que no llegaba la luz y el cuerpo de Quint se quedó allí suspendido, una sombra girando lentamente en el crepúsculo.

Brody miró hasta que le dolieron los pulmones por falta de aire. Por fin levantó la cabeza, se frotó los ojos y contempló a lo lejos el punto negro que era el depósito de agua. Luego empezó a patalear hacia la costa.

CONTENIDO EXTRA

Esta edición de *Tiburón* incluye el siguiente contenido extra, procedente de los archivos de Peter Benchley:

- La página original, escrita a máquina, del título, en la que Benchley tachó el título original y escribió la palabra *Jaws*, «Fauces».
- La lista de títulos posibles que elaboró, a mano, Benchley.
- Una carta de Benchley al coproductor David Brown dándole sus opiniones sinceras sobre la adaptación al cine.
- Extractos del libro de Benchley *Shark Trouble* centrados en su experiencia de la escritura de *Tiburón*, la venta de los derechos a Universal Studios y su trabajo con Steven Spielberg.
- Fotografías de escenas de la producción de la película.

¿QUÉ ES ESO QUE ME MUERDE LA PIERNA?

Títulos que se plantearon para la novela

Hoy en día, teniendo en cuenta la omnipresencia de *Tiburón* [o *Jaws*, «Fauces» en el inglés original], y su poderosa asociación con todo aquello que tenga que ver con tiburones, cuesta imaginar que hubiera debate alguno para elegir un título. Pero, como veréis en las notas y las tachaduras de Benchley, hubo una larga lista de candidatos, y *Jaws* no fue en absoluto un ganador obvio desde el principio.

Las páginas siguientes reflejan algunas de las muchas ideas que se plantearon Peter y Wendy Benchley (y varios amigos suyos) para el título del libro. Muchos de los sitios aludidos por estas ideas provisionales están en Nantucket, donde Peter creció y pescó tiburones por primera vez. No se incluye aquí una sugerencia (en broma) del padre de Peter, el novelista Peter Benchley: *¿Qué es eso que me muerde la pierna?*

Al final, la insatisfacción con el 99 % de los títulos y el rápido acercamiento de la fecha límite de la producción los obligó a echarlo a suertes. Benchley resumió la decisión con la siguiente ocurrencia: «Nadie sabe qué significa *Jaws*, pero por lo menos es corto».

PÁGINA ORIGINAL CON EL TÍTULO

Benchley tachó el título original y escribió a mano *Jaws*

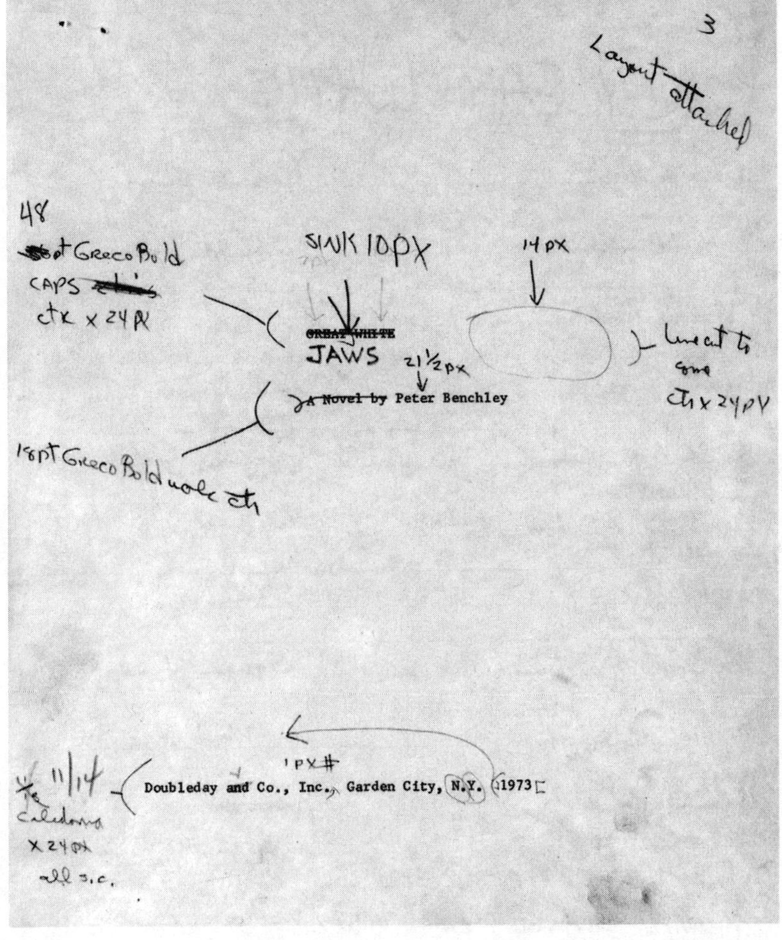

~~GREAT WHITE~~

JAWS

~~A Novel by~~ Peter Benchley

Doubleday and Co., Inc., Garden City, N.Y. 1973

LISTA DE TÍTULOS QUE SE CONSIDERARON

Manuscrito de la exploración que llevó a cabo Benchley

GREAT WHITE

WHITE NIGHT

Shimmo Night	Death in Shimmo
A Night in Shimmo	Death in Squam
Shimmo Bay	THE BEACH AT SHIMMO
Shimmo Cove	Dark Water
The Shark of Shimmo	The Grinning Fish
The Visitor to Shimmo	Dolphin Rock
Dark White (WHITE DARK)	Shimmo Rock
The Beast of Shimmo	Squam Head
The Fish of Shimmo	Moon's Neck
Shimmo White	~~[illegible]~~
	Esau

HOOPER/CLASPER

NAME CHANGE, MORE HIST?

ADRENALIN

Peter Gimbel

letter on [illegible]

TIBURÓN BLANCO	NOCHE BLANCA
Shimmo Night [Shimmo de noche]	*Death in Shimmo* [Muerte en Shimmo]
A Night in Shimmo [Una noche en Shimmo]	*Death in Squam* [Muerte en Squam]
Shimmo Bay [Bahía de Shimmo]	*THE BEACH AT SHIMMO* [La playa de Shimmo]
Shimmo Cove [Cala de Shimmo]	*Dark Water* [Aguas oscuras]
The Shark of Shimmo [El tiburón de Shimmo]	*The Grinning Fish* [La sonrisa del abismo]
The Visitor to Shimmo [El visitante de Simmo]	*Polpin Rock* [La roca de Polpin]
Dark White [Blanco oscuro]	*Shimmo Rock* [La roca de Shimmo]
WHITE DARK [OSCURIDAD BLANCA]	
The Beast of Shimmo [La bestia de Shimmo]	*Squam Head* [Cabo de Squam]
The Fish of Shimmo [El pez de Shimmo]	*Moon's Neck* [Istmo de Neck]
Shimmo White [Blanco en Shimmo]	*Esau* [Esaú]
HOOPER / CLASPER [HOOPER / CLASPER]	
NAME CHANGE, MORE HIST? [CAMBIAR APELLIDO, ¿MÁS HIST?]	
ADRENALIN [ADRENALINA]	
	Peter Ginkel [Peter Ginkel]
	Letter on Mundus [Carta del Mundus]

Leviathan Rising

The Coming

Haunt

Phosphorescence

Clam Bay

~~[illegible]~~

Maw

Tumult

The Survivor

Penance

Survival

Dues

~~Death from the Sea~~ X

What have we done? X

Strange Summer

~~Deserts~~ (c.f.)

Tiburon (find Portug.?)

Fluke

Requin (pron. RAH-KEEN)

Why?

Off the Beach

Arrival

~~[illegible]~~ Moon (town name)

Throwback

Horror

The Fish

Looming

Spectre

The Edge of Gloom

Endurance

Shadow

The Unexplained

Hunger

Messenger

Ripple

Apparition

Squam

One Summer

~~[illegible]~~

The White

Monomoy

White

Quidnet

Instinct

SHIKIMO

Early Summer

Ravage

Leviathan Rising [El ascenso del Leviatán]

The Coming [La llegada]

Haunt [Acoso]

Phosphorescence [Fosforescencia]

Clam Bay [Clam Bay]

Maw [Fauces]

Tumult [Tumulto]

The Survivor [El superviviente]

Penance [Penitencia]

Survival [Supervivencia]

Dues [Deuda]

Death From the Sea [La muerte que vino del mar]

What have we done? [¿Qué hemos hecho?]

Strange Summer [Extraño verano]

Desserts (sp) [Postres]

Tiburon (find Portug.?) [Tiburón, encontrar portug.]

Fluke [Casualidad]

Requin (pron. RAH-KEEN) [Requin (pron. RAH-KEEN)]

Why? [¿Por qué?]

Off the Beach [Frente a la playa]

Arrival [Llegada]

Moon (town name) [Moon (topónimo)]

Throwback [Atavismo]

Horror [Terror]

The Fish [El pez]

Looming [Acecho]

Spectre [Espectro]

The Edge of Gloom [La orilla de las tinieblas]

Endurance [Resistencia]

Shadow [Sombra]

The Unexplained [Lo inexplicado]

Hunger [Hambre]

Messenger [Mensajero]

Ripple [Hacer olas]

Apparition [Aparición]

Squam [Squam]

One Summer [Un verano]

The White [El blanco]

Monimoy [Monimoy]

White [Blanco]

Quidnet [Bahía de Quidnet]

Instinct [Instinto]

SHIMMO [SHIMMO]

Early Summer [Principios de verano]

Ravage [Estragos]

Warning — Despair — Shadow of despair

Alarm

Beware — Giant — Portent

Menace — Scourge — Devastation

The Great Fish

~~Ey.~~

Great White

A Question of Evil

Anthropophagus — OMNIVORE

Havoc — White Evil

White Menace

Jaws of Despair Terror

Anguish

The Fish

Warning [Advertencia]

Despair [Desesperación]

Shadows of despair [Sombras de desesperación]

Alarm [Alarma]

Beware [Cuidado]

Giant [Gigante]

Portent [Portento]

Menace [Amenaza]

Scourge [Azote]

Devastation [Devastación]

The Great Fish [Gigante del mar]

Great White [Tiburón blanco]

A Question of Evil [Cuestión de maldad]

Anthropophagus [Antropófago]

OMNIVORE [OMNÍVORO]

HAVOC [CAOS]

White Evil [Maldad blanca]

White Menace [Amenaza blanca]

Jaws of Despair Terror Anguish [Fauces de desesperación, de terror, de angustia]

The Fish [El pez]

In the
Out of
Town
~~Amity~~
Hiram

A time of
In with stillness
" "

In the stillness
" " presence
of

Requiem White
Fury
Harpoon

A Question of Evil ✓

Man Eater
Out of the Stillness
An Awful Stillness ✓
Leviathan (Linnaeus - Jonah)
Presence
Primeval
Primordial
Survival
Sacrifice.
Brute White
Vengeance ✓
A Question of Vengeance ✓

Dread
Chill

A Dreadful Stillness
(splendid)
An elegant presence
" " evil
The image of evil
" presence of evil
Infinite evil
~~Evand~~ Evil infinite

Vision

In the [En el]

Out of [Salido de]

Town [Pueblo]

Amity [Amity]

Hiram [Hiram]

Requiem White [Blanco réquiem]

Fury [Furia]

Harpoon [Arpón]

A Question of Evil [Cuestión de maldad]

Man Eater [Devorador de hombres]

Out of the Stillness [Salido de la quietud]

An Awful Stillness [Quietud espantosa]

Leviathan (Linnaeus-Jonah) [Leviatán (Lineo-Jonás)]

Presence [Presencia]

Primeval [Primigenio]

Primordial [Primitivo]

Survival [Superviencia]

Sacrifice [Sacrificio]

Brute White [Blanco salvaje]

Vengeance [Venganza]

A Question of Vengeance [Cuestión de venganza]

A time of [Tiempo de]

In with stillness [Llega en silencio]

"   "

In the stillness [En la quietud]

" " *presence* [En la presencia]

Dread [Temor]

Chill [Escalofrío]

A Dreadful Stillness [Quietud mortal]

An elegant (splendid) presence [Presencia elegante (espléndida)]

" " *evil [Maldad elegante* (espléndida)]

The image of evil [La imagen del mal]

" *presence of evil* [La presencia del mal]

Infinite evil [Maldad infinita]

Evil infinite [Infinita maldad]

Vision [Visión]

Amity

Rollie

The Scourge of Amity

Tristram

Dreadful Silence

JAWS OVER AMITY

The Fish At Amity

PISCES REDUX

PAST

Amity
[Amity]

Rollie
[Rollie]

The Scourge of Amity
[El azote de Amity]

Dreadful Silence
[Silencio espantoso]

JAWS OVER AMITY
[Fauces sobre Amity]

The Fish at Amity
[La criatura de Amity]

PISCES REDUX
[PISCIS REDUX]

PAST
[PASADO]

CARTA DE PETER BENCHLEY A DAVID BROWN, COPRODUCTOR DE LA PELÍCULA *TIBURÓN* JUNTO CON RICHARD ZANUCK

Las cartas de Peter solían estar llenas de apartes humorísticos y/o ingeniosos. David Brown (a quien Peter describió como «uno de los productores más graciosos, amables, generosos y considerados que trabajaron nunca en las fétidas ciénagas de Hollywood») y él desarrollaron ya desde el inicio de su colaboración una confianza que les permitía comunicarse con sinceridad. David le pidió a Peter sus comentarios sobre los borradores del guion de *Tiburón*. La siguiente carta recoge esos comentarios de Peter, junto con algunas salidas ocurrentes destinadas a suavizar las críticas.

Peter siempre reconoció que las películas eran vehículos artísticos distintos de las novelas, y que los personajes necesitaban cambiar a fin de que la película funcionara de cara al público. Al final, se quedó emocionado con la película, y atribuyó su éxito extraordinario al genio creativo de Steven Spielberg.

15 de abril de 1974

Querido David:

Como te mencionaba estaba mañana por teléfono, me preocupan bastante algunas cosas que he vis-

to en el borrador final del guion de Tiburón. Me temo que, si aparecieran en pantalla, la gente abuchearía la película, y no solo los fans de los tiburones, sino también el público en general, por ser una farsa absurda. Es más: creo que perjudican a la intriga de la historia.

Tengo otras reservas de menor importancia, que te mencionaré en orden descendente de preocupación.

La primera y la más crítica es el concepto del «tiburón rebelde». Me dijiste que al parecer Steve había consultado a alguna autoridad antes de usar esta nueva táctica. Yo también he consultado a autoridades y mis fuentes están de acuerdo conmigo en que se trata de un concepto absurdo. No tengo problema alguno en discutir los detalles cuando sea, pero, más que escribirte una tesis, prefiero ofrecer un único argumento artístico contra la cuestión del tiburón rebelde: si presentas a este tiburón como un maniaco trotamundos, responsable de casi todas las muertes registradas por ataques de tiburones de la Historia, te cargarás uno de los horrores centrales de la historia, que es que un tiburón no necesita estar desequilibrado para devorar a la gente. Devorar a la gente es una conducta normal e instintiva en los tiburones blancos. Hay un terror profundo en la idea de matar de forma normal.

Además, el hecho de que Hooper afirme que han marcado al tiburón reduce sus niveles de amenaza y de misterio. Hace que el tiburón resulte asequible y familiar.

Esto me lleva al tema de Hooper, que, en líneas generales, resulta un capullo pedante e insufrible; y no solo pedante, sino también ignorante, porque muchas de las cosas que dice sobre los tiburones son ideas desencaminadas o abiertamente falsas. Parece un libro de texto lleno de errores. Y repito: puedo citarle el capítulo y el versículo a cualquiera que desee escucharme.

Y ahora, unas cuantas cosas más específicas que me han preocupado. He intentado no ser quisquilloso (con cosas como los cangrejos herradura). Y las cosas que menos me molestan (las que tú podrías considerar manías de quisquilloso) las he dejado para el final.

Lo que hace Ellen con los folletos de la agencia de viajes resulta completamente falso. En primer lugar, es un topicazo como una casa. Y, en segundo lugar, si está casada con Brody, debería ser consciente de su posición. Da la impresión de ser un incordio de mujer y, como desaparece casi de inmediato, nos quedamos con la sensación vaga y sin resolver de que Brody tiene un matrimonio desgraciado.

P. 13: El discurso de Meadows sobre los tiburones y sus vejigas de flotación es incorrecto. Está mezclando churras con merinas, y todavía empeora más la cosa cuando dice: «¿Es que no sabes nada de tiburones?».

P. 40: A Hooper nunca le harían creer que un tiburón azul de tres metros ha matado a esa gente. Nunca.

P. 44: Aquí parece que Brody no se cree la teoría del tiburón azul. ¿Cuándo ha cambiado de opinión?

P. 48: ¿Y cuándo ha dejado de creer Hooper que el tiburón azul puede ser el causante de las muertes?

P. 55: Hooper afirma haber visto al mismo tiburón blanco, y de cerca. Así pues, ¿cómo es que dice que solo mide cinco metros?

P. 65: Hooper dice, refiriéndose al tiburón: «Sabe dónde vives». Está dándole rasgos antropomórficos, cuando él sería el primero en protestar contra eso. ¡Dios, qué personaje tan incoherente!

P. 78: ¿Qué hace que Brody pase de repente de ser un hombre al que le aterra el agua a estar ansioso de unirse a Quint? Recuerdo que yo explicaba con detalle este cambio de actitud. Aquí la cuestión parece haber sido resuelta a base de pasarla por alto.

Los siguientes son detalles de poca importancia:

P. 5: Veo que la maldita valla publicitaria sigue ahí. Repito débilmente que en el pueblo nunca harían eso.

P. 23: Alguien llamado Denherder hace referencia a una expedición de pesca deportiva en el Día de San Valentín. No conozco a nadie de la Costa Este que iría de pesca el 14 de febrero, entre otras razones porque en esa época del año no hay peces que se puedan pescar.

P. 24: Dice Brody: «¡Pero nadie se dedica a la pesca deportiva de tiburones!». Si esto busca hacerlo parecer tonto, funciona a la perfección. Si busca transmitir un dato, es erróneo.

P. 30: Si Hooper es buceador, no es probable que lleve barba. Las barbas estorban. Existen buceadores barbudos, claro, pero ¿para qué provocar que el espectador se haga esa pregunta?

P. 35: Admito que esto es ser quisquilloso, pero voy a decirlo igualmente. Aquí y en la página siguiente está claro que Steve no entiende de armas. Muy bien, doy por sentado que habrá alguien sobre el terreno que sepa que, por ejemplo, un rifle del calibre .30 no dispara «ráfagas», y no podría destrozar las jarcias.

P. 76: Hooper habla de Ipswitch, Maine. Es posible que haya un Ipswitch en Maine, pero el Ipswitch más conocido está en Massachusetts.

Y ya está. Soy consciente de que 1) el cine es el medio de los directores; 2) mi papel en el producto ya hace tiempo que técnicamente se terminó, y 3) es posible que decidas convertir esta carta en un avión de papel y lanzarla desde lo alto de la torre. Pero quería transmitirte estas ideas, aunque solo fuera para desahogarme.

Como ya he dicho (una y otra vez), estaría dispuesto (no, ansioso) a reunirme con Steve si a él le parece útil.

Cordialmente,

Peter Benchley

EXTRACTO DEL LIBRO DE PETER BENCHLEY *SHARK TROUBLE*

Su crónica personal de la escritura del libro *Tiburón*, la venta de los derechos al cine y su trabajo con Steven Spielberg

Peter Benchley conservaba su fascinación de infancia por los tiburones: por la elegancia de su diseño, por su mística y por la simplicidad prehistórica de su naturaleza amenazadora. Nunca se imaginó que su admiración pudiera llegar a fructificar en el fenómeno mundial que es ahora *Tiburón*. Como escritor que luchaba para mantener con su trabajo a su joven familia, siempre estaba buscando ideas viables para historias. La idea de un «libro sobre una criatura marina» de un novelista primerizo no emocionaba precisamente a las editoriales, hasta que un valiente editor de Doubleday se arriesgó y le ofreció a Benchley un pequeño adelanto para que desarrollara la inusual idea en forma de relato de aventuras.

El siguiente extracto del libro de Benchley *Shark Trouble* ofrece una mirada entre bastidores a cómo la inspiración de *Tiburón* acabó por conseguirle un contrato con una gran editorial; a cómo el concepto de la novela evolucionó mediante borradores sucesivos y dirección editorial; y a cómo la adaptación de *Tiburón* al éxito de taquilla de Steven Spielberg cambió el rumbo de la carrera de Benchley —y su vida— para siempre.

La idea de escribir *Tiburón* me vino a principios de la década de 1970. Recuerdo que telefoneé a mi padre, Nathaniel, que vivía en Nantucket todo el año. Era novelista, dramaturgo, guionista y autor de libros infantiles. Para cuando murió en 1981, había escrito diecisiete novelas, la más conocida de las cuales era una historia maravillosa titulada *The Off-Islanders*, que se adaptó al cine con el título *¡Que vienen los rusos!* También escribió libros infantiles tan inolvidables como *Sam the Minuteman* y *Red Fox and His Canoe*.

—¿Qué pasaría si cortaras un cuerpo por la mitad? —le pregunté—. ¿Qué partes flotarían? ¿Flotaría alguna?

—Depende de por dónde lo cortaras —me dijo—. Si lo cortaras por encima de los pulmones, flotaría la parte inferior. Si lo cortaras por debajo de los pulmones, flotaría la parte superior. —Hizo una pausa y, sin una pizca de preocupación o de juicio en la voz, me preguntó—: ¿En qué andas?

—Estoy intentando contar una historia sobre un tiburón.

—Pues menudo tiburón.

—Sí —dije—. Supongo que acabará en nada, pero he pensado: ¿por qué no?

—Claro. No se pierde nada.

Lo que estaba haciendo en realidad era llevar a cabo un último intento de sobrevivir como escritor *freelance*. Llevaba sin empleo fijo desde las cuatro de la tarde del 20 de enero de 1969, que era cuando el Servicio Secreto nos había echado sin contemplaciones a mí y a una docena de colegas borrachines de nuestro gigantesco despacho del Edificio de Oficinas Ejecutivas de Washington, donde durante los veintidós meses anteriores había sido el más joven y el menos cualificado de los redactores de discursos del presidente Lyndon B. Johnson.

Todas las semanas arañaba un par de días o tres de trabajo en las subdivisiones del *Newsweek* de la Washington Post Company, reescribiendo despachos de corresponsales en forma de artículos de prensa y noticias de televisión para insolventes canales locales de televisión de todo el país, y también escribía artículos sobre lo que fuera para cualquiera que me los pagara: reseñas de libros y de películas, artículos de viajes para *Holiday* y *Travel & Leisure* y reportajes sobre temas que iban desde el *nouveau chic* hasta la recesión económica para la *New York Times Magazine*, así como —lo más lucrativo y lo que más me gustaba— crónicas desde Nantucket, las Bermudas y Nueva Zelanda para la revista *National Geographic*.

En aquella época, vivía con Wendy y nuestros dos hijos pequeños en una casa diminuta de Pennington, Nueva Jersey, que, tras varias semanas de comparar precios, habíamos decidido que era el suburbio menos caro de Nueva York.

Todas las semanas intentaba apartar un par de días para trabajar en mis cosas (un comentario muy de escritor, lleno de la promesa de que, de mi tiempo libre, emergería un *Ulises* de la década de 1970 o una exégesis crucial de los Manuscritos del Mar Muerto). Los resultados eran, en su mayoría, relatos breves que no me compraba el *New Yorker* y guiones que no me compraba nadie. Como en casa no había espacio para trabajar y tampoco podía pagarme una oficina como Dios manda, alquilé, por cincuenta dólares al mes, un cuarto vacío en la Pennington

Furnace Supply Company. La fabricación y reparación de hornos no es el negocio más silencioso del mundo, ni tampoco el que más ayuda a que florezca la imaginación creativa, pero como el jardín de mi imaginación solo producía malas hierbas, la música de los mazos contra las planchas de metal no parecía estar estropeando gran cosa.

Tenía la gran suerte de disponer de una agente literaria. Por hacerle el favor a mi padre, una de sus agentes, una mujer amable y generosa llamada Roberta Pryor, me había aceptado como cliente cuando yo tenía dieciséis años y había *—mirabile dictu—* vendido uno de mis relatos a los veinte. (Recibí una carta de una fan, una mujer que declaró que el relato era la porquería más repugnante que había leído nunca.) A los veintipocos años, había escrito un libro de no ficción sobre una vuelta al mundo, que había agotado su única edición: cinco mil ejemplares, por lo que recuerdo, la mayoría de los cuales estoy seguro de que los compró mi abuela. Aun así, el dinero que me sacaba como *freelance* apenas me llegaba para reembolsarle a la agencia los sellos que gastaban en mis envíos.

Roberta no quería tirar la toalla conmigo y me animaba a almorzar con editores, un ritual que proporcionaba a incontables escritores unas comidas y unos ánimos vitalmente necesarios y, de vez en cuando, incluso generaba alguna idea viable para un libro.

De cara a aquellos almuerzos, me reservaba especialmente un par de flechas de mi aljaba. Una era una idea de no ficción sobre piratas; es decir, una historia de piratas. Los piratas me habían interesado siempre. La otra idea trataba de un tiburón blanco que asediaba a un pueblo de veraneo. En mi billetera llevaba doblado un recorte amarillento de 1964 del *New York Daily News* que informaba de la captura de un tiburón blanco de dos toneladas en la costa de Long Island. Yo la sacaba y la enseñaba cada vez que alguien manifestaba alguna incredulidad ante la existencia de semejante animal, ya no digamos ante el hecho de que pudiera atacar embarcaciones y devorar a personas.

Creo de forma implícita, aunque sin tener asomo de evidencia, que no hay niño varón que no se haya sentido, en algún periodo de su vida, fascinado —¡cautivado!, ¡hechizado!— por los tiburones, por los dinosaurios o por ambas criaturas. La mayoría dejan atrás esa obsesión. Unos pocos —los pocos afortunados, la banda de hermanos— somos capaces de disfrutar de ella durante el resto de nuestra vida. Mis veranos de entre 1949 y 1961, y alguno de después, me los pasé en la isla de Nantucket, cuyas aguas estaban bien pobladas de tiburones: tiburones de la arena, tiburones azules y, de uvas a peras, algún marrajo. Pescaba con frecuencia, y en los días de calma chicha calurosos y sin viento del océano Atlántico de las inmediaciones de Nantucket, aparecían aletas de tiburón como si fueran puntas de espárragos. A mí me sugerían lo desconocido, el misterio, la amenaza, lo prehistórico y la aventura; cuando me dejaba llevar, también me sugerían la maldad primordial.

Había leído la mayoría de la literatura accesible sobre tiburones, que no era mucha, y había visto *Agua azul, muerte blanca*, el largometraje documental de 1971 que, para mí, sigue siendo el mejor documental que se ha hecho nunca sobre tiburones. De forma que sabía tanto sobre tiburones como cualquier profano, y podía convertir mi idea en un relato que justificara por sí mismo la cuenta del almuerzo.

Los editores siempre se marchaban interesados y llevándose la vaga promesa de que les escribiría un borrador —algo relacionado con tiburones—, y yo me iba y no escribía el borrador.

Por fin, un mediodía almorcé con Tom Congdon, editor de Doubleday, y cuando regresó a su despacho cometió la temeridad de violar todas las reglas del ritual: llamó a Roberta y le ofreció pagarme mil dólares por los cuatro primeros capítulos de una novela sobre tiburones sin título, a descontarse de un anticipo global de siete mil quinientos dólares, que se me pagaría cuando —y, lo que era más crucial, *si*— yo les entregara un manuscrito completo y aceptable.

Por supuesto, caí de cabeza en la trampa. Mil dólares eran exactamente mil dólares más de los que yo tenía por entonces; eran casi la mitad de la matrícula anual de la escuela de nuestros hijos; eran... carajo, hace treinta años, mil dólares eran mucho dinero.

Firmé el documento, acepté la cifra, cobré el cheque y no escribí los cuatro capítulos hasta que Roberta me dijo que iba a tener que escribirlos o devolver el dinero (que, como es natural, se había esfumado). Y entonces escribí los cuatro capítulos, y a Tom no le gustaron porque había intentado hacerlos «graciosos». (Pronto cobré consciencia de que un *thriller* gracioso sobre un tiburón que devora a personas es un oxímoron casi perfecto.) Reescribí las páginas y a Tom le gustaron, de forma que continué con el resto de la historia, lo cual no fue ni mucho menos tan fácil como estoy haciendo que parezca, pero por lo menos lo hice, después de más de un año de escritura y reescritura.

Hubo problemas con el diseño de la sobrecubierta del

libro. Una de las versiones la rechazaron los comerciales de Doubleday, diciendo que no podían vender un libro con un aspecto tan asqueroso: afirmaron que recordaba a la pesadilla freudiana de la *vagina dentata*. Otra era demasiado aburrida. Otra era negra. Por fin, el genio artístico de Doubleday, Alex Gotfryd, encontró la combinación perfecta de simbolismo erótico (freudiano, aunque no lo dijo nadie), sexualidad abierta (pero aceptable) y terror.

Quedaba el problema del título: no teníamos ninguno. A falta de media hora para que se iniciara la producción del libro, seguía sin haber título. Tom y yo fuimos a almorzar a una brasería llamada Dallas Cowboy y repasamos algunos de los más de cien títulos que habíamos probado. A mí se me habían ocurrido títulos que recordaban a las novelas francesas en boga por entonces, como *Quietud en el agua* y *El silencio de la muerte*. Había títulos de historias de monstruos: *Leviatán, El ascenso del Leviatán* y *Las fauces del Leviatán*. Había *Muerte blanca* y *Las fauces de la muerte* y *El verano del tiburón*. Mi padre había aportado *¿Qué es eso que me muerde la pierna?* y, para quienes no se escandalizaban fácilmente, *Cunnilingus sangriento*.

Por fin, cuando terminamos de comer y Tom pagó la cuenta, le dije:

—Mira, es imposible que nos pongamos de acuerdo con el título. Solo estamos de acuerdo en una palabra, «fauces», así que pongámosla de título. Llamémosla *Jaws*.

Tom lo pensó un momento y manifestó su acuerdo:

—Por lo menos es corto.

Llamé a mi padre y le dije el título.

—¿Qué significa? —me preguntó.

—Ni idea —dije—. Pero por lo menos es corto.

Llamé a Roberta y le dije el título.

—Es terrible —me dijo—. ¿Qué significa?

—Pues no lo sé —le contesté—. Pero es muy corto.

Aunque a nadie le gustaba mucho, nadie tenía ninguna idea mejor, así que nadie puso objeciones. A fin de cuentas, razonaron, lo que tenemos aquí es una primera novela, y las primeras novelas no las lee nadie. Además, es una novela sobre un animal marino, por el amor de Dios, ¿y a quién le importan esas cosas? Por lo menos ya está decidido.

Por si fuera poco, y como dosis final de realidad, todos dijimos en voz bien alta que era imposible que hicieran una película con el libro. Yo sabía que era imposible atrapar y adiestrar a un tiburón blanco, y todo el mundo sabía que la tecnología de efectos especiales de Hollywood no era ni mucho menos lo bastante sofisticada como para hacer una maqueta creíble de un tiburón blanco.

De forma que lo llamamos *Jaws*, o *Tiburón*, y lo pusimos a dormir, y durante un tiempo no pasó nada más.

El libro se publicó la primavera de 1974 y recibió críticas, por lo general, favorables. Aunque el crítico de *Time* la dejó mal, al de *Newsweek* le gustó bastante. Al del *Washington Post* le encantó, y a Christopher Lehmann-Haupt, del *New York Times*, le gustó mucho, aunque con reservas. Me pareció que la última frase de su crítica («Lean *Tiburón*, léanla sin dudarlo, y a ver si están de acuerdo») era una gran frase promocional, y que había que pegarla encima de todos los anuncios (borrando únicamente aquellas palabritas inútiles: «y a ver si están de acuerdo»), pero Doubleday no se atrevió a mutilar una cita del *New York Times*.

Tampoco quisieron usar para su campaña publicitaria mi crítica favorita de todas. En una entrevista con Frank Mankiewicz, de la National Public Radio, Fidel Castro había declarado que *Tiburón* no era una simple novelita popular, sino (y estoy parafraseando) una maravillosa metáfora sobre la corrupción del capitalismo. Otras reseñas calificaron el libro de alegoría del Watergate, o de historia clásica de amistad masculina, ideas que Doubleday tampoco quiso promocionar.

En su edición de tapa dura, *Tiburón* no fue el superventas gigantesco en el que lo ha convertido la leyenda. Fue ascendiendo lentamente por la lista de más vendidos del *New York Times Book Review*, y aunque se mantuvo cuarenta y cuatro semanas en la lista, nunca llegó al número uno. Un inconveniente libro sobre un conejo, *La colina de Watership*, se negó a ceder el primer puesto y relegó a *Tiburón* durante meses a la segunda posición.

Tampoco vendió ni mucho menos el número de ejemplares en tapa dura que vendería hoy en día un superventas comparable. Hoy en día, una novela de Stephen King, Tom Clancy, Michael Crichton o Danielle Steele pueden vender hasta dos millones de ejemplares en tapa dura, con un precio de venta al público de 25 dólares.

Tiburón, que en tapa dura costaba 6,95 dólares, vendió algo así como ciento veinticinco mil ejemplares. Si creéis que yo, el autor, debería poder ofrecer cifras más precisas que ese «algo así», tenéis razón, pero lo dificultan mucho las devoluciones inesperadas, las ediciones múltiples y esas cosas.

En edición de bolsillo, ya fue otra historia. Las cifras de ventas, de hecho, se han calculado muy a la baja. Fue el número uno durante meses en listas de todo el mundo. Solo en Estados Unidos vendió más de nueve millones de ejemplares. Pero el éxito tuvo que ver, en parte, con el estreno de la película, con una brillante estrategia de promoción cruzada entre la editorial de la edición de bolsillo y la productora de la película, y con una buena suerte fenomenal.

Los derechos cinematográficos de *Tiburón* los había comprado por 150.000 dólares la Universal Pictures en nombre de Richard Zanuck y David Brown, dos de los pocos auténticos caballeros del negocio del cine. Considerados, generosos y honrados, los señores Zanuck y Brown son conocidos por dos cualidades casi inéditas en Hollywood: no mienten y sí que devuelven las llamadas. Fueron ellos quienes me permitieron escribir un par de los primeros borradores del guion, y —sabiendo que en el corazón de muchos escritores se esconde un actor secreto— incluso me dieron un pequeño papel en la película.

La adaptación al cine entró en producción poco después de que saliera el libro, lo cual dio un ímpetu adicional a la publicidad. Visité el set, interpreté el papel del reportero de televisión que hay en la playa el 4 de Julio, la prensa se empeñó en decir que yo tenía un conflicto continuo con Steven Spielberg —lo cual no era cierto, pero casi se hizo cierto a base de repetirlo—, y traté, entretanto y sin éxito, de vivir una vida normal.

En algún momento del frenesí de la primavera y el verano de 1974, John Wilcox, productor del venerable programa televisivo de la ABC *The American Sportsman*, se puso en contacto conmigo a través de un viejo amigo para preguntarme si me interesaría viajar a Australia para hacer un programa sobre inmersiones (en jaula, claro) con tiburones blancos. *Sportsman*, que llevaba emitiéndose veinte años, de 1966 a 1986, fue uno de los primeros y mejores programas deportivos de «formato magazín». Todas las semanas emitía tres o cuatro segmentos donde aparecían famosos practicando, en calidad de *amateurs*, algún deporte al aire libre. Un actor de cine salía a pescar lubinas; un jugador de béisbol probaba la caza de aves; John Denver observaba osos polares en su hábitat (y exclamaba de vez en cuando «¡brutal!») y los viejillos con montones de fans nostálgicos, como Bing Crosby y Phil Harris, cantaban a dúo e intercambiaban chanzas mientras pescaban con mosca y rememoraban el pasado frente a una fogata.

De momento, Wilcox no había producido ningún segmento sobre submarinismo porque no había habido demanda. ¿Dónde estaban la emoción o la diversión de llevarse una cámara bajo el agua, donde el famoso no podía hablar, y filmar a los peces que iban y venían por un arrecife?

Tiburón y el tumulto que la había acompañado llevaron a Wilcox a pensar que los tiburones —invisibles, malignos y, por encima de todo, antropófagos— podían producir..., en fin, el juego de palabras es inevitable...: índices de audiencia monstruosos.

Yo era submarinista certificado, aunque ciertamente carecía de experiencia y de confianza en mí mismo. Años atrás, cuando me estaba sacando el certificado en las Bahamas, vi un tiburón de lejos, sin molestar a nadie, y mi reacción fue la habitual: el pánico. Agarré a mi instructor del brazo, señalé al tiburón serpenteante, le indiqué con un gesto que teníamos que salir a la superficie y, cuando él se negó con calma, me puse a respirar tan deprisa y tan profundamente que agoté el oxígeno de mi tanque.

De forma que acepté viajar a Australia para la ABC, con una condición: que pudiera llevarme conmigo a un miembro del selecto grupo de personas que ya habían estado en el agua con tiburones blancos: Stan Waterman, cámara y productor asociado de *Agua azul, muerte blanca,* pionero del submarinismo al que a menudo denominaban «el Cousteau americano», y, todavía más importante, vecino mío y amigo cercano a quien podía confiar mi vida.

Parecía divertido. Después de pasarme el último año y medio escribiendo a solas en una habitación, sería muy de agradecer una aventura, una experiencia única que contarles a mis nietos, con los embellecimientos adecuados, por supuesto.

Como había sucedido con la escritura y la publicación de *Tiburón*, y con la escritura, el rodaje y el estreno de la película, y, de hecho, con la mayor parte de mi vida hasta aquel punto, no tenía ni la más remota idea de en qué me estaba metiendo.

FOTOGRAFÍAS DEL RODAJE DE TIBURÓN

El equipo de dirección artística trabaja con uno de los tres tiburones mecánicos que creó para *Tiburón* el escenógrafo Joe Alves y al que apodó «Bruce» en homenaje al abogado de Steven Spielberg, Bruce Ramer.

Un equipo de técnicos en efectos especiales, supervisado por el renombrado genio de los efectos mecánicos Bob Mattey, acompaña a Bruce a alta mar para el rodaje.

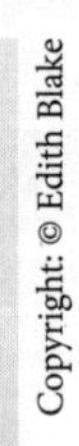

Uno de los dos «tiburones de plataforma» (en concreto la versión usada para los planos de izquierda a derecha de Bruce) es remolcado a alta mar para el rodaje; en el lado que no se veía, tenía al descubierto toda la maquinaria interior que le permitía moverse.

La versión de los planos de derecha a izquierda de Bruce es remolcada al mar para el rodaje.

El tiburón blanco se enfrenta a Quint, capitán de la *Orca* (interpretado por Robert Shaw), y al ictiólogo Matt Hooper (interpretado por Richard Dreyfuss).

El sheriff Brody (interpretado por Roy Scheider) con Matt Hooper en la popa de la *Orca*, gritando que el tiburón blanco se encuentra a tiro, mientras Quint mira desde la cabina del capitán.

ACERCA DEL AUTOR

Peter Benchley (Nueva York, 1940 - Nueva Jersey, 2006) fue un escritor estadounidense conocido principalmente por su célebre novela *Tiburón* y por haber colaborado como guionista de la adaptación cinematográfica que de esta filmó Steven Spielberg. Cuando emprendió la escritura de *Tiburón*, trataba de sobrevivir como autor a tiempo completo enviando relatos a *The New Yorker*. Al publicarse, en 1974, la novela fue un éxito inmediato, causó sensación e incluso generó una tendencia de libros sobre otras amenazas animales similares. *Tiburón* permaneció en las listas de los *bestseller* de todo el mundo durante meses, alcanzó los 20 millones de ejemplares vendidos y se convirtió en uno de los referentes absolutos de la literatura de género. Benchley escribió asimismo las novelas *Abismo* e *Isla*, que también fueron llevadas al cine.